风透湘帘花满庭

FENG TOU XIANG LIAN HUA MAN TING DI ER JUAN GUO WU ER JUN

第二卷 国无二君

满碧乔 著

接力出版社 Publishing House

图书在版编目（CIP）数据

风透湘帘花满庭. 第二卷, 国无二君 /满碧乔著. —南宁：接力出版社，2016.10

ISBN 978-7-5448-4576-2

Ⅰ.①风…　Ⅱ.①满…　Ⅲ.①长篇小说－中国－当代　Ⅳ.①I247.5

中国版本图书馆CIP数据核字（2016）第228975号

责任编辑：张慧芳　张　瑾　　美术编辑：严　冬
责任校对：刘艳慧　　责任监印：刘　冬　　营销主理：张　猛
社长：黄　俭　　总编辑：白　冰
出版发行：接力出版社　　社址：广西南宁市园湖南路9号　　邮编：530022
电话：010-65546561（发行部）　　传真：010-65545210（发行部）
http: //www.jielibj.com　　E-mail: jieli@jielibook.com
经销：新华书店　　印制：北京盛通印刷股份有限公司
开本：710毫米×1000毫米　1/16　　印张：22　　插页：2　　字数：300千字
版次：2016年10月第1版　　印次：2016年10月第1次印刷
印数：00 001—30 000册　　定价：39.80元

目录

Contents

第一章 一片冰心

秋水时至，百川灌河。

洛阳城内车水马龙，无数少男少女来到洛水之畔，跪拜洛神，或许愿求一心之人，或祈盼物阜民丰。

而在洛阳城东，大卜一脉生活繁衍的小村子，却宁静又恬淡。

大卜负手立于西风之中，暖阳斜照着鹤发童颜，老爷子显得比秋风更缥缈灵动，谪仙一般，与茅墙屋舍这些凡俗器物形成了鲜明的对比。

小院外驶来一队车马，车轮碾过雨后泥泞的田间小路吱呀作响。大卜却没有回头，径自看着枯黄的树叶盘旋而下，他微微探出清癯的手，落叶翩然落入掌心。

王太子姬阆从车上跳下，一脸的气急败坏。葵紧跟在姬阆身后，脸上却是同大卜一样的淡然，两人一前一后走进院中，来到了大卜身前。

周天子身体欠佳，如今姬阆已作为太子监国，政务十分繁忙，只恨不得分身。今日不是问卦的日子，却不请自来，看来是有要紧的事找大卜。

姬阆气喘吁吁，语气中竟带了质问的意味：“大卜，你可听说了？坊间都在流传，绿姬在鲁国身中剧毒，是齐国三公子用传国王玺做交换，才得了解药救命。如今市井之人多骂绿姬是祸水……”

大卜回过身，瞥了姬阆一眼，却没有接话。

葵忙上前半步，行礼参拜：“拜见大卜。”虽然是祖孙关系，现下他官居太子少傅，有些规矩不得不遵。今日如此做，更是意在提点姬阆，注意自己的言行。

姬阆自然明白葵的意思，莫说是他，连他父王都对大卜礼敬有加，今日确实是关心则乱，唐突了。姬阆立即拱手道：“大卜莫怪，是我心急了。”

大卜悠悠开口：“坊间传言太多，大可不必理会。”

姬阆一怔，仍不甘心：“大卜，你向来疼爱绿姬，怎么这么大的事你却毫不在意？若是绿姬真有什么三长两短，或是那齐国三公子不安好心，可该如何是好？”

大卜手握落叶，对姬阆道：“一到秋日，树叶便会枯黄飘落，此乃天命，无可违逆。小绿只身在外，身负重任，受命于天，同样无可违逆。”

姬阆听大卜如是说，一时词穷，微一拱手，甩袖而去。

葵见姬阆走了，也须得跟他一同回宫，躬身道：“爷爷，天气冷了，多保重身子。”随后也退出了小院。

大卜看了眼渐行渐远的车队，弯下腰，将落叶轻轻放在了树根处。落叶归根，待明年便会化为春泥，催发新芽。如此周而复始，正如历史的车轮滚滚向前，从不停歇。

大卜轻轻一叹，抬眼看向东方，似想透过重重山水阻隔，看到千里之外的齐国。

小绿已经找到了盖世英雄，可她肩负的使命，才刚刚开始。

第二章 一箭穿心

车马萧萧，莒城外，公子小白亲率十余骑，疾驰在官道上。

侍卫们各个屏息凝神，执鞭的手略显僵硬，毕竟是即位这样的大事，此去不成功便成仁，这些十余岁的少年想到这里，既兴奋，又忐忑。

可公子小白却一边驭马如飞，一边单手执缰，左手还从怀中掏出绿姬赠的佩玉，笑嘻嘻看个不住，像是对即将发生的大事全然不放在心上一般。

紧跟公子小白的著山忍不住出言提醒道："公子，且看着路吧，公子身手虽好，可行马速度这么快，若是……若是手滑跌了姑娘的佩玉，绿姬姑娘一生气，公子只怕要倒霉了……"

公子小白身子一僵，回过头笑看著山一眼："若不是回头看见是你，我还以为我师父什么时候追上来了呢，真是啰唆。"

话虽如此，小白到底还是听了劝，小心翼翼地将佩玉收在了内兜之中，专心驭马。

莒城小院内，鲍叔牙和绿姬对坐在槐树下的蒲团上，对视而笑。两人明明都有些紧张，却都硬装出一副淡然的模样。

绿姬端起铜樽，却迟迟没送往嘴边。渐渐接受了公子小白就是盖世英雄的事实，绿姬忍不住自嘲有眼不识泰山。不过此人偏生得一副纨绔子弟的皮囊，若不去深入了解他，谁能猜到他会是拯救万民的盖世英雄？

看着面前忧心忡忡暗自思忖的鲍叔牙，绿姬嘴角泛起一丝笑，禁不住想逗弄一下这老头儿，也好让他转移一下注意力。

绿姬抿了一小口水，开口道："大夫，不瞒你说，前几日我已卜算出盖世英雄究竟是谁了。"

鲍叔牙听了这话，立马跪直了身子，看着绿姬脸上恬然自知的表情，将信将疑道："姑娘不是说须得借助外物才能卜算？怎么……"

绿姬伸出左手，将通天脉展示给鲍叔牙。自从握到公子小白的发丝后，绿姬的通天之力大增，通天脉绚烂如南红玛瑙，光芒四射，令人不敢直视。

鲍叔牙看傻了眼，良久，将信将疑道："老臣曾听闻大卜一脉只效忠于王上，断不会将占卜的结果告诉旁人，怎么姑娘反要说与我听？"

鲍叔牙这老狐狸果然不好骗，绿姬忍住笑意，一本正经说道："按理是不该告诉大夫，只是此事与大夫休戚相关，我才不得不说。"

听了绿姬的话，鲍叔牙眼冒精光："姑娘这么说，难道……难道是我们公子？"

绿姬矢口否认："非也，公子小白虽仗义正直，却行为鲁莽，哪是能成盖世英雄的心性？"

鲍叔牙听绿姬如是说，身子冷了半截，痛苦地捂住心口，脸上却仍强挤出一丝笑："那，难道是……"

绿姬摇摇头："也不是公子纠。"

听说不是公子纠，鲍叔牙松了口气，可转念一想，既不是小白又不是纠，还与他休戚相关，那究竟是谁呢？鲍叔牙一脸急切，身子向前探，几乎要从蒲团上滑下。

绿姬努力绷住，抬头正色对鲍叔牙道：“大夫，不瞒你说，我所测算出的盖世英雄，就是你啊。”

鲍叔牙如蒙晴天霹雳，面部表情变化极为复杂，从难以置信到“天将降大任于斯人”的踌躇满志，再到大梦初醒，鲍叔牙一脸不信：“可是，姑娘，我和管夷吾都看到明星出于东方，而我当时人在慎邑，盖世英雄怎会是我呢？”

绿姬看鲍叔牙竟如此认真地在思考他是不是盖世英雄的事，忍不住扑哧笑了起来。

鲍叔牙一怔，恍然大悟，原来绿姬竟是在编派自己，他捋着胡子，又气又无奈，感慨眼前这个绿姬姑娘与他家公子真是越来越相像了。

傍晚时分，公子小白一行已至齐国境内。一路畅通无阻，兵不血刃，小白非但没有打消心头隐隐的顾虑，反而更觉不安。

“公子，前面就是临淄城了！”著山指着远处夕阳下依稀可见的城墙，兴奋地喊道。

小白做了个止步的手势，众侍卫立即停了下来，十余骑在大道中央默契地聚成一团。此处是回临淄城的要隘，土丘不算高，白日还算畅行无阻，一到夜间山林里便会流岚雾霭四起，令人分不清东南西北，是这座城池的天然屏障。

虽然莒城距临淄城的路途比曲阜距临淄城要短，他们又是快马加鞭一刻不停地赶回，但小白并不相信管仲能够抢在他之前赶到此处设伏。可退一万步说，若是管仲真有神助，插翅飞回这里，想要伏击小白，便没有比此处更适合的地方了。

山林间不时传来猿猴的哀啸。也许是受气氛的影响，众侍卫皆缩着脖子瞪着眼，一副胆战心惊的模样。小白禁不住哑然失笑：“平日里一个比一个厉害，怎么一下都成了缩头乌龟了？”说着，小白便要下马，却被著山抢先拦住。

著山揖道："公子，大夫再三叮嘱，要我们护卫公子的安全，不能让公子亲涉险地。公子且在这里等等，待我去山上探察一番。"

"且慢。"小白取下背在身上的弓箭，拉开架势，瞄准丛林之中，嗖地射出一箭，箭矢以雷霆万钧之势穿林而入，牢牢地钉在密林深处的树干上。

见没什么动静，小白一抬手，众侍卫心领神会，皆打起十二分的精神，拉弓搭箭，警惕地盯着林间的风吹草动。小白这才对著山道："你且去吧，万万小心。"

林间静得出奇，连声鸟鸣都听不到，只有秋风吹拂树叶的沙沙声。著山紧握铜刀穿行在山林间，时而低头查验，时而抬头张望，时而用刀四处戳一戳，显得格外小心。

前方荆棘丛生，密密堆叠，着实是藏人的好去处。如果此处都没有伏兵，那么这山林间便再无藏身之所。著山举起铜刀，慢慢靠近荆棘丛。

著山万万没有想到，管仲正潜伏在那荆棘丛中，而他率领的刺客们则藏身于周围的树干之后，个个手执利刃。因为紧挨着峭壁，此处甚是晦暗，若想再退已无路可走。见著山走来，刺客们缓缓举起了手中的利刃。

管仲递了个眼色，示意众人不准妄动，刺客们领会了管仲的意思，都顺势藏好，不再轻举妄动。另有两名训练有素的刺客，衔着匕首悄无声息地爬上了树冠。万一著山发现管仲，他们便会从天而降，干掉著山。

思索间，著山来到了管仲的后侧，两人之间只隔着一丛荆棘。似乎感觉到气氛的压抑，著山握着铜刀的手瑟瑟发抖，他慢慢将刀举起，用力插入了荆棘丛中，直插在了管仲的铜甲上。

著山力道极大，这一刀下去，虽未刺破铠甲，却震得管仲肺胁战战，几欲吐血。而管仲竟咬牙忍着，一声没吭，像块石头一样纹丝不动。

著山迷茫了一瞬，拔出铜刀，又插了两下，估摸自己触到的不过是地上的磐石，他长舒了一口气，收了刀，转身离去。

待著山走远，管仲这才慢慢睁开眼睛，悄无声息地从地上爬起，不沾片叶。一众刺客跟着管仲猫着腰缓缓下山，管仲示意众人快点跟上，不要错失时机。

公子小白骑在马上盯着林间越发浓密的雾霭，忧心忡忡，直到著山身形渐显，笑着走出山林，小白才长舒了一口气。

著山兴冲冲地跑来，对小白道："公子，林间一切安全，没有埋伏。"

小白挺直腰板，踌躇满志，握紧了手中的缰绳，对众人道："想必国氏和高氏已在城外等候多时了，事成与否，就在此……"

话音未落，一支黑羽箭竟毫无征兆地飞来。小白闪避不及，箭头直直插入了他的胸膛，小白来不及惊叫便重重跌下了马。

众侍卫无不大骇，赶忙翻身下马，聚集在公子小白身侧，更加密集的箭矢飞来，几名侍卫站起身挡箭，其他人仍在公子小白身侧哭叫着，不知如何是好。

公子小白一脸痛苦地捂着胸口的黑羽箭，豆大的汗珠不住地落下，面色越发苍白。

著山对侍卫喊道："快，你回莒城，你去临淄，剩下的人随我誓死保卫公子！"

四面传来喊杀声，两侍卫飞身上马，一南一北，绝尘而去。剩下的侍卫清醒过来，一齐拔刀，围在小白四周，以血肉之躯筑起一道密不透风的人墙。与此同时，近百名兵士手执利刃从山坡上的林子杀下来，直冲向大道上的小白一行人，渐成包围之势。

难道他们要葬身于此吗？公子小白躺在地上，盯着落日云霞，满面不甘。

月朗星稀，连山河草木都昏然入睡，绿姬却仍坐在槐树下，定定地望着天上的星子。

鲍叔牙借口回书房看书，暗地里却留意着绿姬的一举一动。

打更声传来，已是三更天了，绿姬身子困乏，眼皮打架，却仍不愿入睡。她能掐算出千里之外的王上身染顽疾，卧病在床，却仍旧算不出，公子纠和公子小白，究竟谁会是此役的胜者。

好在那颗星子仍高悬于夜空，不曾陨落。看着那颗星子，就像看到了公子小白的眼睛，绿姬的心陡然软了几分，在星辉的照耀下，她整个人都放松了，倚着大树，昏昏欲睡。

门外传来一阵急促的马蹄声，鲍叔牙一个激灵，连滚带爬跑向门口，绿姬也清醒了，赶忙跟了上去。

见来人是小白的侍卫，绿姬的心一下提到了嗓子眼儿，素日里一向淡定的鲍叔牙，此刻也变得非常慌乱。

那侍卫跌跌撞撞滚下马，浑身打战，哭着跪在鲍叔牙面前，嚎道："大夫，不好了，公子中了一箭，怕是不行了！"

听了这话，鲍叔牙眼前一黑，几欲摔倒，那侍卫赶忙上前搀住鲍叔牙。鲍叔牙顺势拽住侍卫的衣襟："你把话说清楚，公子怎么中的箭？伤在哪里？"

侍卫哭道："我们在临淄城外中了管仲的埋伏，公子被管仲当胸射了一箭，跌下了马，箭头直插心口……"

鲍叔牙瞬间只觉气血上涌，头痛欲裂，天旋地转，脑子里一片空白。

绿姬心如刀绞，慌乱间抬眼观星，眼见黑云正从两侧扩展而来，渐欲包围明星，可明星依然高悬于天际，不曾坠落。绿姬冷静了几分，问那侍卫："你并没有亲眼看到公子断气，是吗？"

侍卫点头道："情况不好，著山立刻叫我回来禀告大夫，大夫快想想办法吧！"

鲍叔牙急问道："临淄那边派人了吗？"

侍卫又点点头。

绿姬忽然侧身问鲍叔牙："大夫，你可有钱币？"

鲍叔牙一怔，看绿姬神色，不像是在玩闹，他忙伸入内兜中，扯出荷囊，递给绿姬。

绿姬深吸一口气，强迫自己冷静，取出五枚钱币，快速走到槐树之下，将钱币放在案几上，按照五界位序排好，制成一卦，然后将通天神脉覆在了卦上。

鲍叔牙上前问道："姑娘这是做了什么？此卦可否助我们公子化险为夷？"

绿姬面色十分不好："我只是借此窥探天命，仍未窥测出一二。大夫快赶去吧，著山他们虽然身手不错，到底难敌管仲的智计。"

鲍叔牙强摄心神，对绿姬道："姑娘与我同去吧，若是有姑娘在侧，公子心念着姑娘，一定更容易挺过来。"

绿姬虚弱一笑："若是他心中记挂我，无论我是否在侧，都是一样的。何况我现下将全部灵力灌注在此卦上，待我窥测出小白情况，或许可摆卦助他一臂之力。事不宜迟，请大夫即刻出发吧。"

鲍叔牙听绿姬如是说，快步赶去马棚，牵出自己的坐骑，却忙中出乱，怎么也爬不上去。

绿姬见状，对一旁的侍卫说："快备马车，带大夫速速回临淄。"

那侍卫这才反应过来，忙去后院拉出马车，套在了骏马身上。

鲍叔牙嘱咐绿姬道："姑娘一定要珍重小心哪。"

绿姬点点头，目送鲍叔牙和侍卫驾车离去后，将通天之力尽数灌注于卦上。

夜色清凉如水，绿姬只觉周身的热气正顺着通天脉不断抽离。

不知过了多久，萦绕在明星四周的黑云仍在积聚，绿姬心急如焚，可通天脉释放出的力量已是强弩之末，她不住抖动，满面虚汗，倔强地望着天。

终于，她反手一扣，倾尽全力灌注在了卦上。绿姬仰面望着明星，昏倒在地，失去意识的前一瞬，绿姬眼见黑云缠绕着明星，似有邪能侵正之嫌。

第三章 谁家天下

秋雨绵绵，冲刷着雕栏玉砌，鲁国宫殿壮丽非凡，数不清的亭台楼阁皆被笼罩在烟雨之中。

鲁公在正殿中来回踱步，性情极为狂躁，几位谋臣躬身立于鲁公身前。更深露重，他们已经在此站了大半宿了，个个神色惴惴，揣度鲁公为何半夜急召他们入宫，却又一言不发，兀自在殿内打转。

忽然，鲁公回过身，指着殿下众臣，骂道："寡人养你们有何用？拿着寡人的俸禄，却不能为寡人分忧！"

众臣听了这话，赶忙跪下请罪，磕头如捣蒜。已过耄耋之年的老臣施伯开口道："臣等愚钝，不知主公究竟为何烦忧，主公能否明示……"

鲁公冷哼道："当初是你们给寡人出主意，说公子纠要失势，寡人才苛待于他。如今管仲派人杀了公孙无知，亲去临淄城外伏击公子小白，他的手段何等凌厉你们都是见识过的。此番公子纠即位已成定局，你们却害寡人见罪于他。齐国军力如何，你们不是不知，等他即位，我们鲁国何以安身？”

众臣你看看我，我看看你，不知该如何是好，最后还是三朝老臣施伯施礼道：“臣以为主公不必过于忧心。主公与公子纠乃是甥舅至亲，公子纠也并非斤斤计较之人。公子纠身子不好，不能长途颠簸，所以管仲才率部先行。我们不妨以诸侯之礼，备下宝马香车，好生送公子纠回国即位，以免去公子纠长途跋涉的辛劳。”

鲁公听了大笑道：“此计甚好。只是寡人以为，光是护送公子纠回国即位还不够。寡人之妹思慕公子纠已久，两人又有婚约，寡人不妨将妹妹许配给他。等公子纠即位后，寡人的妹妹便是齐国君的夫人，如此齐鲁两国世代交好，再无干戈。众爱卿以为如何？”

众臣闻声，无不叩首俯身，齐刷刷道：“主公圣明。”

临淄城外，管仲率部且战且退。直至齐国军队的喊杀声彻底消失了，管仲才稍稍舒展了紧皱的眉头。

为了让公子纠即位，管仲可谓煞费苦心。他先是怂恿大夫雍廪杀掉公孙无知，再调动全部力量封锁消息，让自己有足够的时间抢在公子小白回国之前在城外设伏。

方才生死一线间，管仲将公子小白一箭穿心。虽然国氏和高氏很快率军赶来解围，想来他二人并非神明，回天乏术，到底也救不了公子小白的性命。

管仲面色稍缓，嘴角微微上扬，似卸下了千斤重石。蓦地，他身子一震，若有若无的笑容转瞬即逝：公孙无知弑君夺位，死不足惜，可他到底是公子纠的堂兄。若是这罪名背在公子纠身上，恐怕对大局不利。

正当此时，一名侍卫来报：“大夫，刚得了两个消息，之前失踪的雍廪大夫有下落了，行刺得手后，他死在了公孙无知侍卫的刀斧之下，面目全非，无人认得。另外，曲阜来报，鲁公已率大军护送咱们公子往临淄来了。”

听了侍卫这一席话，管仲心中的一块大石头终于落了地。多年的苦心孤诣总算没有白费，他略一握缰，正色道：“传令，向曲阜行军，赶在天亮时分与公子会合！”

清晨，懒丫头伸了个长长的懒腰，就势歪在榻上发起呆来。

她的腿脚已经全好了，却心烦意乱——她知道此次公子小白与公子纠争夺君位，怕是要兄弟相残。公子纠抚育懒丫头长大，公子小白又对她有救命之恩，懒丫头不想让他们俩任何一个有危险。然而最让她牵肠挂肚却又无法宣之于口的人，还有著山。

平日里懒丫头最看不顺眼的便是著山，可著山一走，懒丫头顿时觉得日子闷了许多，著山背着自己绕着大槐树转圈的画面终日萦绕在脑中，挥之不去。懒丫头叹了口气，没想到自己竟会如此依赖那个讨厌鬼。肚子咕咕叫了几声，懒丫头咂咂嘴，不情愿地起床走出了房间。

才出房门，懒丫头就吓傻了：绿姬姑娘倒在院中的槐树之下，不知是死是活。她忙跌跌撞撞跑上前去，对着如飘零落叶一般的绿姬急声唤道：“姑娘，姑娘，你别吓我，姑娘！”

绿姬浑身滚烫，懒丫头揽住绿姬白皙的脖颈，费力将她抱起。好在绿姬瘦削，懒丫头使出全力，终于连拉带扯地将她拖回房间安顿于榻上。

懒丫头累得气喘吁吁，又急匆匆地到后院的库房找出治风寒的药，用青铜鼎细心煎好，放温了再耐心喂给绿姬喝。过了大半日，绿姬终于退了烧，微微睁开了眼。

懒丫头喜不自胜：“姑娘可算醒了，吓死我了。”

绿姬不顾身子困乏无力，一把拉住懒丫头，问道：“那颗星还在吗？”

懒丫头一头雾水：“什么星？”

绿姬掀开被子，顾不上蹬屐，跌跌撞撞跑往门外。夕阳仍挂在西山上，天色昏红，没有星月的丝毫踪影。

懒丫头担心绿姬风寒未愈，坚决不让她出门，绿姬索性坐在房门口，一直痴痴地望着天。可从黄昏到夜半，天空中只见乌云滚滚，后半夜甚至下起了雨，绿姬望着门前绵绵的雨帘，心急如焚。

一连两三日，白日里都是晴空万里，一到夜间却是黑云压顶，那颗星是否还在黑云之后，不得而知。绿姬夜里不眠不休，就只是直直地望着天，白日里恍恍惚惚，睡不了多久便会突然惊醒。一连几日，整个人已是憔悴至极。

懒丫头一面心疼绿姬，一面竟有些嫉妒：绿姬姑娘憔悴的样子楚楚可怜，看得她一个小姑娘家都满心怜惜，更别提公子小白和公子纠了。懒丫头不禁想着，若是她长大了也能像绿姬姑娘这样美，著山应该就不会嫌弃她了吧？搞不好公子小白和公子纠也会喜欢她，到时候她又该选谁呢？

懒丫头正不亦乐乎地沉浸于幻想之中，却被绿姬一声轻唤打断了白日梦。

懒丫头不情愿地从幻想中回过神，快步跑到绿姬面前听吩咐。

几日之间，绿姬原本瘦削的身子更显得弱不禁风，说起话来娇喘微微：“明日你去一趟莒国宫中，家里已没有余粮了，我已向莒子禀明，他明日一早会派侍卫来接你入宫。”

懒丫头应了一声，进厨房煮晚饭去了。天快要黑了，绿姬独自站在院中，竟有些不敢抬头看天了。

若是盖世英雄方出世就被扼杀，她便成了千古罪人，天下苍生，黎民百姓，又将如何安身？

绿姬垂着头，心如刀绞。不知从何时起，她早已将小白一点点镌刻在了自己的心上，无论雨打风吹，都再难磨灭了。

第四章　虎口残生

管仲率众在官道上疾行了一整夜，却仍未见到护送公子纠的鲁国军队的踪迹。

管仲皱了眉头，恐出意外，下令手下全速驭马，又跑了大半日，才终于在曲阜城郊遇见了缓缓前行的鲁国军队。

与其说是军队，不如说是仪仗队更为贴切。鲁公果真为公子纠准备了好大的阵仗：队伍正前方是数十名鸣锣开道的士兵，紧随其后的是被百余侍卫拱卫着的五驾马车，雕饰精美华贵，较诸侯王的车驾有过之而无不及。马车后紧跟着两列负责照应公子纠起居的丫鬟婆妇，两队挑着炉灶和簋鼎器皿的庖厨，两排吹奏弹唱的乐师，甚至还有数名表演傩戏的优伶。百丈开外，就能听到鸣锣敲鼓的喧闹。而公子纠极不情愿地坐在那浮夸的马车中，一脸无奈。

管仲不禁扶额：鲁公果真是成事不足、败事有余之辈。

见管仲毫发无伤地回来了，鲁公大喜过望，即刻命众人止步，下车亲迎，向管仲拱手道："管大夫，辛苦辛苦。"

鲁公的几位谋臣也急忙躬身碎步上前，揖道："恭喜管大夫，贺喜管大夫……"

管仲没有理会这群迂腐君臣，而是重重甩了下手中的马鞭："鲁公当真是悠然自得。"

见管仲面有愠色，鲁公忙笑道："寡人听闻公子小白已被管大夫射杀，齐国君位虚悬，我齐鲁两国向来交好，寡人岂可袖手旁观？这就送公子，不，送齐国新君回国即位。"

身后响起几声重重的咳嗽，公子纠不知何时下了马车，一旁的侍卫要上前搀扶，却被公子纠一把挣开。

公子纠疾步走到鲁公和管仲面前，气息急促，寒潭一般的清眸仿若藏有利剑，周身寒气逼人，像是能顷刻冻死所经之地的花草树木："你们……你们把小白怎么了？"

此事管仲本就没打算瞒公子纠，他直视着公子纠，不卑不亢道："公子，公子小白不顾长幼尊卑之序，意图谋权篡位，已被我射杀。"

听闻管仲此言，公子纠浑身颤抖，气血上涌，面色涨红如血。管仲见公子纠有些不对劲，抓住他的手臂，才要劝慰，公子纠一口鲜血从喉间咳出，直溅了管仲一身。

管仲大惊，欲扶公子纠，公子纠却跌跌撞撞后退数步，腿一软，颓然跪于地上，咳血不止。

管仲急了，忙对一旁看傻眼的鲁公道："你这些人里可有疾医？快来给我们公子瞧瞧！"

鲁公这才回过神，忙命疾医上前，为公子纠把脉。

公子纠对欲上前的管仲做了个止步的手势，他面色惨白，哀伤至深，不知是哭是笑，大力捶着胸口道："我为夺位竟杀害了自己的亲弟弟！我还有何面目做国君，有何面目面对九泉之下的先王！"

管仲从未见公子纠如此失态，一向威严自持的他吓得跪倒在地："公子，天无二日，国无二君。诸儿既死，齐国之大统本就应由公子继承。是公子小白和鲍叔牙不顾长幼之序，与国、高二贼一起合谋篡位，此乃窃国之举。为师不过以箭矢杀之，已是仁至义尽了……”

管仲话未说完，却听见远处传来嗒嗒的马蹄声，管仲回头，见来者竟是他安插在临淄城齐王宫中的细作，霍地站起了身。

那细作匆忙下马，一脸惊惶地禀报道：“大夫，大事不好……”

原来，那日管仲一箭射出，公子小白应声跌下白马，任谁看见这一幕，都会认为公子小白必死无疑。

管仲到底是个极其细致之人，欲亲自上前确认，亲眼看到公子小白断气才能安心。

可那天出城迎接公子小白的国氏高氏两位大夫举兵相抵，双方实力悬殊之下，管仲只得下令速速撤退。

其时，击走管仲的国、高两位大夫忙返回查看公子小白的伤势，只见著山跪在小白身侧，痛哭流涕，自责至深，哭着哭着，他突然拔出随身的短刀，哭道：“此事都怨我，是我害了公子！”

话音未落，著山将刀高高举起，紧闭双目，就要刺入心口，众人的注意力本都集中在公子小白身上，未曾顾及著山，现下注意到他要寻短见，却已来不及阻拦了。

眼看著山马上就要血溅三尺，自裁于此，却被人一把抓住了刀把儿。

著山睁开眼，看到公子小白竟不知何时坐起了身子，紧紧拽着他手中的短刀，一脸调侃的笑。

小白抽了著山的刀，又拔出胸前的黑羽箭，将箭矢撂到一旁，笑道：“真是没意思，禁不起半点玩笑，上吊抹脖子的，比市井街头那些女子还小性儿。”

国氏高氏两位大夫看到公子小白气息奄奄，命悬一线，正互相埋怨着不早点出城相迎，险些当众互殴。谁知公子小白居然坐起了身，没事人一样，着实把这两个老头儿吓傻了眼。

国氏大夫舌头打结：“公……公子这是……这是……”

小白从内兜中掏出绿姬赠予的佩玉，轻轻地揩摸着。青碧色的佩玉温润细腻，绿姬的绝世姿容浮现在眼前，小白不禁温柔了眉眼，俊脸上洋溢着难以言表的幸福。

这佩玉上的小孔牢牢卡住了管仲尖利的箭头，小白索性将计就计，诈死装昏，骗过了精明的管仲。

著山泣不成声："多亏绿姬姑娘送了这玉给公子，否则……"

小白回过神，抬手给了著山一下子："好小子，若不是你打小儿跟着我，我还真以为你做了管仲的细作了！"

高氏大夫见小白无碍，长舒了一口气，差点滚下老泪："公子无事便太好了，事不宜迟，我们即刻回城吧。"

小白拍拍身上的杂草站起身，反复检查着手中的佩玉："得亏我夫人送我的这玉玉质坚硬，若是有分毫损毁，我一定宰了管夷吾。"

国氏与高氏面面相觑，都不知公子小白何时娶了夫人，却也不敢多问，躬身请他上车，一众人浩浩荡荡，向临淄城赶去。

是日，懒丫头一早就进莒国宫中领米粮去了。

又白白等了一夜，已然疲惫至极的绿姬仍然没有等到那颗属于盖世英雄的星子在夜空出现。

那日她摆卦耗尽了全部灵力，却仍未掐算出时局，现下通天脉黯然无光，已无分毫用处。绿姬打算亲去临淄城找公子小白。她转身回房收拾包袱，却意外听到一阵马蹄声。

绿姬忙回身跑向院门口，期待看到小白马驮着她日思夜想的身影，来到她面前。

可来人竟然是公子纠！

看到公子纠，绿姬像是被兜头浇了一壶冰水，颤抖得不能自持。当初对他日思夜想之时，求见一面比登天还难。如今他不请自来，绿姬却早已绝了对他的痴念，满心只想着：公子纠来了，是不是意味着，公子小白已经死了？

第五章　情陷两难

齐国都城临淄有闾巷三百余，人口众多，张袂成荫，挥汗如雨，繁华程度远胜其他诸侯国都。

小白身着紫檀色玄端[①]，头戴九穗冕旒[②]，负手立于齐宫城墙之上，望着街巷上叫卖的商贩和过往的行人，俊眉紧锁。

高氏大夫十分吃力地爬上城墙，气喘吁吁："原来君上在这里，让老臣好找。"

小白回过身，嘴角挂着淡笑，神色却有些痛苦："看着眼前的临淄城，虽繁华富庶，却远不及父王在位之时。"

高氏躬身道："君上既已即位，定能定国安邦，重振河山。此外，鲍大夫从莒城连夜赶了过来，正在偏殿等候君上。"

那日，鲍叔牙听闻小白被管仲射中，连夜驾车狂奔，忧思烦

① 玄端：古代的一种黑色礼服，亦作为燕居时的便服，自天子至诸侯、大夫、士皆服之。

② 古代中国的礼服，是先秦朝服的上衣。古代祭祀时，天子、诸侯、卿大夫皆服之。

躁，心脉紊乱，几次差点心力不支。等强撑着到了临淄，却意外得知小白毫发无损，已经即位为齐国新君了。

历经大起大落，此刻坐在齐王宫偏殿中等候小白的鲍叔牙心情激动，感慨良多。

小白快步走进殿内，鲍叔牙即刻冲上前去拉着他左看右看，见小白平安无虞，鲍叔牙不禁老泪纵横："公子平安无事，实在太好了。"

高氏大夫笑着提点道："大夫叫错了称谓，可是要罚俸的。"

鲍叔牙这才反应过来，忙跪下，行君臣礼，拜道："参见君上。"

小白弯腰扶起鲍叔牙："师父不必拘礼。怎么独你一人来了，绿姬呢？"

鲍叔牙回道："听闻君上被管夷吾射伤，绿姬姑娘用通天之力为君上摆卦保平安，不得脱身，为师便独自赶来，绿姬姑娘仍在莒城。"

听说绿姬仍在莒城，小白显得十分焦躁："我先回莒城接了绿姬来，再与师父细说。"

高氏大夫轻咳两声："君上，切不可再以'我'自称了。"

小白蹙着眉："我不愿自称寡人，我还要娶绿姬为妻呢。"

鲍叔牙劝道："君上想娶绿姬姑娘做君夫人，便要恪守为君之礼，他日向天子提亲亦如是。"

小白急道："绿姬独自在莒城，我心里实在不安，等我接她回来后再说吧。"

鲍叔牙安抚道："君上放心，我即刻遣著山去接绿姬姑娘便是，君上身为国君，管夷吾又绝非善罢甘休之人，万一……"

小白却不买鲍叔牙的账，边说边跑出了偏殿："我一定要亲自去接她才能安心。师父便在这儿等着吧！"

话音未落，小白便消失在了殿外，鲍叔牙只得跟着一旁的高氏大夫一道，无奈地摇头笑叹。

百里开外的莒城中，公子纠的不约而至，着实令绿姬措手不及。

公子纠神情落寞，置身于小院外，绿姬面色惨白，呆立于小院内，二人就这样隔着篱笆遥遥相望。

公子纠看穿了绿姬的心思，苦笑一下，出言安抚道："你不必担心，小白毫发未损，已经即位为齐国新君了。"

公子纠的一席话，绿姬却像没听懂似的，怔怔地看着他发愣。

公子纠见绿姬一脸不信，叹道："我也不知道是怎么回事，可齐国全境之内，已经贴出了布告，估摸着下午莒城这边便会有消息了。"

若此事属实，倒是个天大的惊喜。绿姬嘴角漫起一丝笑意，丝毫未注意到公子纠已翻身下马，信步来到了她身前。

公子纠俊逸的身姿陡然出现在眼前，绿姬慌乱间连连后退数步，与他拉开了距离。

公子纠赶忙拉住绿姬，生恐她失足跌倒，可绿姬却急忙将手臂从公子纠修长的指间抽出，尴尬的气氛令人窒息。

公子纠苦涩一笑，扬了扬手中的一斛佳酿："就算是旧友，能否陪我这失意之人喝一杯？"

绿姬犹豫片刻，伸出素手，指着槐树下的蒲团，以一种出奇平淡的语调道："坐吧。"

两人并肩坐于槐树之下，秋风徐徐，天高云淡，公子纠的翩翩衣袂和绿姬的裙袍随风缠绕在一起，缱绻缠绵，美好得像一场梦。绿姬敛了裙裾，端起公子纠带来的酒坛，倒满青铜樽，递了过去。

公子纠接过酒盏，一饮而尽，却受不住酒烈，咳了起来。绿姬赶忙递了一瓢水给他，公子纠喝下水后，终于止了咳。

绿姬垂眼轻问："前阵子听闻你身子不适，可都大好了？"

公子纠的脸上满是哀愁，苦笑道："医得好身子，医不好心。看你气色不错，便知道他对你很好，如此我便放心了。"

绿姬沉默着没有接话。公子纠又斟满青铜樽，一饮而尽。良久才道："我知道你心里怨我，怪我薄情寡义，只是你可知道，薄情有时要比钟情难上千百倍。"

从前绿姬一直期盼着能听公子纠亲口解释，眼下她却只觉心头苦涩："我明白你有苦衷，不必多说。"

公子纠自斟自饮，酒气的甘甜混杂着他身上幽微清冽的气息，忧郁绸缪得让人直想落泪。公子纠轻叹了口气，说道："其实我也习惯了。从父王在位时，便对大哥最偏宠，对小白最溺爱，对我最严苛。"

绿姬不明白公子纠为何忽然说起少年事，见他寒潭一样的清眸中满是迷离，只道是失意醉酒后的宣泄罢了，便回道："这也是情理之中的事吧，你大哥是储君，自然最受偏宠；小白是幼子，自是溺爱；可你是次子，若诸儿有任何不测，你便是储君之选，所以对你要求严苛。"

公子纠把玩着青铜樽，即便喝了这样多的酒，指尖仍是冷的："你的话入情入理，可这并非最主要的原因。小白自小没有母亲，无论是大哥、两位姐姐还是我，都很疼爱他。我虽有母亲，却因母亲是齐鲁两国所厌弃的罪人，而不受父王喜爱。"

那日在鲁国王宫中，听小白提起公子纠的母亲，说她妖媚祸国，为齐鲁两国所厌弃。绿姬虽满心疑惑，却一直无从问起。

公子纠端起酒盏，又饮了一杯。他白皙如月华一般的肌肤镀上了一层淡淡的桃红色，在绿姬耳畔吐气如兰："我母亲是先鲁公的女公子，未嫁我父王之前，她便爱上了鲁国将军，两人海誓山盟，订下三生之约。谁承想，齐国盛势，外祖父为向齐国示好，便硬逼迫母亲嫁给了父王。"

从前在洛阳家中也听过许多这样的事，也许是事不关己，也许是年少无知，绿姬并不曾为之揪心难过。可今日听公子纠讲起他母亲，绿姬心中却酸涩难耐。

公子纠抓起青铜樽，一饮而尽，但胸口间的酸闷之气非但没有丝毫减少，反而越积越多。

眼见一坛美酒见底，公子纠又开了一坛，他温润如玉的声音微微颤着，令人有落泪的冲动：“我母亲旧情难断，时常与那将军书信往来。终于有一日被我父王发现，作为一国之君，父王盛怒之下，对鲁宣战，不惜亲自挂帅上阵，意图手刃那将军，谁知这一仗竟打了三年。”

听了公子纠这一席话，绿姬恍然大悟，明白了公子纠之母会被齐鲁两国之人所厌弃的原因。三年的战争，有多少年轻的战士葬身于荒郊野外，又有多少边民颠沛流离，背井离乡？无论谁胜谁负，都是百姓受苦。

绿姬思忖了片刻，问道：“你外祖父可知道你母亲与那位将军有情？”

公子纠显然没想到绿姬会如此问，一怔，回道：“应当是知道的，那将军出身鲁国名门，曾向我外祖父提过亲。”

绿姬轻蔑一笑：“你外祖父明知你母亲与将军有情，却执意将她嫁给你父王。我看齐鲁两国之人不该骂你母亲是祸水，最该骂的倒是你外祖父。”

公子纠听了这话，愣愣地看着绿姬，半晌，他微微一笑，桃花眼低垂：“你说的是，正如同人人唾骂妲己、褒姒，却不知更该骂的是那昏庸的君王。齐国兵力远在鲁国之上，经过这三年鏖战，鲁国实力大大削弱，不得不投降。那将军不堪其辱，最终战死在齐鲁交界的夹谷。噩耗传来，我母亲便自刎于宫中了。”

绿姬这才知道为何公子纠眉宇间总挂着若有若无的愁苦，想来他母亲为齐鲁两国之人所唾骂，他的日子也不会好过。绿姬的心抽痛得紧，抬眼望着这冰肌玉骨的美男，举起的酒盏停在半空，一时竟不知该如何出言宽慰他。

公子纠饱含情愫的眸子锁紧了绿姬，忽然忘情地一把拉住她的手，死死握住，再不给她挣脱的机会。绿姬吓了一跳，手中的酒盏翻了，清冽的美酒泼在桃色的裙裾上，像离人泪渲染了的桃花瓣，美得令人唏嘘。

酒不醉人人自醉，公子纠察觉到绿姬欲挣脱他的手，更加大了力度，急切辩白道："当日我的确有许多苦衷，可自始至终，我心中只认定你一人，什么鲁国女公子，什么绝代佳人，全都不在我眼中。"

若是在鲁国时能听到公子纠这一番表白，绿姬定会毫不犹豫与他共沉浮。可如今，两人之间隔了那么多的人和事，又怎可能一如往昔？

公子纠看出绿姬有所顾虑，柔声宽慰道："今日我只身前来，就是要告诉你，我不想再争权夺位，我不要再管这些争斗，只管让小白去做他的齐侯。我只想择一山明水秀之地，与你一起，平安终老。"

语罢，公子纠抬眼望着绿姬，眼中满是赤诚："你愿意随我一起吗？"

听了公子纠的话，绿姬一愣，待反应过来，她慌忙低下头，不忍看他满是期冀的眼眸。

曾经梦寐以求的，如今唾手可得，绿姬却不能要。小白不笑也含情的样子不住在脑中回旋，绿姬鼓起勇气，声音却小得出奇："我……答应了小白，要在这里等他……"

公子纠面色苍白，他紧握着绿姬的手，指节泛白，声音颤抖，眼睛俯视着地面说出一句："你等小白也没有关系，我可以陪你一起等，我……"

绿姬难以置信地看着眼前人，这还是那个高高在上、遥不可及的公子纠吗？

院外传来了一阵急促的马蹄声，绿姬回过神，看向门外，瞬间面色惨白，傻在了原地。

门外来的，竟然是小白。

已即位为齐侯的小白骑在小白马上，身穿紫檀色玄端，头戴紫金冠，气势如虹。他驭马如飞，生怕绿姬独自待在莒城会有不测。可他做梦都没想到，当他不顾一切赶到莒城时，看到的却是公子纠紧紧握着绿姬的手的一幕。

小白面色灰白，一脸受伤地盯着绿姬。绿姬不知该如何解释，在小白的注视下慌忙低下了头。

公子纠不忍看绿姬的局促模样，轻轻放开了手。他看着小白，蹙了蹙眉，出言道："你这身装扮也太过招摇，这地界不比齐国境内，身为新君，怎可以身犯险？"

小白正眼不看公子纠，翻身下马，几步跨到绿姬身前。才几日不见，她竟然与纠旁若无人地对饮，还拉拉扯扯。若他再晚来半日，她是不是就要跟着纠跑了？

绿姬努力平复自己，却被小白几欲发狂的气势震慑得一句话也说不出，只低头不语。

小白一把扯过绿姬，将她拽至身前，绿姬眉头一皱，以为手腕会传来分筋错骨一般的疼痛，谁知小白这一拽动作是大，握着绿姬的手却很温柔。

见绿姬乖乖立在自己身边，小白躁动不安的心稍稍安静了几分，他警惕地查看着四周，想看看这里究竟是否只有公子纠一人。

公子纠看出小白的顾虑，说道："我是独自一人来的，没有旁人。"

小白直视着公子纠，面色依旧很不好看："你来这里做什么？"

公子纠神色清淡如水："来接绿姬姑娘。"

小白身子一震，抓着绿姬的手又紧了三分，笑对公子纠道："可巧了，我也是来接绿姬的。"

兄弟二人同时看向绿姬，绿姬却只是垂头望着足下的方寸之地。既不能伤害小白，也不想伤害纠，绿姬的手心冒汗，思索着该如何收场。

公子纠不忍心看绿姬不知所措的样子，话锋一转对小白道："听闻你胸口中了一箭，可是都无碍了？"

小白冷着脸问道："那日我听管仲对手下说，是你下令，若见到我，格杀勿论，是真的吗？”

公子纠面露惊讶之色，略一思索，想来管仲要下令杀小白，须得师出有名，假借他的名义，才能服众。

小白已即位为齐国新君，若是有一日，公子纠与管仲为小白擒获，以小白的性情，公子纠自然能保住性命，可管仲三番五次伤害小白和绿姬，小白必欲杀之而后快。

想到这里，公子纠冷道："对，是我下的令，只是没想到你如此命大。"

小白眼底流过一瞬的绝望，继而被决绝悉数取代，他拔出随身的佩刀，冷眼看向公子纠。

看到小白拔刀指向公子纠，绿姬忙上前一步，挡在公子纠身前，急对小白道："此事只怕有误会。"

小白看了眼挡在公子纠身前的绿姬，神色黯然。他挥刀割下紫檀色玄端的一角，扔给公子纠："记得小时候，寒冬腊月里，我自己不会穿衣，是兄长手把手教我如何敛衽，如何系带。没想到你我竟然也走到这个地步。既然如此，今日我便割袍断义，绝了这兄弟情，从今往后，你我老死不相往来！"

小白的目光从公子纠的脸上转到绿姬身上，那种哀伤至深的神情让绿姬如坐针毡。

绿姬忙收了手臂，想要对小白解释。

小白却抢先开了口："从前都是我拘着你，逼你留在我身边。今日我和他都在，要跟谁走，你自己来做决定。"

绿姬惊得说不出话，整个人愣怔在了原地，不知该如何是好。

公子纠温和的声音从身后传来："何必如此逼她，要她一定在此时此刻说出个所以然来！"

小白却像是没听到公子纠这一席话，依然定定地看着绿姬，眼底涌动着前所未有的不安。

毕竟绿姬从未亲口承认过对他有情，一句"我等你回来"，更像是对即将踏入九死一生的夺位征途之人的祝祷。即便已经即位为齐国新君，在公子纠面前，小白依然感到十足的挫败，至少绿姬对纠的心意昭然若揭，仅此一点，便足以令小白嫉妒得发狂。

二人朝夕相对的画面在脑中一一闪过，本以为经历过这么多事，她心中会有他，可她眼中的犹豫不决却如同一把匕首，比管仲射来的利箭还猝不及防，生生将他穿了个透。

虽尽力把持，声线却不争气地颤抖着，小白再次开口问绿姬："你到底要跟谁走？他？还是我？"

小白话音才落，公子纠也紧盯着绿姬，一向淡泊冷静的脸上满是期冀和惶恐。

绿姬抬头望着小白，张了张口，却不知从何说起。身后背负着公子纠的殷殷期待，面前是小白无法辜负的深情，绿姬真想就此消失，再也不用背负如此的深情。

看着绿姬犹豫不决的样子，小白满脸失望，蓦地转过身，一步一步向小白马走去。

第六章　齐国新君

这一步步迈出去，犹如走在刀刃上，每远离绿姬一步，小白心头那份彻骨的痛都加重一分。

他满心满眼都是她，为她可以抛弃一切，到头来却只看到了她的犹豫不决。小白整个人仿佛被掏空了，一丝气力也无。

小白想翻身上马，即刻赶回临淄城去，双手却颤抖得握不住缰绳。他归心似箭，不仅因为心中惦记着齐鲁边境的战事，更是怕自己再待下去，会忍不住将绿姬掠走，强迫她待在自己身边。

望着小白渐行渐远的背影，绿姬欲言又止，思绪万千。她心中了然，这种境况之下，要么是三人皆伤心，要么是一人难过，总之不会人人如意。既然如此，不如索性顺遂了自己的心意，做出这个既含情脉脉又绝情寡义的决断。

绿姬低声对站立身侧的公子纠说了一声“对不起”，便翩然上前，一把拉住了欲翻身上马的小白。小白惊讶地回过身，看到绿姬紧紧地攥着自己的袖笼。

绿姬鼓起了十二分的勇气，声音虽然不大，语调却很坚定：

“我跟你走。”

小白瞪大了星一般的眸子，定定地看着绿姬，一脸的难以置信。

见小白愣在那里，绿姬颤着声，又说了一遍：“我要你，我要跟你去临淄。”

突然间，小白将绿姬拉入怀中，捧起她的小脸，重重地吻上了她的唇。

绿姬显然没想到小白的反应会如此过激，清潭般的眸子瞪得圆圆的，瘦弱的身子不住颤抖。小白温热的气息从唇齿间渗出，薄唇温柔地触碰着绿姬的唇瓣。这份炙热又青涩的情愫在此间缓缓升腾。

小白浓烈的呼吸中满是不安，双臂紧紧地箍着绿姬，也许他是刻意在公子纠面前做这样一件事，来宣泄前一瞬心中充盈着的悲凉。绿姬不忍将他推开。但绿姬同样能感受到身后公子纠的目光犹如利剑，这无形的刀刃足以将她凌迟。

看着眼前交叠的人影，公子纠心中五味杂陈。在小白出现的那一瞬间，看到绿姬的反应，公子纠便知道，她不会跟自己走了。本来他就是茕茕孑立、形影相吊，他总以为，自己所有的隐忍和绝情，终有一日都可以跟她解释清楚，却不知这世上最禁不起“凉薄”的便是人心。

一个是他的亲弟弟，一个是他唯一挚爱之人，他无论如何也恨不起来。只是要他潇洒放手，大气祝福，他也着实做不到。

即便心如刀割，公子纠还是抬起头，面色恢复了平静。依旧是那副纤尘不染的模样，他慢慢走到“疾如风”身侧，翻身上了马。

小白也终于松开了绿姬，红着脸把绿姬的手握在手里，绿姬的心陡然柔软了几分，或许今日的快刀斩乱麻，对于他们三人都有好处吧。

公子纠骑在马上，不看小白和绿姬，而是直视着前方：“情势到了这般田地，你我兄弟必有一战。战场上刀剑无眼，你且珍重，照顾好她。”

言罢，公子纠潇洒地挥动马鞭，顷刻间便在绿姬和小白的眼前消失了。

望着公子纠远去的方向，绿姬仍觉得无比伤怀，此一去，不知今后是否还有再见的机会，即便不能携手一生，他对她的恩情与呵护，都是不能磨灭的。

公子纠走后，偌大的庭院中只剩下绿姬和小白两人。看到绿姬神色凄凄发着愣，小白又将她搂在怀中，气鼓鼓地说：“从今往后，你心中除我之外，再无他人。”

绿姬脸一红，一把推开小白，轻声骂道：“不知羞。”

小白笑道：“时候不早了，我们赶快回家吧。”

听了小白的话，绿姬一脸疑惑：“回家？”

小白赖笑道：“齐王宫啊，我们的家。”语罢，小白不由分说推着绿姬走向小白马。

绿姬回身道：“懒丫头一早就到莒国宫中去了，我们等她回来一起走吧。”

小白忙道：“不必了。我派人跟莒子打了招呼，想来懒丫头已经知道我来接你的事。过不了两个时辰，著山就会来接她，你就不要坏人家的好事了。”

绿姬不解地看着小白：“什么好事？”

小白微微一笑：“你没发觉吗？懒丫头对著山，跟从前不大一样了。”

经小白一提点，绿姬回忆起懒丫头对著山的态度，与以往相比确有变化：从前懒丫头常说自己讨厌著山，也言行一致地躲他躲得远远的；现在嘴上虽然仍说着讨厌著山，却总不由自主往他身边凑。

绿姬嘴角泛起一丝笑：“那我们先走吧，让著山来接懒丫头。”

听绿姬如是说，小白喜气洋洋地翻身上马，握住绿姬伸来的小手，一把将她拉上了马。

小白马嘶鸣一声，驮着绿姬和小白，飞速向城外驰去。

莒子早已在城外凉亭中设下美宴，等着为齐国新君小白饯行。小白才出城便看到了莒子一行，数丈开外就勒了缰绳，翻身下马，接下绿姬，两人并肩走上前去。

小白与莒子以国君之礼相见，莒子笑道：“恭喜齐侯即位，寡人国小，没什么好礼相贺，今日便在这里，略备薄酒，为齐国新君饯行。”

小白笑着举起铜爵，与莒子对饮。酒过三巡，莒子又斟满一爵，拱手对绿姬道：“寡人也敬姑娘一杯。”

宫人递来酒盏，绿姬才要接过，却被小白一把按下，小白对莒子道：“国君勿怪，我不准她和别的男人喝酒。”

莒子一怔，面露几分尴尬，却又有些想笑：“是寡人唐突了。”

绿姬脸上一阵红一阵白，想来小白还在为方才她与公子纠对饮的事情生气，只是莒子何其无辜，竟被牵连。

莒子又敬了小白一杯，而后躬身拜道：“寡人早已看出，齐国君绝非等闲之辈，他日飞黄腾达，爵位擢升，莫忘你我相交之谊啊。”

小白笑着搂过绿姬：“莒子放心，我，与我们的子孙后代，定不忘莒子恩德，倾我齐国之力，也定保莒国世代平安。”

绿姬不承想小白竟已把她当作君夫人，面上讪笑着配合他，给他留足面子，心里却又羞又恼。

莒子看着小白与绿姬眼底的情愫涌动，朗声而笑：“看来不日便要吃齐侯的喜酒了，寡人先在这里恭贺了。”

小白喜不自禁：“多谢，时辰不早了，我们得出发了，不然就无法在日落前赶回临淄了。”

莒子向身后的一众侍卫挥了挥手，对小白说道：“管仲此人城府极深，手段狠辣，齐侯与姑娘二人怕会不安全，寡人遣贴身侍卫队护送齐侯回临淄。”

小白抱拳言谢，翻身上马，带着绿姬向临淄城方向赶去。莒子的侍卫们不远不近地跟在身后，官道上马蹄声不绝于耳。

然而小白和绿姬都不知道，保护他们的不只是莒子这一队近身侍卫，先前扬鞭而去的公子纠，一直策马于官道旁茂密的树林中，远远地望着他们。

日落时分，小白和绿姬终于到了临淄城。公子纠也勒马，俊逸的身姿掩映在临淄城外茂盛的树林中。

透过斑驳的树影，公子纠深情地望着眼前这座熟悉又陌生的城池。这里是他的家，是他祖辈父辈苦心经营、倾力奋斗的地方。而今时今日，他却只能站在城外，遥望着这座本该属于他的城。

也不知齐王宫中，他曾居住的殿宇前，那株亲手所植的寒梅今年冬天会不会开花，公子纠苦笑一下，冷若寒冰的俊脸上愁云密布，像是用了十二万分的气力掉转马头，打算回曲阜。

很多事，终究不是他倾尽全力就能左右的，但他只有置身其中，才能有扭转乾坤的可能。

公子纠轻叹一口气，向着落日的方向打马而去，素白色的衣袍在夕阳照耀下，宛若黄金甲。

与此同时，懒丫头正坐在莒城小院篱笆的横杆上，愁容满面。

听说小白已经即位为齐国新君了，懒丫头不免十分心疼公子纠，可当听说著山要来接她的时候，立刻又乐得合不拢嘴。

懒丫头早早地收拾好了东西，乖乖等着著山。一直等到日落，著山驾着马车的身影才缓缓而来，懒丫头瞬间笑逐颜开，却又立马板起了脸，清了清嗓子，装出生气的样子来。

著山驾车进了小院，却丝毫没察觉出懒丫头的情绪，他指着院内码放整齐的几个木箱问道：“东西都收拾好了？”

懒丫头乖顺地点点头，可著山一句体己话也没有，只沉默地走进小院中，木然地将木箱一个个搬上了马车。

也难怪著山心情不好，今日鲍叔牙一到临淄城，就狠狠地责骂他“勘察不力，差点让管仲害死公子小白”，还罚他去看守宫门两个月，以儆效尤。著山着实是郁闷难当。

著山甘愿受罚，可一想到这两个月都不能像其他兄弟一样守护在公子身侧，他就委屈得想哭。

可懒丫头哪里知道这些，兴奋地凑上前去，想跟著山搭话。此时著山已经搬完了所有箱子，像是没看到懒丫头似的，关好车门，二话不说就要出发。

懒丫头忙跳上车，著山只感觉车咯噔一声，好似又沉了许多。

著山打起马，没好气道：“怎么几日不见你又胖了。”

看着著山满脸的不耐烦，懒丫头委屈得直想哭，她虽然不轻，但是年纪小，圆圆的小脸，大大的眼睛，还是很可爱的，怎么就受到著山如此粗野的对待！

两人都心情欠佳，坐着无比慢的马车，各怀心事地向临淄城赶去了。

华灯初上夜未央，临淄城街巷之中，宝马雕车香满路，到处是笑语盈盈、谈天说地的行人。

齐国丝绸业极为发达，名震天下，临淄城又是齐国都城，富甲一方。街上往来行人的衣着远胜于鲁国的曲阜和莒国的莒城，甚至能与洛阳城的王室宗亲相提并论。

城中最大的布庄前人声鼎沸，男女老幼都在争相购买紫色绢布。两人骑马从布庄门前经过，绿姬心生诧异，问道：“紫色乃是次色，不算金贵，怎么突然如此抢手了？”

小白得意扬扬地抬起袖子，对绿姬道：“今日即位大典上，我穿了这件紫檀色的玄端。殊不知颜色终究在其次，到底是穿在我身上，才会如此好看，群起效仿，也不奇怪。”

绿姬被小白说得哭笑不得：“我觉得你还是穿粗布麻衣最好看，

如今打扮得这样花枝招展，真是看不习惯。而且你好端端的，为何选紫檀色来穿？”

小白一扬眉：“我问了宫中制衣局的裁缝，与青绿色最相衬的便是紫檀色，你爱穿青绿色，我自然要穿紫檀色了。”

绿姬听了心中感动，嘴上却只说道：“我饿了，什么时候进宫？我要吃饭。”

小白指着眼前的条条街市，意气风发地对绿姬道：“放心吧，整个齐国都是你的，我们即刻回宫，让你吃个够！”

语罢，小白策马狂奔，带着绿姬向远处恢宏如仙阙的齐王宫迅速前进。

第七章 今夕何夕

齐王宫修建于姜太公受封之初，由太公亲自督造，北依山势，南邻淄水，浩然之气如昆仑之墟。五步一楼，十步一阁，飞檐斗拱，高低错落。桂殿兰宫被笼罩在夜幕星辉中，直让人有种误闯嫦娥仙子广寒仙境的错觉。

小白马穿过山阙，九重宫门次第而开，宫人们见齐国新君环抱绿姬策马而来，都垂首立于偏道上，不敢抬眼看。

行至殿前，小白下了马，又扶过绿姬，即刻有侍卫上前向小白行礼，小白递过缰绳，那侍卫牵过小白马，躬身退了下去。

拉着还沉浸在齐王宫的恢宏气势中的绿姬，小白拾级而上，心情无比畅快地向正殿走去。

错彩镂金，铺锦列绣，缀玉联珠，齐国正殿的装潢没有一丝刻意炫耀财富和地位的意味，反倒显得十分磅礴大气，令人肃然起敬，远胜于恨不能金砖铺地的鲁宫。

绿姬从前时常出入王城，对雕栏玉砌司空见惯，今日却还是为齐王宫正殿中这股浩然之气深深折服。她紧紧跟着小白，生怕走错一步。

眼见小白带着绿姬回来了，跪坐在殿中苦苦等待的鲍叔牙和高氏大夫都松了一口气，忙起身上前行礼道："参见君上。"

小白扶起他二人，笑道："两位大夫不必多礼。"

高氏大夫头一遭见绿姬，虽然猜到能让小白和公子纠都倾心相待的女子一定不是等闲之辈，可陡然一见，仍被她的倾国美貌所震慑，一时间竟张口结舌呆在了那里。

小白见高氏大夫盯着绿姬发呆，轻咳了两声，提点他注意自己的行为。

高氏大夫这才回过神，拱手拜道："久闻姑娘大名，今日得见，实乃三生之幸。"

高氏大夫是诚心赞许，可绿姬听到此话，却不免想起小白因她丢了传国玉玺的事，笑容里带了几分尴尬。

小白看出绿姬的难堪，忙接口问道："两位大夫漏夜仍守在宫中，可是有什么要紧的事？"

高氏大夫回道："没什么要紧事，只是臣与鲍大夫担忧君上的安危，既然君上已经回来了，我们……"

鲍叔牙还要说什么，高氏大夫赶忙拽了一把鲍叔牙的衣角。小白趁鲍叔牙愣神的工夫，一边推着他向外走一边说道："天色已晚，师父也该回家了吧？师母许久未见你，只怕有许多体己话要说，师父再不回去，师母可要生气了。"高氏大夫躬身跟在鲍叔牙和小白身后，一副谨小慎微的样子，却有些忍不住想笑。

鲍叔牙和高氏大夫退下后，小白紧掩了殿门，大殿之内只剩下他和绿姬两人。

小白笑盈盈地看着绿姬，轻握住她的小手，才要说话，殿门忽然大开，一阵冷风袭来，一位豆蔻年华的美貌姑娘冲入殿内，生生将绿姬与小白二人冲散了。

这姑娘上前抱着小白的手臂不撒手，边摇边撒娇："小叔父，你可回来了，叫小媛好等。"

小白被这丫头晃得直晕，撤了胳膊，语带几分不耐烦："你不好好在房里待着，等我干什么？"

绿姬听这姑娘叫小白小叔父，猜到她应当是诸儿的女儿。绿姬看她生得白皙美丽，娇俏可爱，不禁莞尔而笑：齐国姜家这一脉着实厉害，怎么男男女女都如此好看，难道就没有一个长得不尽如人意的吗？

这姑娘的确是诸儿的嫡女，名唤媛姜。见小白对自己不耐烦，媛姜委屈地嘟着嘴，这才察觉到绿姬的存在。媛姜侧过身，上下打量着绿姬，眼神与小白的姐姐文姜如出一辙，只是比文姜少了些高傲，多了两分嫉妒："你是谁？"

绿姬微微一笑，抬眼看向小白，似是在探问小白该如何回答。

小白跨步上前，揽着绿姬，一脸骄傲地对媛姜道："这是我未来的妻子，你可以叫她婶母。"

听了这话，媛姜美丽的小脸上流露出奇异的神色。愣了片刻，媛姜气鼓鼓地瞪了绿姬两眼，什么也没说，拔腿跑了出去。

小白看着媛姜的背影，无奈地对绿姬道："这孩子从小无人管教，性子奇怪得很。"

绿姬抿嘴一笑，不置可否，只是心中有种怪怪的感觉。可看到小白温柔又坚定的目光，绿姬便觉得无比心安。

小白朗声道："来人！"

两名宫人应声从旁门走入，行大礼跪在小白身前："拜见君上。"

小白吩咐道："告诉媛姜，以后没什么事不要到处乱跑。另外，找个侍婢教教她规矩，别等过两年出了阁还是这副粗野的样子。"

宫人忙颔首道："诺。"

小白又问："吩咐你们做的事，可都办妥了？"

宫人答道："回禀君上，都已办妥。"

小白嘴角泛起一丝笑，满意地挥挥手："下去吧。"

这两名宫人福了福，恭敬地退了下去。

小白神色一转，一天奔波的疲沓之色尽扫，满脸得意地拉着绿姬的手向殿后走去："你快跟我来。"

夜幕低沉，鲁宫观星台似有万仞之高，管仲与鲁公对坐于台上，仿佛举手便可摘下星辰。

到底是深秋了，夜里气温陡降，冷风吹来，鲁公冻得直抖，可对坐的管仲却稳若磐石，岿然不动。

忽然间，管仲低沉的声音响起："若能事成，我们会拆除鲁国北面从泰沂山延伸至海曲的齐长城，增加边贸，并为鲁国提供海盐，保障鲁国的盐粮供给。"

鲁公一怔，未曾想管仲如此直截了当，只是鲁公还未想好如何应对，赶忙装傻道："大夫在说什么？寡人听不懂。"

管仲重重一哼，愤愤道："我们公子身为僖公次子，诸儿既死，理应由我们公子即位。公子小白不顾长幼之序，为一已私欲，窃国篡位，人人得而诛之！"

听了管仲这一席慷慨激昂的言辞，鲁公仍推诿道："大夫所言句句在理，只是寡人国弱，齐国势强。寡人虽有心助二舅父夺位，奈何实力不足呀。"

管仲似下了很大决心道："待公子即位，我们便将齐鲁边境从阿城到琅邪城的十五座城池赠予鲁国，聊表谢意。"

鲁公做梦都想开疆拓土。奈何北有强齐，南有蛮楚，这两大国军事鼎盛，物产丰饶，疆域广大。鲁公自知谁也打不过，这夙愿只能憋在心里。现下管仲竟提出拆除齐长城，再赠予他十五座城池，如此不费一兵一卒便可攻城略地，对鲁公来说，无疑是个天大的诱惑。

鲁公想要一口答允，却忆起下午与谋臣商量对策时，大臣们都说现今公子纠与管仲所能依赖的只有鲁国，让鲁公只管往高处开价，狠狠捞他一笔。

想到这里，鲁公刻意做出一副盛气凌人的样子来："只是，此役风险太大，寡人与小舅父向来不睦，万一败了……"

管仲额上青筋暴起，从牙缝里挤出一句："那你要如何才肯？"

鲁公试探性地伸出了三根指头，见管仲面色铁青，慌忙收起了一根："二十座城池……"

管仲身为齐国大夫，此次提出给鲁公十五座城池作回报虽是权宜之计，却依然改变不了丧权辱国的事实。管仲满心屈辱，鲁公竟犹嫌不足。

管仲勃然大怒，一把提起鲁公，将他推搡至高台边缘，众侍卫闻声赶来，拉开弓箭，却也只能干瞪眼，没有什么妙计能将鲁公从管仲手中救下。

鲁公回头望着台下渺小如蚁虫的行人，吓得哭了出来，死死地抓住管仲的手："大夫有话好商量！"

齐王宫正殿后的庭院是齐国历代君主的居所。院子不大，却极尽富丽堂皇。小白推开院门，一阵馥郁的花香扑面而来，沁人心脾。

绿姬惊呼："哪里来的桂花香？"

小白望着绿姬，得意扬扬："你可喜欢？原本这院子里光秃秃的，我特命人移了这桂花树来，平日里若有闲暇，我们就坐在树下晒晒太阳。"

绿姬走到桂花树下，抚着虬枝，望着小白笑道："你如今是齐国新君了，将来忙起政务只恨不能分身，怎还会有闲情逸致陪我晒太阳？"

小白走上前，眸中满是赤诚："我最大的心愿，就是在这个小院里，关起门来，直到满头银发，双眼昏花，还能跟你坐在这树下晒太阳。”

听了小白这话，想到他盖世英雄的命格，绿姬感慨万千。绿姬轻轻握住小白的手，呢喃道：“不论你肩上有什么担子，我都和你一起担。”

小白心中大动，将绿姬搂在怀中：“我可舍不得让你同我一起想那些烦心事，只要你一直待在我身边就好。关上这院门，我们便同世间寻常夫妻一样就好。”

绿姬红了脸，微微推开小白，啐道：“谁要跟你做夫妻？”

小白将绿姬拉回怀中，紧紧抱着不撒手：“你随我来了齐国，哪怕插翅也难飞走了，不嫁我你要嫁谁？”

绿姬小声抗议道：“我嫁谁自己说了又不算。”

小白略松了力道，低头问道：“那要谁说了算？我记得师父曾说过，你是大卜一脉，要娶你，需请天子赐婚，可是真的？”

绿姬点点头：“只是听闻天子抱病卧床，你即便递了奏呈上去，批阅的也是阆哥哥了。”

小白声音忽然变了调，一脸警惕地问绿姬：“阆哥哥？阆哥哥是什么人？”

绿姬并未发觉小白情绪上的变化：“就是王太子姬阆。”

小白环抱着绿姬的手忽然加大了力道，箍得她一阵生疼：“你和他很熟吗？”

绿姬这才察觉到小白的不快，忍着笑安抚道：“我哥哥葵是阆哥哥的伴读，所以我们自幼常在一起玩，在我心里，他就像我的亲哥哥一样。”

绿姬这一席话非但没能浇灭小白的醋意，反倒让他更为不安。怎么才走了个公子纠，又来了个姬阆。小白半晌没说话，良久，幽幽开口道：“以后不许叫他阆哥哥。”

绿姬直想笑，却知道今日公子纠的事令小白十分不安，乖乖应允道：“好。”

“更不许独自见他，不许单独见任何奇怪的人。”

“好。”

见绿姬一一答允了，小白这才松了口气，温柔地问：“方才你说饿了，我让侍婢给你备饭吧。”

绿姬摇摇头：“已经不觉得饿了，这会儿只觉得浑身困乏。齐侯是不是要给我找个地方歇息啊。”

小白指着眼前的两间雕梁画栋、富丽堂皇的屋舍：“就住这里啊。”

绿姬一把推开了小白，嗔道：“想什么呢你，我为何要住在你的卧房里？”

小白笑得十分畅快，逗绿姬道：“我想什么了？我什么都没想，你觉得我在想什么？”

绿姬红着脸瞋了小白一眼，转身要往院外走。

小白一把拉住绿姬，赔笑道：“这两间房，原本有一间是我的卧房，另一间是书房，我已命人将书房改作了卧房，虽然小了些，却很舒适。最重要的是，你住在这里，我每天处理完政务，回来就能见到你。”

听小白如此说，绿姬心中很温暖，顾虑却没有悉数消除：“这院中只有你我住吗？连侍婢宫人都没有？”

小白笑道：“侍婢宫人我都打发了，你有什么需要，我来服侍你，好不好？”

绿姬白了小白一眼，嘴上却服了软：“我累了，先去歇着了。”

小白在绿姬身后叹道：“如此担惊受怕总不是办法，为免夜长梦多，明日我就给天子写奏呈，求他赐婚。”

绿姬又气又想笑：“即便天子赐婚，我也不能嫁给你，你若想娶我，还得求得一个人的允准。”

小白一听，急了：“怎么还有一个人？还有什么人？”

绿姬回道：“我爷爷。”

小白舒了一口气道：“这是自然，要做大卜的孙女婿，自然要得到大卜的允准。”

绿姬不再看呆在原地傻笑的小白，径直走入了房间。

这间由书房改造的卧房极其精巧，像诸侯家女公子的闺房。绿姬轻轻关上门，拨灭窗边的油灯，却没有上榻，而是站在漆黑如夜的房中，透过窗棂望着立在月光之下的小白。

小白盯着绿姬的房门傻笑了大半晌，才满面喜气地回房休息去了。

绿姬抬眼望着星空，盖世英雄那颗星子终于又挂在了天幕上，在璀璨绚烂星河之中最为打眼。

她终于找到了盖世英雄，来到了爷爷最崇敬的姜太公建立的齐国，可是小白真的能够匡扶王室，拯救万民于水火之中吗？未来齐鲁两国交兵，公子纠和小白都能全身而退吗？

想到这里，绿姬掐着通天脉，清潭一般的眼眸中起了几丝迷离。

第八章　落花有意

月明星稀，乌鹊南飞。

公子纠手牵“疾如风”，徐徐走进鲁国宫中的小院。不必再惦记那高高在上的君位，也不必强迫自己背诵枯燥无味的治国之道，此时此刻应当算是公子纠这十九年人生中最为轻松自在的时候了。

只是心头那一抹隐隐的痛，却已悄然深入骨髓，无药可医。

侍卫们居住的偏房熄了灯，想来是早已安歇了。一侧管仲的卧房中灯火通明，木门大敞着，只是不见人影。

公子纠蹙着眉，心中满是不安，隐隐预感到夺位之事只怕不会如他所愿：管仲不罢手，此事又怎能罢休？

正思量间，忽听到回廊尽头传来窸窸窣窣的响动，公子纠略回身，厉声问：“谁？”

鲁国女公子，鲁公之妹柔姬从回廊后转了出来，不知所措地望着公子纠，目光盈盈，温婉可人。

见是柔姬，纠的语调恢复了平静：“你怎么来了？”

柔姬缓缓走下台阶，行至公子纠身前，低眉敛目道：“心中记挂公子，所以过来看看。”

公子纠浅浅一笑：“不必过虑，夜深了，你一个姑娘家在这里多有不便，快回宫去吧。”

被公子纠如此直接地下了逐客令，柔姬脸上一阵红一阵白，却站着没动：“我知道公子心中一定不好受，我愿与公子一道分担……”

纠一怔，颇有几分哭笑不得：“为何你们人人笃定我会不好受？齐国君位于我而言并没有那么重要，无论即位的是小白还是我，只要国泰民安便好。”

柔姬忙解释道：“我知道公子淡泊名利，志不在此。只是公子即便不为齐国君位伤神，也总会为她伤怀吧？”

柔姬曾在鲁宫夜宴上见过绿姬一面，那日绿姬替公子纠击缶而舞，步态轻盈，翩若惊鸿，看得她一个姑娘家都心驰神荡、惊羡不已。近日得知公子小白已然即位新君，可公子纠却独自策马去了莒国，她心知肚明，公子纠一定是去找绿姬姑娘了。

打从第一日见到公子纠，柔姬就为他身上淡漠如仙的气质所折服，朝思暮想，辗转反侧。

可柔姬心里清楚，他们的口头婚约不过是管仲的权宜之计，公子纠每每望着她，眼中看到的都是另一个人。柔姬躲在回廊后，痴痴地等着，就想看到他们执手说笑相携而来的场景，自己也好死心，谁知等到的却是公子纠独自归来的落寞身影。这一瞬，柔姬泪如泉涌，为公子纠感到心疼。

为何能伴他身侧，能给予他安慰和力量，能让他笑的女子不是自己呢？

公子纠看着眼前的柔姬，目光虽温柔，声音却无一丝情分：“伤过了也好，许多时候，多情更比无情恼，须得快刀斩乱麻才好。”

柔姬是聪慧的女子，听公子纠如是说，便明白了话中的深意。她鼻头一酸，咬着薄唇，泪珠从清亮的眼眸中悉数滚落。

公子纠看着柔姬落泪，脑中却闪现出绿姬垂泪的模样，心猛地一阵抽痛。他尽量用平缓的语气劝道：“柔姬，你是个好姑娘，莫要在我身上浪费工夫了。”

柔姬听了公子纠婉拒的言辞，神情慌乱，赶忙用手掌揩去了滚落的泪珠，来不及说一句道别的话，便仓皇而去。

公子纠轻声一叹，抬头仰望星空，视线微微朦胧，满天的星子竟不知为何都化作了绿姬的模样，璀璨耀眼，令人神往。

公子纠自嘲一笑，果然，还是要彻底失去了，才知道自己是万万输不起的。

一阵急促的脚步声传来，公子纠收了神，竟看到柔姬不知为何又折了回来。

柔姬快步上前，避开公子纠的视线，声音颤抖着：“若是有朝一日，公子需要有人照拂，无论多久，我一直都在。”语罢，柔姬逃也似的跑了，独剩公子纠一人，心头震撼。

不承想，她这样一个小女子，面对感情，却比他这个大男人更加勇敢和坚持。

公子纠的神色又黯淡了几分：这一世，恐怕再无人能解他一分一毫的相思之苦，自己承受就好，何苦害人？

不知何时，管仲进了小院，看到公子纠站在西风中仰面望着天，不禁语带责备：“公子身子才好了些，怎么又站在风口上？”

公子纠回头望着管仲，貌似平平的语调中透着几分威严：“师父方才去哪里了？”

月色清辉之下，管仲紧皱的眉头犹如刀刻，似乎一夜之间，他便苍老了许多。公子纠不禁感慨，这十余年过去，管仲不再是他初见时英武挺拔、令他胆怯的师父，而成了为他百般筹谋、含辛茹苦的严父。思及此，公子纠放缓了语气劝道：“师父，小白刚毅果敢，又有筹谋，比我更适合国君之位。胜负既定，我们何必执迷不悟呢。”

管仲见公子纠苦苦相求，心酸难耐：“公子即位乃是天经地义，万不可过分谦让。且公子仁爱聪慧，若是即位，定是齐国百姓之福。鲁公已答允出兵，待备齐粮草车马，我们便能直捣临淄，为公子夺回君位！”

听了管仲这一席话，公子纠神色一凛：“鲁公答允助我夺位？师父究竟许了他什么条件？”

管仲几分气短，沉吟道：“公子不必过问，无论答允他什么条件，他日我定悉数夺回！”

公子纠听了，喉间生涩：“师父，我身为齐国公子，齐国的一花一草、一树一木，皆是我异常珍视的。哪怕你许给鲁公一抔沙，我心中都不会好受。师父是有骨气之人，如今为助我夺位，竟与鲁公这样的小人沆瀣一气，发兵攻齐，即便我真的即位了，又有何面目去面对齐国百姓！”

管仲自诩能言善辩，此刻却被公子纠说得哑口无言。他虽非齐人，却深受齐僖公恩典，对齐国感情深厚，若非万般无奈，又怎会出此下策？

公子纠看管仲神色，知道他听进了自己的话，继续劝道：“师父极具才干，堪任国相，小白虽鲁莽，却心地磊落。我愿永世退出君位争夺，保举师父为相，你们二人若是诚意相待，一心为国，定能大展宏图。”

管仲闻言勃然大怒：“公子以为我是为了相位才如此费心筹谋？那你未免太不了解师父的为人了！”

依然是淡然如水的声音，公子纠缓缓解释：“师父不必多心，你心系天下苍生，堪负社稷大任。可我无心再卷入争权夺位中，也绝不会与小白兵戎相见，兄弟相残。”

管仲反驳道：“公子，身为齐国公子，应当以齐国百姓的安居乐业为己任。公子小白自幼顽劣，连鲍叔牙都曾称病罢官，不肯教他。这样的人，如何能担得起国君之责？”

想起小白幼时趣事，公子纠嘴角扯出一丝浅笑：“小白幼时确实顽皮，可鲍大夫当年不愿教导他，现下却对他忠心不贰，可见小白的赤诚坦荡获得了鲍大夫的倾心相助。小白对齐国百姓诚意相待，也一定会成为备受拥护的明君。”

管仲出言制止道：“公子不必多说，不管你是为兄弟情，还是为那妖卜不肯兴兵，此事已成定局，绝无回转余地。我不单是为着帮公子讨个公道，更是为着齐国的万世基业不毁在这竖子手中！”

语罢，管仲拂袖而去。公子纠望着管仲决绝的背影，思绪万千。

这一场兄弟之间的夺位之争不知何时才到尽头，而他们各自的命运又将走向何处？公子纠一声长叹，满眼迷离。

清晨，绿姬在一片悦耳的鸟鸣声中悠悠转醒。

高悬于顶的轻纱幔帐映入清眸，绿姬握住垂在榻边的帷帐，微微发怔。

昨夜实在太过困乏，她才沾上软榻就睡过去了，并不曾将纱帐放下来过。绿姬心头一惊，彻底清醒了，忙坐起了身。

日光渗入窗棂，雕梁画栋、金碧辉煌的房间比夜间更显精巧好看。绿姬更衣篦发，收拾停当，打算去找小白算账。这小院中只有他们二人，帮她放下帷帐之人除了小白外，还能有谁呢？

打开房门，绿姬却被惊得迈不出脚：小院中整整齐齐地跪着三排侍婢，她们手中捧着铜鉴，端着桂花油，托着胭脂水粉、金珠玉钗，呈着七八件不同质地、不同样式的青碧色裙裳，直教人眼花缭乱，应接不暇。

这样的阵仗着实骇人，绿姬理了理思绪，定了定神，问道：“君上人在哪里？”

首领宫人忙回道：“君上一早便召集了各位大夫入宫，现在在正殿商议国事。”

没想到小白还挺勤政，绿姬的嘴角漾起一丝笑意，对侍婢们吩咐道：“只把洗脸水留下就好了，其他的一应都不需要，你们退下吧。”

侍婢们面面相觑，却不敢动。首领宫人回道：“君上晨起专门吩咐过，要好好侍奉姑娘梳洗更衣。”

绿姬笑道：“真的不必了，你们只需帮我寻个木盆来，再准备些热水，我习惯自己梳洗，不劳烦各位姐姐了。”

首领宫人面露难色：“已为姑娘准备了铜浴鉴，稍后会由专人送来。另外，君上早晨专门叮嘱过，让姑娘安心在这里等他便好，不要四处走动，宫里地方太大，人又杂，怕姑娘走丢了。”

听了宫人这一大车话，绿姬哭笑不得：走丢？小白以为她是三岁的孩童吗？

可眼前这些人一脸诚惶诚恐，绿姬也只能轻叹一声，老老实实转身回房去了。

正殿内，小白审阅着记载各地今秋粮产结余的竹简，眉头紧锁。

国、高两位大夫都十分不解：眼下要与鲁国交兵，正需军粮。各地上报的粮产结余十分可观，怎么君上反倒俊眉紧拧，一脸不快呢？

国氏与高氏向鲍叔牙投去探寻的目光，鲍叔牙却微微摇了摇头，示意自己也不知内情。

忽然间，小白将竹简重重撂在了案几上，国氏和高氏忙匍匐在地，异口同声道：“君上息怒。”

鲍叔牙思忖着开口问：“不瞒君上，这竹简老臣也看过，各地粮产丰足，足以支撑我们与鲁国一战，君上为何仍愁眉不展呢？”

小白指着竹简对鲍叔牙道：“井田之上，百亩地量产如何，师父不是不知，除去封地上各位大夫扣下的，这些粮食一旦收归国有，百姓可还有余粮过冬？”

小白这一席话，问得国氏高氏和鲍叔牙都哑口无言。近几日鲁国在齐鲁边境蓄粮屯兵，战事一触即发，若是不征粮草，如何保障战事？可若是征得太多，民怨沸腾，战士们又如何肯为国家倾力而战？

小白转而向高氏大夫问道："高卿，临淄城外有一块封地是你的吧？"

高氏大夫听小白如此问，不知何意，躬身回道："正是……"

小白蹙着眉，继续问道："今年夏季雨水不丰，导致许多作物干旱枯死，可高卿封地报上来的量产，似乎未受丝毫影响。"

高氏大夫闻言，拱手解释："臣的封地毗邻淄水，有河水灌溉，故而未受旱情影响。臣绝无苛待百姓之举，还请君上明察。"

小白起身走下高台，亲自扶起高氏大夫："高卿不必惊惶，我虽即位国君，但近一年来都身在莒国，确实不知齐国这边的情况。方才的问话并无苛责之意，你们不必有任何负担，只管知无不言，言无不尽便好，我一定虚怀纳谏，绝不会因此责罚各位大夫。"

三位大夫赶忙拱手："诺。"

国氏大夫仔细思索了半晌，开口道："君上，方才听了高氏大夫所言，老臣有个想法。我们齐国疆域广大，且有崇山峻岭，平原峡谷，各处情况多有不同，若不按统一标准征收余粮……"

鲍叔牙忙接道："正是，君上，老臣以为，可派遣得力之人到各地巡察，根据各地情形再定征收标准。"

听了众人的话，小白微微一笑，心中有了主意："师父所言极是，如此，便尽快选些得力之人派到各地去吧。"

绿姬沐浴后，换上了小白精心为她准备的裙裳：青色的外衫配上月白色的裙袍，白绿相间，暗含他二人的名字。小白这样精细的心思，着实让绿姬欢欣感动。

落叶萧索的秋日里，绿姬身着这一抹鲜嫩的青绿色，显得格外明艳活泼，不禁令宫人们都看傻了眼。

小白处理完了朝政，急匆匆赶回小院来，见绿姬正站在桂花树下，不由分说冲上来从背后紧紧环住她："才处理完政事就赶回来了，你可想我了？"

绿姬趁小白松了力道从他怀中挣脱出，转过身来，细心为小白拨弄好紫金冠的穗带，而后面色一转，嗔怒地打了小白一拳：“你说，昨晚你是不是偷偷进我房间了？”

小白自知理亏，忙转移话题道：“方才我已经写好了奏呈，着人送去洛阳城上交给天子了，求他赐婚。”

绿姬待要说什么，一阵敲门声突然传来，二人忙噤了声，整整衣襟，小白朗声道：“进来吧。”

一侍卫推门而入，跪拜道：“禀告君上，著山带着懒丫头回来了，只是有些情况，大夫请绿姬姑娘过去一趟。”

小白与绿姬不再迟疑，快步随着侍卫走出了小院。

第九章 彼姝者子

小白和绿姬随侍卫快步赶来，方走近那小院，就听到鲍叔牙的呵斥声和懒丫头的哭声。绿姬和小白对视一眼，相携走进了院子。

鲍叔牙板着个脸，正在大声斥责著山。著山和懒丫头分列鲍叔牙左右手边，著山瘪着嘴昂着头，一脸倔强，懒丫头则号啕大哭，惊天地，泣鬼神，像是受了极大的委屈。

小白信步上前，笑问:“大清早这是怎么了？鬼哭狼嚎的。”

众人见小白来了，呼啦啦跪倒一片，行礼道:“参见君上。”

小白扶起鲍叔牙，睨着跪在地上气鼓鼓的著山:“这小子又怎么了，惹师父发这么大的火？”

一旁的懒丫头不住地抽泣着，小小的身子抖个不住。绿姬眼尖，看到她的布履磨了个底儿穿，脚趾从破洞中探出，伤口溃烂，流血不止。

绿姬赶忙扶起懒丫头，蹲下身为她查验伤情，语带心疼和自责:“这是怎么弄的？”

懒丫头颤抖着后退两步，闪开身，抽噎道："姑娘别动，脏得很。"

小白看到懒丫头的伤情，陡然变了神色，冷声问著山："到底怎么回事？"

听小白发问，著山不得不回："眼见天要黑了，赶路着急，一鞭子抽上去，马儿受了惊，四蹄腾起来，就把这胖丫头撂下了车……"

小白睨着著山，一脸不信："撂下车？撂下车脚能伤成那样？到底是怎么回事，照实说！"

著山硬着头皮说："要怪也只能怪她自己命不好，道边是荆棘丛，她不偏不倚就掉进去了。我一心赶路，根本没注意到她掉下去了……"

听闻著山仍在为自己辩解，小白怒不可遏："没注意到她掉下车？车上少了个人，你竟然毫无察觉，你还配做我的贴身侍卫？"

著山满面委屈："车上拉着那些东西，林子里又吵，想着君上和大夫等得心焦，才疏忽了。后来发现她掉下去后，我也回去找她了。饶是这样还走了半天一夜。"

鲍叔牙听了，气不打一处来："好哇，好哇。你还不知悔改。原本要罚你去看守宫门两个月，如今看来根本不够！什么时候彻底改掉你这一身的坏毛病，什么时候再回君上身边服侍吧！"

一直在旁哭哭啼啼的懒丫头闻言，忙忍了泪，看看众人的脸色，小脸上尽是难以置信："要著山去守宫门？为何罚他去守宫门？我的脚不打紧的，别处罚著山了吧！"

绿姬轻轻一叹，望向小白，想替著山求情，小白却偷偷对绿姬一眨眼，示意自己心中有数。

小白清清嗓子，故作严厉地说："国有国法，家有家规。著山罪不可赦，就依照师父所言，罚去看守宫门思过，什么时候改过自新了，什么时候再回来。"

接着，小白指着站立一旁的侍卫，吩咐道："去找御医来，给懒丫头瞧瞧脚，别落下什么毛病。”

懒丫头停在原地嗫嚅着，还想跟小白求情，却接到绿姬递来的眼色。她只得作罢，老老实实地随着侍婢们到一旁的大树下，坐在蒲团上，等着御医来。

一众人都散了，鲍叔牙平复了心绪，躬身问小白：“君上可还要去……”

小白点点头：“即刻就去，宫中的事，劳烦师父多费心。”

鲍叔牙压低了嗓音：“君上，粮草是一回事，军队是另一回事。我们齐国虽号称有精兵三十余万，可现如今能够调遣的，恐怕只有国氏与高氏两位大夫的三万余众，如何能抵挡鲁国训练有素的十万精兵啊！”

小白正了神色，回道：“师父所担心的，正是我所忧虑的。今日我先落实了军粮的事，再说军队之事。不管怎样，总要按部就班一件件处理。”

鲍叔牙抱拳道：“那老夫就先着手安排下地方去勘察粮产之事，其余的事，等君上回来再说。”

小白点点头，拉着绿姬离开了小院，绿姬仍不时回头看着呆坐在树下的懒丫头，心中颇不是滋味。

绿姬叹道：“这丫头对著山一片痴心，可著山却对她毫不在意。”

小白笑了两声：“我说夫人，男人的心思你们女人哪里会懂？著山性子高傲，又不通男女情事，他越是喜欢懒丫头，就越是想欺负她。不然以著山的性子，只怕都懒得与她搭腔。”

越是喜欢一个人，便越是要欺负她？这是什么逻辑？绿姬美目一转：“听你如此说，我倒想起了一些从前的事。我初到莒城时，你总欺负我，难道……”

以为小白会矢口否认，谁知他却红了脸，磕磕巴巴道：“瞎……瞎说什么。”

原本绿姬只是想逗一下小白，看到他这面红耳赤的样子，绿姬十分诧异："不会吧？难道你真的……"

小白星一般的眸子波光流转，不自然地岔话道："今日各地报上来的今秋粮产的数量，颇为丰厚，我怕下面的人苛待农人，打算亲自出城去看看。你跟我一道去，这就回宫换身常服。"

绿姬见小白生硬地转了话题，差点笑出声来，但顾惜到他的颜面，她忙敛了神色，乖顺地点了点头，随着小白一同往小院走去。

绿姬站在寝殿小院门口，望着牌匾上金文撰写的三个大字"姝子苑"，脸上一阵红一阵白。

"姝子"二字取自齐地民歌"东方之日兮，彼姝者子，在我室兮"，讲的是美丽的姑娘与情郎相会，盈盈一室之温存，虽说能体现出齐地民风淳朴、天然自在，可齐国君主以此命名自己居住的宅院，还是十分尴尬的。昨晚天色太暗，绿姬未曾留意，今日看到，绿姬突然觉得不好意思与小白同住这院中了。

小白换上了粗布麻褐，走出小院来找绿姬。看到绿姬对着那匾额发呆，小白不由得一笑，快步走上前去，一把揽住她的腰："夫人在这里看什么？"

绿姬拍了小白一下，不悦道："不许叫我夫人。"

"那，小君？"小白揶揄绿姬，以诸侯王妻子的称谓称呼她。

绿姬看小白一眼，说道："看你穿这粗布麻褐比那玄端要舒服多了。"

"既然要出宫，自然要穿得朴实，只是为何你穿上这粗布衣裙还这么好看？"

小白看了绿姬半晌，满面不甘："想让你换上男装，可手边又没有合适的衣衫。真不想看到那些乡野村夫盯着你的样子。"

绿姬笑看着一脸气恼的小白，问道："我们怎么出去？骑马？"

小白点点头："那是自然，好怀念从前在莒城游猎的日子，当真痛快！"

绿姬央求道："我和你一起骑马好不好？很多日子没见到小棕马了，也不知它现在如何了。"

绿姬的小棕马原本名为"流如云"，是随着公子纠的"疾如风"命名的，如今绿姬怕小白敏感，于是避开了"流如云"的名字，而称其为小棕马。

绿姬的心思小白怎会不知，他心头暖暖的，握紧绿姬的手，说道："也好，'流如云'在棚里只怕要闷坏了，我们就带它出去散散心吧。"

绿姬望着小白，明白他是在告诉自己：他不介意公子纠的事，更不会因为过去的事有丝毫不快。绿姬心头一暖，眼中竟莫名蓄起泪来。

看绿姬清眸晶莹闪亮，小白忙逗她："反正现在抱你的时候多得是，哪里还需要借着骑马的机会呢？"

绿姬握起小拳欲打小白，却被他一把捏住，紧紧攥在手心里。两人相视一笑，手牵着手向马棚走去。

临淄城外，河水潺潺，小白与绿姬策马于城外，感受着天高云淡的秋日，心情无比畅快。

齐国宫墙之内，被小白下令禁足的媛姜听闻绿姬与小白一同策马出宫，气得直跳脚。她一边破口大骂，一边又闹着让宫中的侍卫教她骑马，着实把一众宫人折磨得够呛。

媛姜闹累了，吩咐一旁的宫人道："来人，把这女子的来龙去脉全都给我摸清楚了，看看她到底有什么来头，是怎么勾搭上我小叔父的！我们齐国姜家也是她能招惹得起的？"

宫人们不知媛姜为何会跟绿姬过不去，面面相觑，却也不得不点头答允，退了下去。

自在驰骋于天地之间的小白和绿姬对宫中的情形丝毫不知。

绿姬的骑术较从前精进了不少，小白刻意放慢了速度，望着绿姬在骏马上疾驰如飞的身影，不禁眉开眼笑，一脸骄傲。

她骑马的样子与平日里安静恬淡的模样截然不同，颇有几分帅气飘逸、英姿飒爽。初见她那日，哪怕小白用力将她的小脸捏得青紫，她也是一副无畏的样子，其后无论她表现得如何温婉动人，如何楚楚可怜，小白最难忘的还是她那副倔强的傻模样。

微微一笑，小白策马扬鞭，追上了绿姬。前方不远处正是井田，收割后的粮草垛在田边，堆积如山。

小白指着眼前山一样的粮堆，问道："这是什么草？"

绿姬笑出了声，揶揄道："哪里是什么草？这便是我们日常吃的糜子。君上竟连粮食都不认识，如何管理农事啊？"

小白冲绿姬抱拳，示意甘拜下风："我虽不认识这粮食，可林子里的野物却没有我不认识的，更没有我猎不到的。"

绿姬虽仍是玩笑的态度，话语中却带了几分劝解的意味："你身为国君，打猎如何骁勇不是最重要的，农桑之事才是社稷之本。"

小白松开缰绳，轻握着绿姬的皓腕："夫人当真是贤德，如此督促我，实乃齐国百姓之福。"

绿姬推开小白的手，嗔道："就爱嘴上占人便宜。"

小白翻身下了马，伸手要接绿姬，绿姬却只是拍了他的手一下，自己潇洒地下了马。

小白拉过绿姬的手，诚恳道："你既如此为齐国百姓着想，不如就行行好，嫁给我算了。国不可一日无君，更不可一日无君夫人。没有君夫人，后宫无人治理，种桑养蚕的事也无人问津，长此以往，国将不国。"

"你不是已经写了奏呈命人送到洛阳了吗？"感受到小白话语中的不安，绿姬轻声安抚道。

小白轻叹道："那……若是天子不允婚呢？"

若是天子不允婚？这问题绿姬倒是从未想过。她虽为大卜一脉的后人，可未来继承大卜之位的是她哥哥葵，她的婚事不牵扯政治和利益，应当不会那么复杂。

绿姬笑道：“怎会？我小时候王上时常嫌我顽皮，眼下见有人肯娶，只怕谢你都来不及呢。”

其实小白多想听绿姬说一句，哪怕王命不允，她也甘愿嫁给他。不知为何，小白心中总是有种隐忧，觉得娶到绿姬只怕不是那么容易的事。小白方欲开口，忽然听到不远处河岸边隐隐传来一阵欢笑声，绿姬和小白对视一眼，赶忙移步上前，欲查看个究竟。

第十章　静水流深

淄河两岸的井田上，丛丛糜子尽数垄黄。虽已是仲秋时节，田间的汉子们仍赤着脊梁，背灼天光，动作麻利地挥着铜镰。西风拂过，汉子们满身的汗珠顷刻消弭，不消片刻便收尽了大片良田。

小白望着眼前这丰收的景致，嘴角微扬，眉头却紧拧着：此处井田毗邻淄水，灌溉条件得天独厚，才能不惧亢旱，收获这万石之粮，齐国辽阔版图上的其他地方只怕就没这么幸运了。

淄河浅滩上，几名庄稼汉忙罢了手中的活计，正光着膀子，坐于陌上闲聊。暖融融的秋阳映在他们身上，给这些朴实的庄稼人镀上了一层金色光晕。赶来的女人们送来箪食壶浆，坐在田埂边上，说说笑笑，温柔地望着自己的情郎。

看到这场景，绿姬莞尔而笑，想起家乡洛阳城郊的小村子，每到秋收时节，也是这般情景。

小白见绿姬笑眯眯地盯着不远处那几个赤条条的汉子，心中着实不舒服，他抬手挡住绿姬的眼，说道："有什么好看的，不许看。"

看着小白气鼓鼓的模样，绿姬无奈地说："我是在看这一片丰收的秋景。”

可小白仍旧不依不饶：“总之就是不许看别的男人，他们像林子里的黑熊，有什么看头？”

小白这一席话虽然声音不大，却不偏不倚地落在了那群汉子的耳中。

汉子中最魁梧的一位站出来，板着脸，不悦道：“你有何能耐，居然口出狂言？”

看小白陡然变了脸色，绿姬忙拽住他的手，赔笑道：“他没事就喜欢与人较劲，还请众位大哥见谅……”

姑娘们听到绿姬开口，未曾想她声音如此动听，不由得又发出一阵感叹，其中一人问绿姬道：“你们俩眉眼间有几分相似，是兄妹吗？”

绿姬尚未来得及回答，小白便上前一步，揽住她的肩，大声宣布道：“她是我没过门的妻子。”

那魁梧的大汉笑对小白道：“小子，今日看你未婚妻子在旁，我便不让你难堪了，若换作别人，我是一定要与他比一比的。”

小白本没想与这些农人较真，听了这话，好胜心却被悉数激发。他转头对绿姬道：“在这里等我，很快。”他飞快解了短褐，褪了深衣，脱下皂靴，露出紧实有力的胸膛，向浅滩走去。

那大汉早已急不可耐，上前一步欲抓小白，却被小白顺势一拉，一个过肩摔掼于地上，溅起一摊泥水。

从未看过进展如此迅速的摔跤比赛，男男女女皆愣怔地望着小白，惊得说不出话来。

小白笑着一拱手：“各位，承让了。”语罢，他迅速走到岸边，拉着绿姬钻进了芦苇荡中，顷刻间不见了踪影。

绿姬抬腿欲穿过芦苇荡，走向田间。芦苇荡枝蔓丛生，绿姬想回身拉小白，却无意间碰到他赤裸的上身，那种紧实坚硬的触感吓得她差点栽进芦苇丛里。

小白忙捉住绿姬的手臂，脸上满是促狭的笑：“夫人且当心着些啊。”

绿姬小脸儿红得羡煞芙蓉花，恼羞成怒道：“你还不把衣服穿上，赤身裸背的，像什么样子！”

小白紧盯着绿姬红红的脸，笑得无比畅快：“怎么？我想纳会儿凉夫人都不许吗？”

绿姬眼看小白的身影渐渐逼近，急道：“你快把衣服穿上！”

说话间，两人闯出了芦苇荡，来到一片未收割的糜子田。绿姬上前几步，背对小白，素手托住饱满低垂的穗子：“你看这穗子如此饱满，就知此处粮产颇丰。”

小白没想到绿姬看到糜子，竟把他抛诸脑后，也不管他穿不穿衣服了，心中十分失落，冲上来揽住绿姬的腰，赖道：“你别忘了，无论人畜还是草木在你眼前，你都要时时事事以夫君为先。”

见小白赤着上身抱住自己，绿姬吓得尖叫连连：“你快松开我！”

小白见绿姬羞恼的样子，起了玩心，一边紧箍着双臂让绿姬脱不了身，一边笑道：“夫人不必害羞，与我一同看看这穗子，收成可好？”挣脱中，绿姬猛地使出全力，一脚踢在小白的腿骨上，小白始料未及，一声轻呼，膝盖一弯，腿一软，压着绿姬一起向田埂上倒了下去。

鲍叔牙此刻正带了侍卫急匆匆来寻小白。齐国边境有军报传来，十万火急，小白却不在宫中，无人能拿主意。鲍叔牙乘车至田埂边，看到小白马和“流如云”正在田边戏耍，猜到小白和绿姬一定在田里查看粮产，忙带着侍卫向田间去寻。

鲍叔牙披荆斩棘，拨开糜子丛，恰好看到小白赤着上身压在绿姬身上的样子。鲍叔牙惊怒交加，大喊道：“公子……唉！不对，君上，这可如何使得呀！”

小白和绿姬吓了一跳，看鲍叔牙气急败坏的样子，定是误会了。小白笑着从地上爬起来，对鲍叔牙道：“师父想多了，匆忙赶来，所为何事？”

见小白没事人似的，鲍叔牙无奈扶额，咬着牙急道："君上快把衣服穿上！"

小白边穿衣服边调侃道："幼时师父常与我说，众人观物，乃是仁者见仁，智者见智。怎么师父看见意外跌倒，就以为他人在做什么龌龊事，是否是淫者见淫？"

鲍叔牙板着脸跺着脚，借以掩饰自己的难堪："君上还开得出玩笑来！近日鲁国大肆屯兵，战事一触即发，郯国见我们无暇相顾，令兵士装扮成土匪的样子，屡屡到我边境，抢劫杀戮边民，实在是可恶至极！还请君上快快回宫去，好拿个主意啊。"

小白听了鲍叔牙这一席话，面色一凛，拉着绿姬快步向小白马走去。

齐王宫姝子苑内，绿姬倚在桂花树下，思索着方才鲍叔牙所说之事。小白褪了麻褐换上玄端，急匆匆从房内走出，看到绿姬，小白跨步上前扶着她的肩膀叮嘱道："我令宫人准备了午饭，一会儿便会送过来，你好好用吧，不必等我。事出紧急，我要去正殿与几位大夫商议对策，不知何时才能回来。"

绿姬却扯住了小白的衣袖："别忙着走，对于郯国此次不义之举，我倒有相克之法。"

媛姜宫室内，不时传来釉陶器皿的粉碎声和犀利的叫骂声。宫女们整整齐齐地跪在寝殿冰冷的青石板上，哪怕陶器从眼前飞过，也都大气不敢喘一下。

媛姜还在为绿姬随小白一道骑马出宫之事耿耿于怀，在殿中疯了一般抓起什么便扔什么，她突然回过身来，指着面前的宫人问："一个未出阁的女子竟在光天化日之下劈开双腿跨于马上，你说，她是不是不知廉耻！"

这宫人吓得差点没哭出声，忙磕头如捣蒜，回道："诺，诺。"

和殿内一众宫人不同，站在一侧的内侍貂很是镇定，脸上不但没有一丝恐慌，还挂着两抹轻笑。

见内侍貂面带笑容，媛姜指着他怒不可遏：“你笑什么？本公子被小叔父圈禁在宫中，你觉得好笑，是不是？”

内侍貂忙恭敬一礼：“公子莫怪，奴才只是觉得公子本可以有许多办法脱身，何苦在此怄气？”

“哦？”媛姜步步走到内侍貂面前，眼中满是狐疑，“你倒是说说看，本公子有什么办法？”

内侍貂凑近媛姜小声道：“公子既已被君上禁足，就该忍耐着些。这齐国如今只有一个人说了算，便是君上。公子万万不要再生事端，惹君上生气了。”

听到这里，媛姜的美目射出几道厉光：“你说这些世人皆知的屁话有何用处？我看你是活得不耐烦了吧，竟敢来指责我？”

见媛姜面有愠色，内侍貂忙笑道：“不敢。公子乃襄公嫡女，美貌倾世，又是王侯贵胄，身份无比尊贵，那绿姬出身乡野，岂能和公子您相提并论。宫中的女公子不止您一人，君上独独管教公子，那是看重公子，这还不能说明问题吗？”

听内侍貂如是说，媛姜的神色缓了三分：“依你所言，小叔父从未真心怪罪过我？只是看重我才将我禁足？”

内侍貂一笑，拱手道：“公子果然冰雪聪明。”

听到内侍貂的话，媛姜心中的酸闷气少了许多。可想到自己仍被禁足在这殿中，媛姜不由得叹了口气：“只是我被禁足在此，如同坐牢，如何能与那村姑抗衡？”

“君上既然可以禁足公子，自然也可以解禁。只要公子不再打骂下人，不再乱摔东西，头两日清晨在殿门口啼哭半晌，第三日在榻上称病一卧，就一定能见到君上。见面三分情，到时您再哭诉一番，奴才在旁陈述您的病情和反思之意。君上必定感念亲情，心生不忍，从而解除公子的禁足。”

“此话当真？”媛姜杏眼圆睁盯着内侍貂问。

“那是自然。要知道这宫里虽然是主子使唤奴才，可若论揣摩主子的心思，却没人比得过奴才。”内侍貂微微一笑，胸有成竹。

嫒姜美目一转，嘴角泛起一丝冷笑：“若能如你所言，有本公子一日在，便有你一日的好。事成后，即刻助我除掉那村姑，我一刻也不想再看到她出现在我小叔父身边。”

内侍貂闻言，大拜于地：“公子放心，奴才定助公子达成所愿！”

第十一章 击鼓其镗

桂花树下，绿姬拉着小白的袖笼道：“方才听鲍大夫所言，让我想起了幼年时的一件事，或许能助你克敌制胜。”

小白拱手笑道：“夫人请说，我洗耳恭听。”

绿姬美目一瞋，却也无暇计较他的称谓：“距洛阳不过百里之地，有个陆浑戎国[①]，时刻骚扰边民，威胁着王室安危，可王上却不以为意，认为其不足为患，始终没有出兵讨伐过。”

小白回道：“此国我曾听师父提起过，是戎人的一支，趁幽王之难时迁往中原。”

绿姬点点头，继续说道：“我七岁那年，遭逢大旱，陆浑戎族人本就不擅耕种，畜牧也大受影响，于是便结伙来抢掠京畿之地的粮食。我们大卜一脉所生活的村庄备受其扰，农人都奋起反抗，可哪里敌得过陆浑戎的袭扰，死伤遍地，粮食也被劫掠一空。众

---

① 东周春秋时代有戎人之国名为陆浑，陆浑戎，属姜戎一支，乃炎帝苗裔，公元前638年由敦煌（陆浑）迁到今中原豫西河南省洛阳伊川。

人无法，只得来向我爷爷求助。”

小白一听，忙问道：“哦？大卜有何妙计？”

“爷爷向天子借了百余甲胄，命农人穿上，待到陆浑戎再来侵犯，农人便严阵以待。陆浑戎人以为天子派兵平乱，吓得丢盔弃甲，仓皇而去。如此不战而屈人之兵，终于保住了余粮……”

听了绿姬这一席话，小白如醍醐灌顶，他轻轻一笑，上前环住绿姬：“夫人颇有筹谋，远超我那几位股肱大臣。”

绿姬忙推着小白：“只怕国高两大夫和你师父都等急了，快去正殿议事吧。我等你回来。”

万句蜜语甜言不及一句甘心等待，小白笑着轻握了绿姬的手，转身快步而去。

齐王宫正殿内，小白手握边地传来的军报，细细研读，眸色沉重。

国高两位大夫蹙着眉跪坐于台下，神色黯然。鲍叔牙见小白半晌不说话，斟酌着拱手道：“君上，边界告急，要早点拿个主意才是啊。”

小白将竹简撂在案几上，冷道：“此事我心中已有打算，郯国君空享子爵，却不卫正道，为人极其阴险狡诈，若想我齐国国泰民安，只怕是留他不得。”

国氏大夫拜道：“郯国趁火打劫，肆意屠杀边民，实不可忍，只是眼下要应付鲁国就已是力不从心，焦头烂额，哪里还有兵力去对付郯国？”

小白道：“此一役，不需一兵一卒。郯国来我边境骚扰，须经过莒国，莒子此次可有出兵抗衡郯国匪众？”

高氏大夫回道：“诺，莒子确有派兵阻拦，只是郯子推托此事乃流寇所为，他一概不知。况莒国国弱兵少，郯国毫无畏惧。”

小白嘴角闪出一丝冷笑：“传令，令兵士扮作商贾，连夜送千套甲胄铜刃至莒城，交予莒子，请其派精兵千名，身着齐国甲胄于边境埋伏郯国流寇，务必全歼，一个不留。”

鲍叔牙眸色一亮，明白了小白的用意。

国氏思索片刻，回道：“君上这主意甚妙，只是老臣有一顾虑：若是郯国匪众察觉那些身着齐国甲胄的并非我齐人，会不会反扑得越发凶狠？”

小白一脸不屑：“郯子是个连鲁公都尚且不如的鼠辈，只想趁齐鲁之战海捞一笔，并非存意要与我齐国作对。即便他们发觉是莒国侍卫扮成齐国士兵，也会知晓，我早已注意到了他们的动向。以齐国之军力，灭他郯国绰绰有余，想来郯子也不希望引火烧身。”

国氏与高氏叹服，齐齐拱手道：“君上英明。”

小白又道：“除此之外，我还有个想法：牢中多有作奸犯科之人，如今国库不充，这些人在这里白吃白喝，于国毫无裨益。奸淫杀人和抢劫者罪无可恕，其他罪行轻微之人可命其学习炼制兵器，每炼成一件，可酌情减刑。”

鲍叔牙附议：“兵甲稀缺，君上此法妙极，只是如何减刑，还需多加考量后再做决断。”

小白点点头：“师父所言甚是，即刻着掌管刑狱的秋官与负责工事的冬官去办，让他们尽快拿出个主意来。”

三大夫齐声拜道：“君上英明。”

小白话锋一转，忽道：“国卿，高卿，明日一早，我打算去军中看看。”

国氏与高氏对视一眼，瞬间慌了手脚：“这……如此突然，君上总要容臣等准备准备。”

小白摆手笑道：“非也，突然造访，才能看出兵士的真实面貌，才能体现二位治军的凌厉手段。两位大夫不必自谦，明日一早率部在北城门下集结便可。”

国氏高氏见小白心意已决，岂敢抗命？只得叩首领命。

国氏与高氏离开后，小白松了口气，走下高台，扶起鲍叔牙：

"师父累了吧，终日这样说话，着实是费劲。"

鲍叔牙缓缓起身："无妨，只是君上怎么忽然想起要去视察国氏与高氏的军队了？"

小白答道："并非心血来潮，这心思早已有之。师父细想，国氏与高氏看起来忠心耿耿，却从未主动提过军权归属。今日郯国来犯，整治军队已是迫在眉睫，不然等鲁国大军来犯，若是国高二人迁延观望，如何了得？"

鲍叔牙点点头："君上想夺军权，可国氏高氏怎会拱手相让？无论如何，君上要靠智取，不可强夺。"

小白蹙着眉："这也正是我的心结所在。若是强夺，令两位大夫心存怨怼，暗地里向管仲和纠靠拢就麻烦了。"

鲍叔牙提点道："君上不必太伤神，君上乃一国之主，想拥兵，不一定要夺权，只需让兵士知道，究竟为谁而战便可。"

小白笑着捋了捋鲍叔牙的胡子："师父果然老奸巨猾，于我心有戚戚焉。"

鲍叔牙打掉小白捋胡子的手，呵呵一笑，还是恭恭敬敬地跪于地上，向小白大拜行礼后，躬身退了下去。

御医为懒丫头包扎好了腿脚，并嘱咐她一定要卧榻休养，可她却无法静心养伤。

明知道著山最在意君上，鲍叔牙却要罚他远离君上去守宫门，他这哪里是在帮懒丫头出气？这分明是要著山永远不理她呀！

想到这，懒丫头坐立不安，忙蹬上木屐，一瘸一拐地向侍卫们居住的小院奔去。

著山收好了行装，正站在院门口与众侍卫话别。看到一瘸一拐赶来的懒丫头，他没好气道："你又来干什么？害我还不够？"

懒丫头嗫嚅道："来送……送你……你去了好好守宫门，过几日君上高兴了，便会让你回来的。"

著山冷哼一声："你是有多大的脸面，连君上的心思都敢揣度？我回不回来，跟你有什么关系？”

懒丫头满面通红，咬着薄唇，万分尴尬。众侍卫都讪讪退到一旁，懒丫头颤着声道：“害你挨罚，我心里也很难受，可我也不想这样嘛。”

眼见懒丫头双目噙泪，著山反倒梗着脖子越发来劲：“若不是怕君上惩罚，我就该直接将你丢在山野间。你只说，赖在我们这里是不是要做公子纠的细作，刺探我们的情报？”

懒丫头小小的身子气得直打战，身上流淌着的犬戎族的豪放血液波涛涌动，令她无法再掩藏自己的心思：“我是细作？若不是为了你，为了绿姬姑娘，我何必要待在这里，受你这份气！”

懒丫头此话一出，众侍卫都自动忽略掉了“为了绿姬姑娘”那半句，只听到“若不是为了你，我何必要待在这里”，瞬间一片哗然。

一向自诩英雄的著山听了这话，头嗡的一声，傻在了原地，怔怔地看着懒丫头。

懒丫头却没再多说一个字，瞪了著山一眼，愤恨地抹去了粉嫩面颊上的泪珠，决然而去。

夕阳下那一瘸一拐的小身影倔强又孤独，映在著山眼中，竟勾起他心头的缕缕酸涩，方才的话是不是太重了？可曾伤到了她？著山一时万千思绪，心乱如麻。

小白命人在姝子苑的桂花树下扎了一架秋千，小白去正殿后，绿姬就一直荡着秋千发呆。

偶尔会念及公子纠，想起他孤单离去的身影。虽然此生无缘，也愿他一世安稳，能好好活着。只是这想法绿姬不敢宣之于口，毕竟能够解除公子纠六煞命格的是小白，而能够克死盖世英雄小白的，也只有公子纠了。

每每想到此，绿姬便会一身冷汗。夕阳渐沉，晚风已起，绿姬不由得合紧了衣衫，跳下秋千，想回房加件衣裳。

姝子苑的大门忽然大开，绿姬回过身，看到一脸疲惫的小白走进院中，脸上挂着一抹浅笑，温柔地望着自己。绿姬鼻头一酸，嘴角却漾开了娇笑，翩然奔向了他。

看到绿姬，小白舒展了紧拧的眉头，待那抹碧色身影靠近，小白一把揽住她的纤腰，将她高高抱起，轻盈地转了个圈儿。绿姬一声轻呼，乌亮的三千青丝随风摆着，绕过清凉的指尖，直叫人心头隐隐发痒。

绿姬纤细的手臂攀上小白宽厚的肩，小白才停了下来，却仍没有撒手，笑着问道："这么想我吗？"

绿姬瘪着嘴轻叹道："哪里是想你，是惦记着郯国趁火打劫之事，处理得如何了？"

小白回道："有夫人妙计，俱已处理妥当了，明日一早，还请夫人与我到军中视察一二。"

绿姬明白军队对小白的重要性，不由得紧张道："国氏与高氏只怕不会轻易将兵权相让，你打算如何夺权？"

小白一挑眉："夺权？我不打算夺权，国氏与高氏劳苦功高，军队仍是他们的，但我要凌驾于他们二人之上。"

绿姬有些摸不着头脑，凌驾于他们二人之上？这是何意？见小白一副胸有成竹的样子，便知他心中已有打算，绿姬点点头，轻轻一笑："明日便等着看君上雄姿了。"

临淄北城门之下，国氏和高氏的军队分别列阵，跟着城楼上传来的鼓声操练。兵士们一动一喝，声如洪钟，气魄慑人。

小白身着常服立在城楼一角，认真地注视着士兵们的一举一动。右侧的鲍叔牙频频点头，赞许道："君上，这两支队伍号令严明，训练有素，国氏与高氏功不可没呀。"

小白蹙眉回道："号令确实严明，只是阵列仍是太公遗留下的陈旧套路。管仲智谋过人，战场形势瞬息万变，只怕难以应付周全。"

小白左侧的绿姬望着城下的军队，若有所思，小白忽然回过身，笑问绿姬："敢问夫人有何高见？"

绿姬这才察觉小白当着鲍叔牙的面仍唤她"夫人"，暗里偷偷掐了他一把，装傻道："我只见过村子里的小孩骑着'人搭马'相互打闹，这些正经的兵家之事实在不懂。"

果然，鲍叔牙听了绿姬的话，转身问道："姑娘所谓的人搭马，可是那种三儿搭马一儿骑，互相争帽的游戏？"

绿姬眸色一亮，微笑回道："正是如此，儿时经常见村子里的六七岁幼童以此嬉戏，本是仿照着骑马的戎人，不承想齐地竟也流行。"

鲍叔牙脑中灵光一闪："君上，臣有一计……"说着，鲍叔牙向小白耳语了几句。

小白点了点头，笑道："师父和我想到一块儿去了。"

此时国氏和高氏登上了城楼，三步开外匍匐大拜道："参见君上。"

小白上前扶起国氏和高氏："两位大夫请起，往后凡操练时，无须拘礼，只行常礼便好。"

"谢君上。"国氏和高氏闻言，拱了手，赶忙起身立于一侧。

小白打量着他二人，问道："不知两位大夫各有多少精兵？"

国氏大夫方欲作答，高氏大夫却抢先回道："回禀君上，老臣有兵车三百余辆，兵士一万六千人。"

国氏大夫白了高氏一眼，提了语调："回君上，老臣有兵车、革车共二百八十六辆，皆嵌以牛皮铜甲，有精壮兵士一万五千余人，皆备铜戈铜镞。"

小白微微一笑："两位大夫劳苦功高，今日我已看到你们的队伍军容齐整，训练有素。只是我们面对的，是鲁国的十万大军，管仲智谋如何自不必说，鲁公麾下也有不少骁勇善战之士，实力不容小觑。为着能校验出实战水准，接下来我们不妨来个公平的比拼，让我看看究竟是国卿的军士更加骁勇，还是高卿的军士更无敌。”

两位大夫一愣：“不知君上打算如何比试。”

“战场上你来我往，无不以战车为先；两军对垒，又往往以击溃敌军车阵为端，今日首先要比的便是车战。请二位大夫换上戎装移步城下，咱们稍后见分晓。”

临淄城下，两军对垒，一边是国氏的军旗猎猎，另一边是高氏的旌旗林立。为作区分，国氏大夫手下的士兵头盔都配以红缨，而高氏大夫手下的士兵头盔都配以黄缨。

鲍叔牙立身于城楼上，大声宣读规则：“此次车战，以旗代军，以缨代人；擂鼓开战，鸣金收兵。先折断对方帅旗的一方，为获胜方。若是两方均未能斩旗，则挑落缨穗多的一方获胜。两军中，挑落对方缨穗最多的五辆战车，其乘者授士衔。”

听说要授士衔，众士兵无不欢欣鼓舞，精神振奋。鲍叔牙拱手向小白，小白微微一笑，点了点头。

“擂鼓！”鲍叔牙一声令下，城楼上响起隆隆战鼓声，两侧战车如同两股洪流滚滚而出，随着震天的喊杀声冲向了对方的阵列。众士兵无不使出浑身解数，手执铜戈铜矛挑向“敌军”头顶的缨子，一时间千戈铿锵，万马嘶鸣，与真正的沙场别无二致。

城楼之上，绿姬微微侧过身，看着小白面带微笑、志得意满，神情无比专注的样子，陡然一阵脸红心跳。那种王者风范远比两军对垒来得震撼。

鲍叔牙看着两军激烈对战的场面，心满意足地点了点头。此法既考验御者驾车的速度和灵活性，也考验车上兵士的实战技巧，更考验两军统帅调动军队的能力，可谓一举多得。

这边国氏大夫见正面久攻不克，立即下令车上的旗官举旗：“雁行阵！”

旗官来回挥舞了三遍，国氏的战车群立即从两侧分开，如同一只振翅而飞的大雁，从两翼朝高氏大夫的阵后方包抄过去，意在直取高氏大夫乘坐的戎车。

见此状，高氏大夫忙命旗官举旗："圆阵！"

旗官十万火急地挥舞起变阵旗令，高氏麾下的数百战车立即从两翼分开，以弧线形包围后方，意图将戎车围在阵中，进行防御。两军在高氏的战车后方再度展开激烈的交锋，不停地有士兵的缨子被挑下，还有的战车不慎撞在一起，连人带车侧翻向一旁。

绿姬见双方打得难解难分，欲问小白以为孰能获胜，却发现原本站在自己身边的小白没了踪影。绿姬忙问一旁的鲍叔牙："大夫，小白他……"

鲍叔牙闻声忙左右张望，见四下里都没有小白的身影，一时也慌了神：城楼之上不见小白的踪迹，城楼下形势如此混乱，小白究竟去了哪儿呢？

第十二章　勇冠三军

临淄城下，鏖战仍在继续，鲍叔牙和绿姬却无心观战，四处寻着小白的下落。

城门訇然大开，一辆战车飞驰而出，小白昂首立于战车上，左手握金丝楠木大弓，右手持缰，身负箭筒，玄漆皮甲在日光照耀下熠熠生辉。战车舆侧插有丈八长矛若干，锋刃犀利，寒光四射，四匹骏马共负车衡，体态轻盈，龙骧虎步，毫无畏惧地向沙场奔去。

小白目光如炬，一条紫檀色束发锦带系在额上，跨步上前，双脚踏上车辕，逆着巨大的颠簸，拔出箭矢，挽弓如满月，冲入混战之中。

看到小白的一瞬，绿姬和鲍叔牙的心都提到了嗓子眼儿，毕竟刀剑无眼，无论他如何骁勇无敌，总是血肉之躯。绿姬不由得抓紧了城墙的围栏，眼睛一眨不眨地盯着刀光剑影中那一抹俊逸不凡的身影。

“君上！”国氏大夫和高氏大夫见小白亲御战车而来，皆诚惶诚恐。小白却未理会他们，星眸锁紧了目标，一箭射断了百步开外的国氏战旗。

苦战良久而不得的，竟在瞬间被这天降奇兵一举拿下，众军士无不震惊。小白高高立于车辕上，傲视着国氏与高氏的数百战车、万余兵士：“现下我便是你们两军共同的敌人，谁能在我射断高氏军旗之前取我额上的紫檀色锦带，晋为上士，赏金十锊！”

众军士闻言，立刻掉转车头，向小白战车的方向蜂拥而去。

除了国氏高氏两位大夫，无人知晓眼前这夺下海口的英俊少年便是齐国新君，万一有人失手伤了小白还了得！鲍叔牙听了小白的话，不禁眼前一黑，急得直跳脚，大声斥责小白胡闹。

绿姬险些惊叫出声，为免小白分心，绿姬忙掩了口，小脑袋飞速运转，思索着如何能助小白取胜。

两军中数位驾车的士兵反应敏捷，迅速掉转了车头，眼见就要追上小白的战车。兵士们迫不及待地站起，拉长了身子，手举铜戈，欲挑掉小白额前的锦带。小白轻巧地一回身，背倚着围栏，弯弓搭箭，箭无虚发，众兵士头顶的缨子应声而落。

一波才平，一波又起，几辆战车从斜前方两侧包抄而来，欲围攻小白。小白迅速正过身，暂将弓收起，反扣于身前，全力御车。两侧战车迅速收紧，缝隙狭窄，拉车的四匹骏马难以并行通过，小白抿着嘴，打了个呼哨，四匹马同时嘶鸣回应，小白双手握缰，狠命一拉，四匹高头骏马后蹄蹬地，咴地叫一声，一跃而起，离地丈余，小白的战车终于惊险地从两车之间的窄缝穿过，在车阵中生生辟出一条路，直指高氏军旗。

忽然，一支长矛嗖地从小白头顶飞过，小白本能地蹲下身，略回过头，但见四名高大魁梧的军士两两立于战车上，居左者挽弓，居右者执矛，御者铜盔利剑，一看便知是国高两军的先锋。小白皂靴轻轻一盘，勾起战车舆侧的两支长矛，朝两车投掷出去，两车为避长矛不得不躲闪。小白抓住这机会转身，见高氏军旗已在自己长弓的射程之内，立即挽弓，一箭射落了高氏军旗。

绿姬忙对一旁看傻眼的鲍叔牙道："大夫，快命人鸣金。"

鲍叔牙大梦方醒，立刻命人鸣金收兵。听到号令，数百战车逐渐从四面八方收拢，按序集结于城楼下。

小白御车上前，抬头望向绿姬。方才他冲锋陷阵时绿姬强迫自己淡然冷静，现下他完璧凯旋，绿姬却眼眶一热，几滴清泪陡然滑了下来。

小白此举看似心血来潮，实则却是豁出了身家性命，欲在数万兵士心中立威。若非亲眼所见，孰能想到，小白这齐国新君做得如此步履维艰，又如此荡气回肠。

绿姬温柔地注视着城下那威武不屈的身影。无论他身后是雄狮百万还是万丈深渊，她都甘愿与他共沉浮。虽然一个迎风在楼头，一个立身于战车，眼中对彼此的情意却浩浩汤汤逸散而出，再也无暇他顾。

鲍叔牙从城楼上跑下，踉踉跄跄赶过来，拉着小白左看右看，小白预感到他又要啰唆，赶忙摆手道："师父不必看我，快去数数那些缨子吧。"

可鲍叔牙根本不吃这一套，语带哽咽："君上啊，你身为一国之君，怎可如此鲁莽？若是有个三长两短……"

士兵们纷纷将自己射落的缨子交上来以供清点，半晌后，鲍叔牙宣布道："红缨比黄缨多十一支。"

听到这结果，高氏的士兵们无不欢欣鼓舞，高喊着："威武！威武！"

国氏和高氏从车马上走下，向小白大拜行礼，众军士这才知道，原来方才与他们作战的少年竟是齐国新君！

众人心中无不拜服，齐刷刷匍匐在地，高喊道："君上威武！"

小白神色肃穆："国卿，高卿，此次练兵，虽然高卿的军队略占上风，可从整体实力来看，两支队伍军纪严明、战术得宜，可谓势均力敌。两位大夫劳苦功高，带兵颇有成效。你们既然是我的左膀右臂，凡事皆要以齐国大局为先，平日里要多交流切磋，战场上则务必要守望相助，明白了吗？”

国氏和高氏忙拱手应允道：“谨遵君上教诲。”

小白回过身，朗声对眼前的数万军士道：“今日与诸位同战，寡人不胜荣幸。”这是小白即位后头一遭自称“寡人”，军列之前，确实气魄慑人。

小白清清嗓子，继续道：“强敌在前，承蒙诸位壮士倾力相助，实乃寡人之幸、万民之幸。今日寡人颁下诏令：五人为一伍，择其勇者为伍长；十伍为一戎，择其勇者为戎长；四戎为一卒，择其勇者为卒长；十卒为一旅，择其勇者为旅长；五旅为一军，择其勇者为军长。以今日之法进行考量，不拘出身地位，皆可与寡人及两位大夫一同，为保家卫国而死战。”

城楼上的绿姬闻言，终于明白小白所说的“凌驾于他们二人之上”是何意。小白此法，除了能遴选出骁勇善战之士为国所用，更是重整了现有的军事架构，如此一来，兵士必然欢欣鼓舞，只是国氏与高氏两大夫只怕要心生不悦了。

果然，数万军士齐声呼道：“君上圣明。”而国氏大夫与高氏大夫却对视了一眼，面色难看。

两人这神色全部落在了小白眼中，小白笑道：“国卿，高卿，我有要事与两位商议，可否去正殿一叙？”

听小白如是说，国氏与高氏岂敢抗命，齐声回道：“诺。”

小白示意鲍叔牙先与国、高二人去正殿候着，自己则独上城楼，同绿姬会合。

绿姬望着满头大汗的小白，无比心疼，她拿出绢帕来，温柔地为他拭去俊朗面颊上的汗珠，轻道：“你且去忙吧，我回姝子苑等你。”

小白握住绿姬的手，笑道：“不忙，夫人，天光尚早，我找了一位可靠的老宫人，带你去后宫看看。百废待兴，后宫诸事也烦请夫人管理起来吧。”

绿姬脸颊一红，啐道："我是什么名分，如何能管后宫事？"

小白见绿姬这神情，笑得无比灿烂，紧紧捉住她的手，贴在心口上："如今合宫里谁不知道你与我同住在姝子苑，谁不知道你是我未来的君夫人，你说你是什么名分？"

说完，不等绿姬反驳，小白便传唤道："来人！"

一位年长的宫人上前，拜倒在绿姬的碧色罗裙下："拜见君夫人。"

绿姬连连退后两步，无奈道："千万不要乱叫，我可不是什么君夫人。"

小白笑得如沐春风："这是掌事女官晏氏，今日且由她陪伴你去后宫视察一番。只是后宫殿宇繁多，切不可累坏了身子，他日等我得闲，再带你好好转转。"

既然决定要为小白分担，便不再理会他说什么，绿姬瞟了小白一眼，随晏氏慢慢向后宫走去。

正殿内，国氏与高氏心中五味杂陈。齐国上下拥兵的大夫有十余位，为何只有他二人被分了兵权？

鲍叔牙看到国、高二人恼愤的样子，不禁有些担心：今日小白这一招釜底抽薪，直接获取了士兵们的绝对服从，将国高二人架空，实在是高招。只是国氏与高氏乃齐国望族，地位绝非仅仅体现在兵权之上，小白又将如何安抚他二人呢？

正思虑间，殿门忽然大开，小白匆匆走了进来，并未走上高台，而是来到国、高二人身前，拱手一礼。

国氏与高氏忙匍匐于地，诚惶诚恐道："君上这是何意，实在折煞老臣。"

小白笑道："两位大夫治军严明，训练得宜，实乃国之栋梁，小白叹服。今日观战后，我心有所感，欲置三军为我齐国常备军，我率中军，国子率左军，高子率右军，两位大夫以为如何？"

纵观华夏大地，各诸侯国的军队都是兵农合一，农闲操练，农忙种粮，虽不会耽误生产，但每每国家遭遇外来侵略时，都需要重新集结，重新编队，往往贻误战机。

如今小白预设常备军，齐国军力必然大增。而国、高两大夫若能分别统率左右军，他二人在国内的地位便会远远凌驾于其他大夫之上，成为小白名副其实的左膀右臂。而小白凌驾于二人之上，三人便结为最稳固、最核心的军事利益同盟。

国、高两人听了这消息，面色由忧转喜，忙拜道："老臣领旨，愿为君上肝脑涂地。"

这一幕看得鲍叔牙目瞪口呆，原本他以为小白需要颇费些筹谋，才能将国氏与高氏二人安抚得当，未料竟如此轻而易举。

小白上前扶起国氏与高氏："两位大夫与小白同宗同族，必然是同心同德。现下，我们就来商讨一下与鲁国交兵之事吧。"

小白在正殿与国氏高氏达成共识，绿姬这一趟后宫之行却不轻松。

齐国短短几年间数易其主，后宫中既有小白父王齐僖公的遗孀，又有小白兄长齐襄公的诸位如夫人，甚至还有谋权篡位的公孙无知的女人。这些女子居于后宫，彼此仇视，终日挑事，实在令人头疼。

掌事女官晏氏带着绿姬穿梭于亭台楼阁中，途经一处偏僻寒殿，远不似其他宫殿那般堂皇。狭小的庭院中，冷冷清清的简单摆设，地上散落着一些落叶，更添几分凄凉，寥寥几位宫人懒散地在一旁打盹儿。见有人来，也不甚热情地上前行礼。晏氏凛然道："君夫人前来查视各宫，怎不见一位夫人出来相迎？"一名上了年纪的宫人上前答话道："夫人卧病半月有余，打不起精神出门相迎，还请掌事女官和君夫人见谅。"

一边说，几位宫人一边用很奇怪的目光偷偷打量着绿姬。晏氏刚要训斥她们，绿姬忙摆摆手说："天色渐晚，还是先移步其他宫殿吧。"还未走出殿外，绿姬恍然间听到里面的宫人嘀咕："这位君夫人好命，不比咱们夫人……"

看出绿姬的疑惑，晏氏恭敬开口道："这宫中是襄公的一位如夫人，十五六岁入宫来，连襄公的面都没见过，就这样老在了宫里。这样的如夫人也不止她一个，但和那些整日争来斗去的诸位夫人比，她们还算安生，无须费心。"

听了晏氏这一番话，绿姬同情这些如夫人的同时也明白其中原委，齐襄公诸儿暴虐无道，穷兵黩武，却唯独爱极了自己的亲妹妹文姜，终日与她乱伦骈居，罔顾后宫诸人。这也直接导致他只育有两女，待到被公孙无知杀死时，襄公无子息可以继位，这君位之争才落到了小白和公子纠头上。

想到这里，绿姬忆起当日她为避鲁公，认文姜做义姐的事。有这样一层关系在，他日等她与小白成亲，天下之人还不知会如何议论。

绿姬苦笑了一下，轻道："也不知该如何评说，只是襄公既然不愿意，不娶也罢，何故收这么多女子在宫中，让她们白白蹉跎了韶华。"

晏氏躬身回道："回君夫人，想来即便贵为国君，也总会有些拒绝不得的事由。"

绿姬心头一涩，绝美的面庞上却漾起一丝浅笑："姐姐久在宫闱，见识深远，到底是我说了傻话。"

晏氏吓得忙回过身，低声道："君夫人切不可如此称呼，当真折煞奴婢了……"

话音未落，忽有一妙龄少女快步上前来，向绿姬请安道："拜见君夫人。"

绿姬定睛看着眼下这姑娘，见她衣着介乎普通宫人与王侯贵胄之间，一时间不知该怎么称呼。

晏氏忙道："君夫人，这便是襄公的另一位女公子，闺名叔姜。"

听闻是小白的另一个侄女，绿姬忙将她扶起。这姑娘五官端庄大气，令人心生亲切，眉眼间与媛姜有几分相似，却没有媛姜那般妩媚动人。

叔姜一笑道："这几日常听宫人说，君上带了一位仙女般的君夫人来，真是闻名不如见面。"

叔姜虽为诸儿的女公子，却因为不是正室所生，地位较媛姜低了不少。好在她性子天真爽朗，宫人侍婢们都十分爱戴她。

绿姬也喜欢叔姜这样的性子，笑道："你们姜氏一脉才是名不虚传。"

得到绿姬的夸赞后，叔姜笑嘻嘻道："能被君夫人这样的美人夸奖，真是即刻死也值了。姐姐还在禁足，我要去给她送些东西，就先不陪君夫人说话了。"

绿姬点点头，含笑目送着叔姜离去。方才在与叔姜对视的一瞬间，绿姬便掌握了她从出生到十三岁有余的全部信息，知道她与媛姜同年而生，生月略小。甚至连她生母来自朔方之地，媛姜蛮横、常拿叔姜撒气之事都了如指掌。只是对绿姬而言，不能掐算天命，即便能算出再多的家长里短又有何意义？看着叔姜的背影，绿姬一声叹息。

随晏氏转过了亭台楼阁，绿姬移步至一座华丽的殿宇前。晏氏没有住步的意思，绿姬的心头却涌起了一丝异样，停下脚步问道："此处是何人的居所？"

晏氏谨慎回道："是公子纠从前的居所。"

周身的血液凝固了一瞬，绿姬沉默片刻，声线微带颤抖："走吧。"

向前走了几步，绿姬忽又停下道："我想进去看看。"不等晏氏回话，绿姬就兀自转过身，向公子纠的殿宇走去。

推开朱漆大门，跨过门槛，看到满地的黄叶，绿姬陡然感到一阵难以承受的心酸。

像公子纠那样纤尘不染的人，若是看到这遍地黄叶，定会十分不开心。绿姬弯下腰，慢慢捡拾着地上的落叶，可凛冽的西风吹来，又有数不尽的落叶飘洒而下，越积越多。

绿姬望着手中的落叶，自嘲一笑：这世上许多事，做来不过是无用功，就如同自己已将心全然托付给了小白，却还要惦念公子纠的安危。

只是要她如何才能忘记公子纠为她所做过的一切？忘记他全部的温暖和冷漠，冷血地认为齐鲁之战只要小白取胜便好，公子纠无论生死都与她无关？

当日在莒国，如果她与公子纠一同离开，择一山明水秀之地终老一生，齐鲁之战是否可以就此避免？

数日来压抑的担心与恐惧在此刻悉数迸发，尽管她心知肚明，即便再回到莒城那一日，她依然会义无反顾地选择小白。只是此刻，依然控制不住地心乱如麻。

眼前突然闪过一道人影，绿姬一惊，喊道：“谁？”

第十三章 绿兮衣兮

自打那日冲动之下对著山表白后，懒丫头便一直心情欠佳。更可气的是，著山那家伙竟然像没听到似的，连日来什么反应都没有。懒丫头气得吃不下也睡不着，竟瘦了一大圈儿。

心气郁结，懒丫头急于找人倾诉。在这宫中，与她最为亲近的便是绿姬了，可绿姬人在姝子苑，小白不许任何人前去叨扰。懒丫头踌躇良久，只身来到公子纠的寝殿。毕竟这里是她从小生活的地方，虽已物是人非，却依然能够助她放下戒备发泄不快。

谁知懒丫头才走到后院，就听到有人进门的声音。懒丫头吓了一跳，欲悄悄上前探个究竟，却不慎被乱石绊倒，直挺挺地摔在地上，发出了一声巨响。

听到绿姬那句质问，懒丫头忙爬起身，踉跄上前道："姑娘别慌，是我……"

绿姬十分意外："御医让你卧榻休养，你怎么还四处乱跑，这腿还想不想要了？"

懒丫头见到绿姬，满心的委屈刚要宣泄，忽看到绿姬身后的掌事女宫人，懒丫头瞬间敛了表情，搓着衣角，嘬着小嘴，眼巴巴地望着绿姬。

绿姬见状，对身后的晏氏道："劳烦姐姐去外头等我吧，这是我的丫头，乱闯乱转，我说她两句。"

晏氏出去后，懒丫头一瘸一拐走到绿姬身侧，却没再哭，而是小脑袋一歪，问道："姑娘怎会来我们公子的寝宫……"

绿姬未曾想到懒丫头会如是问，一时语塞："碰巧路过……随便看看。"

懒丫头陡然伤感起来："姑娘……你当真择了君上，不要我们公子了吗？"

绿姬抬起眼，望着懒丫头，轻道："我与你们公子之间，终究有许多迈不过去的坎儿……"

懒丫头叹了口气道："我明白，我们公子就是太傻，什么事都闷在心里头。他不说，姑娘也不知道，难免会有嫌隙了。"

一阵冷风吹过，懒丫头和绿姬都不觉打了个寒战。绿姬笑道："我们进屋坐坐吧，迎风站着，过不了多会儿就要吹病了。"

两人徐徐上前，推开了公子纠寝殿的大门。

清水出芙蓉，天然去雕饰。公子纠卧房的装饰与他浩然出尘的气韵如出一辙，屋内的陈设整整齐齐，只是落了一层薄灰。懒丫头见状，瘸着腿跑到后堂，拿出芦花鸡毛掸，轻轻拂去案几上的浮尘，又掸去了梁间的蛛网，而后才安心地捡了个蒲团坐下来。

殿门未合，从绿姬所坐的位置恰好能看到庭前那株虬枝峥嵘的寒梅。绿姬忆起在鲁宫时，公子纠曾提起此树是他亲手所植，因喜爱梅花不惧严寒的高洁，便企望年年岁岁与之相伴。

懒丫头望着绿姬，笑道："从前公子也时常坐在姑娘坐的位置上，望着庭前的梅花树，一看就是一整日。我问公子为何要种这孤零零的一株，公子便说什么'嘤其鸣矣，求其友声'。"

绿姬听了懒丫头的话，心酸不已，公子纠正像这歌中所唱的孤鸟，飞上葳蕤的枝头，只为寻一位志同道合之人。可惜自己并非他的终身伴侣，昔日的种种暧昧缱绻终是尘封往事，再难开启。

懒丫头未察觉到绿姬情绪的变化，又道："我们公子极爱干净，屋里脏成这样，公子回来肯定要生气的。"

绿姬一怔，望着懒丫头那张充满希冀的小脸，哽道："公子，只怕是不会回来了。"

听了绿姬的话，懒丫头紧紧地抓住裙裾，轻声问道："君上会杀我们公子吗？"

绿姬摇摇头："以小白的性情，一定不会杀公子，但只怕也容不得他回到齐王宫。你是公子的丫头，我也一直想问你，今后你是想继续跟着我，还是想回到公子那里去？"

懒丫头不知该如何作答，按理说，她是该回公子纠那里，可她服侍绿姬多时，已有主仆之情，又有著山在此，她如何能一走了之？

看着懒丫头懊恼的样子，绿姬已经对她的心思了然于胸。她促狭一笑，转了话题："你别恼著山，这么大个丫头了，怎么能在那么多人面前说那样的话，著山只怕也吓坏了。"

懒丫头面颊绯红，瞪大了眼："姑娘怎么知道的，难道……"

绿姬摇摇头，略瞟了一眼左手上的通天脉，脸上得意的神色与小白如出一辙。

懒丫头又羞又恼："姑娘窥天窥地也罢了，怎么还算这种事呢……"

绿姬佯怒道："我可是为了帮你，看你这样子，我也是白操心。"

懒丫头听了这话，如抓住救命稻草一般，紧握住绿姬的手："好姑娘，快别卖关子了，帮帮我吧。"

绿姬思忖道："著山的性子倔强，还骄傲。你已经把事情做成这样了，为今之计，便只有不再理他了。"

懒丫头一脸茫然："不再理他，为何不再理他？"

绿姬回道："别问为何，切记不要主动去找他，他来找你，你也不要搭理他。”

懒丫头虽不明所以，可觉得绿姬所言一定有道理，忙深表钦佩地点了点头。

懒丫头去后厨翻出了公子纠珍藏多年的花叶，煮给绿姬喝，她觉得公子纠若是知道，也会十分开心的。

绿姬细细品着，味道异常清苦，而绿姬心中更苦；她最担心的，正是公子纠与小白互克的命格，拼上性命她都想保全二人，但如何同时保全，只有苍天知道。

这一趟后宫行害绿姬伤了风，回姝子苑后她便倒在榻上昏昏沉沉睡了好久，一觉醒来已是第二日晌午。

绿姬迷迷糊糊走出房门，见晏氏带着一众奴婢候在庭院内，问道："君上可是已去正殿议事了？"

晏氏回道："回禀君夫人，君上连夜召见了几位大夫，一直在正殿议事。"

齐鲁之战迫在眉睫，小白虽然空手套了国、高两大夫的精兵三万余，可比起鲁公的十万大军，还是远远不敌，难怪小白要漏夜召见其他大夫，争取更多支援。

待晏氏等人退下后，绿姬去小白房中寻来《六韬》，打算仔细研读一番，期望能为小白分担一二。

这边齐国众臣磨刀霍霍，那厢鲁公也厉兵秣马，一刻都未放松。

是日，鲁公邀管仲与公子纠出城围猎，实则是为了暗查进军路线。到城外密林深处，鲁公示意众人住步，而后朗声道："寡人有幸，与二舅父同游。寡人早就听闻二舅父箭法精妙，举世无双，今日终于得见了。"

公子纠却对鲁公这一席话置若罔闻，紧紧盯着林间那青绿色的身影，屏息凝神。

曾经一直自诩云淡风轻之人，却在遇到绿姬那一刻起，有了难以克制的喜怒哀乐。那一抹青绿，是她吗？公子纠心跳如打鼓，寒潭一般的清眸中满是期冀。

可当那女子绕过参天大树，展露容颜之时，公子纠的心却像坠入了冬日的万丈冰渊。

鲁公笑对公子纠道："寡人的妹妹柔姬，今日特求了寡人一同前来狩猎，愿公子稍加指点才好。"

公子纠未搭话，径自策马向林间驶去。管仲见状，对鲁公道："林间野物相邀，公子迫不及待了，还望鲁公海涵。"

鲁公冷笑一声："罢了，二舅父等不及了，众位卿家也手痒了吧？今日能猎获猛兽者，寡人定有重赏！"

深林间，公子纠径自策马驰骋，完全无视身边呼啸而过的各类飞禽走兽。管仲快速打马追上公子纠，唤道："公子。"

公子纠侧过身，笑道："师父箭术卓群，定能拔得头筹，为何不去打猎，反倒跟着我这闲人。"

管仲冷着脸，满面忧心："公子，这青色人人皆能穿得，何故因此而气恼。"

公子纠看了管仲一眼，没有答话。

管仲自是了解公子纠的想法，可他岂能眼睁睁看着公子纠好容易放下的痴念再死灰复燃："公子，临淄城中的线人来报，现下绿姬姑娘与公子小白同住在姝子苑中，朝夕相对。公子又何必如此执念。"

公子纠面如死灰，寒潭一样的清眸闪着黯然的光："师父所言，究竟何意？"

管仲苦口婆心道："女公子柔姬秀外慧中，与公子性情相投，何不……"

公子纠眸中寒光四射："齐国何时堕落至此，竟要联姻来巩固地位？"

公子纠这一席话说得管仲哑口无言，他叹了一口气，拉开大弓，拔出箭矢，以极快的速度向周遭射了几箭，四周接二连三传来飞禽走兽的哀号声，在深林中荡起回声重重，令人毛骨悚然。

一只小棕熊闻声从草丛中爬出，它乳齿未脱，张着口惊恐地望着管仲和公子纠。管仲毫不犹豫地将箭锋指向了小棕熊，方欲射箭，却被公子纠一把推偏了方向。

公子纠蹙眉道："这幼熊年岁还小，不如放它一条生路。何况它母亲一定就在附近，若是将它射死，母熊必然大怒，发起性子来就麻烦了。"

管仲冷哼了一声，大力挽弓，一箭射向幼熊的下腭，幼熊被黑羽箭射中，痛不欲生，踉跄后退，强撑着向林间逃窜而去。

管仲望着公子纠，一字一顿道："此生我最后悔的事，就是那日在临淄城外，没能将公子小白射死。所以今后，我不会再放过任何出箭的机会。"

语罢，管仲驭马快速向林间追去，公子纠却没跟上，而是翻身下马，牵着"疾如风"徐徐而行。

方才管仲的话，不禁勾起了公子纠心底的伤痛，他此生最后悔的事，则是在鲁国夜宴当晚确定绿姬对自己的心意后，没有带她远走高飞，而是送她去了莒城。

若是知道此举终究会失去她，自己一定会舍下君位前程，不顾一切带她走。

公子纠抬起眼，看到柔姬正站在前方不远处，怯怯地望着他。看她刻意模仿绿姬的衣着打扮，公子纠顿觉十分厌恶，连对她的几分敬重都烟消云散了。

见公子纠不愿开口，柔姬讪讪道："公子也该多走动走动，成日在屋里闷坐着，身子如何受得了？"

公子纠瞥了柔姬一眼："何人让你穿成这样？"

柔姬咬着薄唇蹙着眉："不为任何人，只为公子喜欢这样的女子。"

公子纠凛然道："请勿揣测我的心思，我喜欢的，永远只是那一个，无可取代。"

柔姬面色一僵："事到如今，公子难道仍对她心怀念想？齐鲁两国间可是都传开了，她……”

“她与小白同住姝子苑，朝夕相对，如同夫妻。”公子纠面色平静如水，开口接了柔姬的话茬儿，语调平静得仿佛在谈论秋日的天气。

柔姬满面惊诧：“公子既然知道，为何还……”

公子纠略回过头，目光犀利如寒冰：“她在我心中，永远冰清玉洁。”

听了这话，柔姬的身子瞬间就冷了个透，还未来得及感到心痛，就被身后突然传来的号叫声吓傻了。

柔姬和公子纠都下意识地转过身，但见一只丈高的巨大棕熊从不远处大树的阴影中耸然立起，举起粗壮有力的前肢一把拍断了身侧的参天古木，龇牙咧嘴，发出响彻森林的咆哮声。

“疾如风”大声叫了起来，却因被荆棘挂住了缰绳而动弹不得，急得团团转。

公子纠见状，立即拔出腰间防身的利剑，快步上前，将花容失色的柔姬挡在身后，眼睛一眨不眨地盯着面前的庞然大物。

想来这便是方才管仲射杀的那只小棕熊的母亲，经历丧子之痛后，它定是将公子纠和柔姬当成了杀害自己孩子的凶手。

望着挡在自己身前的公子纠，柔姬心中涌出一股暖意，哪怕今日同公子纠葬身于此，她亦深觉不枉此生。

可巨熊并未因公子纠的镇定自若而打消复仇的念头，它大吼一声，朝他二人狂奔而来。公子纠眼疾手快，举剑相迎。巨熊见公子纠并不躲避，挥掌欲击，却被公子纠灵巧地闪开。公子纠举剑，一剑刺中了巨熊的右肩。巨熊一痛，越发恼怒，欲用左肢拍断公子纠的佩剑，可公子纠这把剑乃是用龙泉水锻造而成，无比坚韧，可破泰山石，巨熊如何能摧？巨熊用右前肢牢牢夹紧了公子纠的佩剑，挥舞着左臂，打算拍死公子纠。公子纠躲闪不及，被巨熊逼得连连退步。身后是荆棘丛，眼前是巨熊的血盆大口，公子纠蹙着眉，不知如何能走出这死局。

忽然间，一块巨石从不远处飞来，正正击中了巨熊硕大的头颅。巨熊痛得大吼一声，公子纠趁机一个团身闪离巨熊身前，躲过一劫。

方才公子纠命悬一线，柔姬不知哪儿来的气力，搬起地上的巨石便扔了出去，直中巨熊的脑门儿，而她自己却踉跄几步，重重摔在了地上。

巨熊被这突如其来的袭击惹恼，转身对柔姬大声咆哮，公子纠心中一惊，顿觉不妙。

说时迟，那时快，巨熊以破竹之势朝柔姬猛冲过来，一掌挥向柔姬，柔姬才站起身，来不及闪躲，便应声倒地。与此同时，公子纠看准时机，狠命拔出插在巨熊右肩上的佩剑，一跃而起，奋力将剑刺入巨熊的脑后。巨熊来不及哀号，就两腿一软，倒在了血泊中。

确定巨熊已毙命，公子纠快步走到柔姬身前，将她扶起，轻唤道："柔姬姑娘，柔姬姑娘。"

柔姬左臂上一道长长的伤口触目惊心，鲜血染红了整个衣袖。虽不伤及性命，但留疤在所难免，对于她一个姑娘家，着实有些难看。

公子纠轻叹一声，抱起地上昏厥不醒的柔姬，去寻鲁公和管仲。

生死一线间，柔姬对他的情谊昭然若揭，公子纠十分感慨，却并未有丝毫心动。天下有情人之间，为何有如此多的阴差阳错，公子纠一声长叹，快步而去，俊逸的身姿掩映在了叠翠中。

派去各地查验粮产的线人陆续返回临淄城，向小白报告了各地的粮产情况。小白与国氏高氏和鲍叔牙合谋，对错报者给予惩戒，再根据收成情况确定征收数量。这些事看似简单，却细碎烦琐，又牵扯到其他各位大夫的既得利益，小白处理得十分谨慎小心。

虽然姝子苑与正殿仅一墙之隔，小白这几日却如同大禹治水，三过家门而不入。

经过几昼夜的不眠不休，小白对绿姬的思念已如洪水般不可遏制。征粮一事终于圆满告一段落，小白便一刻不愿耽搁，快步向姝子苑赶去。

已是三更天，绿姬睡得正香，忽听门外传来窸窸窣窣的响动，即刻惊醒了。

透过窗，绿姬看到小白正坐在桂花树下，满天的星辉在夜空中璀璨绚烂得令人不敢直视，可小白的身姿却比漫天星辉更加不凡。

相思之情再难克制，绿姬轻手轻脚出了门，悄无声息地来到小白的侧后方，伸出纤纤素手，蒙住了他的眼睛。

小白毫不意外，微微一笑，麻利地一侧身，环住绿姬的纤腰，将她稳稳地抱进了怀中。

就这样坐在了小白的腿上，漆黑的夜色都难掩绿姬的面红耳赤。她欲挣扎起身，却被小白死死地箍住，动弹不得。

绿姬望着小白，见他星眸中带着几分迷离，气息微醺，这才注意到一旁的石案上摆着两坛佳酿。秋风吹过，点点桂花飘洒在石案上和酒坛中，越发沁人心脾。绿姬轻问道："君上今日有什么好事，竟自斟自饮了起来？"

小白微微一笑："能见到你，便是这世上最好的事。"

这简简单单的一句话，听得绿姬几近哽咽，她呢喃道："此心同彼心。"

小白从怀中掏出一方玄色绢帕，笑道："这是今日国氏大夫拿来的，齐地的养蚕缫丝术越发了不得，这绢帕轻盈如蝉翼，据说透气性极好，覆在脸上也能呼吸自如。"

绿姬接过帕子，只觉轻如无物："果真是轻盈，只是不知透气性有没有所说的那样好。"

"这还不简单？"小白扯过帕子，将其抻开，盖在绿姬美艳绝伦的小脸上，"盖上试试不就知道了？"

绿姬眼前一黑，还未搞清楚状况，只觉薄唇碰上一片绵软，温热的气息透过绢帕传来，绿姬的脸颊陡然红了个透。

不知是不是酒劲上了头，小白这一吻极尽缠绵，酒气夹杂着小白身上阳光青草般的气息，混合着桂花的清甜，缱绻得绿姬几欲昏厥。

气息渐渐急促，绿姬忙推开小白，将绢帕从脸上拿开，站起身退到一旁，讪讪道："这帕子着实不错，透气性挺好的。"

看绿姬这神色，小白禁不住笑了起来，拉过她的手，示意她坐在一旁的席位上，而后递过酒盏，笑道："陪我喝一杯吧。"

看出小白有话要说，绿姬接过青铜爵，一饮而尽。

小白紧紧握着绿姬的手，不安的情愫在眸中跃动："这绢帕，是我专程命人染作玄色的。明年夏末春初，待我过了生辰，行了弱冠礼，我们成亲吧，就用这轻如蝉翼的朱红色绢缎做吉服。"

齐鲁之战迫在眉睫，贸然谈论未来似乎没有什么意义，可绿姬明白小白的不安和恐惧，反握住他的手，柔声道："好。"

小白松了一口气，这才笑开了，又斟满酒爵，敬了绿姬："幸而有你在身侧，不然我真不知道我做这些事究竟有什么意义。"

绿姬笑回道："你这话万万不可被那三位大夫听到，你身上担着齐国百万黎民的性命，责任所在，你说有何意义？"

小白眉眼间满是倦意，望着绿姬说道："以前，我从未想过要做这个国君。起初只是为着向你证明自己比纠更强，才去较这个劲。后来目睹了曲阜城遍地的齐人尸体，发现纠为人处世的诸多弱点，觉得不能眼见齐国衰亡，才步步走上了这国君之位。可现下我却要去打仗，亲手将无数热血男儿送上沙场，想到他们会有去无回，我这心里实在是难受至极。"

绿姬望着小白，安抚道："此战在所难免，好的君主正是用最少的牺牲来保全最多的百姓，你不要为此犯难。"

小白垂着头，星眸黯淡无光："说实话，以今时今日的兵力，我只有三成胜算，若是苍天助我，再给我多些时间，我便能有七成胜算。”

绿姬踌躇了片刻，对小白道：“齐鲁之战，若在两月以后，你有多少胜算？”

小白抬起眼，眸中闪过一道精光：“你说的可是真的？”

绿姬摊开左手，通天脉比九天之上的星汉更加闪烁耀眼，她正色对小白道：“大卜一脉，掐算天命，绝不妄语。”

听绿姬如是说，小白一扫眉间的愁云恨雨，宠溺地望着绿姬，问道：“你想不想回洛阳？”

绿姬怔怔地盯着小白，怀疑自己是不是听错了：回洛阳？小白难道要带她回洛阳？这与齐鲁之战又有何关系呢？

第十四章　必齐之姜

夜幕深沉，不见星月，鲁宫内却亮如白昼。众侍卫手持火把，分列在青石板街两侧，宫人侍婢手捧汤药，疾医疡医怀揣针石，在内宫与前殿间进进出出，神色肃穆，大气都不敢喘。

女公子柔姬狩猎归来身负重伤，昏迷不醒，各位御医使尽浑身解数，柔姬却仍未醒来。随着时间的流逝，宫中气氛越发凝重。

鲁公此人重利轻义，好大喜功，却十分疼惜自己的弟弟妹妹。今日柔姬为救公子纠被棕熊拍得皮开肉绽，鲁公是既生气又心疼。

最可气的是公子纠的态度：依旧是那副淡然自持的模样，仿佛此事与他毫不相关。回宫后，公子纠就自行回到了小院，只有管仲前来柔姬的寝殿探望了一番，表达了谢意和问候。

柔姬的两位兄长鲁公和公子庆父都万分不满，可柔姬对公子纠一往情深，他们这做兄长的也只能干瞪眼，不敢对公子纠作色。

小院中，公子纠沐浴佩香后，立在漆黑的夜色里蹙眉思索着。

齐鲁大战迫在眉睫，对于齐国君位，他早已绝了念想。

管仲确有治国之才，堪当国相，可他却没有做国君的魄力，更无法驾驭管仲。

再深的师徒之情也禁不住日积月累的政见不合的摧残，终有一日，他们会反目成仇。与其这样，公子纠宁愿永世退离君位之争。

可他心中还隐隐有个念头，促使他渐渐不再像起初那般抗拒这场战争。

若是能以胜者之姿站在她眼前，向她证明，自己随时可以放下君位权势，只愿与她相守一世，她是否会回心转意，重新回到他的身边？

公子纠痛苦地闭上眼，摇了摇头，想要甩掉这可怕的念头。

那日在莒城外，他明明已下定决心，尊重她的选择，为何还会这般痴缠，不愿放手。

管仲探望罢柔姬，回到小院，看到夜色下一脸懊恼的公子纠，即刻看穿了他的所思所想。

管仲上下打量着公子纠，见他傍晚回来时那一身沾血的衣物早已换下，血腥之气尽消，不由得叹了口气："若伤的是那妖卜，想来公子定会衣不解带陪侍左右，哪里还会有心情沐浴佩香？"

公子纠凄然一笑："师父此言差矣，若是绿姬在我身侧，我豁出性命也不会让她受到一丝伤害。"

管仲脸上暴起了青筋，数次想出言训诫，又数度将话头生生咽下，最终只是无奈地揉了揉眉心："我们到底寄人篱下，还要仰赖鲁公之兵力，公子好自为之吧。"

公子纠没有说话，望着管仲离去的身影，心中颇有些不是滋味。管仲这师父当得可谓是兢兢业业，鞠躬尽瘁，可他却永远无法达到他的要求。

既非能力不及，也非时运不济，而是被直直击中了要害，令他再难翻身：不争君位，永失绿姬；若登君位，必杀小白，这样的事要他如何才能做得出？

姝子苑澄净的月色下，绿姬的清眸定定地望着小白，眼中既有希冀盼望，又有难以置信。回洛阳对她而言是个天大的诱惑，可大战在即，小白为何突然要带她回洛阳呢？

看出绿姬眼底的困惑，小白握着她的纤纤素手，笑道：

“之前你说，娶你不光要得到天子赐婚，还要得到你爷爷允准。月前我已写了奏呈送往洛阳，只是大卜那边，我须得亲去一趟洛阳，当面求得爷爷的许婚。”小白端起铜爵，轻呷一口，眉眼间尽是笑意。

虽然绿姬很想回家，但现下不是好时机，绿姬对小白道：“不必急于此时，等战后再去也不迟。”

小白蓦地放下酒盏，将绿姬紧紧揽在怀中：“小绿，此战我是输不起的。不仅因为齐国这百万条人命，也是因为你。我若兵败，万死犹不足惜，可你又该如何自处？”

绿姬望着小白，目光盈盈如秋水：“你若身死国灭，我便与你共赴黄泉。”

小白将绿姬搂得更紧了：“正因如此，我更是只能赢，不能输。”

绿姬微微抬起头，长而卷曲的睫毛扫过小白的脖颈，酥酥痒痒的，她轻声问：“方才你说，若是给你时间，则能有七成胜算，你有何良策？”

“此次我不仅要去洛阳，还要绕道卫国，请卫侯出兵助我克鲁。”卫国与齐国分别位于鲁国的北部和西部，若是能同时发兵，只怕鲁公难以招架，小白如此筹谋，自然是上上之策。

绿姬秋波一转：“我知道，卫国的君夫人是你嫡亲的姐姐。”

提起这位姐姐，小白忽然显得有些慌乱：“我与姐姐的母亲是卫国先君之女，母亲去世后，父王为巩固齐卫两国的关系，便将姐姐许配给了卫侯之子，也就是我们的表兄公子伋。公子伋风流倜傥，与我姐姐年纪相若，他们曾在年少时有过一面之缘，姐姐对其颇有好感，听闻要嫁与他，心里自然很欢喜。”

绿姬听了也有几分伤感：“只是你姐姐却嫁给了公子伋的父亲卫侯，还是你们的舅父……”

说到此处，小白一脸厌恶：“父王将我姐姐送到卫国成婚，公子伋出使郑国不在国内，舅父便去边境迎亲，见我姐姐倾世之貌，心生恶念，竟然父娶子妻。”

绿姬蹙眉道：“卫侯此举实在不堪。”

小白眯着眼望着漫天星辉：“我姐姐虽然嫁给了舅父，心中却仍挂念着公子伋，暗地里去寻他，想与他相好。公子伋是端方君子，断然拒绝了姐姐。姐姐因爱生恨，十余年后，待到时机成熟，就与她的儿子公子朔一起毁谤公子伋。舅父耳根软，受姐姐蛊惑，命人杀了公子伋。”

绿姬凄然一笑：“爱极生恨，可怜可悲。”

小白叹息道：“姐姐的儿子公子朔即位后，我兄长诸儿为了巩固姐姐在卫国的地位，命她嫁给了公子伋的弟弟，也是她儿子的兄长，我们的另一位表兄卫昭伯。”

绿姬倒吸一口冷气，这情节，怎一个乱字了得。

小白见绿姬面色难堪，忙辩白道：“你可别乱想，我和他们可不一样。”

绿姬见小白这急切辩解的样子，不禁笑出了声：“我并没有多想，很多事身不由己，你不必如此。”

小白这才松了一口气：“我生怕你听了这些荒唐事，就不愿嫁给我了。你相信我，无论发生什么事，我都不会放开你。”

绿姬抬起手，轻轻揉了揉小白紧蹙的眉心：“我相信。那此次卫国之行你是打算去找卫侯借兵了？”

“正是，此次出行，先去卫国借兵，再去洛阳提亲。当年卫侯能坐稳这君位，全仰赖我齐国出兵。他与我是甥舅至亲，还有姐姐在，应当有一定成算。”绿姬思忖了半晌：“此次你是打算隐藏身份，悄悄前往？还是以齐侯的身份，招摇过市？”

小白回道：“此事如此隐秘，你我需穿常服出行，你扮作我的小厮，身着男装，能省去许多麻烦。”

绿姬端起铜爵，与小白对饮，心中暗暗掂量着此行的利弊。

桂花瓣随风飘入酒坛与杯盏中，花香伴着酒香，令人沉醉。大半坛酒下肚，小白起身，牵着绿姬走到树下秋千处，像个孩子一样一跃踩到秋千上，对绿姬笑道：“来，上来，我陪你一起荡秋千。”

酒劲已上头，绿姬飘飘忽忽绕过秋千，小心翼翼地踩在小白两脚中间，小白紧抓住她握在秋千绳上的两只手，奋力一荡，衣袂飘然，两人瞬间亲密无间。

随着秋千越荡越高，小白干净的嗓音飘至绿姬耳畔：“你相信我吗？”

虽不懂小白这话中有何深意，绿姬仍毫不犹豫地点了点头。

小白餍足一笑：“所以此次出行，不要管什么大夫，不要管什么行踪，你只要跟着我，只要相信我，就好。”

绿姬明白，小白虽贵为齐国新君，却在朝政军事诸多方面备受掣肘。既然心中笃定了他，无论生死贵贱，都愿倾力相随。想到这里，绿姬在小白耳畔轻道：“我只跟着你，只相信你。”

这九个字如琼浆玉露，小白心中比吃了蜜还甜，环着绿姬的手越发紧了，绿姬整个人都放松了下来，白嫩的面颊紧紧贴着小白的俊脸，两人就此沉醉在这朗月清风中。

第二日清晨，天刚亮，小白就悄然离开了姝子苑，欲去宫门处，为此番出行做准备。

媛姜的侍卫貂候在正殿拐角处，看到小白后，慌忙跪下，以膝为足，前行大拜道：“拜见君上！”

小白驻步，睨了一眼地上的内侍貂：“你是何人？你可知道，这姝子苑百步之内，不许任何人踏足。”

内侍貂诚惶诚恐：“君上饶命，奴才是女公子媛姜的内侍，今日冒死前来，也是为着我们公子……”

小白一脸不耐烦：“媛姜怎么了？又闹脾气了？”

内侍貂谨慎回道：“公子自打被君上禁足后，终日忧思悔过，日夜啼哭，终致卧榻不起……”

小白轻笑几声：“媛姜是我侄女，她的脾气秉性我会不知？她若有这忧思悔过的心思，压根儿就不会被我禁足。”

内侍貂谄媚一笑：“君上果真圣明，只是奴才斗胆，有一言谏于君上。”

小白瞟了貂一眼：“你一大早来此，不就是为了说这几句话吗？还斗什么胆？快说便是。”

内侍貂拜道：“君上，我们公子飞扬跋扈，性情乖戾，时常责打下人，与之相处实在是痛苦非常。”

听内侍貂如是说，小白颇感意外：“哦？你此番前来，竟不是为你主子求情，反倒是来告她状的？”

内侍貂回道：“奴才不敢！君上是公子至亲，自然知道，公子虽为襄公嫡女，却鲜少得到宠爱，小小年纪便失了父母，身世可怜。她须得靠着乖戾的性子保护自己，更需要通过嬉闹来获取亲人的关注。”

“如此说来，她飞扬跋扈非但不该受惩戒，反倒该怜惜？”小白蹙着眉，想起媛姜哭闹的样子，只觉十分头疼。

见小白皱起了眉头，内侍貂心生畏惧，颤抖着辩道：“奴才绝无此意，君上惩罚公子，是国法家规，自然不错。只是凡事物极必反，君上惩戒公子，公子知错，则是恰到好处；若是逼得公子越发乖戾，伤了亲情，可如何是好？”

小白想了想，开口道：“你说得不错。媛姜自小没少受苦，性情乖僻也属正常，不可将她逼得太紧。如此，就解了她的禁足吧，只是你要告诉她，姝子苑与正殿，仍不是她能踏足之地。”

内侍貂忙接口道：“君上圣明，只是我们公子卧病在榻，君上能否去探望一番，公子若是见君上亲自前去探望，一定会即刻好起来的。”

小白摆摆手：“齐鲁大战在即，我实在无暇分身，你们去请最好的疾医来，为媛姜调养调养身子吧。平日里也多劝谏着些，切不可让她总钻牛角尖。”

内侍貂拱手允道：“诺。”而后匍匐于地，恭谨地目送着小白向远处走去。

宫门处，小白寻来侍卫长问话：“我有一近身侍卫，前几日特派来守宫门，经受历练。在你这里，表现如何？”

侍卫长诚惶诚恐回道：“回禀君上，著山聪明勤快，武艺高强，在这里很是不错。”

小白满意地点点头：“即使是我的贴身侍卫，也不可放松对他的要求。今日既然来了，我想同他说两句话，你把他叫出来吧。”

侍卫长闻言，忙去营房中拦住要赶去轮值的著山，将他带到了小白面前。

著山见小白来看他，扑通一声跪下，还未等小白开口，著山就抱着小白的腿哭道：“君上可来看我了，我以为大伙儿都把我忘了……”

侍卫长刚在小白跟前夸了著山，著山却做出这等不成器的样子来，小白气得一脚踹开著山：“男子汉大丈夫，哭哭啼啼像什么样子，起来说话！”

侍卫长忙寻了个由头闪身离开，庭院中只剩下著山和小白两人。小白指着著山，哭笑不得：“早知今日，何必当初？你有今日哭哭啼啼的工夫，还不如当初不要逞威风的好。”

著山瘪着嘴，一脸倔强：“君上追到这里若还是为了教训我，不如把我扔在这里自生自灭才好。”

听了著山的话，小白反倒笑出了声：“好小子，我也知道在这里是委屈了你。我现已设下三军，建立了选贤任能的体制，你可愿随我上阵杀敌，保家卫国？”

小白话音未落，著山即刻正色回道：“愿意！”

小白上前一步，笑着拍了拍著山的肩：“我已签调令，明日起你入编高氏大夫军中，从普通兵士做起，我倒要看看，待到齐鲁之战时，你能混到个什么职位。”

著山摺下身侧别着的佩剑，摩拳擦掌道：“别等明日了，我今日便去军中报到吧。”

小白摆摆手：“不忙，今晚你要帮我做一件事，事成之后，你再去军中报到不迟。”

著山看小白的神情，心一下子提到了嗓子眼儿，君上终于又有任务交给他了，可他怎么预感到又是一桩吃力不讨好的差事呢？

三更天，乌云压城，不见星月，一辆马车缓缓向宫门赶去。

绿姬身着男装，坐在马车内，透过清风掀起的车帘，警惕地观察着车外的动静。

坐在车辕上的小白却一脸淡然，毫不紧张。他已褪去了紫檀色玄端，换上粗布麻褐，今夜在宫门轮值的侍卫中，除了著山，无人知晓他的真实身份。

著山在约定好的地点与小白会合，两人同坐在车辕上，遇到盘问的侍卫，小白就出示腰牌，著山则在一旁解释，说小白是为君上办事的，正要连夜赶出去置办一些物件。人人皆知著山是当今国君的心腹，无人敢阻拦，如此便一路畅通地出了齐王宫。

到宫门外，著山下了车，对小白道：“君上此番与姑娘单独出行，千万要小心。”

小白点点头，从怀中抽出一支竹筒，递给了著山：“你明日一早去军中报到即可，去报到之前，把这竹筒送去我师父府上。”

著山想象了一下鲍叔牙暴跳如雷的样子，极不情愿地接过了竹筒。

小白一笑，拍了拍著山的肩，而后赶着马车，飞速向城外驶去。

绿姬撩开窗帘，问小白道：“你那竹筒里装的什么？著山为何如此惊惶不安？”

小白边赶车边回道：“那是我给师父的信件，告诉他，我要去洛阳提亲了，一去月余，齐鲁之战就交给他全权处理了。”

绿姬瞪大了眼睛：“什么？你竟没有提借兵之事，只说去提亲，你是想让大夫急死吗？”

小白微微一笑：“夫人，若说掐算天命，十个我也难敌夫人神算，只是知人善任，夫人绝对不如我。我师父做事兢兢业业，有时候却容易知足懈怠。我若告诉他我去卫国借兵，他以为定能成事，对国内诸事就不会那么上心。我若只说要去洛阳提亲，我师父嘴上虽会破口大骂，做事却会更勤谨些，于国有益。”

绿姬望着小白的背影，打趣道：“不曾想你现在心眼儿越发多起来了，看来今后我也要提防着你了。”

谁知小白听了这话竟急了：“天哪！我唯独对你赤诚坦荡，你若是要提防我，我做这些事还有什么意义？”

绿姬见小白认真了，忙柔声安抚道：“我不过是在打趣罢了，这世上我也对你最坦荡，可好？”

听绿姬如是说，小白不由得傻笑出了声：“如此最好了。你快睡一会儿吧，我们赶路匆忙，若不休息好，身子只怕受不了。”

绿姬顺从地将事先备好的软垫铺上，和衣而卧，却又毫无睡意。此一去，既关系到齐国安危，也关系到他二人的未来，实在是令人既满心期待，又有些隐隐的担忧。

第十五章　淇水汤汤

启明星坠于地平线上，天空却仍是灰暗的。

公子纠探望罢柔姬，确定她并无性命之虞后，匆匆离开她的寝殿，心中的愧悔也随之消散了几分。

昨夜众人皆守在柔姬榻旁时，公子纠刻意做出薄情寡义的样子，拒不探望，好让柔姬断了对他的念想。可柔姬因他而伤，他又如何能安然置身事外？

趁着夜半无人，寝殿中众侍卫侍婢昏然入睡，公子纠前来探望一番，也算不辜负柔姬的救命之恩。

才出了寝宫大门，公子纠正遇上匆匆赶来的大兴。大兴神色慌乱，躬身将一竹筒呈递上来："公子，才截获的情报。送信之人是我们安插在临淄城内的眼线，他原是要我将这信筒送去给管大夫，我见他神色不对，就给截了下来。"

公子纠接过竹筒，抽出竹简，看罢上面的几行字，面色如土。他将竹简贴身收在了内兜中，压低嗓音对大兴道："此事绝不能向大夫提起，速将送信之人遣返回临淄，找人看好了他，有情报立即截获下来。”

大兴十分疑惑：“公子既担心他走漏风声，何不让我去结果了他……”

公子纠满身霜气，比这清秋时节更为冷寂，他沉吟道：“以我师父的睿智，若是结果了此人，他心中必定生疑。不如放此人回去，严加看管，还可为我所用。速速去办，不要贻误时机。”

大兴忙拱手领命，躬身退下，快步赶去按吩咐办事。

天边不知何时泛起了鱼肚白，启明星早已不知所终，公子纠愁容满面，望着即将升起的朝阳，微微眯起了眼。

小白做事太不谨慎，带着绿姬才出临淄，就被管仲的线人发现行踪，他们即刻送信到了曲阜，请示管仲如何行动。幸而大兴截获了情报呈给了公子纠，若是被管仲拿到，只怕他二人未到卫国，就已被俘。

远处群山层林尽染，霜叶美得妖异动人。公子纠无奈一叹：自己能助他们一两次，又岂能次次助他们脱险？只是身为小白兄长，许多事责无旁贷。更何况，这也许是他与绿姬之间，唯一的一点关联。

小白驾着马车带绿姬一路西去，顺道查看齐国沿路诸城的情况。白日里走走停停，夜间就投宿在官道旁的驿站中。不过几日的工夫，两人就离了齐境，进入了卫国。

绿姬本以为借兵之事十万火急，谁知到卫国后，小白却不急于驾车去卫都朝歌，而是优哉游哉地在城濮和邶城两地间逡巡。

绿姬满心困惑：“怎么你不去朝歌，反倒在这里转悠起来？”

小白笑道：“卫侯虽然是我外甥，却与我素昧平生，并不相知。所以我要在卫国多看看，若他是个政令不申、反复无常的小人，我何必将身家性命赌给他！”

绿姬略回想一路见闻，对小白道：“这一路所见，卫国境内政令法规，无功无过，与其他各诸侯国并没有什么分别。”

小白含笑捏了捏绿姬的手："中规中矩也没什么不好，先去看看再说。"

绿姬察觉到往来路人的异样目光，忙拍掉小白的手，趁机闪离几步说："说来也奇了，你姐姐是卫国君夫人，当初你逃难时，为何不来卫国避难，反倒去了郯国，还被人撵了出去，而后又去了莒国，过那样颠沛流离的日子？"

"刚出国避难时，姐姐曾托人给我一块她的贴身玉玦，让我随时来卫国，只要出示玉玦，就可入宫找到她。只是我与她年纪差了许多，到底不是从小长大的情分。而且最尴尬的是，我若到了卫宫中，该如何称呼他现在的夫君卫昭伯？叫姐夫？还是表兄？况且这现任卫侯单名一个朔字，是我姐姐的儿子，亦是我嫡亲的外甥，可若是按照我母亲的辈分，他又是我表兄，实在乱得很。何况，其时卫国的君权和政局也不似现在稳定明朗。"

绿姬莞尔一笑，岂止小白在卫国面临这般窘境，公子纠在鲁国也一样尴尬。有这两位容貌倾世的姐姐，真不知究竟是福是祸，她出言宽慰小白："君上此次亲临卫国，为齐国百姓安居乐业谋福祉，此情感天动地，定能事成而还。"

小白听到绿姬这种调侃，不禁笑出了声："谢夫人吉言，那我们就即刻启程吧。"

朝歌乃商汤故都，数百年后的今日，摘星台与酒池肉林等遗迹俱成灰土，唯有淇水汤汤，从城中蜿蜒而过，自古至今，没有分毫改变。

小白驾车来到卫宫正门，拿出长姐所赠的玉玦，守门的侍卫不敢怠慢，拿了玉玦层层递入内宫。过了大半晌，重重宫门次第大开，一位老宫人趋步而上，大拜于车前："得知齐侯驾临，夫人欢喜得紧，特请齐侯往后花园一叙，老奴特来带路。"

小白点点头，指了指自己身侧的空位。那老宫人吞了口口水，不敢反驳，老老实实爬上了车辕。小白挥动马鞭，马车奔驰如飞，载着惊恐不已的老宫人和巧笑倩兮的绿姬，快速向内宫赶去。

车行至后花园南角，有侍卫上前，示意马车止步。小白和绿姬依规矩下了车，徒步走入花园中。

园中栽种着各色奇花异树，并根连蒂郁郁葱葱。老宫人与侍卫均躬身守在园外，看来这花园颇受珍视，一般人不许入内。

枫香树下，一女子正身着胡服练习射箭，她的弓箭与寻常男子使用的不同，由轻盈又坚韧的泡桐木制成，小而精巧，适宜女子掌握。

绿姬见那姑娘动作潇洒连贯，次次命中靶心，不禁夸赞道："英姿飒爽，箭术卓群，实在高妙。"

小白乜斜了一眼，不屑道："花拳绣腿的虚招，若是上战场，三两下就被人打落牙。"

听到小白的评价，那女子猛地转过身，对着小白就是一箭。小白一个团身躲开了飞来的箭矢，失笑道："心眼儿也太小了吧，一言不合就要杀人？"

绿姬这才看清那女子的眉目，俏丽明艳，英气勃勃，不同于普通佳人的温婉动人，有种天地不惧的别样妩媚。

绿姬忙赔笑道："这位姑娘，我们并无冒犯之意……"

可那女子根本不理会绿姬，只满心不甘地又冲他们二人接二连三放了几箭，小白赶忙将绿姬推到一旁，挥起手中的马鞭，麻利地甩开了所有的箭矢。

那女子见小白对身侧的绿姬颇为照顾，箭锋一转，指向绿姬，大力弯弓射了过去。

小白勃然大怒，跨步上前，将绿姬拉至怀中，用皮鞭钩住利箭，奋力一挥，箭矢掉转方向朝那女子飞去。

那女子尖叫一声，眼睁睁看着箭矢擦着面颊飞过，一缕青丝应声而落。

小白拉过惊魂甫定的绿姬，左右查看着，一脸焦心："你没事吧？可有伤到哪里？”

绿姬笑着安慰小白道：“有你在，我没事。”

那女子气得浑身发抖，指着小白，方欲破口大骂，却听身后传来新莺出谷般的女声：“云儿，不得无礼。”

小白和绿姬循声望去，只见一绝世美人身着妃色绸裙配孔雀羽，立身于不远处的梧桐树下，硬生生将这满园秋景衬得毫无生气了。

不必说，这美人便是小白嫡亲的长姐宣姜。“宣”并不是她的本名，只是因为嫁与了卫宣公，就要一世以这个她最痛恨之人的谥号来命名。

绿姬看直了眼，发出一声轻轻的喟叹。小白却一脸不以为意，不悦道：“姐姐怎么才来，我们差点被这疯子射死。”

那叫云儿的女子看到宣姜，满是不屑地冷哼一声，捡起弓箭，起身一溜烟跑没了影儿。

宣姜并未上前，而是不远不近地望着绿姬，眸中神色异常复杂。

绿姬不明白为何文姜和宣姜都用这样的眼神打量自己。反正她未做过亏心事，索性由着宣姜看去。

打量半晌后，宣姜确定绿姬是女扮男装，瞬间放下了高悬的心，面上起了笑容，上前几步对小白道：“多年不见，你竟长这么高了，还即位做了国君，姐姐心中实在欢喜得紧。”

小白显然不适应这种肉麻的说辞：“到岁数自然会长大，没什么稀奇。”

见小白刻意拿出这顶天立地的男子汉气势，宣姜佯装嗔怒地拍了他两下，继而转头看向绿姬。

方才远观她，只觉气韵如仙、楚楚动人，离近了看，更是被她完美的五官所震慑，尤其是那双大眼睛，即便不发一语，一喜一嗔却皆在眸中，足以令天下人痴狂，难怪小白如此护着她。猜到这女子绝非寻常人家的姑娘，宣姜一挑长眉：“这位姑娘是……”

小白将绿姬拉至身前，一脸骄傲地对宣姜道：“这是我未过门的夫人。”语罢，小白微低下头，轻声对绿姬说，“这是我长姐，你也随我叫长姐吧。”

绿姬还未开口，只听宣姜出言制止：“不忙，姑娘是哪里人？家中是哪国诸侯，或是卿大夫？”

未曾想对权势毫不在意的小白竟有个如此看重出身的嫡长姐，绿姬随口赖道：“不是哪国的诸侯，更不是什么卿大夫，就是普通种地的。”

宣姜脸上的笑容明显一僵，小白却未察觉，仍旧含笑温柔地望着绿姬，只觉得她无论做什么说什么都是极好的。

作为过来人，宣姜怎会读不出小白眼中的一往情深？她不好再问什么，动动薄唇，无奈道：“先去我那里坐坐吧。”

长街的尽头，跨过门禁，有一方小小的宅院，与内宫诸多殿宇既紧密相连又相互独立，正是宣姜的住所。

宣姜既是国君之母，又是国君的嫂夫人，这尴尬的院子与她尴尬的身份相匹配，颇为耐人寻味。

进院后，宣姜命侍婢带绿姬去更衣，自己则带着小白进了正堂，分坐在软席上。

见小白仍痴痴地望着绿姬离去的身影，宣姜叹道：“放心吧，丢不了。”

小白轻笑几声，环顾四周，发现屋内有张摇床，他起身上前，看到摇床内睡着个粉雕玉琢的小女婴，长长的睫毛卷而翘，肤若凝脂，实在可爱得紧。小白问道：“这是姐姐与卫昭伯的女儿吧？”

宣姜点点头：“还有两个小子，去外面玩了没有回来。”

小白笑道：“眼见姐姐和卫昭伯过得不错嘛，当初让你改嫁，你还死活不肯。”

小白说话仍是如此不中听，专爱揭人伤疤，宣姜白了小白一眼：“你为何喜欢个种地人家的女子？你可是齐国新君啊。”

小白复坐回软席上，回道："绿姬是王室大卜一脉后人，她的爷爷是当朝大卜，只是他们隐居洛阳城郊已有多年，故而说自己是种地的。"

原来这丫头竟是大卜一脉的后人，难怪身上有种缥缈如仙的气韵。宣姜想了想，仍蹙眉道："大卜一脉虽为名门，可手中没有兵权，诸侯割据，四方混战，你娶个娘家没有一兵一卒的君夫人，对你这君位有何裨益？"

小白抓起案几上的铜爵，兀自把玩着："我娶君夫人，只需和我一起品酒赏月，抱团暖被窝，要什么兵呢？"

宣姜听了小白这话，讥讽道："既然不要兵，你来这里做什么？"

小白歪在软席上，以手撑头，赖道："姐姐不借也罢，大不了就是个死嘛。"

宣姜被小白这副赖皮样逗笑了，上前轻拍了他几下："你别在长姐这里耍无赖，能否借兵，我说了到底是不算的。现下我嫁给了昭伯，朔儿心中不满，已与我断了来往。所谓母子情分，不过是在众人面前做个样子罢了。所以姐姐只能为你引荐，能否成事，还要看你自己。"

说话间，绿姬换好了衣衫，由宫人引着进了正堂。宣姜见绿姬换了女装，婉转动人，气韵浩荡，只怕连瑶池仙女都难及其万一，不由得又叹了口气。

此时卫昭伯进了院子，转入堂屋，看到小白，快步上前躬身行礼："齐侯。"

小白神色一震，愣在原地，片刻后，拱手回礼道："姐夫。"

卫昭伯忙避开，恭敬道："不敢，不敢。"随后他转过头，向宣姜道："夫人，君上在正殿设宴，招待齐侯，我们早些动身吧。"

卫昭伯与宣姜在前面引路，小白与绿姬跟在其后徐徐而行。绿姬轻声问小白："方才见到卫昭伯，你面色一凛，究竟为何？"

小白低声回道："夫人有所不知，这卫昭伯，与公子伋竟有七八分相像，猛然一见，着实吓我一跳。”

绿姬抬眼望着宣姜与卫昭伯的背影，心中陡然起了几丝同情，想来卫昭伯能与宣姜夫妻和合，也与他酷似公子伋的相貌密不可分吧。

绿姬轻声说：“亲兄弟间，容貌相像也是有的。你姐姐真是可怜的痴心人。”

听了那句“亲兄弟间，容貌相像也是有的”，小白的眼眸中竟充斥起不安来。普天之下，若说有什么人能令他畏惧，怕是只有他的亲哥哥公子纠了。

转眼间到了卫宫正殿，卫侯亲自出殿相迎，小白赶忙上前，与其见礼。

行过国公之礼后，卫侯复行了晚辈见长辈的大礼，拜道：“卫国与齐国为邻国，又皆享侯爵之位，世代修好。舅父远道而来，做外甥的失礼了。”

小白扶起卫侯，笑道：“不妨事，是我突然造访，岂能怪你未尽礼数？”

寒暄罢，一行人便随着卫侯与小白走入了正殿中。

珠帘暮卷，掩映重门。正殿内，小白与卫侯坐于高台之上，绿姬坐于高台下左侧首席，宣姜与卫昭伯同席，列于右侧首位，与绿姬遥遥相对。

绿姬低头望着案几上的卫地美食，颇有些心不在焉。

身侧忽然传来铜质器皿的碰撞声，绿姬闻声转头，身侧席位上坐着的竟是今日在后花园中射箭的姑娘。她已褪去戎装，换上了华贵的绢缎裙袍，一双明亮的大眼睛顾盼生辉，娇俏可人。

猜到此人身份不俗，绿姬冲她微笑致意，可这姑娘却像没看到似的，将头扭向一侧，全然无视绿姬的存在。

诸位王公贵胄分席坐妥，卫侯朗声开口道：“今日与舅父同饮，寡人不甚欢欣，请诸位举杯，与寡人一道，共同欢迎舅父。”

小白与卫侯举爵致意，殿中众人忙一同举爵；小白与卫侯饮罢，众人才敢抬起左臂，以宽袖掩口，一饮而尽。

两侧宫人碎步上前，跪在卫侯与小白案旁，用木舀子将清冽的美酒再斟满铜爵，而后复退向两侧。随后，其他宫人也从正殿条条立柱后走出，躬身跪于诸位公子与卿大夫身侧，为他们添酒布菜。

卫侯端起酒盏，对小白道："寡人再敬舅父一杯。"

小白端起铜爵，与卫侯对饮。酒过三巡，丝竹声起，复有歌舞伎上前献舞，觥筹交错，推杯换盏，一时间好不热闹。

绿姬无心于美食与乐舞，她蹙眉望着通天脉，心头蓦地涌上一丝不安。

畅饮后，卫侯忽然示意歌舞停罢，丝竹声戛然而止。

卫侯对小白道："舅父此行之意，寡人心知肚明。既是甥舅至亲，寡人欲与舅父亲上加亲，不知舅父意下如何？"

小白面色一沉，问道："不知卫侯所谓'亲上加亲'，究竟何意？"

卫侯笑道："齐卫两国，素有通婚的传统，以联姻为基石，结为同盟，则坚不可摧。"

小白面色一凛，紧蹙着眉，眯起了眼，没有接腔。

卫侯指着绿姬身侧的姑娘说道："寡人的妹妹云姬，年方二八，尚未婚配。寡人欲将妹妹许给舅父，舅父以为如何？若能成事，寡人便亲率卫国五万大军至卫鲁边境，襄助舅父，与鲁一战！"

第十六章　盲婚哑嫁

临淄城中，月影入户，布谷夜啼。

鲍叔牙身着常服，愁容满面，在府院中焦急踱步，花白的两鬓在月华下如蒙霜雪。

小白留书一封后不辞而别，扔下这烂摊子，鲍叔牙整个白天都应付得焦头烂额。清凉如水的夜色中，鲍叔牙无奈一叹，继续绕着庭中的桃树转圈。

这几日，他对外宣称小白感染风寒，卧病在榻，挡掉了诸位卿大夫的求见。可国氏与高氏训练三军，有诸多问题须向小白请示，鲍叔牙硬将他们挡下，两位大夫已心存疑惑，快要挡不住了。

称病几日也就罢了，若是再过十天半月，只怕这些卿大夫、上将军就要逼宫了。想到这里，鲍叔牙头疼不已，他停下了脚步，背靠着桃树蹭痒痒，愁绪恰如一川烟草，难以梳理得清。

鲍叔牙与小白师徒情深，无论小白做的事多出格，鲍叔牙嘴上骂得再凶，心中却不会计较。可若是将小白罔顾齐鲁之战、为私情去洛阳提亲之事告诉国氏高氏二人，两位大夫即便嘴上不说，心中也一定会对小白生出颇多不满。

脑中忽然灵光一闪，鲍叔牙一掌拍在桃树的虬枝上，尘埃簌簌落下，他连打了两个喷嚏，却仍难掩心中的激动：既然小白一路西去，不如就让他这做师父的给小白加上个冠冕堂皇的理由，告诉国氏与高氏小白找他亲外甥卫公借兵去了。想到这里，鲍叔牙满面自得，十分钦服自己的足智多谋。

只是他不知，此刻小白与绿姬的确身处卫宫中，为借兵之事颇费心力。

卫宫正殿灯火辉煌，宛如白昼。

台下诸人皆屏息凝神，望着高台上的两个身影，不敢作声，大殿内针落可闻。

卫国国富兵强，若与齐国一同发兵，西北两方各为犄角，相互倚仗，齐鲁之战必有胜算。且云姬貌美如花，虽性情粗鲁，到底是女公子出身，身份贵重，与齐国新君门当户对，十分相配。何况诸侯间联姻，利益远重于情谊，堂中诸人皆料定此桩婚事必成，只待小白答允后举杯同庆。

小白听了卫公联姻的提议，顾不上与他周旋，急切地望向台下的绿姬。可绿姬却没有看他，而是垂头盯着案几上的玉盘珍馐，将眼底的情绪悉数敛藏。

她笃定他们的感情，也深知他身为国君的苦衷，此时此刻，究竟该如何面对他，绿姬着实不知。

看不到绿姬的神色，小白陡然间慌了。若他仍是莒城中那了无牵挂的公子小白，他一定立即起身拉着绿姬夺门而去；只是现下他身上背负着百万黎民的身家性命，又如何能全凭一己好恶而不计后果？

小白思忖片刻，蹙眉笑道："卫侯所言，我深以为然。只是我认为齐卫两国间已有了最坚实的联姻：我的姐姐是卫侯的母亲，你我甥舅至亲，哪里还有比这更坚不可摧的关系？再者，我虽未成婚，君夫人却早已有了人选，心中眼中都只认定她，如何还能再娶旁人？”

齐侯竟开口直拒了卫侯的联姻请求，殿内一片哗然。

卫侯将铜爵重重放下，略摆摆手，示意众人噤声，继而转向台下的云姬，问道：“到底怎么回事？”

云姬霍地站起身，指着小白，满面愤恨：“你这无赖，今日下午在园中，明明是你对我有意，射落了我的头发，现在又要抵赖？”

尽力克制的脾气被云姬悉数激发，小白面色铁青，眯眼训斥道：“你好歹也是个女公子，光天化日知不知羞？今日你欲以箭矢伤我夫人，我这才回箭教训你。莫说我已有了妻室，即便没有，也断不会要你这夜叉。”

众人皆知云姬性情乖戾，好胜尚武，小白此言一出，满座之人哄然失笑，又猛然察觉不合礼数，忙纷纷掩了口，硬生生憋笑到肚痛。

卫侯面色十分尴尬：“不承想，舅父尚未弱冠，竟已经定亲了？”

小白点点头，指着台下的绿姬：“王室大卜一脉绿姬姑娘，正是我的未婚妻子。我已向王上递了奏呈，明年春天就会娶她过门。”

堂中之人的目光瞬间全聚焦在绿姬的绝世美颜上，绿姬缓缓抬起头，不复方才低眉垂眼的模样，不卑不亢地接受着他人的打量。

卫侯轻笑几声，一脸不以为意：“绿姬姑娘乃王室大卜一脉，我们卫国也是王室同宗。昔日舜帝有娥皇女英，今日舅父若佳配我姬姓云绿两姑娘，也不算辜负。”

因为两位姐姐的婚事，小白素来对这种莫名其妙的联姻没有好感。强压住心头的气恼，小白欲以天下之事劝慰卫侯：“天下混战，民不聊生。今日我身陷窘境，卫侯若能助我对鲁一战，他日若有人敢来犯卫，我定然赴汤蹈火，为君排忧解难。”

卫侯笑回道：“寡人从未说过不出兵襄助舅父，只是欲与舅父亲上加亲，相互有个依靠罢了。更何况，舅父射落了寡人妹妹的发丝，合卫国中，还有谁敢娶她？”

见小白根本不愿答允婚事，云姬眼眶泛红，气恼不已：“我以为你是个英雄，没想到你竟如此畏首畏尾。既然不敢娶我，何必落发定情？”

与这兄妹二人讲不清道理，小白哭笑不得：“我说，你嫁不出去了吗？怎么能赖上我就不肯撒手了呢？”

话越说越难听，再这样下去，只怕小白会与卫侯兄妹撕破脸，借兵之事便再无希望可言。久未开口的绿姬轻启朱唇，出声道：“云姬姑娘，我幼时曾听爷爷说起，卫地民风淳朴，天性自然，男女相悦，不问门第，互斩发丝，绕为同心结，便可结为夫妇，可是真的？”

云姬一挑眉：“你既然知道，何必还问我。今日齐侯斩我青丝，却不肯娶我，是不是存心羞辱我？”

绿姬闻言，莞尔一笑，起身慢步走向一旁的内侍，伸出纤纤素手，笑道：“这位壮士，可否借短剑一用？”

这侍卫明知不该将剑借给绿姬，却被她明媚的笑靥所迷惑，鬼使神差般拔出佩剑，交给了绿姬。

绿姬反手一挥，斩落一缕头发，将佩剑交还给侍卫，而后从内兜中掏出一粉色锦囊，取出囊中的一缕青丝。

绿姬的纤纤素手灵巧地将两缕发丝绾成同心结，笑对高台上的小白与卫侯说：“这缕头发是齐侯当日回国即位时，赠予我的，今日我在此结为同心。想来卫地风俗，男女结合，也需两人的发丝相缠绕，而非一方的无心之失吧。云姬姑娘，你的头发虽被齐侯射落，可他并未将你的发丝捡起，显然是对姑娘无意。何必因为一个小小的误会，而断送齐卫结盟之大事！云姬姑娘花容月貌，气韵高华，他日定会觅得良人，恩爱一世。”

小白望着高台下的绿姬，星眸中满是骄傲：不急不躁，不吵不闹，莺声燕语间化解危机，这就是他的女人。

内心赞赏有加，可小白表面上仍装得淡淡的，缓缓开口道：“正是如此，误会已释，还请卫侯摒除嫌隙，与我齐国勠力同心，抗击鲁国。”

卫侯看着高台下的绿姬，微微发怔：“舅父并非有意而为之，却阴差阳错射落了我妹妹的发梢，也算是有缘。舅父英武不凡，我妹妹十分倾慕，待我妹妹与舅父成婚后，齐卫两国互为依靠，其他诸国便无人敢来侵犯。”

小白与绿姬对视一眼，卫侯果然与他们猜想的一样，是个中规中矩认死理之人，他笃定齐卫两国只有联姻，才能结为同盟，别无他法。

小白猛地起身，走下高台，拉着绿姬要走。与这样墨守成规之人结盟，只怕未必是福，天知道他率军上阵，会不会只知纸上谈兵。

宣姜忙从席位上起身，上前拦住小白的去路：“这是怎么了？可是喝多了头晕？”

不等小白回嘴，宣姜狠狠掐了他一把，示意他不要说话，她侧过身对高台上的卫侯道：“朔儿，你快扶你舅父去内室醒醒酒。天色不早了，诸位也都散了吧。”

眼见齐侯与卫侯话不投机，宣姜出来力挽狂澜，众陪客心知肚明，忙起身作揖，大拜后躬身退了下去。

云姬满心不甘，本不想退下，但看到欲上来劝说自己的宣姜，云姬避之不及，一跺脚，逃也似的离开了大殿。

绿姬略思忖下，即刻看懂了她二人这微妙的关系：宣姜是云姬的嫡母。云姬父亲去世不满两年，宣姜又改嫁给了云姬的兄长，成了她的嫂嫂，还连生了三个孩子，这让云姬情何以堪？难怪下午在园中，云姬就对宣姜避之不及。

待到众人都散了，殿内只剩小白与绿姬、宣姜卫昭伯夫妇和卫侯，宣姜开口道：“绿姬姑娘，我见你方才拿的锦囊式样独特，颜色清雅，甚是喜欢，你可愿去我那里，帮我做一个？”

卫国是小白唯一可以指望的盟友，绿姬不愿看小白因私情而丧失此次机会。她知道宣姜此举，是为了给他们甥舅二人创造单独说话的机会，笑回道：“愿为夫人效劳。”

绿姬欲随宣姜而去，却被小白紧紧攥住了手。

小白拽着绿姬，一字一顿道：“她不能离开我身侧半步，若还要说什么，就对我们俩一起说。”

见小白神色坚定，宣姜不好再坚持，她向卫昭伯递了个眼色。卫昭伯一拱手，徐徐退了下去。

宣姜笑道：“既然是一家人，又为结盟而来，何必搞得那么剑拔弩张？坐下再说。”

小白摆手道：“若是不提联姻，尚可一谈；若是提联姻，不必浪费时间。”

宣姜不解：“你身为齐侯，难道此生只娶一个女人？若是你嫌云儿粗野，卫国还有旁的女公子，你挑一个顺眼的就是了，到底也不会影响你与绿姬姑娘的感情。”

小白只觉与宣姜无话可谈：“就是人人都存着这样的心思，你这辈子才会这样。你自己过得如此不顺意，竟然还来劝我做这样的事！”

宣姜被小白戳到了痛处，身子一颤，气道：“你怎么敢如此对长姐说话？这些年你师父教你的孝悌之道，我看你是全忘了！”

小白回道：“我不懂什么孝悌之道，只是我若能做主，绝不肯让我的亲姐姐背井离乡受这么多苦楚！”

这姐弟二人越吵越凶，卫侯插不上话，独自坐在一旁的软席上看热闹。绿姬见状，上前行礼道：“卫侯，两国结盟，不应因小失大。齐侯诚意而来，既为解齐国眼前之危，焉知不是为解卫国将来之难？”

卫侯看着绿姬，回道：“姑娘所言有理，寡人倒是觉得，姑娘不若劝谏舅父几句，切勿因姑娘一人，坏齐卫结盟之大事。”

卫侯料定是绿姬使小性子，无容人之量，才会引得小白执意不肯娶云姬。绿姬无奈一叹，最后劝道：“我以大卜一脉的身份起誓，齐侯绝非等闲之辈，卫侯若为百年基业着想，还是出兵相助的好。”

卫侯却并未把绿姬这一席话当回事，只觉得她在危言耸听，不以为然。小白索性快步过来，拉起绿姬便要走。

宣姜上前拦住他们，她虽然生气，却仍忍不住关心小白：“不愿娶就不娶罢了，夜深了，你们先留宿一夜，明日再出宫吧。”

小白本是一刻都不愿在这卫宫中逗留，但考虑到夜深露重，绿姬的身子会吃不消，只好点头答允。

宣姜对绿姬说：“绿姬姑娘仍是去我那里住吧，小白……”

小白直截了当打断了宣姜：“不必，我们两个住一起。”

绿姬闻言差点咬到自己的舌头，这一路她随小白西行，小白虽举止亲昵，却十分尊重她，两人共宿在驿站，更是分房而睡，现下小白怎么会如此对宣姜说呢？

小白紧紧握着绿姬的小手，乌亮的眸子锁着宣姜，眸色森然。这次来卫国见到宣姜，只觉得她变了好多：从前即使身不由己，她也最恨被他人摆布，现在却堂而皇之地劝小白接受云姬，实在不知这些年她究竟经历了什么，让她这样迅速地认命，继而成为这种利益婚姻的卫道者。

宣姜怎会看不出小白对自己的提防与不满？她明眸一翻，不再多言，气哼哼地命令侍婢带着小白和绿姬去客房安歇。

曲阜城外，一行黑衣黑袍的刺客趁着夜色，快速向朝歌城方向打马而去。

管仲站在城头，身负一轮朗月，嘴角扬起了一抹轻笑。

公子纠和大兴的确截获了来自临淄的情报，只是他们有所不知，管仲早已下令，从临淄城来的情报必做双份，由两人骑快马分别从东西两侧绕过齐长城送往鲁国来。

正愁没机会对小白下手，他却自己送上门来，管仲岂能错失良机？摸清他们的路线后，管仲连夜派遣了身边最得力的杀手，火速赶往朝歌。

若是此事能成，他何须大费周章准备齐鲁一战？又何须割城赔地，让边民陷于战乱之中？思及此，管仲眯了眯眼睛，杀机顿现。

待宣姜的侍婢走了，绿姬才松了口气，疲惫地坐在客房的榻上，问道："你可是怕卫公有什么逾矩的行为，才说让我和你住在一起？"

小白一笑，快步上前，将手撑在榻边圈住绿姬，一张俊脸慢慢向她凑近。绿姬吓得闭了眼，把头扭向一旁。

小白轻笑道："你在怕什么？方才你在众人跟前用你我的发丝结了同心结，我们就是夫妻了呀，自然要住在一起。"

绿姬脸一红，使劲往外推小白："我只是为你解围，你可别乱想。"

小白纹丝未动，捉住绿姬的小手，顺势坐在她身侧："说真的，方才卫公逼我娶那泼妇，你可有担心？"

绿姬小脑袋一歪，不解道："担心什么？"

看到绿姬这反应，小白蹙着眉，满面不甘："你不怕我真娶了她吗？还是你根本不在意？"

眼见小白这一脸的挫败，绿姬笑道："不是不在意，只是我深知君上为人，你哪里会任由他人摆布，所以才不担心。"

话虽没错，只是小白心中仍不是滋味，他满面失落："我多希望你耍点性子，起码我能知道，你心里有我。"

绿姬双眸波光流转，巧笑嫣然，将头靠在小白宽厚的肩上，轻声道："正是因为心中有你，所以才全心全意地信你。"

这是绿姬第一次如此主动地与小白亲近，小白的心蓦地柔软了起来，他抚着绿姬的长发呢喃道：“时辰也不早了，我们早点歇了吧。”

绿姬闻言忙从小白身侧弹开，摆手道：“不急不急，我还不困呢。”

看出绿姬在担心什么，小白促狭一笑，捉住她的手腕，将她瘦弱的身子拉至身前，用头抵着她的前额，轻轻地用高挺的鼻尖蹭了蹭她尖翘的鼻子。察觉到怀中之人竟在微微发抖，小白笑出了声：“你好好睡吧，我在门口守着。”

语罢，小白起身熄灭了榻旁的几盏油灯，而后拿了张软席，走向房门口坐了下来。

望着那挺拔如松的身姿，绿姬满心的忧虑都烟消云散了，她和衣躺下，拉开云锦被盖好，困倦之意悉数袭来，很快沉入了梦中。

夜渐渐深了，小白却毫无睡意，他心头的隐忧伴着深沉的夜幕越发浓烈：白日里与卫侯话不投机，若是有小人趁机向卫侯进谗言，将他们二人软禁起来借以要挟齐国可就糟了。

想到这里，小白眸色一沉，握紧了拳头。明日一早带着绿姬速速离开这是非之地，才是当务之急。

第十七章　泛彼柏舟

时光在指间匆匆淌过，从夜阑人静到东方既白，似乎只是俯仰一瞬。

忽然，一阵急促的叩门声传来，绿姬猛然从梦中惊醒，困酣娇眼定定地望向小白。小白麻利起身，快步闪到门侧，厉声问道：“谁？”

门外无人应答，只能透过门板看到有人影伫立门外。小白蹙着眉，心中满是不安，他示意榻上的绿姬躺好别动，独自闪身走出了房门。

门外竟然是云姬。小白看到云姬，满脸不耐烦。

云姬手执马鞭，面色苍白，红着眼眶，指着小白质问道：“你不是说你们还未成亲吗？怎么就堂而皇之地同居一室？好不要脸！”

听云姬如是说，小白起了几分气：“我与我夫人如何相处，与你何干？”

云姬手中马鞭一挥，怒向小白道：“你射落我的头发，又在诸位卿大夫跟前说我是夜叉，我以后还如何嫁人？还有谁肯娶我？”

小白满不在乎地一笑，出言相讽道：“这有什么，你的头发还多的是，还能割给许多人；夜叉又有何妨，有的是公夜叉欣赏。你愁什么！”

本以为云姬会怒不可遏，执鞭伤人，谁知她却站着没动，美丽的面庞上一阵红一阵白，磕磕巴巴问道：“你与那女子当真如夫妻一般，生活在一起了？”

看到云姬这欲说还休、面红耳赤的模样，小白略显惊慌：难道这泼妇当真看上他了？定定神，小白坚定回道：“没错，我与我夫人恩爱和睦，耳鬓厮磨，情之所至，有何不可？”

房中的绿姬听到小白这一席没轻没重的话，忙推开门走了出来。

云姬看到绿姬，瞬间恢复了凶巴巴的样子，马鞭一甩，啐道：“不要脸。”

小白生怕马鞭伤到绿姬，忙将绿姬挡在身后，怒道：“你发什么疯？”

嫉妒怨恨令云姬红了眼，她非但不停手，反将马鞭甩得更为凶狠了。

小白眉头一蹙，右手牢牢地揽着绿姬，一边撤步后退，一边伸出左手去夺鞭子，不料身手了得的小白却结结实实地吃了云姬一鞭。

随着刺啦的一声响，小白的左袖笼顷刻崩烂，皮开肉绽，鲜血淋漓。

云姬见状，吓得扔下马鞭，凑上前来。看着小白的伤，云姬又气又心疼：“你为什么不躲！”

绿姬没吭声，掉头回房从包裹中找出金疮药，快步走回小白身侧，掏出绢帕，温柔地为他敷药止血。

云姬也欲上前帮忙，却被小白大吼道：“走开！”

云姬吓得退后两步，眼泪在眼眶里打转，连鞭子掉在地上也顾不得捡，狠狠地瞪了绿姬一眼，扭身向内宫跑去。

小白带着绿姬穿过重重宫门，走向宣姜居住的小院。

见绿姬一脸淡然，小白十分惊奇，低声问:“夫人为何如此淡定，既不担心我的伤，也不生那个疯女人的气？”

绿姬望着小白，莞尔而笑道:“你的身手远在云姬姑娘之上，万箭齐发尚能躲得开，又怎会躲不开区区马鞭？你既对那女子无意，又怕卫侯再来刁难，定然想早点离开此处，被马鞭所伤不过是个由头罢了。你不惜用这苦肉计，肯定是想到了什么计策，可以助你我速速离宫。”

听了绿姬这席话，小白笑得如沐春风，在她耳畔轻道:“从前初见你时，怎么没发现，我夫人竟然如此冰雪聪明？”

绿姬横了小白一眼:“是啊，当初你只顾欺负我了，哪里还能看到别的？”

说话间，两人到了阻隔宣姜所住的小院与卫宫的门禁处。小白敛了笑意，露出受伤的手肘，怒气冲冲地对守门侍卫道:“你们女公子恶意伤我，我要去找姐姐要个说法，快把门给我打开！”

侍卫们看到小白手肘上那一道刺眼的伤痕，吓得忙打开了宫门。小白和绿姬对视一眼，匆匆走进了宣姜的小院。

庭院内空无一人，不远处的正堂却喧闹不已，隐隐能听到孩童的啼哭与嬉闹。

小白牵着绿姬，轻手轻脚向堂屋后的小门走去。那扇小门可以直通宫外，绿姬一早就注意到了这个秘密，没想到小白也早就把姐姐这个庭院巡视了个遍。两人一边躲避着随时可能进出的丫鬟婆妇，一边小心翼翼地靠近那扇小门。

即便宣姜是小白的亲姐姐，如今她已是卫人而非齐人，一切皆会以夫家的利益为先。小白只想带着绿姬平安离开这是非之地。

两人转到后院，小白极为小心地将沉重的门闩挪开，缓缓打开了木门。

堂前突然传来一阵脚步声，小白手疾眼快，一把拉过绿姬便跑了出去，随手带上了木门。

临淄城的秋日没有一丝萧瑟的意味，晴空万里无云，淄水漫江碧透，水墨丹青般清淡雅致，丝毫不输春日里的姹紫嫣红。

著山在军营中用了早饭，见时日尚早，遂赶回宫中探望那些从小一起长大的兄弟。兄弟们仍与从前一样，拱卫在小白寝殿之外，著山看在眼里，心中别提有多羡慕了。

探望罢众人，著山忽然想起了懒丫头。自从那日懒丫头对他说了那句不清不楚的话后，两人就没再见过。不知为何，著山明明嫌她又胖又啰唆，心中却忍不住惦记着她。

著山叹了口气，打算去懒丫头的住处探望一番，毕竟她的脚是因自己而伤。望着天边尚未升起的朝阳，著山嘴角泛起了一抹连自己都未觉察的笑意。

懒丫头虽已经醒了，却仍卧在榻上未起身。她人本来就闲不住，前阵子与绿姬同游宫中后，脚伤越发重了。御医来看过后，威胁说若不想残废就少下地。懒丫头只好见天躺着，恨不能吃喝拉撒全在榻上。

虽吃得比从前更多，小脸却渐渐瘦了下来，个子也长高了，懒丫头不禁伤感起来，无比怀念从前那个圆滚滚的自己。

著山找到懒丫头的居所，敲了几下门，却无人回话。

懒丫头听到敲门声，以为是其他宫人来送早饭，连应都懒得应一声。

著山见无人应答，担心懒丫头出事，径直推门闯进了房间。懒丫头侧身躺着，背对着门，仍未动弹，赖声赖气道：“放那里吧。”

著山一脸茫然：“什么放那里？”

听到著山的声音，懒丫头惊得差点从榻上掉下来。她难以置信地回过头，见来人真的是著山，忙强装淡定，坐直了身子，瞪大了眼睛望着面前之人。

现下傻眼的换作了著山：大半月时间不见，这丫头竟然清瘦了许多，不再是那个肉滚滚、圆乎乎的笨丫头，倒颇有几分少女的模样了。

著山愣了许久，察觉到自己的失态，忙收敛了神色，换成从前那副不耐烦的模样，板着脸问道："臭丫头，上次没摔死你算你命大，你的脚伤可好些了？"

懒丫头气得小脸发红，才欲回嘴，忽然想起绿姬说过，著山若找她，一定不能理他。懒丫头赶忙闭了嘴，将头撇到一旁，一眼不看著山，耳朵却竖了起来，留神听动静。

著山见懒丫头不搭腔，十分奇怪，他走到榻边，扯了扯懒丫头的小脸，凶道："还没听见我说话吗？摔一下还把你摔聋了不成？"

懒丫头心中牢牢记着绿姬的话，硬生生地将这口恶气咽了下去，低着头仍不理著山。

看到懒丫头这态度，著山陡然慌了，却又不肯服软，他蹲在榻旁，各种拉扯着懒丫头的脸，咬牙切齿道："你倒是说句话呀！"

懒丫头被著山掐得泪光闪闪，却依然倔强地没有搭腔，大眼睛噙着泪，瞪着著山。

眼见旭日升起，已迫近早晨操练的时间，著山虽心有不甘，却也只能气哼哼地罢手，他站起身甩开门，扬长而去。

懒丫头望着著山远去的身影，两滴清泪瞬间从大眼睛中滚落下来。

著山肯来找她实属难得，可她却把他气跑了。也不知绿姬姑娘这办法是否有效，懒丫头叹了口气，靠在榻上，望着头顶的木椽默默发呆。

小白和绿姬从宣姜小院的后门逃出后，就一直手牵手沿着河岸不停地跑。

不知跑了多久，绿姬停了脚步，扶膝喘息道：“不行了，我跑不动了。”

小白也停了下来，轻抚着绿姬瘦削的背为她顺气：“夫人能跑这样远，身子骨儿着实不错。”

绿姬直起身，到河边捧起一抔水，净了净手又顺了顺如瀑的长发：“莫说风凉话，马车和包袱全落在了卫宫中，此地距洛阳仍有数百里，我们怎么走？”

小白指着眼前宽阔的水面道：“逆着这淇水，可直接到郑国，咱们找个渡口坐船吧。”

绿姬点点头，与小白继续沿河寻找渡口。不多会儿，两人在密林丛生之地找到了一处野渡。渡口没有船家，却有几条乌篷小舟径自横在岸边，随波荡漾着。

小白欲上前，绿姬却觉得十分不安，扯了小白一把。小白捏着绿姬的手笑问：“夫人可是觉得这渡口可疑？”绿姬回望身后寂静无人的森林，忧心忡忡道：“这码头周围陈旧不堪，早已废弃，细看却有被新修葺过的痕迹，还装了崭新的木板。这舟也是新的，连水渍和青苔的痕迹都不见。这一切都像是有人刻意安排的，就等我们上钩。”

小白扫向四周，林间静得出奇，他也嗅到了一丝不同寻常的意味。身后林中杀气腾腾，只是他们为何迟迟不动手，小白着实想不通。

退回林中定是死路一条，走水路或许还有一线生机，小白微微眯着眼，望着绿姬：“夫人所言不错，只是既然有人费尽心力为我们筹谋，我们为何要驳人面子？”说话间，小白麻利地踏上了小舟，回过身，把手伸向绿姬。

绿姬毫不迟疑地将手放在小白掌心。两个人径自上船，钻进了乌篷内。

舟楫轻摇，淇水北岸的码头渐渐消失在水雾之中。浓雾愁云间，万物不知所终，天地间只剩下小白与绿姬乘坐的这条舲舟。

忽然间，一声巨大的异响传来，小白陡然变了神色，霍地起身，猛地将绿姬扑倒在地，只听四面弦响，弓矢齐发，嗖嗖地从两人头顶飞掠而过。

浓雾中驶来四条小舟，众星拱月般，将舲舟牢牢围在了中央。

感受到腾腾杀气逼近，绿姬紧紧握住了小白的手，小白以极为低沉的声音在绿姬耳畔说道："别怕，我们不会死在这里，我还要娶你为妻呢。"

绿姬点点头，高悬的心瞬间安稳了许多。

与此同时，四条小船无限逼近，人声清晰可闻："管大夫有令，这次一定要上船查验，活要见人，死要见尸。"

听到那一句"管大夫"，小白缓缓起身，靠在乌篷一侧，左手轻摆示意绿姬不要妄动，右手按上腰间的短剑，双耳直立，不放过一丝响动。

茫茫大雾中，竟无一人响应。良久，终于有人接口道："人人皆知那妖卜厉害得紧，若是杀她，必遭天谴，怎么你不自己去杀？"

小白一笑，想来林间那些人犹豫不敢动手，此时这些人踟蹰不敢上前，皆是因为惧怕绿姬的通天之力。

可小白手中没有弓箭，刺客若不上船，他就无法对抗他们手中的飞矢。

那为首的刺客见手下怯懦，只好身先士卒，鼓起十二万分的勇气，跳上了舲舟，缓步上前。

其他人也开始试探着慢慢登船。

刺客们站在船头，烟雨蒙蒙间，那个首领正要将头探进乌篷中查看。

小白见时机成熟，猛然起身钻出乌篷，一剑掼穿了刺客首领的胸膛。

众刺客无不大骇，有两人还未来得及站稳便跌入了淇水中。

只是刺客毕竟人多势众，纷纷仗剑扑向小白。小白挡在绿姬身前，躲过刺来的匕首，抓住一个刺客的右臂，顺势一拉，一剑刺入了他的腹部。

方才落入水中的几名刺客趁机从船尾爬上来，意图从两面夹击。

小白反手环住绿姬的纤腰，喝道："抓牢！"

绿姬与小白心有灵犀，双手攀上他宽厚的肩，奋力一蹬，身体轻盈离地，双腿踹向了正欲上前的刺客。

两刺客忙后退躲避。小白抓住机遇，跨步上前，一剑刺入较近那人的胸膛。另一刺客慌忙将背后的弓箭摘下，欲射小白。

绿姬见状，再借势一蹬，直直踢中那人的心口，力道虽然不大，却让刺客一个趔趄滑倒在地。

小白看准时机，将匕首掷出，刺客即刻倒在了血泊之中。

小白放下绿姬，回身捡起已死刺客腰间的手弩，眸色森然地对准了船尾几人。刺客们纷纷弃船，跳入水中。

小白与绿姬才要舒一口气，船身却忽然剧烈一晃，绿姬东倒西歪，差点跌入水中。幸亏小白眼疾手快，紧紧拉住了她。小白勃然大怒："这帮鼠辈，竟然想要倾船！"

眼见船身越晃越剧烈，小白面色凛然，将手中的手弩递给了绿姬，踉跄着捡起了地上的短剑。

几名刺客在水下使出全力，欲将乌篷船推翻。

危急时刻，小白定定地看了绿姬一眼，像是要将她的样子永远刻在脑中，而后狠下心，一把打掉了她紧紧环在自己手臂上的手："管仲的人欲来杀我，可他们忌惮你的通天之力，不敢伤害你。你一定要好好活着。"

语罢，小白一个猛子扎进了水中，顷刻间不见了踪影。那几名推船的刺客也瞬间消失得无影无踪。颠簸几下后，乌篷船又平稳地漂在了浩渺的淇水上，仿若方才的一场缠斗不过是一场梦罢了。

绿姬举着手弩警惕地望着四周，可水面平静，没有一丝涟漪。

忽然，船尾响起水声，冒头的不是小白，而是刺客。绿姬没有犹豫，一按手弩，箭矢直直地击中刺客的脑门儿，刺客来不及惊叫便沉了下去。

又有一刺客意欲从船头爬上，绿姬虽手握利器，却不知如何装箭，眼看刺客爬上小舟，绿姬强摄心神，将一身之力皆汇聚于左手上，她蓦地抬起手，通天脉光芒万丈，直吓得刺客愣在原地，一步也不敢上前。

随着一声巨大的水响，小白终于从水中蹿出，一把拖住船头刺客的双腿，将其生生拽入水中。绿姬赶忙奔向船头，朝水中凝望，却只见舟旁冒出一股殷红的血水。

绿姬在船上急唤小白的名字，却被船身剧烈的晃动震得猛然仰倒在地。

绿姬强撑着抬起头，只见礁石浅滩、水流湍急。她心头一紧，生恐小白在水下也会撞到暗礁，趴在船边欲探头查看，舲舟被一记更为剧烈的颠簸彻底倾覆，绿姬来不及呼救，就坠入了寒凉彻骨的河水中。

第十八章　青青子衿

夕阳斜照里，公子纠正端坐在庭院内的石案旁用晚饭，数名宫人毕恭毕敬地立在一旁伺候。

公子纠拿起手边的竹筷，夹了一筷头蔬菜送入口中。味蕾触到汤汁的那一瞬，公子纠执筷的手陡然一滞，蓦然间鼻头一酸，视线一片模糊。

管仲果然用心，知道公子纠无心于齐国君位之争，便不再与他做任何辩论说服，只是让庖厨在饭菜中撒了一小撮齐地独有的海盐，就轻而易举地击溃了公子纠心中的那道防线。

公子纠放下竹筷，望着渐沉的夕阳，满面不甘。管仲太过了解他的软肋和他的坚持，在他们师徒二人的博弈中，他永远会是输家。

院外传来了一阵轻快的脚步声，公子纠抬起眼，见来人是柔姬，复垂下眼，仿若没看到一般，自顾自蹙眉想着心事。

公子纠身后的侍婢们看到柔姬，忙上前行礼。柔姬虽贵为女公子，却待人亲切，不摆架子，众侍婢宫人都十分敬慕她。

这般被公子纠无视，柔姬着实有些尴尬，可她仍笑着抬抬手，示意众宫人起身。宫人们悄无声息地躬身退了下去，庭院中只剩下柔姬与公子纠两人。

柔姬见公子纠丝毫没有要搭理自己的意思，讪讪道："我的身子已经好了。"

公子纠依然没有抬头，只是应了一句："嗯。"

柔姬卧病时，曾听宫中的侍婢说，那日清晨公子纠来探望过她，只是步履匆匆，没待片刻就离开了。

柔姬不禁心花怒放，万般激动不能自已，才养好了身子能下地，忙赶来找公子纠。谁承想，公子纠仍是那副事不关己的样子，对她哪里有一丝怜惜之意?

柔姬的心冷了大半截，嘴角却硬挤出一丝笑："公子怎么坐在院子里吃饭，仔细伤风。"

看着柔姬明明十分难堪却仍刻意讨好自己的笨拙模样，纠只觉万分无奈，避之不及。

在她身上，纠时常能看到自己的影子，看到自己明知毫无希望却仍固执地不愿放手的愚蠢做派。

这令他如坐针毡，仿若从小到大努力营造的克己淡漠的伪装都被人悉数剥去，全部的欲望与软肋皆赤裸裸暴露在了青天白日之下。

柔姬见公子纠神色黯然沉默不语，良久才努力想到一个话头："这几日，我哥哥身侧的侍卫少了许多，听说他们都去了卫都朝歌。你知道吗？"

听了这话，原本神色漠然的公子纠猛地抬起头，目光犀利如剑："你说什么？你再说一遍！"

柔姬未曾想到公子纠竟会有如此激烈的反应，一时间不知该如何接口。

公子纠心急如焚，霍地站起身，快步上前，抓住柔姬的手腕，急问道："你方才说，鲁公派侍卫去了朝歌？可是真的？"

柔姬望着近在咫尺的公子纠，心突突地要跳出嗓子眼儿，磕磕巴巴回道："我……我兄长有一众近身侍卫，各个骁勇无敌。前几日管大夫去找兄长借人时，兄长正在我寝殿探病，我隐隐听到了几句朝歌什么的，我以为公子知晓此事……"

公子纠听了柔姬这话，大脑一片空白，一股从未有过的恐惧感让他不寒而栗。

他明明已截下了临淄城传来的情报，为何管仲仍会获知小白与绿姬的动向？从前公子纠只知道管仲手段犀利，却不知他竟已如此狠辣。

愣了半晌后，公子纠松开手，放开已吓傻的柔姬，快步走出了小院。

郑国距京畿之地不过百里，国虽不大，却有淇水、洛水在此纵横交错，地势平坦，土地肥沃，物阜民丰。漕运发达，陆运也毫不逊色。郑地的官道依傍在洛水之滨，商旅往来络绎不绝，热闹非凡。

官道旁的驿站中，铜鼎药香弥散。绿姬窝在厚厚的棉被里，浑身滚烫，对驿站外鼎沸的人声充耳不闻。

整个人虽昏昏沉沉，脑海中却不断浮现出那日淇河里的一汪血水，绿姬睡得极不安稳，虚汗顺着光洁的额头缓缓淌下。

心中记挂着小白的安危，绿姬拼尽全力睁开眼，视野却仍是一片模糊，无法聚焦。

鼻翼间充斥着药香，耳畔传来咕嘟咕嘟的烹药声，这场面似曾相识。

目光掠过炉边的那个月白色的身影，绿姬心头一紧，那俊逸不凡的身影，究竟是小白还是公子纠？她瞪大双眼，清潭般的眸子闪着迷离的光，十分努力想要看清那身影，却因过度疲累而再度昏了过去。

齐王宫正殿位于九十九级高阶之上，鲍叔牙腿脚不便，却仍日日与国氏高氏两位大夫前来议政，十分勤谨。

齐侯小白身染风寒，顽疾未愈，每日只召见三位股肱大臣商讨国策。再由三位大夫将小白的号令传达给其他卿大夫与上将军。政令一出，雷厉风行，无人敢有违逆。齐国上下一心，短短月余时间，就开辟出了一番君臣相宜、一致对外的崭新面貌。

是日，三位大夫一大早就到了宫中，在正殿中争论个不休。往来宫人皆能听到他们三人的慷慨陈词。

只听国氏大夫声如洪钟："君上，臣以为，眼下最为急切的，是齐鲁之战。至于井田之上的劳作习性是否要改，皆可以等到来年开春再议。"

鲍叔牙附议："君上，老臣以为，国氏大夫所言甚是有理。"

高氏也附和道："老臣同意两位大夫的说法。"

言毕，三位大夫都无话可接，你看看我，我看看你，摊摊手不知接下来再说些什么。

前几日，鲍叔牙见纸包不住火，就将小白与绿姬私自出宫之事告诉了他们，只是美其名曰小白是去卫国借兵了，去洛阳提亲之事只字未提。

国氏与高氏一听，此事关系齐国大统，焉能掉以轻心？不仅同鲍叔牙一起挡掉了其他文武官员的求见，还日日集结于正殿中，佯装向小白进言。

几日下来，能说的几乎都说遍了。望着高台上空无一人的座席，三个老头儿蜷在软席上，一脸疲惫。

忽然一阵叩门声传来，鲍叔牙一个激灵，踉跄起身，踱到门边，小心翼翼地问道："谁？"

门外传来侍卫恭谨的回话："大夫，朝歌城送来的卫侯亲笔。"

听闻是卫侯来的信，鲍叔牙怔了一瞬，他将门拉开一条窄缝，探出半个身子，接过了信筒，而后又缩回了殿内，牢牢关紧了大门。

鲍叔牙走回软席上坐好，欲将竹筒拆开，可手心里满是汗，滑滑腻腻的捻不开线。

高氏大夫见状，上来抢了信筒，抽出了卫侯亲笔的竹片，定睛看了看，大惊道："卫侯来信说，借兵之事我们君上未与他谈妥，便带着绿姬姑娘出了宫。这几日淇水上漂着许多浮尸，身上还挂着鲁宫的腰牌，却独不见我们君上与绿姬姑娘的身影。"

鲍叔牙闻言眼前一黑，一口气差点背过去。国氏大夫见状，忙上前轻抚鲍叔牙的背。良久，鲍叔牙终于缓过劲儿来，问道："君上居然真去卫国借兵了？我们君上与绿姬姑娘何时出的宫，卫侯可有说起？"

高氏大夫来不及去想鲍叔牙话中的深意，急道："不知君上人在何处，可有危险？我们是否要派兵前去接应？君上若是落入管仲那奸人手中可如何了得！"

鲍叔牙定神回道："若是大张旗鼓去迎，我们在明，管夷吾在暗，只怕我们还未找到君上，就已被奸人捷足先登，万万不可。为今之计，只有遣一两名得力之人，暗地里去寻才是上策。"

国氏大夫急跺脚道："既然主意已定，那便速速派人去寻君上吧！"

鲍叔牙应承着，满心愁楚：小白竟真的去卫国借兵了，还中了管仲的埋伏，现下他二人情形究竟如何，实在令人揪心。

仿若沉睡了几生几世，郑地驿站中的绿姬终于醒了过来。她额头上还在微微冒着细细香汗，身子却轻快了许多，意识也不再一片混沌。

阳光从窗棂倾泻而入，绿姬睁大了清潭般的眼眸，望着空荡荡的房间发呆。

那日昏沉时所见的月白色身影已不知所终，绿姬分不清究竟是亲眼所见还是梦中幻景。可对小白的担心却丝毫不减，她挣扎着起身欲去寻他。

一股凉风横扫而来，绿姬蓦地发现自己竟然没穿衣服，身无寸缕地躺在被中，她不禁尖叫一声，忙缩回了被子里，大脑一片空白。

小白闻声进了房间，看到绿姬醒了，十分开心地快步上前道：“你可算醒了，一连睡了好几日，我都怕你睡傻了。”

绿姬看了小白一眼，先是一喜，紧接着猛然垂下眼，不敢直视小白，磕磕巴巴道：“这是什么地方？”

小白坐在榻旁，笑回道：“郑国啊，此地距洛阳只剩百余里了。”

绿姬依旧垂着眼，又问：“我们是怎么到这里的？”

小白一笑，讲起那日入水之后的情形来。

小白那日潜入河中，冰冷的河水扑面而来，他缓缓睁开双眼，果然见那几名刺客正在水中，借着水势合力推船。

见小白跳入水中，其中一人取下衔在口中的匕首朝小白扑来。小白左手薅住身侧的水草，右手拔出腰间的铜短剑，在涟漪旋涡中与刺客短兵相接。

水中搏斗不同于陆上，每一击都要冲破千石的压力。小白幼时常与父王一同去海边视察海盐作坊，父王与诸位大夫议政时，他就随着侍卫们在滔天白浪间驰骋，水性极佳。这些刺客虽经受过水战训练，到底不比小白，渐渐败下阵来。小白趁机用大把水草将靠得最近的一名刺客的双脚死死缠住，不给他任何喘息的机会。那名刺客回身欲解开双脚的束缚，慌乱中却越绕越紧。片刻之后，刺客终于坚持不住，吐出一串水泡后，陡然向河底沉去。

小白还未来得及放松分毫，忽听头顶传来扑通一声巨响，抬眼只见舟底之下，一名刺客脑门儿上正正地插着一箭在缓缓下沉，而另一名刺客已探身出了水面，双手一撑上了船，水面只剩下圈圈涟漪。

小白顿觉不妙，逆着暗流奋力向上游回小舟，鱼跃而出后，看到刺客正愣在船头，小白又不顾一切地拉住刺客的双腿，利用下沉之势死命将其拖下了水。

两人猛地坠入水中，溅起巨大的水花，小白被水流击退数丈，险些陷入河底旋涡之中。

刺客趁机拔出手弩，射向小白，弓弦骤响，飞矢于水下激出一股尖浪，小白看准时机一扭身，流矢擦着他的肩膀飞过。

刺客愣了一瞬后，慌忙去抽腰间的箭矢，手忙脚乱地给手弩装箭。

小白抓住时机，踏着水浪，飞速向前，一剑刺入刺客的胸口，殷红的血水喷涌而出……等小白浮上水面，乌篷船早已不知所终，淇水之上水汽氤氲，绿姬也不见了踪影。

小白心急如焚，他立即潜入水中，顺流游了片刻，终于看到了顺水漂流的绿姬。

绿姬如九天玄女，漂在水中轻盈似鸿毛，青绿色的绸裙纱衣在水波中恣肆徜徉。小白不顾水流湍急奋力游过去，将绿姬牢牢抱在怀中。所幸绿姬并未受伤，只是溺水昏了过去，小白赶忙向岸边游去。

经历了这场生死搏斗，小白明显体力不支。可他一刻也不敢耽搁，步履沉重地爬上河岸，忙将绿姬的身子放平，一下下按压着她的心口，待绿姬将河水悉数吐出，小白才猛然虚脱地倒在河岸上，大口喘着粗气。

听了小白的讲述，绿姬颇有些心疼。刚想说什么，又猛地红了脸，沉吟半晌后问道：“那我的衣服……”

小白一拍大腿，摆手道：“别提了，就你这些衣裳，里三层外三层的，都吸饱了水。而且你还高热不退，一直发抖，这些湿衣服裹在身上怎么得了，当然要尽快脱掉才是。”

见小白说了半晌也没说到重点，绿姬只好直截了当问：“我的衣服可是找驿站的老板娘帮忙脱的？”

听绿姬如是问，小白略有点慌，挠挠头，腼腆一笑："是我给你脱的，你都湿透了，我怕……"

话音未落，只见绿姬纤细白嫩的左臂从被中伸出，左手通天脉红光一闪，兜头给了小白一记耳光，她怒骂道："淫贼！"

小白猝不及防被这通天之力一打，竟从榻上跌落，一屁股摔在了地上。小白瞪着眼，满面委屈地望着绿姬，嚷道："你浑身都湿了，又高热不退，不脱衣服怎么了得？再说我是闭了眼给你脱的，什么都没看到！"

听了小白的辩白，绿姬臊了个大红脸，一脸愧疚地迟疑道："是我不分青红皂白，错怪了你，地上凉，你快起来吧。"

小白站起身，复坐回绿姬榻边，目光却有些闪躲：他虽然是闭着眼给绿姬脱的衣裳，可湿透的裙袍全贴在绿姬身上，小白为她宽衣解带时，双手也着实碰到了很多不该碰的地方。而且小白越是双眼紧闭，越是脑补得十分完全。

绿姬见小白不说话，眼睛也不看自己，以为他还在生自己的气，看着他脸上那五个分明的手指印，绿姬十分心疼，柔声道："对不起，打疼你了吧？"

小白不敢直视绿姬的明眸："没……没事。"

绿姬点点头，半晌才垂着眼轻道："我的衣裳呢，快给我拿回来啊。"

小白起身，走向铜鼎看一眼道："不急，我可是重金请疾医给你开了这滋补的汤药，里面有枸杞乌鸡什么的，滋阴补肾最好不过了。你在水里泡了那么久，身子骨儿肯定吃不消了，先把它喝了，发发汗再说。"

说话间，小白将汤药滗了出来，盛于小陶盅内，端至绿姬榻前。

绿姬几昼夜没吃没喝，闻见这呛人的药气只觉反胃，忙将陶盅推开："不想喝，难闻得紧。"

小白苦口婆心劝道："喝一点吧，药哪里有好喝的？"

绿姬眼巴巴地望着小白，嘟着小嘴，一副可怜兮兮的模样。

小白心神一荡，却没失去理智，继续劝道："听话，快喝了。寒气侵骨就糟糕了，我还等着娶你过门呢。"

绿姬见撒娇不顶用，只好将头埋在棉被中，仍赖着不愿意喝。

小白见状，威胁道："你不喝？我可有的是办法喂你。"

小白端起药盅，喝了一大口，含在口中，腮帮鼓得高高的，捏起绿姬的下巴欲嘴对嘴喂她。

绿姬见状，忙隔着被子拼命推小白，推推搡搡间，但见小白喉头一滚，胸口起伏，拉扯绿姬的手臂不用力了。绿姬也撤了力道，两人四目相对好一阵，小白气道："我给咽了。"

绿姬禁不住笑了起来，如铃般的笑声点缀着这秋日的清晨，令人心情瞬间大好。

可小白却十分气恼："这药是滋阴补肾的，我喝了这么多，肯定要变成女人了，我们姜家岂不是要断子绝孙了？"

绿姬听了更是笑得喘不过气来，小脸儿通红，像春日里最明艳的桃花。

小白将药盅重重地放在地上，凑上前对绿姬道："好，既然你如此恶毒，欲让我姜家一脉断子绝孙，我就赶在变成女人前，先跟你生个儿子，继承宏业再说。"

语罢，小白假意上前扯绿姬的被子，可绿姬却当真吓得够呛，连踢带踹，差点把小白打吐血。

闹了大半晌，小白帮绿姬围好被子，笑道："看来我夫人身子好大半了，力气这么大。你等着，我去给你拿衣服，咱们早点出发，或许中午就能赶到洛阳。"

听说要回洛阳，绿姬十分兴奋，快速收拾停当，上了小白新买的马车。

小白手持缰绳，一挥马鞭，马车飞速向西边洛阳城的方向驶去。

绿姬忽然起了几分不安，掀开车帘问道："咱们的包袱全都落在了卫宫中，你哪里来的银钱买马车呢？不会是街上抢的吧？"

小白执马缰的手一滞："我在你眼里竟是这般鸡鸣狗盗之徒？我是拿了你衣袋里的佩玉，去铺子里卖了换来的银钱。"

绿姬听了这话，脸色陡然一变："什么？你怎么能随便拿我的东西去卖呢？"

见绿姬这反应，小白心口一阵憋闷，不悦地从内兜中掏出佩玉，回身扔给绿姬："哪里敢拿别人送你的东西去卖，我卖的是我的扇坠子。"

看到小白瘪着嘴气鼓鼓的模样，绿姬心怀愧疚，她轻轻挪动身子凑上前，尖尖的下巴抵在小白的肩胛上："待我们从洛阳回来时，找爷爷要些盘缠，去找那买家把你的扇坠赎回来吧。"

方才见绿姬无比珍视公子纠送她的佩玉，小白着实是又生气又嫉妒。可听到绿姬在耳畔莺声燕语，小白却不忍心再计较，也不忍心看她小心翼翼，他微微侧头吻了吻绿姬白嫩的脸颊："有你这句话就好，那些身外之物我本就不在乎。"

绿姬望着小白的背影，心中五味杂陈：此番去卫国借兵不成，还遭遇了管仲的埋伏，小白心中一定十分郁闷。只希望此次洛阳之行能一切顺利，切不可再让他百上加斤了。

绿姬微微一叹，抬起眼，秋阳已高悬于顶，洛阳城近在眼前。

第十九章 鹤鸣九皋

昨夜西风凋碧树，洛阳城郊的小院内，大卜正手持金丝草扫帚，缓缓清扫着庭前的落叶。

玄青色的衣袂随风轻摆，老爷子直比林间的雾霭流岚更缥缈。

多年来，大卜都秉持“心中空明，人自清净”，从不刻意收拾庭院。小院中杂花生树，生机盎然，一派自在的田园风味。今日他竟破天荒扫起地来，着实有些不可思议。

拖着长长凤尾的芦花雄鸡一跃飞上木栅，昂首挺胸向东方啼叫了三声。

大卜顺着鸡鸣的方向放眼望去，只见旭日高升，林间紫气弥漫，祥云升腾，乃是大吉之兆。

大卜一向波澜不惊的面庞上泛起了一丝浅笑，洞穿世事的双眼流露出难以掩藏的激动之情。

这一天他已经等得太久，久到青丝变白发，双眼昏花，他等的那个人，终于要来了。

秋阳高高升起，雾气渐渐散去，洛阳城东郊的林间小路上，小白伸长了脖子眺望，薄雾的尽头依稀可见高矮错落的民宅。小白迫不及待地挥了挥马鞭，小马叫了一声，奋蹄而去。

可到了村口的大槐树下，马儿却突然仰脖嘶鸣，收住脚步，踟蹰不前。小白诧异地跳下马车，可不论他如何挥鞭拉缰，马儿都不肯迈出一步，甚至直接跪在了地上，岿然不动。

小白正纳闷之时，绿姬下了马车，笑道："马儿知道自己不能进村子，就让它在这里等吧。"

小白满面惊诧："怎么连马都不敢进你们村子？也太夸张了吧？"

绿姬笑指着小白的脚下："你别觉得稀奇，不光是咱们的马车不能进村，即便是天子的圣驾也是一样。你低头看看，你脚下这条条车辙，便是天子六驾马车的车印。"

小白忙低头，看到地上果然有几条纵横交错的车辙，从远处林间绵亘而来，不偏不倚就止于脚下。车印深深，一看便知是经年累月而成，绝非一日之功。

小白不由得起了敬畏之意。见村口立着两根立马桩，小白老老实实地牵起缰绳，将马儿拴好，为它布粮添水后，随着绿姬一道进了村子。

小白虽猜到大卜一脉隐居之处定然不俗，却没想到会是如此不同凡响：

土地平旷，屋舍俨然，参天巨木环抱，云烟浩浩，碧水潺潺。飞禽走兽惬意又惫懒地从小白和绿姬眼前经过，丝毫不避行人。此般人畜和谐相处的情景，似乎只出现在刀耕火种的时代，小白如临仙境，心中的敬意更重了几分。

可绿姬却一副见怪不怪的样子，见小白十分好奇地四处打量，绿姬笑指着眼前的排排屋舍问道："你猜猜，哪一处才是我们家的小院？"

小白放眼望去，只见四处都是土墙灰瓦的屋舍，似乎并没什么区别。

绿姬笑对小白道："猜不出也罢了，快跟我来吧。"

不多时，两人行至村子的尽头。此处山明水秀，溪水潺潺而过，碧波上立着一座木板小桥，小桥的尽头是一方精巧的小庭院，白墙乌瓦，如泼墨山水，落纸烟云。

绿姬看见小院，早已忘了身后的小白，迫不及待地跑过小桥，进了院子。

大卜正站在庭院中，手持嫩叶给身侧的小梅花鹿喂食。不远处矮檐下伏着一头公鹿，它头顶的大角如冠冕一般。公鹿抬眼看到绿姬，愉快地发出两声低吟，仿若见到了久未谋面的老友。

绿姬翩然跑至大卜身侧，揽着大卜的手臂撒娇道："爷爷，我回来了！"

大卜仍在给小梅花鹿喂食，并未抬眼看绿姬，一向淡漠的面庞上却堆满了慈爱的笑容。半晌后，大卜开口道："别让他站在门口了，快进来吧。"

绿姬回过身，果然见小白傻愣愣地站在院门口发呆，忙招呼道："快进来吧。"

可小白看着长尾如凤傲然立于篱上的雄鸡和大角如冕嬉戏于院中的梅花鹿，还有屋旁扶摇直上的两棵参天大树，以及虬龙般盘根错节的藤蔓上挂着的一个个宝葫芦，早已傻在了原地。

虽然早就听说大卜一脉气韵如仙，可百闻不如一见，一个区区的"仙"字，怎能描摹出此情此景之万一？

听到绿姬叫自己，一向天不怕地不怕的小白竟有些紧张。略定定神，小白阔步而上，至大卜面前，直直跪下大拜道："姜姓，吕氏，太公十二世玄孙，齐国新君小白，拜见大卜。此番前来，乃是为着求娶您的孙女，特来提亲纳采，还望大卜成全。"

小白这一席话听得绿姬瞠目结舌：不是说好了见了她爷爷绝不乱说话的，怎么一上来就胡说八道？绿姬红着脸跺着脚摆着手，磕磕巴巴地解释道：“不，不是的……爷爷……”

大卜却未愠恼，甚至轻笑了几声，抬手道：“起来说话。”

小白这才敢起身，站直了身子，不卑不亢地与大卜对视。

大卜鹤发童颜，精神矍铄，气韵高华如山巅云，虽然近在眼前，却又像远在天边，一双深目清明浩然，洞悉世事。

在大卜的注视下，小白陡然想起自己从前对绿姬做过的那些荒唐事，一时间手足无措。

大卜缓缓开口道：“从齐地而来，一路辛苦。”

小白忙摆手：“不苦不苦，就是有点饿。”

看到小白这紧张兮兮的模样，绿姬扑哧笑出了声。小白见绿姬笑话自己，十分不满，想像平日里那般逗弄她：“夫……”

一句“夫人”没出口，小白就被绿姬狠狠瞪了一眼，他这才想起今时不比往昔，吓得吞了声。

可这戛然而止的一个“夫”字，凭空弥散在天地间，不禁令人十分怪异。

小白额上渗出虚汗，忙又道：“夫攻强必养之使强，益之使张。”

绿姬没想到小白反应还挺快，只是这样忽然背起书来，着实是欲盖弥彰，只让人觉得更奇怪。绿姬十分尴尬，不敢抬眼看爷爷，垂着头望着脚尖。

大卜却不以为意，含笑问道：“你也看《六韬》？”

小白忙答道：“是，先祖智慧，后人需常谨记于心。”

大卜点点头：“心中有丘壑，活学活用之才好。”

小白拱手道：“谨遵大卜教诲。”

连鲍叔牙的教训，小白都时常罔顾，现下却对自己的爷爷言听计从，绿姬只觉十分好笑，看小白有些紧张，绿姬转移话题道：“闻见饭香了，爷爷可是做了什么好吃的？”

大卜指着不远处正冒香气的铜鼎，笑道：“还有两个人，等人齐了我们再开饭。”

绿姬歪着小脑袋，刚想问还有什么人来，门外忽传来一阵脚步声，绿姬回头，只见葵和姬阆率着大批的宫人，快步走近小院。

葵身高八尺，面若冠玉，嘴角时常带着一抹温和的笑，言行尽显谦谦君子之风，而他身前的姬阆却在气韵风度等诸多方面与葵大相径庭。姬阆身着玄色华服，气宇轩昂，举手投足尽是身为王太子的气势与威严，他目光犀利如剑，像是能抽丝剥茧，看破世间所有的伪装。

到院门口，宫人们自觉住步，躬身等在门外。姬阆与葵则阔步走入小院中。

久未见到葵，绿姬十分兴奋，快步上前唤道："哥哥！"

葵眉眼尽舒，温润一笑，他亲昵地攀上绿姬的瘦肩，说道："你这丫头离家几个月，竟长高了，也瘦了。"

小白直直盯着葵攀在绿姬肩上的手，虽明知他们是亲兄妹，依然满心不快。此时绿姬忽然想起小白盖世英雄的命格，忙向葵眨了眨眼，拉着葵至小白面前，说道："哥哥，这位便是齐国新君了。"

小白微一颔首，拱手道："见过内兄。"

绿姬见小白仍不知收敛，乱叫一起，气得恨不能去扯他的嘴。可葵却淡定知礼，拱手揖道："齐侯。"

与葵的淡然自若背道而驰的，则是姬阆的一脸不满。看到自己这般被绿姬忽视，姬阆万分不悦，轻咳了两声。

绿姬这才想起姬阆，回身轻声唤道："阆哥哥。"

此言一出，绿姬只觉身侧之人陡然间释放出一股肃杀之气，令人毛骨悚然，足下的方丈之地仿若冻裂了一般，寒意逼人。

绿姬依稀记得在姝子苑内，自己曾答应过小白，不再叫姬阆"阆哥哥"，今日一时兴奋给忘了。

不过小白这反应也着实有些夸张，绿姬忍住笑，忙介绍他们二人相识，她先对姬阆道："齐国新君小白。"继而转向小白，"这位正是王太子。"

按周礼，小白理应向姬阆行大礼，可小白却瞥了姬阆一眼，只说了一句：“哦。”

姬阆面上的不悦又加深几分，才要动怒，只听大卜淡然的声音传来：“开饭吧。”

绿姬忙扯过小白向内堂走去，葵见状，笑对满面气恼的姬阆做了一个“请”的手势。姬阆一甩长袍，气哼哼地向堂屋走去。

堂屋内，大卜、绿姬与小白已并排坐定，葵和姬阆便坐在了案几的另一侧。大卜将饭菜盛入铜皿中，一一分给众人。

绿姬笑着接过铜皿，喜道：“爷爷知道我就爱吃这个。”

小白低声问绿姬：“我受伤时你给我做的是这个吧？好吃得紧。”

葵听闻此言，笑道：“这丫头在家可是什么活儿都不肯做，连水都不曾给我这个哥哥倒过一口，谁承想居然出去给人做饭去了，真是女大不中留啊。”

绿姬满面红晕，嗔道：“哥哥瞎说什么……”

小白十分得意，边给绿姬碟里夹菜边说：“小绿脸皮薄，如是说，她可要害臊了。”

一直在旁不吭声的姬阆陡然撂下玉筷，望着绿姬，一字一顿道：“绿姬，此次既然回来了，就别再出去了。外面坏人多，你年纪太小，不懂甄别。”

此言一出，小白也撂下筷，望着姬阆，两人眉目间电闪雷鸣，气氛陡然间森冷了下来。

第二十章 谑浪笑敖

滚滚淇水河畔，几名扎着羊角发鬏，穿着粗布花袄的幼童正在捡拾河滩上散布的石子，孩子们笑得无比开怀，仿佛得到了什么奇珍异宝一般。

带头的男孩略年长些，却也不过六七岁的年纪。只见他高昂着头，十分自豪地将拣选好的石子分发到各个小伙伴手中，而后一声令下，众人一字排开，齐齐将小石子投入河水，激起圈圈涟漪阵阵波纹。

公子纠长身玉立，手牵“疾如风”，站在不远处望着这些不谙世事的孩童，眉目间满是难掩的艳羡。

大兴从不远处驭马而来，拱手对公子纠道：“公子，查验过了，淹死的皆是鲁公的近身内侍。公子小白与绿姬姑娘下落不明。”

公子纠没回话，只是眯着眼望着淇水上漂荡无依的一叶扁舟，大大松了口气。

毕竟找不见他二人的身影，总比看到他们浮尸淇水要好得多。

公子纠衣袂一摆，潇洒地翻身上马，轻扬马鞭，对大兴道：“走吧。”

大兴不明所以：“公子要去哪里？”

公子纠蹙着眉，一脸无奈：“此番刺杀不成，师父定然不会善罢甘休，咱们一定要先于他们找到小白和绿姬才是。”

大兴掉转马头向东方：“公子，公子小白借兵不成，又受了伏击，定然带绿姬姑娘回临淄城了，咱们速速去追吧。”

公子纠摇摇头，嘴角泛起一丝笑意：“遇强则退，哪里是小白的性子？更何况现下他最在意的只有两件事，除了齐鲁之战外，还有……”

话未说完，公子纠便策马扬鞭，快速向西边的洛阳城方向驰去。

洛阳城郊大卜的小院中，小梅花鹿纵身一跃跳过矮墙，欢悦地往林间跑去。凤尾芦花鸡却站在堂屋门前，歪着头望着屋内那怒目而视的两人，咕咕咕地兀自叫着。

绿姬和凤尾芦花鸡一样，看着小白与姬阆眉眼间的电闪雷鸣，满面为难。

实在不想看到他们二人如此敌对，却也不知该如何劝阻。绿姬只好咬着薄唇望向对座的葵，向哥哥寻求帮助。

葵接到绿姬递来的目光，忙出来打圆场：“这烩五珍香得很，我都要流口水了，我们快开吃吧。”

可小白和姬阆却像是没听到似的，仍一脸不快地瞪着对方，不肯做一丝妥协。

久未开口的大卜悠悠说道：“小绿，你自幼待在家中，鲜少出门。若有机会，多出去看看才是。”

见大卜帮自己说话，小白满面喜色，不再与姬阆较劲，附和道：“大卜说得极是！”

绿姬未曾想到爷爷竟会如此向着小白说话，丝毫不顾及王太子的体面，简直吓傻了眼。愣了一瞬后，绿姬应道：“是……”

葵也觉得十分难以理解：这么多年来，爷爷对周遭的人、事、物皆是一副闲事莫理的态度，现如今怎会如此偏袒这少年？

姬阆眉眼间的怒意更浓，可大卜既然发了话，姬阆也只得把这口恶气生生咽下，埋头吃饭。

众人都不再说话，专心对付盘中美食。可个中滋味究竟如何？只怕只有自己知道。

饭后，绿姬敛起裙裾，弯下纤腰，耐心地在浅池边清洗着骨碟。身后忽然伸来一双大手，直直地握住了她的双肩，绿姬吓了一跳，尖叫一声，差点连人带碟子一起滚入池中。

幸而身后那人身手好，单手拦腰环住了绿姬，另一只手则稳稳地托住了碟子。

绿姬站稳了身子，拿回骨碟，红着脸迅速闪离了小白的怀抱。

绿姬抬起眼，见小白黑着脸，神色不悦，便知他仍有心结，笑着开口哄道：“连我爷爷都如此向着你了，怎么还生气呢？”

小白半眯着眼，满面不悦地望着绿姬：“阆哥哥？谑浪笑敖[①]，他有多浪？比我还浪？”

绿姬忍不住笑出了声：“这都什么呀，人家名讳便是个阆字，哪里是你说的那个意思？”

可小白却不理会绿姬的道理，仍是一脸不快。见状，绿姬放下骨碟，拉起小白的手，柔声安抚道：“今日是我不对，我曾经答应过你，不再如此称呼他。可我们到底是从小一起长大的，叫习惯了，一时难改。今后我一定注意，再也不如此称呼他了，可好？”

小白想了想，对绿姬道：“想让我消气？也容易。你叫我三声白哥哥，这事我便不再追究了。”

没想到豁达磊落的小白居然如此斤斤计较，绿姬只觉哭笑不

① 出自《诗经·邶风·终风》，“谑浪笑敖，中心是悼”，形容戏谑笑闹。

得，可看他一副不依不饶的样子，绿姬只好清了清嗓子，张了张嘴，一句“白哥哥”却怎么也叫不出口。

小白见绿姬脸上一阵红一阵白，一脸为难的样子，无奈一叹：“也罢，不叫‘白哥哥’也罢了，你亲我一口也行。”语罢，小白立马把脸凑了过来。

绿姬笑着将小白的脸推开：“别闹，我爷爷和我哥哥都在，仔细一会儿出来打折你的腿。”

小白却仍不罢休，拉着绿姬不肯放手：“你不亲我，那我就亲你。”

小白捉住绿姬的肩，嘴就要往上凑。绿姬尖叫一声，忙向后退了两步。

两人正推搡间，忽听大卜在堂屋中唤了一声：“小绿！”

听到爷爷的呼唤，绿姬吓得失了轻重，猛地一推小白。小白也正愣神，脚下一滑，扑通一声落入了清池中。

大卜走出堂屋，看着傻站在池边的绿姬和池中落汤鸡一样的小白，便猜出了个大概。大卜强忍笑意，正色道：“小绿，来我房中一趟。”

绿姬忙点头答应，不敢回身看小白，快步向堂屋走去。

见小白仍傻愣愣地戳在清池中，大卜问道：“齐侯为何在池中遨游？”

小白这才回过神来，强装淡然，一边戏水一边回道：“天寒霜降时，人容易懒怠，入冰河中畅游一番，借以砥砺品格。”

听小白找了个如此一本正经的理由，绿姬使劲憋住了笑，可当她抬眼看到一向淡然自若的爷爷居然也在笑时，便再也忍不住了，扑哧笑出了声。

大卜敛了笑意，回头朗声对葵道：“给齐侯找身干净衣裳换上。”

齐国临淄城热闹的街巷中，鲍叔牙身着常服，边走边四处留神查看着。

那日听闻小白在卫国遭遇伏击，鲍叔牙和国、高二位大夫急着要寻个得力之人去接应小白与绿姬，奈何国氏与高氏训练军队，责任重大，不敢擅离；鲍叔牙也要处理国内诸多事务，无法脱身。情急之下，国氏与高氏齐齐给鲍叔牙推荐一人担此重任，鲍叔牙却不知此人品性如何，不敢擅用。想着想着，鲍叔牙穿过了热闹的街市，来到一座背街小院前。

小院门漆剥落，门上匾额陈旧，院墙内外寂寂无声，看似一派萧瑟之景。

鲍叔牙还未来得及感慨，忽听一阵脚步声传来，抬眼看到一位与小白年纪相若的年轻人匆匆而来，正要跨步走进小院。鲍叔牙猜测来人便是自己要找的人，他本打算实施已盘算好的计策：佯装摔倒。谁知人算不如天算，鲍叔牙慌乱中不慎踩上了门旁一块小石头，结结实实地摔了一大跤。不知伤到了哪里，只感觉钻心的剧痛传来，股间血流如注，一条腿完全动弹不得，鲍叔牙痛苦难当，苦吟不辍。

来人恰好看到了这一幕，赶忙冲过来为鲍叔牙查看伤处，一边关切地唤道："鲍大夫，鲍大夫……"

此人便是国氏与高氏向鲍叔牙举荐的大夫隰朋[①]。隰朋与小白年纪相若，在诸位大夫中算是年轻有为的，且是姜氏宗亲，按辈分算来，他应当唤小白一句堂叔。

鲍叔牙此时虚汗满面，剧痛难忍，早已顾不上试探隰朋的事，他颤着手指着不远处凸起的砖石，呻吟道："可要了我的老命了，快送老夫回家，找疾医来……"

隰朋见状，二话不说背起鲍叔牙，一溜小跑而去。

到了鲍叔牙家中，隰朋十分小心地将鲍叔牙放在榻上。不多时，疾医便赶了过来，为鲍叔牙包扎好伤口，又嘱咐了诸多禁忌，而后随下人去后厨煎药去了。

隰朋一直守在鲍叔牙身侧，待疾医离开后，隰朋便命下人端来

① 姜姓宗亲，因封地在隰，故以隰为氏。

清水和活血化瘀的草药膏，亲自为鲍叔牙清理着其他几处小擦伤。

鲍叔牙忙推辞道：“你是齐国宗亲，怎能让你照顾我这糟老头子？”

隰朋却丝毫不推诿，为鲍叔牙脱掉鞋袜，一点一点擦去血污，涂上草药膏：“哪里的话，我是年轻人，今日鲍大夫在我门前受伤，理应由我照顾鲍大夫。我原也是通几分医理的，今日初见，怕鲍大夫信不过我，往后大夫若是需要换药瞧伤，直接派人去家中找我便是了。”

鲍叔牙看着隰朋，颇为感动道：“年轻人，真是谢谢你，照顾我这糟老头子，竟像照顾自己父亲一样尽心，无怨无尤。”

说到父亲，隰朋眉眼含笑道：“家父久恙在榻，精神大不如前，需得我每日伺候在侧，才能用膳和方便。可我觉得能为父母尽孝，便是世间最大的乐事，终日谢神明庇佑还来不及，哪里还会有什么抱怨？”

鲍叔牙既十分感动，又颇感意外：隰朋的父亲乃是齐庄公之孙公孙戴仲，祖父乃是庄公幼子公子廖，身份十分贵重，世代受封于隰地，孰料生活却如此不顺意。联想到他们府门前破败的景致，鲍叔牙只觉如鲠在喉，心酸不已。

鲍叔牙正发愣，隰朋突然问道：“对了，今日大夫在门前徘徊，可是有事找家父商议？”

鲍叔牙打马虎眼道：“碰巧路过，还想着进去与戴仲老兄话话家常，不承想却跌成这样。”

隰朋笑回道：“不妨事，待大夫养好了伤，常来常往便是了。今日见大夫摔成那样，血流如注，着实吓了我一跳。想来我也只听闻过女子小产时会出那样多的血……”

鲍叔牙听了隰朋这话，一口老血差点没喷出来。转念一想，这孩子快人快语，重情重义，定然与小白十分投契。

鲍叔牙忽然招招手，示意隰朋凑近些，他眉眼一挑，压低嗓门道：“年轻人，你可愿意帮老夫一个忙？”

葵房中，小白换上了干爽的夹衫，又拿干布擦净了头发，无限惫懒地坐在软席上，望着正在屋门外帮他晾衣裳的葵。葵的眉眼与绿姬有五分相像，只是面部线条要硬朗些许，算得上是世间难得的美男子。

葵忙罢手中的活计，走进房中，端起青铜壶，倒了一杯温水递给小白："到底是深秋了，在冷水中冻一下着实难受得紧，喝点热水驱驱寒吧。"

小白接过水杯，拱手道："多谢内兄。"

葵打量着小白，笑道："你比我壮实些，这衣裳穿上似乎有些紧。"

小白回道："是，我自幼习武骑射，喂马砍柴，自然要比内兄壮实些。"

葵致谢道："妹妹孤身在外，仰赖齐侯照拂，我这个做哥哥的在此谢过了。"

小白赶忙回礼："说照拂实在不敢当，我与小绿情意相合，不过是互相依靠罢了。"

葵点点头："齐侯不必如此客套。秋季易乏，你可要午休？"

小白摇摇头："师父从小便不许我在白日里睡觉，故而没有这样的习惯。"

"倒是跟我爷爷的教诲一致，"葵一边说话一边起身，"王太子每日要午休，已经在客房歇下了。现下我也没什么事，打算去后院帮爷爷做点活计。爷爷上了年纪，即便再康健，也总有些力不从心。从前小绿在家还能帮衬些，现在就只有他一个人了。"

听了葵这话，小白不禁面露愧色。葵察觉出小白的不安，笑着宽慰道："你不必觉得愧疚，小绿迟早要嫁人的，也不可能永远待在我们身边。"

小白心中颇有几分惭愧，迟疑后说道："本来我以为，此番贸然前来提亲，连大雁[1]都没备，实在是失礼，不想大卜和内兄都如

① 西周提亲风俗，六礼中五礼都需携带大雁。

此宽厚以待……”

葵温和一笑，回道：“姻缘自有天定，何况齐侯英雄少年，你二人又是一见倾心，我这做哥哥的自然万分高兴。”

小白听了这话异常激动，从软席上蹦起，一把拉住葵的衣袖，兴奋地吼道：“内兄的意思是，我与小绿有天定的姻缘？”

葵没想到小白会亢奋至此，愣了一瞬后，笑回道：“是，可是现如今我与小绿掐算之力尚弱，也不一定……”

可小白哪里还听得进去这些话，赶忙放开葵，摩拳擦掌道：“内兄不必多言，我与你同去后院做活，帮爷爷减轻负担。”

小白边说边一溜烟跑向了后院，葵看着小白的背影，笑着摇摇头，快步跟了上去。

堂屋内，绿姬老老实实地跪坐在大卜对面，等着爷爷发话。此次她不辞而别，离家出走实在是不对，虽然带回了盖世英雄，可小白贸然求亲，完全不合周礼，不知爷爷是否会生气。

大卜看着绿姬这忐忑不安的样子，刻意冷着脸，半晌没说话。眼见绿姬尖翘的鼻尖上冒出细细的汗珠，大卜才开口道：“你这丫头，还知道怕？”

绿姬俯身大拜，讪讪道：“是小绿不对，连招呼都没打就贸然离家出走。可小绿也是为了去找匡扶王室、拯救万民的盖世英雄，想要为爷爷分忧，绝非贪玩。”

大卜幽幽道：“谁说过盖世英雄会匡扶王室、拯救万民？”

绿姬一愣，直起身，一脸狐疑地看着大卜，磕磕巴巴道：“可是……之前爷爷对王上说……”

大卜微微一笑，清澈的双眸仿佛盛着宇宙万物：“小绿，我们大卜一脉虽然世代侍奉周王，但我们承接天命，卜算世事，为的是天下，而非王权。盖世英雄，亦是如此。”

绿姬仍有些懵懂不解：天下？普天之下，莫非王土，率土之滨，莫非王臣。天下与王权又有何区别呢？

大卜见绿姬一脸疑惑，脸上泛起慈爱的笑：“你如今年纪还小，再过些年便会理解了。”

绿姬似懂非懂地点点头，又问道：“爷爷，小白他究竟是不是盖世英雄……”

提到小白，大卜眸中射出一道精光，面上露出一丝难掩的激动：“正是。”

此时小白正在后院劈柴，扎稳马步，气沉丹田，运斧如风，直冒火星，三两下就把柴火劈得四分五裂，看得一旁的葵目瞪口呆。

绿姬透过木窗望着正在劈柴的小白，微微发怔。虽然通天脉已告知她小白便是盖世英雄，爷爷也做了认定，绿姬却仍觉得难以置信，她压低嗓音对大卜道：“小白虽然有勇有谋，可做事总有些孟浪不知分寸，怎么会……”

大卜微微回过身，望着窗棂外小白的身影，笑道：“此子虽行为不羁，却胸怀坦荡，雄心赤胆，假以时日，必成大器。”

绿姬听大卜如是说，不禁喜形于色，可转念一想，绿姬又愁眉苦脸了起来：“爷爷，若是六吉之人与六煞之人相遇，是否必有一死？若能挺过六煞，能否化解？”

大卜思忖了片刻，说道：“六煞与六吉，既是天象，又是命格，实非我大卜一脉所能窥测。可齐侯与公子纠既为兄弟，必然有逢凶化吉的可能。”

原来大卜虽未出家门，却已尽知天下事，占卜到了公子纠与小白这相生相克的命格。听大卜如是说，绿姬高悬的心放下了几分。

大卜沉吟片刻，复开口道：“小绿，有一件事，你要老实告诉爷爷：若那少年人不是盖世英雄，亦不是什么齐侯，只是个普通的庄稼人或者猎户，你可还会中意于他？”

第二十一章　绸缪束楚

临淄城背街小巷中，高墙深宅大门紧闭，朱漆剥落，门可罗雀，却依稀能看出，这曾是一户钟鸣鼎食之家。盛势不再，可茅檐常扫，清净无苔，宅院内依然干净整洁。院中几棵梨树下整齐地堆放着一小撮黍米，供往来歇脚的雀鸟飞燕食用。

堂屋内，隰朋跪于父亲公孙戴仲榻前，耐心地将黏粥吹凉，再一勺勺喂进父亲口中。公孙戴仲卧病多年，若非隰朋精心照料，只怕早已不在人世。盛夏三伏，为了不让父亲起热疹，隰朋每日夜半要起三次，为父亲翻身打扇；寒冬腊月天，他不仅亲身为父亲暖席，更时常将父亲的双脚揽入怀中。正因为隰朋的尽心尽孝，数年中，公孙戴仲没生过一次褥疮，也没出过一次汗痱。

可这几日，隰朋守在公孙戴仲身侧，却有几分心不在焉。鲍叔牙交代了极重要的任务给他，他身为齐国大夫，保护君上，捍卫社稷，责无旁贷。可他又怎能放心扔下老父亲？隰朋悠悠一叹，心中的愁楚又添了几分。

公孙戴仲呷尽了汤匙中的黏粥，隰朋却仍僵硬地举着调羹。

公孙戴仲轻咳了两声，缓缓开口道："朋儿……"

隰朋这才回过神，忙应道："父亲，有什么吩咐？"

公孙戴仲望着眼前年少俊朗的儿子，问道："朋儿，你这几日，可是有什么心事？"

隰朋一怔，摇摇头："没，没什么。"

公孙戴仲突然咳了起来，隰朋忙起身帮他捶背。过了好一会儿，公孙戴仲才终于顺了气："为父教你的忠义孝悌，你还记得吗？"

隰朋拱手回道："朋日日自省，从不敢忘记分毫。"

公孙戴仲点点头："忠义孝悌，忠君为先，若无君，则无国，我们这些臣子，又该如何安身？自打那日你从鲍大夫府中回来，便是一副忧心忡忡的样子，为父虽不知鲍大夫有何事吩咐你去做，可你若因为怜惜我这条老命，而置社稷于不顾，我还不如直接吊死在榻畔，以免去你的后顾之忧！"

原来自己的忧虑顾忌丝毫瞒不住父亲，隰朋不住顿首："朋知错了，父亲切不可寻那短见！忠义孝悌，朋谨记于心，必然忠君护国，万死不辞！"

听隰朋如是说，公孙戴仲这才顺了意，语调软了三分："朋儿，我们深受国恩，世代封于隰地，不可不报。父亲已是不中用，不能再为国尽忠。你年少有为，人品忠良，我们一门报国的重任便压在你肩上，为父有府中诸人照顾便足矣，你不必有所顾忌。"

隰朋起身再拜，朗声道："父亲放心，儿子一定为国尽忠，万死不辞！"

世外桃源一般的小村中，小白与葵正在后院做农活。铿然有力的刀斧声和着不远处林间的蝉鸣鸟叫，一派怡然恬淡的田园风味。

可这蝉鸣鸟叫却再不能入堂屋内绿姬的耳。听了爷爷那句话，绿姬垂下小脑袋，认真地思索着。

大卜望着孙女，神色异常复杂。若他有选择的权利，他宁愿将孙女许给一个普普通通的庄稼汉，有几亩田产，几间瓦房便足矣。盖世英雄虽好，却身负重任，又岂能为儿女私情而置天下苍生于不顾?

绿姬陡然抬起头，双眸不再迷离，清澈荡漾如秋波，她一字一顿道："若小白不是盖世英雄，只怕我便不会……"话未说完，绿姬却脸红了，羞赧地将后几个字吞了声。

大卜颇感意外，葵与绿姬是他一手带大，这两个孩子皆是视权势为粪土的，怎会……

绿姬看出了大卜的疑惑，解释道："爷爷，初见小白时，我只觉得他粗鄙又鲁莽，可恶至极；可朝夕相处后，我发现他是个又重义气又有担当的好男儿。小绿倾心于他，是看重他的毅力与品格，想来天降大任于他，也是看重他的毅力与品格，故而盖世英雄这身份与他这个人是密不可分的，又怎能拆开来看？"

大卜听了绿姬这话，颇为感叹：从前那个肉乎乎什么也不懂的小丫头，如今已是个颇有想法的少女了。大卜脸上漾满慈爱的笑："小绿长大了……"

绿姬却鼻头一酸，跪着上前几步，窝在爷爷的臂弯里撒娇道："可小绿不想长大，更舍不得离开爷爷……"

大卜抚着绿姬的长发："傻孩子，你总不能一辈子守在爷爷身边吧？"

绿姬哽咽着耍赖："我就要永远跟爷爷在一起。"

大卜牵起绿姬的小手，将她的左手覆在自己的大手上，两条通天脉交相辉映，绚烂的光芒从指缝间倾泻而出，室内一片堂皇。

大卜对绿姬道："小绿，无论何时何地，爷爷永远会保护你，帮助你。所以不必心怀畏惧，带着我们大卜一脉的使命，勇敢地走下去。也许那少年能开辟出一片新天地，而我们则能见证这一刻的到来。"

绿姬噙着泪，点了点头："小绿明白，一定尽心辅佐小白，助他开辟盛世，拯救万民。”

话音才落，后院传来姬阆与小白的互呛声。绿姬与爷爷对视一眼，心中大叫不妙，快步跑出了堂屋。

小白手持板斧，仍在劈柴，只是比方才更加用力，剁得原木墩子吭吭作响。

姬阆看着小白持斧的大手青筋暴起，不禁有些胆怯。可他身为王太子，如何能惧怕区区一个诸侯国君？姬阆硬撑着，对小白怒目而视，但微微颤抖的身子却早已出卖了他的色厉内荏。

绿姬快步跑到后院，看到这诡异的气氛，便明白了其中原委。

姬阆有午休的习惯，小白在这里劈柴弄斧，定然吵得姬阆无法入眠，姬阆贵为王太子，一向养尊处优，哪里受过这种委屈？加之今日两人的诸多矛盾，姬阆已濒临暴发的边缘。

绿姬忙快步上前赔笑道：“王太子殿下，小白他性子鲁莽，并非有意得罪，你大人大量，就……”

姬阆听了绿姬对他的称呼，顿时愣怔了，踉跄后退两步，双目圆瞪，一脸难以置信地望着绿姬：“你叫我什么？”

绿姬笑回道：“小时候不知礼数，乱叫一气实在不该。现如今大了，总不能再乱叫了。”

姬阆怎会看不出，绿姬是因为顾及小白，才改了对他的称呼。方要出言反驳，忽有一宫人从院外快步而来，到姬阆跟前，躬身道：“王太子殿下，宫中传来消息：午后王上忽然昏厥过去了，几位御医都已入宫，王后请王太子殿下速速回宫。”

姬阆听闻此言，不能再耽搁，虽然放不下绿姬，却只得一甩衣摆，快步随宫人而去。

绿姬转头望向一旁的葵：“王上的身子怎么越发不牢靠了，好好的便会昏厥过去。”

葵叹息道：“遍访名医，汤药针石火剂诸法都试过了，却都没什么起色，有时候正说着话，便会忽然昏过去。不过御医们也说了，这病不是什么急症，短期内不会伤及性命，只是朝政之事，就需要王太子多担待些了。”

说话间，大卜从前院走了过来，手把花锄，身背竹筐，对众人道：“可要跟我去采尹条？”

听了大卜这话，绿姬顷刻间忘却了心中的不快，纤细的手臂高高举起，轻呼道：“我去！我去！”

葵笑道：“馋狸奴回家了，爷爷便要去采尹条，我们都一同去吧。”

姬阆离开后，小白终于不再像一只爹了毛的斗鸡，恢复了往日的神采。虽不知这个“尹条”是何物，小白仍满口应承着，跑到大卜身前，托住竹筐：“大卜，这等粗活，还是由我来做吧。”

大卜未推辞，将竹筐放下递给了小白，携了绿姬与葵，四人一道向小院外走去。

洛阳城王宫内，周王昏迷在榻，双唇紧抿，气若游丝。一众疾医跪在榻畔，满面虚汗，大气也不敢出。

周王这病来得又凶又急，疾医们至今未查出病根在何处，使尽浑身医术，却仍是束手无策。

比天子染疾更棘手的，则是王太子阴晴不定的性情。周王染病之初，王太子异常狂躁，时常揪着御医们的衣襟，威胁说若是治不好王上的病，就要煮了他们这群庸医熬汤。

如今大半年过去，王太子渐渐接受了周王染病的事实，可他乖戾的性情却仍未有丝毫改变。御医们每次前来问诊，均是战战兢兢，如履薄冰。今日见王太子满面怒容，不住地在堂间踱步，御医们不禁紧张至极。

仿佛过了三秋之久，姬阆终于停止了踱步，对御医们道：“你们这群废物，把药煮上，然后就滚出去吧。”

御医们虽挨了骂，可听闻能离开这是非之地，仍激动万分，慌忙起身，轻手轻脚地退出了寝殿，不敢有半分耽搁，生怕王太子会忽然反悔。

待御医们退下后，姬阆对只知在一旁暗自垂泪的王后道："母后也下去休息吧，我在这里守着父王便好，案上那些公文，也需得替父王处理。"

王后深知姬阆说一不二的性格，不再多言，起身踽踽离开了寝宫。

寝殿外，王后回过头，看着姬阆的背影，轻轻叹了口气。她时常会好奇，为何自己与王上那般温良的性子，却生出姬阆这样飞扬跋扈的王太子。

不过这对于积贫积弱、日渐衰微的周王室，也许会是件好事呢？

寝殿内，姬阆望着病榻上的父王，情思复杂：父王再也不是他幼时那山一样伟岸又坚不可摧的男子了。不过四十许人，他就已是双鬓染霜，深深的倦意像是镌刻在眉间一般，曾经挺拔的身姿也日渐佝偻。

姬阆不忍再看他，既有心痛，又像是看到了未来的自己。他快步走到案几前，打算履行太子监国的职责，处理完这堆积如山的文书，好让父王安心养病。

文书虽多，却十之八九都是毫无意义的废话。诸侯割据，征战四方，王权旁落，哪里还有什么要紧事拿来给天子批阅？看来看去，皆是些家长里短婆婆妈妈的废话，却不能置之不理。

姬阆疲惫地拿起案几上的竹片，不耐烦地看了起来。

这是一封父王阅过的文书，并已批示了一个"允"字，姬阆方欲将它搁置一旁，却猛然瞟见了文书的内容，周身的血液顷刻间凝固成冰。

一瞬过后，姬阆暴怒，站起身将竹片狠狠地摔在了地上。

出了村子不远便是伊水与洛水的交汇处，水面宽阔，云脚低垂，矮丘在薄云水雾中缥缈如眉黛。小白本与大卜并肩而行，走着走着却又绕到了绿姬身侧，嬉皮笑脸地低声问："这尹条究竟是何物？竟要咱爷爷亲自去采？”

绿姬憋着笑瞪了小白一眼：“谁跟你‘咱爷爷’，说话好没臊。”

小白不以为意，继续笑道：“当然是我，你这辈子只能跟我。”

绿姬深知小白脸皮厚，哪里能跟他辩得起，忙岔开这话题：“尹条乃是我们这里的特产，相传是商朝著名宰相伊尹在此处培植的。口感酸甜爽口，味道极佳。”

小白舔了舔薄唇，铆足了干劲：“今日有口福了，咱们快去采吧！”

时间刚过晌午，太阳微微西斜，河畔的小丘上山岚渐起。小白立身山间，透过薄暮愁云，依稀能看见不远处的八街九陌，车水马龙的洛阳城。

小丘上长满了绿油油的矮丛，小白一边好奇地东张西望，一边随着大卜徐徐向坡顶走去。在这大片茂密的矮丛中，有一片空地，插着几株干枝，与这宜人的翠绿格格不入。小白一个箭步踏入空地中，握住枝干，想要将它连根拔起。

绿姬尖叫道：“不要碰它！”

小白闻声一愣，旋即缩了手。绿姬快步上前，跪在干枝旁，十分紧张地查看根茎有没有受伤，见小白还未来得及伤到它分毫，绿姬这才松了一口气。

小白不解地问道：“这是什么东西？又干又枯还这么丑，你竟还舍不得让我把它拔了？”

绿姬站起身，反驳道：“丑？这可是世上最美的花！”

小白看着眼前的干枝，满脸难以置信：“桃花夭夭，梨花洁白，这是什么花？居然敢妄称‘最美’？”

一侧的大卜微微一笑：“齐侯所言不错，这世上花品甚多，妖娆妩媚，可没有哪一种，能如你眼前的牡丹一般，花开花落不过二十日，却极尽华美雍容。二十日后，瘗玉埋香，即使春风再暖，蝶舞再勤，也要来年才能再睹它的芳容。”

小白若有顿悟，拱手道：“不承想，大卜这清风朗月一般的人，却也欣赏轰轰烈烈、绚烂至极之景。”

大卜眯着眼，笑看远方：“沧海桑田，蚍蜉撼树，若能见证一盛世，才算不枉活百年。”

绿姬逗弄小白：“只可惜你来得不是时候，现在它只有这秃枝展示给你，你可不得见这花开花落、倾国倾城之景了。”

小白却毫不在意，一挑俊眉：“我不稀罕看，能有你美吗？”

绿姬见小白当着爷爷和哥哥的面仍胡说八道，小脸儿陡地红透，一跺脚，快步向坡上跑去。

众人都笑了起来，继续随着大卜往坡顶上走，不消片刻，四人到达山顶。小白放下竹筐，大卜将花锄分给众人，然后指着足下的一片矮丛说：“这便是尹条，我们挖一些做晚餐吃吧。”

小白一屁股坐在地上，不解道：“原来这漫山遍野长的都是尹条，为何大卜偏偏要爬上山顶才挖呢？”

大卜笑道：“做事我中意由难入简。”

小白拿起花锄，撸起袖子问：“既然大卜如是说，我这年轻人怎能再推诿，大卜说怎么挖，我便怎么挖。”

大卜蹲下身，轻轻挽起衣袖，右手把着花锄，左手卡住花茎子，轻轻一掀，一颗黄色小葫芦一般的果儿便破土而出了。其他三人也忙照着大卜的做法采挖，小白和葵动作迅速，手法利索，不消片刻便采了好几颗，可绿姬手劲儿小，掀了半天也没掀起一株来。绿姬眼见大家都有斩获，微微有些心急，一使劲儿，不慎划破了手，鲜血直流。

一侧的小白见状，心疼不已，一把拉过绿姬的手，用薄唇轻抿住伤处。绿姬见爷爷和哥哥都转过头来看着他们，忙使劲欲将手抽出，可小白却死死地拉着她，不给她抽离的机会。

不知过了多久，小白才松了口，面色坦荡，仿佛什么也没发生一般，认真地打量着她的伤口。绿姬将手抽了出来，红着脸说：“没什么事，不要再看了。”

葵笑道：“馋狸奴，做这点事也能把手弄伤？我看你就只会吃吧。”

绿姬白了葵一眼，气道：“哥哥除了会编派我，还会做什么？”

葵却不住嘴，继续揶揄道：“得亏要娶你的是齐国新君，养在深宫里也不需要做什么事，不然你这么笨，一定会被婆家嫌弃的。”

小白虽是回葵的话，星眸却紧锁着绿姬，满是温柔：“是否是齐侯都不要紧，即便是农夫，我也绝不会嫌弃。”

葵听了这话，浑身的鸡皮疙瘩都起来了。绿姬见状，只觉自己不能再待在此处，否则还不知道会招惹出小白的什么话来：“我在这里也帮不上忙，还总添乱，我还是先回去准备其他的食材吧。”

小白忙点了点头：“就是，这哪里是你个姑娘家该干的事，你先回家歇歇，我们很快就采足了。”

绿姬不敢看大卜的神情，在葵的起哄声与嘲笑声中，灰溜溜地下了山。

在河边冲洗了伤口后，绿姬悠然地靠在村口的大树下，望着不远处山上雾霭间的三个身影，一股幸福的暖流缓缓涌上心间。

忽然间，绿姬的双肩被人死死捉住，瘦削的身子被猛地扳了过去，绿姬的清眸对上姬阆满是愤怒的双眼。

绿姬十分不解地望着姬阆：“阆……王太子怎么回来了？可是王上康复了？”

姬阆却没回答绿姬的话，只是紧紧抓着绿姬的双肩，不住呢喃道：“不准嫁给他，不准嫁给他……”

第二十二章 岂无他士

洛阳城王室中无人不知，王太子姬阆性情乖戾，飞扬跋扈，连天子与王后的教诲都时常罔顾，却唯独对绿姬关怀备至。家中有女初长成，大卜却一点都不心急，丝毫没有给绿姬定亲的念头。每当有卿大夫或王公子弟垂问，大卜也只是笑而不答或婉言谢绝。

好在自己是王太子，姬阆想着就这样守在她身边，总有一日，她必然会顺理成章地成为自己的太子妃，继而成为自己的王后。普天之下，除了天子，还有谁能配得上倾国倾城的绿姬呢?

可姬阆万万没想到，那个看似柔顺的小丫头，竟然胆大到独自一人离家出走，如今又带了个英俊潇洒的男子回来，还扬言要嫁给他。可最让姬阆崩溃的，是父王明知他对绿姬的心意，却仍在小白的奏呈上写了个“允”字。

眼下，绿姬惊诧的大眼睛正对着姬阆被愤怒嫉妒烧红的双眼，单薄的身子被姬阆紧紧箍在臂弯内，只听他不住呢喃着：“不要嫁给他，不要嫁给他，不要嫁给他……”

绿姬着实不明白姬阆是在发什么疯，一边使劲推开他一边说：

“你在说什么呢？神神道道的。”

姬阆眼见绿姬要挣脱自己，忙收紧了手臂，将她箍得更紧，颤声道：“绿姬，你听我说，不要嫁给齐侯，嫁给我，好吗？我从十二岁那年第一次见到你，就一直想娶你。我拖到如今仍未娶太子妃，就是为了等你……”

绿姬听了姬阆这炙热滚烫的告白，身子一僵，脸上红一阵白一阵，瞬间僵在了原地。片刻之后，她使出全身气力推开了姬阆，双眸盈盈闪闪，不愿与姬阆对视：“王太子殿下，对我而言，你就像我的兄长一样，除此之外，绿姬别无他想。若是王太子殿下收回方才的话，我们还可以像从前一样；若是不能，我们只怕要形同陌路了……”

姬阆真是做梦都想不到，绿姬会对他如此残酷，当面直拒了他的表白。姬阆一直以为绿姬对他有情，不过是因为他从未将心意宣之于口，绿姬才会芳心旁落，谁知今日却被她拒绝得如此彻底。

羞愤、嫉妒与气恼交替抢占姬阆情绪的高峰，令他异常狂暴。姬阆一怒之下欲上前捉绿姬，却被人从背后一把将手臂拧住。

小白不知何时下了山，他一个箭步冲来，从身后捉住姬阆的右臂使劲一扭，将姬阆的胳膊直接拧到了背后。姬阆惨叫一声，脸色煞白，满面虚汗，痛得连呻吟声都发不出来。

葵闻声方跟着小白从小丘上连滚带爬下来，立刻上前分开了二人。葵赶忙扶住踉跄欲倒的姬阆，忧心忡忡地跺着脚对小白道：“齐侯，你糊涂啊！”

小白明白葵向着自己，担心自己伤了王太子，犯了滔天大罪。可小白面无悔意，眯着眼盯着姬阆。姬阆喘着粗气，扶着脱臼的手臂，勃然大怒道：“好啊，区区侯爵，竟敢对王太子下此狠手。公子小白，你活够了是不是！”

小白神色无比森然，双手握拳，指节凸白。绿姬见状，忙上去抱住小白的手臂，她双目含情，抿着薄唇，轻轻摇了摇头，示意小白千万不要再动手。

小白一把将绿姬搂在怀中，一字一顿对姬阆道："我告诉你，绿姬是我未过门的妻子！莫说你是王太子，即便是天道神祇，也休想把她从我身边抢走。"

姬阆咬牙回道："妻子？你凭什么说她是你妻子？天子早就驳回了你的求婚奏呈，你有多大胆，敢强娶大卜一脉？"

听闻天子驳回了求婚，绿姬与葵都发出了一声哀叹。小白却不以为意，毫不畏惧："我此番来此，早已做好打算，即便天子不允婚，我也娶定了她。除非你杀了我，不然只要我活着，她就是我的女人，无人能撼动分毫。"

葵眼见姬阆气得浑身发抖，小白也越说越过分，赶忙从中劝和："齐侯说笑了，先王早有旨意，太公子孙，王室诸人必当世代礼遇，又怎能提这'杀'字，实在太伤和气。可齐侯只怕不知，大卜一脉身为神使，掐算天命，辅佐天子，关系重大。若要与大卜一脉合婚，必须由天子赐婚。齐侯既然对小绿情重，不如去王城中面见天子，当面求天子赐婚，如此一来，名正言顺，只怕无人能阻拦。"

姬阆闻言，一把推开搀着自己的葵，气得浑身直抖："枉我拿你当兄弟，你却帮着外人！"

葵望着姬阆，眸中满是无奈与辛酸："王太子殿下，你我相交近十年，朝夕相对，我竟不知道你对我妹妹有意。真不知是你隐藏得太好，还是我太鲁钝，只是我和爷爷都希望小绿能幸福。她喜欢谁，我便支持她嫁给谁，无论这人是乡野村夫还是齐国新君……"

姬阆气急败坏，怒吼道："别做梦了！父王是不会赐婚的，我倒要看看你们有多大的胆子，敢忤逆周王？你们不怕天打雷劈吗？"

小白低下头，绿姬清亮如水的眸子正紧紧锁着他，眼中满是无措。小白将绿姬抱得更紧，既是说给绿姬，又是说给头上这朗朗青天："不管天打雷劈也好，厄运缠身也罢，我定要娶你为妻。无论是天命不顾，还是有人蓄意阻拦，都不能改变我对你的心意。"

绿姬听了这话，心中既慨然又酸楚。而远远站在山脚下的大卜却眸光一闪，流露出十分激赏的神色。

绿姬走出小白的臂弯，上前几步对姬阆道："我再叫你一声阆哥哥，是因为我珍视你我一同长大的情分。你对我的爱护，绿姬铭记在心，永志不忘。可在绿姬心中，一直视你为兄，绝无他想。若你肯出面帮绿姬说话，说服王上为我们赐婚，绿姬必当永怀感恩。"

姬阆望着眼前这令他朝思暮想的小人儿，满面绝望。多年来视若瑰宝的感情被心爱之人看作洪水猛兽，姬阆心中异常憋闷，心里的痛早已超越肉体的痛，折磨得他无比狂躁，已顾不得礼法周全，只想使尽浑身解数将绿姬留在身边："绿姬，你可知道你父母是怎么死的，又是为何而死的吗？"

绿姬一怔，关于父母的事，从小到大，爷爷从不准绿姬和葵追问，难道姬阆会知道？

绿姬双唇微微嚅动，还未出声，却只听不远处的大卜大喝一声："姬阆！"

大卜这样一个礼法周全之人，竟然直呼了王太子的名讳，想来是被姬阆激怒了。姬阆身子一震，头脑清醒了许多，话已到嘴边却不敢说出口了。

绿姬父母的事，是大卜的禁忌，连天子都不敢提及，姬阆却冒冒失失地说了出来，难怪大卜会怒不可遏。眼见大卜飘然至身前，姬阆吓得大气也不敢出，垂着头不敢与大卜对视。

大卜冷声道："此乃我大卜一脉的家事，何时轮到王太子来插嘴？"

姬阆不肯在小白面前露怯，气焰虽已矮了七分，却仍强撑着犟嘴道："此言差矣，大卜难道不知道，绿姬的婚事须由天子钦定？”

大卜睨了姬阆一眼：“王太子，敢问，你是天子吗？”

一旁的葵望着爷爷肃杀的背影，只觉得十分恍惚。今日究竟是怎么了？小白出言顶撞姬阆也罢了，怎么连一向克己自持的爷爷，都跟王太子杠上了。

姬阆被大卜这一问，陡然生出几分心虚：“大卜这是何意？难道我身为太子监国，还不能代表天子吗？”

大卜冷笑一声，回道：“即便贵为王太子，履行监国之权，王太子也只是王太子，不是天子，怎能代替天子决断。你既说天子有命，那便拿天子手谕来。”

姬阆无言以对，方欲强辩，却见大卜对一侧的葵道：“背上竹筐，我们回家。”

葵点点头，沉默地捡起地上的竹筐，看着颓然失意的姬阆，心中颇不是滋味，却也只能快步追上大卜，向小村走去。

绿姬望着满面受伤神情的姬阆，忽然觉得自己好像从未认识过他一般。他的心意，这么多年来她都懵懂不知。可即便知道了又如何？绿姬对他从未有过别样的情愫，不过是更早知道，更早尴尬罢了。

无须多言，小白与绿姬携手随着大卜和葵缓步向小村走去，只剩下姬阆望着绿姬与小白相携而去的身影，肝肠寸断。上天似是厚待他，让他与绿姬一同长大，青梅竹马；上天又对他太狠绝，就这样剥夺了他生命中唯一的快乐。

姬阆蹙着眉，逆着巨大的伤痛，将双手握紧成拳，他暗暗告诫自己，此生永远不会有比现下更痛苦的时候，失去的一切，他迟早都要一一夺回。

小院中，大卜泰然自若地在浅池边清洗着才挖出来的尹条。小梅花鹿紧挨着大卜，趴跪在池边，悠然地眯着眼晒太阳，全然未察觉到众人情绪的变化。

葵在露天庖厨中烧着水，望着咕嘟咕嘟冒起的水泡，忧思烦乱，不能自已。

可这方小院中，心乱如麻的又何止葵一人。绿姬再也待不住了，顾不上矜持，拉起正在后院整理柴堆的小白，快步向小院外的林间走去。

见绿姬和小白出了门，葵才敢出声问大卜："爷爷，我能算出，齐侯与小绿是有姻缘的，可王太子却说王驳回了齐侯的求婚奏呈。爷爷如此维护齐侯，甚至为他见罪于王太子，这其中到底有何隐情……"

大卜未理会葵，仍低头清洗着手中的尹条。一个个泥乎乎的浅黄色的小果儿在清池中游弋片刻，再捞出时就变得干干净净，莹白如雪。

过了好一阵子，大卜终于忙完了手中的活计。小梅花鹿站起身，衔来干布，送至大卜身前。大卜取下干布擦净手，对葵道："不必妄加揣测，既然你算不出什么，说明眼下你不必知道那些。"

语罢，大卜捧起尹条，向庖厨走去。葵望着大卜的背影，思绪万千：爷爷越是这样说，越是说明其中另有隐情。此事究竟该如何收场？小绿又能否如愿嫁给齐国新君？葵只觉一筹莫展，异常忧心。

林间，鸟鸣深涧，霜华满地。绿姬与小白相对而立，淡淡的愁楚夹裹着这一对璧人。

绿姬垂着小脑袋，满面沮丧，嗫嚅着："王上不允婚，我们可该如何是好……"

小白蹙眉问道："若是降天谴，是降在我头上，还是降在你头上？"

绿姬回道："大卜一脉既为神使，掐算天命，又怎会因此小事受天谴，唯有滥用通天之力，辅助天子之外的人，才会受天谴。"

听闻此言，小白顷刻间舒了俊眉，松了一口气："那便好了，我一样会娶你的，什么天谴，我根本不在意。"

绿姬抬起大眼睛，双瞳剪水："你瞎说什么，天谴可是会要命的。"

小白捉起绿姬的小手，覆在自己的心口上，轻道："小绿，你别以为我在说浑话。我早就知道，和死相比，我更怕失去你。如果此生不能娶你为妻，我这数十年的人生还有什么意义？而且你说过，我命数极好，也许苍天见我一片痴情，便会放我一条生路呢？"

绿姬一怔，心中暗暗骂自己，怎么光顾着害怕，竟没动脑子好好想想：小白既是盖世英雄，定然命格不凡。再看她爷爷对小白和此桩婚事的态度，此事必定有转圜的余地。想到这里，绿姬满心的愁绪减了一大半。

绿姬鼻头一酸，轻轻靠在小白怀中，紧紧地抱着他，呢喃道："此生若不能与你相守，便会如同枯木，了无生趣。"

小白瞬间笑出了声，俊脸上满是掩不住的得意，他抚着绿姬如瀑的长发，笑道："方才你拒绝那竖子时说的一席话，听起来实在过瘾。真不愧是我的女人，足够果决。"

绿姬抬眼望着小白，嗔道："还说呢，你怎么下那样的狠手，若不是爷爷在，他又理亏，还不知道会闹出多大的事端来。"

小白俊眉一挑："狠手？若非顾及他是王太子，我一定把他的头拧下来了。竟敢当着我的面对你搂搂抱抱、拉拉扯扯，活够了吗？"

察觉到小白满身的煞气，绿姬忙安抚道："你都把王太子打成那样了，天大的气也该消了吧？"

小白看着绿姬小心翼翼宽慰自己的模样，心头一暖："说心里话，王太子虽然位高权重，可我并未把他放在眼里，因为他根本就配不上你。若是换作……"小白话未说完，自觉失言，忙住了嘴，干笑了两声借以掩饰自己的尴尬。

绿姬明白小白丝毫不忌惮姬阆，却唯独忌惮公子纠，只因为她从未对姬阆动过心，却甘愿为公子纠出生入死。

绿姬正不知该如何答话，恰逢葵走过小桥，对他们二人唤道："别在那里说悄悄话了，该用晚饭了。"

绿姬瞬间红了脸，从小白怀中弹了出来，垂着头向小院快步走去。

大卜已在堂屋案前坐定，绿姬进了房间后，乖乖地坐在了大卜身侧，葵顺势挨着绿姬坐下，小白便坐在了他们祖孙三人的对侧。

大卜将清汤盛在铜皿中，先递给了小白。小白双手接过铜皿，叹道："好香啊！"

葵笑道："怎会不香？爷爷炖的鸡汤，哪怕在村口都能闻见余香呢。"

小白瞪大了眼睛，神色有些惊恐："鸡汤？不会是宰了门口那凤凰一样的雄鸡炖的汤吧？我可不敢喝。"

大卜微微一笑，放下了手中的汤匙："不敢喝？齐侯连王太子都敢打，却不敢喝汤吗？"

小白闻言，忙起身避席，大拜于地，叩首道："今日着实是小白鲁莽，不知是否会牵连大卜，若天子怪罪下来，一切后果皆由小白一人承担。"

大卜笑道："诚如你所言，夺妻之恨等同于杀父之仇，虽有鲁莽之举，倒也情有可原，你起来吧。"

小白见大卜并未生气，这才起了身，复坐回席位上，望着香味四溢的汤盅，满面踌躇。

葵宽慰道："齐侯不必忧虑，这鸡汤炖的是村中的土鸡，并非院子里打鸣的凤尾芦花鸡。"

小白这才松了口气，捧起盅皿喝了两口。温热的清汤顺着喉管缓缓流下，五脏六腑瞬间熨帖，周身的寒气尽去，小白由衷赞叹道："真是好汤啊，鲜美可口，唇齿留香。"

大卜慈祥的脸上泛起几丝浅笑，端过小白的汤盅，又给他添了两匙。

小白诚惶诚恐，忙伸手接过。脑中灵光一闪，似是下了很大决心般问道："对了，下午听内兄说起，我和小绿有天定的姻缘。我想问问大卜，这事可确切？会不会变卦？"

本来葵将此事告诉小白就有不妥，现下小白居然敢再问大卜，葵与绿姬都僵在席上，神色无比紧张。

可大卜并未有一丝愠怒之意："等吃完饭，你到我房间来，我再告诉你。"

第二十三章 子无良媒

月影之下，泗水潺潺，从曲阜城外蜿蜒淌过，整座城仿若沉沦在了桨声灯影之中。

鲁国宫墙内那一方小院中，此刻却是一片肃杀，气氛森然。

正堂之内，排排油盏灯芯跃动。光影朦胧间，坐在正席上的管仲神色森冷，他紧紧抓起从朝歌城传来的密函，用力一捏，密函顷刻间碎成残渣。

管仲站起身，披上铠甲，拿起兵刃，缓步走出了正堂。

鲁国最精锐的刺客皆在院中集结。为首的手举火把，立于众人身前。其他刺客身着黑衣，手牵黑马，整齐列阵，默然站立，屏息凝神，静待管仲的吩咐。

公子小白果然好手段，竟然将先前派出的刺客尽数歼灭，还引得公子纠连夜赶往卫国相救。见此情势，管仲如何还能坐得住？此番亲自上阵，定要将公子纠追回，再手刃公子小白，借以弥补上次临淄城郊的遗憾。

管仲跨上战马，潇洒地一挥铜刃，剑锋直指西方，一众黑衣刺客赶忙翻身上马，簇拥着管仲，急急打马向西奔去。

大卜房内，湘帘半卷，木门紧掩。

小白跪坐在软席上，望着正在房间东南角配香的大卜，只觉指间微凉，十分紧张。

不知大卜究竟要对他说什么，也不知他与绿姬到底有没有姻缘，小白心急如焚，坐立不安，索性站起身，走到正在配香的大卜身前，伸手欲接过大卜手中的兰芷纫带："大卜，我帮你吧。"

大卜笑道："此乃我大卜一脉与神祇沟通的桥梁，齐侯也能使得？"

小白闻言忙撤了手："使不得，使不得，还是大卜来吧。"

大卜轻轻弯下腰，将兰芷纫带佩于周身，而后屈身跪下，无比虔诚地向东方行三叩九拜之礼。

小白也赶忙匍匐于地，随着大卜起起拜拜，却不知道究竟为何。

礼成后，大卜起身，示意小白席地而坐，自己则坐在了他的对面。

坐定后，大卜久未开口，只是以洞悉世事的双目望着小白，似乎要望穿他全部的心思一般。小白笔直地跪坐着，目光坚定，坦然地接受着大卜的打量，心中却实在是紧张不安。

眼前这少年人，身姿挺拔如松柏，双目坚定如星辰，气韵伟岸如山河，实在不凡。大卜轻轻一笑，开口道："既是三公子，为何不顾长幼之序，擅自登上君位？"

小白一怔，拱手回道："小白心中一直认为，国君之位，唯有贤者得以居之，如同尧舜传位于贤者，而非传位于子息。故而齐国诸儿中，理应选贤任能，而不该拘泥于长幼之序。"

大卜问："哦？为何齐侯笃定，自己比公子纠更贤能？"

小白思忖了片刻，回道："其实，原来我并未觉得自己比纠更贤能。可那日在曲阜城外，看到满地的流民尸体，我真的心如刀割。没想到，纠竟然为了所谓的宗法，而杀了这些背井离乡的流民。他们都是齐国子民，因为内乱而被迫流亡，实属无奈之举，焉能草草杀之。小白虽不才，尚且知道百姓乃一国之本。不敢想象，若纠登基，以严刑峻法治理齐国，我百万子民将何以安身？”

大卜听了小白这一席话，垂首道：“公子纠绝非擅杀无辜之人，只是太过刻板，不懂变通。”

听到大卜对纠的评价，如若熟识已久之人，小白满面诧异：“大卜认识我哥哥？”

大卜笑道：“不仅认识他，也认识你。这普天之下，没有我不知道的人和事。”

小白满面敬佩之色，继续说道：“纠这一下转不过脑筋，便射杀了数十人，若是多转不过脑筋几下，齐国岂不是要血流成河？小白绝非贪恋君位，只是怜惜我齐国子民，责无旁贷。”

大卜点点头：“齐侯勤政爱民，实乃国之大幸，”继而话锋一转，“可齐鲁之战迫在眉睫，无数热血男儿要为你征战沙场，必有死伤，对此又该如何看待？”

小白如鲠在喉，沉默了片刻后，答道：“有人死，则是为着更多人不死；有人战，则是为着更长时间不战。若不起兵反抗，任人宰割，只怕我齐国境内会尽成焦土，百姓备受剽掠，民不聊生。”

大卜心中对这答案颇为赞许，面上却不露声色：“若我告诉你，你会在齐鲁之战中战死呢？”

小白面无惧色，回道：“小白绝非惜命之人，如若天命注定，只有我捐躯赴难，才能保齐国太平，小白愿慷慨赴死，义不容辞。”

大卜沉吟片刻后，又道：“那若是你的至爱至亲之人，会因此战而殁，你又该如何？”

小白愣住了，探身上前拉住大卜的衣袖：“大卜此话可当真？能否告诉我此人是谁，哪怕搭上我的性命，我也必定全力护他周全！”

大卜赞叹于小白的重情重义，笑道：“齐侯不必当真，我只是随口一说罢了。正所谓知己知彼，方能克敌制胜。齐侯对管仲如何看待？”

小白顷刻间变了神色，摆摆手道：“大卜不提也罢，一提起他，我真恨不能立刻宰了他。此人诡计多端，数次想要加害小绿，如今又为一己私欲，不惜挑起齐鲁之战，实在是死有余辜。”

大卜不禁笑了起来：“管仲恐怕并非是为一己私欲。齐侯此言，倒像是孩子赌气一般。”

小白见大卜笑话自己，急急辩白道：“不不，大卜，我可不是个孩子了，明年春日我便到了弱冠之年，按理说，应当娶妻了……”

听出了小白的言下之意，大卜刻意绷起脸：“哦，齐侯既然来提亲，可有良媒？”

小白一下傻了眼：“小白无父无母，唯有个兄长，不提也罢了……还有个师父，极其啰唆的，倒是能作为长辈来保媒。只是让他再从临淄赶来，如何来得及啊？”

大卜朗声笑了起来。可大卜越是笑，小白越是紧张，满手心都是汗，生怕大卜会拒绝自己的求亲。

茅屋外，点点繁星缀于天际，绚烂璀璨，夺目耀眼。

小梅花鹿蜷在矮墙之下，睡得无比香甜；凤尾芦花鸡也伏在茅草窝里，瞑着眼咕咕咕个不休，小院内一派安然。

绿姬趴在厚厚的门板上，却丝毫听不见屋内的动静。不知道爷爷究竟会对小白说什么，绿姬不禁好奇又心急。

葵悄悄上前，从身后点了一下绿姬的瘦肩。绿姬吓得差点尖叫出声，回过身来跺着脚埋怨道：“哥哥干吗，差点吓死我！”

葵轻笑道：“你这丫头越发胆大了，连爷爷的墙角也敢听。”

绿姬赶忙拽着葵到一侧，蹙着眉悄声问：“哥哥你说，爷爷到底会对小白说什么？不会刁难他吧。”

葵刮了下绿姬尖翘的小鼻子：“你且放心吧，齐侯虽然莽直，却忠肝义胆，爷爷喜欢还来不及，如何会刁难他？而且看得出来，齐侯很喜欢你，如此天赐的姻缘，哪里有反对的道理。”

绿姬瘪着小嘴，嗔道：“原来爷爷和哥哥都能算出我的姻缘，却都不告诉我。”

葵摆摆手：“你可别赖我，我也是近日才知道的。再说，即便我算出来了，又怎敢擅自将天命告之于你。”

绿姬眸中满是迷蒙：“我唯一不解的是，为何小白身为盖世英雄，命中注定该匡扶王室、拯救万民，缘何却与王太子结下了梁子？”

葵抬眼望着漫天的星辉，悠悠道：“小绿，这些都不是你我能够操心的，我们能做的，便是辅佐盖世英雄成一盛世，助我华夏一族世代绵延。其他的事，都不重要。”

绿姬点点头，望着几步开外的茅草屋，鼻头一酸，心中最柔软的地方隐隐作痛：“若是我跟小白走了，爷爷可怎么办。现如今他还能做得动这些活计，再过些年可怎么办？总不能靠小梅花鹿和凤尾芦花鸡来帮他。”

葵嘴角漾起一丝笑意，在秋日的晚风中，这一抹笑如同三春朝阳一般，令人温暖。他抚了抚绿姬的小脑袋：“小丫头，你就跟着你的盖世英雄走吧。至于爷爷，你不必担心，我已下定决心辞官，以后便长居家中，照顾爷爷。等他年迈了，我就继任大卜之位，让爷爷安心颐养天年，不再为朝中诸事烦忧。”

绿姬一怔：“哥哥做太子伴读多年，怎么……”

葵摇了摇头：“小绿，我太了解王太子了，以他的性子，必须吃了大亏，才会有所收敛，无论我怎么规劝，都不会有丝毫作用。既然如此，我还不如早点回家来，多学学掐算之术，多陪陪爷爷。”

绿姬歪着小脑袋想了一会儿，脸上闪过一丝促狭的笑，抬手拍了拍葵的肩膀：“也是，哥哥也不小了，明年也该弱冠了吧，早些回家来，给我娶个嫂嫂才是正经事。”

葵笑道："臭丫头，不要因为自己要嫁人，便满世界地催人成婚，你还是先祈祷你的盖世英雄能过了爷爷这一关吧！"

茅屋内，大卜望着小白不知所措的样子，渐渐敛了笑容，正色道："齐侯，我这孙女，从小被我宠坏了。虽看似柔顺，性子却十分倔强。"

小白附和道："是，犯起倔来，只怕十头耕牛都拉不回。"

大卜又道："这孩子胆子也极大，认定的事，不计后果也会去做。在齐地这些日子，实在是让齐侯费心了。"

小白忙拱手："不敢当，虽不知她孤身来齐国究竟为何，却实在是勇气可嘉。为了她，哪怕再多费心百倍，我也甘之如饴。"

大卜听了小白这话，心中颇为感慨：这世上有太多阴差阳错，而小白与绿姬在这乱世中竟没有错过彼此，实在是天赐良缘，他这做爷爷的除了欣然祝福，又能做什么呢？

大卜微微颔首，压抑着情绪："小绿她自幼无父无母，由我一手抚养长大，可她是个乐观、善良又坚强的孩子。"

小白指天誓日道："大卜放心，小白愿以一生相守，绝不让她受分毫委屈。"

大卜强忍了许久，却仍没能忍住，语带哽咽："既然如此，我这小孙女便交给你照顾了，希望你能够一辈子爱惜她……"

小白忙站起身，三叩九拜于地，朗声道："大卜放心，有我一日，我便护她一日，直至身死国灭方休。"

小白立下的是极重的誓言，大卜听后，亲自上前扶起他："起来吧，既做了我的孙女婿，便叫我一声爷爷吧。"

小白受宠若惊，忙唤道："爷爷……"

"好，好。"大卜笑容慈祥，从怀中掏出一个牛皮包裹着的板状物，递给了小白，"此物乃是桃木所做，辟灾驱邪，隔世断醒。将来若你不希望小绿掐算出什么人的命数，便把他的生辰八字刻在这桃木板上，可保无虞。"

小白接过桃木板，一脸茫然："爷爷这是何意？为何会有不能让小绿掐算命数之人？"

大卜没有答话，侧过身去，望着从窗棂倾泻而入的月华，幽幽道："你先拿着，以备不时之需，但愿不会有用到此物的时候。"

小白懵懵懂懂地点点头，将桃木板揣到了怀中。

大卜忽然侧过身，满面肃然："快走。"

小白皱着眉十分不解："去哪儿？"

大卜大步上前，打开木门走出了茅屋，小白忙快步跟上。

绿姬和葵正在小院中说话，见大卜和小白走出了茅屋，赶紧凑上前来听吩咐。

大卜轻唤道："小绿。"

绿姬款款走至大卜身侧："爷爷。"

大卜看着绿姬，眼中满是慈爱和不舍："爷爷从未指望你能出人头地，或是攀得贵婿，爷爷希望的，就是你能日日快乐顺意。可眼前这小子命格不凡，未来要背负的责任也绝非你能想象，你可想好了？"

绿姬点点头："无论未来有多艰难，我都愿意去承受……"

大卜双目含笑，喉头却有些发紧："既然如此，你们快走吧。"

绿姬惊惶道："回家还不到一天时间，爷爷怎么就要赶我走。"

大卜蹙眉望向黑暗中的巨木林，眸色深若寒潭："你们可听到什么动静？"

小白与绿姬面面相觑，静下心来仔细听，果然听到村外似有狂乱的马嘶声伴着沉重的步履声传来。

葵无奈道："今日王太子在齐侯这里吃了苦，只怕回宫就领着虎贲军迫不及待来寻仇了。只是他们不敢擅闯村子，便只好围在村外，守株待兔。"

小白冷哼一声："给我一张弓，一筒箭，我定让他们有来无回。"

大卜摆手制止道："切不可逞匹夫之勇。齐侯，你性子豁达却不免焦躁，若想成大器，第一便是要学会静心忍耐，待时而发。”

小白拱手道：“谨遵爷爷教诲。小绿，我们就遵照爷爷的安排，快快动身吧。”

望着爷爷清癯瘦削的身影，绿姬的眼泪簌簌而下，她屈身跪于大卜脚畔：“小绿不孝，不能尽孝于前……”

大卜扶起绿姬，笑着宽慰道：“傻孩子，记得爷爷的话，无论你在哪里，做什么，遇到什么困难，爷爷永远会看着你，支持你，帮助你。我们大卜一脉向来长命百岁，来日方长，等一切尘埃落定，再来看我不迟。”

绿姬听大卜如是说，心中宽慰了几分，眼见事不宜迟，忙拭了泪，问道：“那我们该如何脱身？”

葵与大卜交换了神色，得到大卜的首肯后，葵说道：“不必担心，随我来便是。”

葵带着小白正要向村外走去，绿姬却仍不住回身望着大卜，唤道：“爷爷！”

大卜笑着挥挥手：“去吧。路上小心。”

绿姬只得吞了泪，点了点头，狠下心随着葵和小白转身离开。

待到那一日，乘风破浪，一切尘埃落定，这两个孩子会不会埋怨他这个做爷爷的，大卜竟有些不敢去想。

熟睡中的梅花鹿陡然惊醒，困酣娇眼好奇地望着大卜，似乎在问他为何这般黯然神伤。虽能知晓千秋万代，却不能抗拒天命驱使，大卜不由得一声长叹，转过身去，顷刻间老泪纵横。

三人沿着门前溪水快步而行，头前带路的葵不时停下来查看四周，警惕着周围的一切异动。

细如羊肠的溪流逐渐加宽，转过一丛矮树竟变作了平缓宽阔的河流。

葵快步上前，从河边的芦苇丛中牵出一方竹筏。

山林间突现火光，小路上，披坚执锐的兵士正手持火把包抄而来。

小白忙跳上竹筏，继而转过身接绿姬。绿姬方欲将手递给小白，忽听得身后传来一句："哟，齐侯这是要去哪儿？"

绿姬站上竹筏，回过身，只见数百士兵整齐列于河道两岸。为首的姬阆双目圆瞪，似乎要用这眼神恫吓他们一般。

小白一把将绿姬拉至怀中，右手抽出短剑藏在袖中，拱手笑回道："回齐国成亲合卺，王太子手伤未愈，就不请你大驾来喝喜酒了。"

姬阆冷哼一声，咬牙切齿道："也得你有命回去才行！"

葵忙拱手道："王太子，先王有命，太公子孙切不可伤……"

姬阆一把推开葵，怒道："齐国三公子罔顾长幼秩序，自命为君，今日孤就代表王室，杀了你这奸人！"

葵见状，二话不说跳进河里，踩着浅滩，拼命将竹筏往远处推。小白也捡起长篙，奋力向河中央荡去。

姬阆大喝："弓箭手！"

一众侍卫即刻弯弓搭箭，箭锋直指着竹筏上的小白。

绿姬忙闪身上前，用自己瘦弱的身躯挡着小白，笑对他说："自从认识你，数度三番遭遇这样的情形，我都已经不怕了。"

姬阆见绿姬挡在小白身前，又惊又气："放，放……"

绝大部分侍卫都知道绿姬是王太子心尖上的人，疑惑王太子怎会下令射绿姬，犹豫着没敢放箭，却有两名新来的年轻侍卫不知死活，放箭射向了绿姬。

小白心弦一颤，拉过绿姬一个团身，躲过了飞来的箭矢。

姬阆气急败坏，一脚将那射箭的两个侍卫踹入了滚滚河水中："我说放下弓箭！谁敢伤她，我要你们的命！"

竹筏向东顺流而去，小白将绿姬牢牢地挡在身后，微微侧头道："在我的世界里，永远没有要你为我挡箭的道理。"

见小白又挡在了绿姬身前，姬阆忙抬抬手，示意弓箭手举弓。

绿姬十分清楚，若是她在前，姬阆绝不可能放箭，赶忙从小白张开的双臂下方钻到了前方，又直直挡在了小白身前。

姬阆见状，只得再示意弓箭手不要妄动。竹筏上那两人就这般交替着挡在对方身前，看得姬阆和一众弓箭手眼都花了，却仍未找到合适的时机下手。

眼见竹筏已漂出了姬阆手下人的射程，小白笑看着远处岸边荧荧闪闪的火把，对绿姬道：“我以为他有多厉害，摆出这样大的阵仗，谁知竟这般容易就逃脱了。”

小白说着，径自走到船头，双手拢在嘴边冲着岸上怒发冲冠的姬阆喊道：“阆哥哥，后会有期喽！”

绿姬沉默不语。在她心中，姬阆并非一个恶人，可她却万万没有想到姬阆对自己动了那样的心思。绿姬目睹着岸上渐渐远去的故乡，渐渐远去的大卜和葵的身影，复杂的心绪萦绕在心间，凝成解不开的结。绿姬转过身去，眼眶不知何时已噙满清泪，她努力地克制着，不想让小白发现。

然而小白还是发现了绿姬的异样。他走上前，从身后紧紧地环住了绿姬，随后用手轻轻揩去她小脸上的泪，满面心疼道：“小绿，对不起……”

听了这话，绿姬强忍着的眼泪再也抑制不住，簌簌地落在了小白手上。小白就这样紧紧地抱着绿姬，迎着河风，思绪复杂。此次他二人出行的两个目的均未达成：既没有借到兵，也没得到天子允婚。天子不允婚的事必须要瞒住齐国殿内的一众老臣，齐鲁之战也着实没有头绪。好在大卜支持他们在一起，也算是唯一的慰藉了。

第二十四章 绿竹猗猗

齐国西起济水东至海曲的广袤土地上，妇孺皆传唱着“卢令令，其人美且仁。卢重环，其人美且鬈”，歌咏的正是当年公子纠率部出城游猎，挽弓射虎的雄姿。

即便公子纠的生母为国人所厌弃，即便齐鲁之战迫在眉睫，齐人仍孜孜不倦地唱诵着他的姿貌与品德，乐此不疲。

世人对美的认知总是趋同，公子纠与大兴从淇水边赶往洛阳城这一路，每当大兴下马问路，便会有姑娘婆妇趁机上前与公子纠搭讪，或力邀他去家中一叙，或执意将篮中的瓜果送给他。公子纠收也不是，拒也不是，喜也不是，怒也不是，十分尴尬，只想快快离开这是非之所。

好容易熬至夜幕降临，山河城池皆陷入沉睡之中，公子纠与大兴心无旁骛，在官道上奋力疾驰，终于在天明时分赶到了大卜一脉隐居的小村外。

到了村口，“疾如风”却驻足不前。大兴的犬戎驹也一样，无论如何扬鞭抽打，犬戎驹都立若磐石，纹丝不动。

公子纠翻身下马，对大兴道："不必费功夫了，此地山福水寿，仙云出岫，绝非你我凡夫俗子可擅闯之所。"

公子纠四处眺望，透过氤氲的水汽，看到有一老者身披蓑衣，正在白浪滔天的河岸边垂钓。晨光朦胧间，老者满头的白发熠熠生辉，虽身着蓑衣，却不染一丝凡俗气息，飘逸浩渺与这空蒙的水汽融为一体。

公子纠轻轻一笑，将手中的缰绳递给大兴，欲迎着西风上前。

大兴赶忙拦住公子纠，劝道："公子，这村子进不去人，却有个老头儿坐在河边垂钓，且公子细看，他的鱼钩是直的，且悬于水面之上，哪里能钓得上鱼来，其中必定有诈。"

公子纠却不以为意，双眸含笑："老人家刻意以太公之姿在此垂钓，正是要让我上钩。如此卧松云中之仙气，普天之下，便只有一人了。"

语罢，公子纠逆着滚滚浓雾，只身走到河岸边，对岿然不动的老者躬身一礼："拜见大卜。"

老者闻声放下钓竿，站起身，望着眼前这俊逸非凡的少年，笑道："得知公子今日会来，老夫专程在此相候。不承想公子竟知晓我的身份，难不成也有通天之力？"

大卜慈眉善目，气韵如仙，公子纠心生敬慕之意，谦恭有礼地回道："大卜说笑了，大卜以太公之姿在此处垂钓，定然是欲钓我这姜氏子孙。纠荣幸之至，愿意上钩，不知大卜有什么要紧话示于晚辈？"

公子纠衣袂翩翩，君子谦谦，气韵独绝，世无其二。大卜望着公子纠，心中百转千回，一时却不知该从何说起。良久，大卜压下诸般情绪，笑对公子纠道："我要对公子说的话，取决于公子问我什么话。"

公子纠一怔，拱手道："既如此，晚辈便斗胆相问了：晚辈的弟弟小白与绿姬姑娘可回来过？他们……还好吗？"

大卜点点头，面色云淡风轻，洞悉世事的双眸却盯紧了公子纠："齐侯特来向我提亲，我已答允了这门婚事，他们二人昨夜便乘船走水路回临淄了。"

听闻大卜答允了婚事，公子纠瞬间失神，片刻后，他敛了神色，俊脸上强挤出一丝笑，拱手对大卜道："纠身为小白兄长，在此多谢大卜成全。小白虽性子鲁莽，却忠肝义胆，着实，是值得托付终身之人……"说到最后，公子纠如鲠在喉，难以发声，忙低下头，将情绪强行压下。

大卜望着公子纠，轻轻叹了口气："我情愿公子不为齐侯说这些好话，而是说说自己的真心话。"

公子纠垂着清若寒潭的眼眸，苦笑道："大卜掐算天命，洞若观火，定然知道纠对绿姬姑娘有私心。听了纠的话，只怕大卜会认为纠虚情假意。只是纠虽有私心，却绝不会因为一己私欲而伤害小白与绿姬姑娘。"

大卜笑道："若我认定公子是那般虚情假意之人，便不会在此等候公子。"

纠满面不解，一脸探询地望着大卜。大卜不再卖关子，望着滚滚河水道："我希望公子多为自己筹谋些，而非一心念着他人。齐侯自有天命眷顾，公子亦有自己的命途。许多事，公子还是要为自己考虑的。"

纠听了大卜这一席模棱两可的话，思忖了良久："纠鲁钝，不知大卜所说究竟何意。也许大卜与我师父一样，以为纠太过儿女情长，罔顾大局。可纠犹记得年幼时母亲在我眼前自刎的一幕，那种彻骨之痛，此生难忘。纠不争君位，甚至割爱不争绿姬姑娘，并非不想，而是不愿伤害纠所在意之人。"

这世上万事万物皆有命数，大卜虽明知自己不该妄加提点，却感叹于眼前少年的重情重义，沉吟道："既如此，今日我便罔顾天命，为公子答疑解惑。无论是天人之际，还是古今之变，公子有什么疑惑，都可以向我发问。不过仅可问一件，公子想好再开口吧。"

有大卜亲自为之答疑解惑，简直是天赐良机。若是换作旁人，定然要筹谋权衡，苦思半日，犹豫究竟是问山寿还是问胜败。

可公子纠却不假思索，急道："如此甚好，先谢过大卜，晚辈这就斗胆相问了：日前我师父派刺客刺杀小白不成，返程途中定然还要作梗。请大卜明示，现下纠到底要去哪里寻小白与绿姬姑娘，才能救他们于水火之中。"

大卜神色极为复杂："公子可想好了，就问这个问题？"

公子纠面色恳切，拱手回道："是，请大卜明示。"

大卜叹了口气，指着紫光弥散的东方："泰山脊梁，密林丛中。"

公子纠一愣，旋即躬身大拜："多谢大卜成全，既如此，纠就此告退，即刻赶赴泰山。"

语罢，公子纠没有一丝迟疑，快步走向不远处候着的大兴旁边，牵过"疾如风"，翻身上马，向东方奔去。大卜负手立在河边，望着公子纠绝尘而去的身姿，心中不由得生出了几丝怨艾。

苍天为何残忍如斯，让小白与纠既是兄弟，又是相生相克的命格。这两位少年虽性情迥异，行事千差万别，却都是坦荡磊落的君子。待到齐鲁之战，二子相争，是否必有一死？绿姬身负天命，究竟能否化解六煞？即便掌握着世间最强大的掐算之力，也不得而知，大卜垂着头，心中颇不是滋味。

小白与绿姬顺洛河漂至郑地，再由郑地乘船渡黄河到达鲁卫边境。水路已至尽头，小白与绿姬不得不上了岸，徒步前行。

小白心中明了，上次在淇水上，十余刺客被他一一结果，管仲绝不会善罢甘休，此番回程路上定然免不了险象环生。可小白挂念齐国国内之事，不欲浪费时间与之周旋，故而专挑一些丛林曲径来走，想以此避开管仲的狙击。

眼前是一片茂盛的竹林，淙淙清泉从石渠上缓缓而过，水声清脆，如环佩叮当，令人心旷神怡。可绿姬却无暇欣赏美景，小手紧抓着小白的衣袖，清潭一般的眼眸十分警惕地打量着四周，一丝也不敢放松。

小白看绿姬不安如斯，忍不住开玩笑让她放松一下：“每每和你一起到密林深丛中，我总会想起歌里唱的‘野有死麇，白茅包之。有女怀春，吉士诱之’。”

这歌乃是召南地方的民歌，唱的是少女与情郎在林间幽会，两情缱绻情投意合，欲以天地为证即刻结为夫妇。

绿姬的小脸儿陡然飞红，看着小白那一脸坏笑，嗔道：“你一天到晚在想些什么？净惦记着些不正经的事。”

小白笑嘻嘻地揽着绿姬的肩，回道：“歌中所唱的男女情事自然美好，有什么不正经的？再说，你我就要成亲了，如若你夫君天天想的都只是些正经事，只怕你这辈子就有的哭了。”

绿姬嘟着嘴，小手推着小白，不悦道：“谁要跟你成亲。”

小白将绿姬揽得更紧了：“爷爷已经答允了我们的婚事，你这辈子肯定跑不掉了。”

绿姬却一挑长眉，美眸一转：“那可不一定。”

小白一笑，方欲回嘴，却只听头顶传来几声异响，他反应敏捷，猛地将绿姬扑倒在地。与此同时，几道绿影伴着嗖嗖声，擦着小白与绿姬的头顶飞过。小白微微抬头望去，竹林寂寂，不见人影，空见竹叶随风摇晃。小白嘴角泛起一丝轻笑，拉起绿姬，箭步向东逃去。

几根高高的竹子竟动了起来，绿姬边逃边回头细看，这才发现竹子顶端盘踞着几名身着绿衣的刺客，他们踩着长长的竹跷，行走于竹林之上，手持弩机，边移动边对准了小白和绿姬。

若是平时，小白只需几箭便可结果这些缠人的刺客，可现下他手中只有一柄铜剑，虽然能挡掉飞矢，却无法攻击那些立于竹跷顶上的刺客。小白心急如焚，脑中飞速地旋转着，想要找到一个脱身的办法。

背后冷风传来，小白忙一回身，用铜剑抵挡来箭，谁知箭矢竟在触到铜剑的瞬间粉碎成渣。小白还未来得及深思，又有一箭袭来，小白瞪大眼睛，看准时机，一剑将来箭劈成了两半，他顺手抄起地上残落的碎片，一眼便看穿了其中的关窍。

这并不是普通的箭矢，而是经过特殊处理的竹叶，边缘如剑锋一般锋利，在日光下泛着蓝光，应当是淬过了剧毒——孔雀胆。小白将竹叶扔在地上，松开了绿姬的手："你快速往前面跑，我搞出点动静分散他们的注意力。"

绿姬并不知竹叶有毒，听了小白的话，生恐自己拖累他，便使出全力向前方跑去。小白望着绿姬的背影，心中只有一个念头：若是无法逃过这一劫，他情愿葬身于此的只有他一人。

小白跟在绿姬身后，时不时回头查看刺客与他二人之间的距离。

本想逃出竹林便可令这些刺客失去藏身之处，可不承想这竹林竟如此广袤无际。小白心想，与其这样耗费体力，还不如豁出性命与刺客一搏。可若是与刺客搏命，绿姬又将何以安身？

绿姬看穿了小白的想法，边跑边四处张望。好在苍天不负，竹林茂密处居然有一方小小的竹棚，估摸着是猎户所建，只是年久失修，历经风雨，已经塌了一大半。绿姬快步跑上前去，钻进了棚中，喘着粗气对小白道："不必担心我，去吧。"

小白点了点头，食指拂过剑锋，转身而去。既要与刺客决一死战，就要先设法将所有刺客引到远离绿姬的方向。小白即刻朝反方向狂奔而去。

刺客们本就害怕误杀绿姬遭受天谴，此刻见小白独自一人跑走，立即使出全力去追，手中的弩机一刻不停，竹箭如落雨般，萧萧而下。

小白跑进林中竹子最密集之处，刺客射出的弩箭嗖嗖扎在四周的竹子上，小白猫腰前进，见此处有大大小小的笋尖破土而出，他微微一笑，认定这里正是最佳的战场。

小白缓缓蹲下，藏在粗壮的竹子后，微微侧身抬头向上望，只见天光晦暗，竹叶随风簌簌作响，小白实在无法分辨眼前这一抹浓重的翠绿究竟是刺客还是竹叶，他哑然一笑，心想管仲还真是精通奇术，竟能找来如此奇人。

敌暗我明，小白索性闭起眼睛，竖耳聆听，忽闻异动，他陡然间一个团身，闪过四面而来的竹叶攻击，举剑怒斩面前抖动的竹竿。头顶上方传来簌簌声，一刺客应声跌至地面，被尖尖的竹笋正正戳中心肺，顷刻间吐血而亡。

见此招奏效，小白挥舞着铜剑，见竹便砍。又有两名刺客应声落地，被小竹笋活活插死。其余刺客见状，心生恐惧，疯了一般按动着手弩，一时间箭如雨下。小白毫不畏惧，左冲右突，利用茂密的竹林做掩护，还趁乱砍断了两根竹子，又除掉了两名刺客。

正当此时，绿姬的尖叫声从不远处传来。原来刺客们已急红了眼，见斗不过小白，便用弩射向竹棚，欲引得小白来救绿姬，好将其击杀。

小白大喝一声，快速朝绿姬的方位跑去，他纵身一跃，挥剑斩断了刺客栖身的竹跷，一把将绿姬搂进怀中。

而其余的刺客趁机从四面包抄而来，踩着竹跷将小白与绿姬团团围住。

不能逃脱，就只能背水一战了，小白将铜剑护在绿姬身前，留神着四周的异动，随时准备应对八方来箭。

背后忽传来一阵马蹄声，原来是隰朋驭马而来，他高声唤道："君上！"

小白循声望去，只见隰朋奋不顾身地从马上一跃而下，连滚带爬闯进了竹竿插成的包围圈中，手上握着小白的大弓，身后背着白羽箭筒。

刺客们见有援兵赶来，立刻用手中的弓弩向隰朋发起了攻击。隰朋功夫不济，却足够机敏，溜着竹子左闪右躲，非但未中一箭，反倒引得刺客们射断了自己人的竹竿。

小白见状，忙拉了绿姬藏在刺客的丛丛竹跷中。绿姬不由得感叹：“这少年是谁，竟如此机敏！”小白见绿姬望着隰朋，眉眼间满是赞赏，心中颇有几分不悦。

刺客们不敢妄动了，只得眼睁睁看着隰朋跌跌撞撞跑到小白身侧，匍匐于地：“君上接着……”

“少废话！弓给我！”小白话音刚落，隰朋忙双手将大弓呈上，又将箭筒反背于身前，以方便小白抽箭。

小白弯弓搭箭，一箭射中了迎面竹跷上刺客的头颅。刺客们大惊失色，小白毫不迟疑，一弓拉两箭，又使二人毙命。

刺客们眼见居高临下反而暴露目标，一齐跳下竹跷，高高的竹跷从四面八方倒下，砸向小白三人。小白看准时机，接过绿姬递来的青铜剑，剑影过后，扑面而来的竹竿被削飞四散，小白三人则安然无恙。刺客们见形势突转，纷纷落荒而逃。小白岂能坐视他们逃走，大力弯弓，箭箭穿喉而过，将剩下的几名刺客悉数毙命。

未料到多年不见，小白的箭术竟已精进到如此地步，隰朋看傻了眼，直愣了大半晌，才拱手大拜道：“姜姓隰氏公孙戴仲之子朋拜见君上！”

第二十五章 之子还兮

在小白与绿姬离宫这段时间内，鲍叔牙与国高两大夫以霹雳手段，捕获了临淄城中蛰伏的数十名刺客线人，肃清了管仲安插在城中的内应，压制了朝野内外的诸般揣测，开辟出一片上下一心、君臣相宜的新局面。

可三位大夫深知，小白一日不回，朝纲便一日不稳，他们依然是食不知味，夜不安枕。

秋阳斜照着茂林修竹，丛林间，小白望着恭谨跪于地上大拜行礼的隰朋，开口问："隰大夫，你怎会在这里？"

隰朋伏在地上朗声回道："鲍大夫猜测君上会经此处回临淄，特命臣在此处相候。"

听了这话，小白心中有几分欣喜，又有几分迟疑：隰朋乃姜氏一脉宗亲，与小白年纪相若，幼时两人曾在一起玩耍，小白依稀记得这小子虽老实却很机敏。他父亲公孙戴仲虽贵为齐国五上卿之一，却常年卧病，早已不再参政，隰氏一脉也因此淡出了众人的视线。十余年过去，现如今隰朋品行如何，又是否真受鲍叔牙委托而来，小白皆不能确定。

绿姬看出了小白的顾虑，心想此时若是小白开口盘问隰朋，只怕会令他们君臣关系蒙尘。于是，绿姬轻拽了一下小白的手，冲他眨眨眼，而后开口问隰朋："隰大夫既然说自己受鲍大夫委托而来，可有鲍大夫的手信？"

隰朋闻言，忙点头回应，从内兜中摸出一竹片，双手高高举过头顶，呈给了小白。

小白接过竹片，见其上所书的确是鲍叔牙的字迹，松了一口气，笑对隰朋道："一路辛苦，快快起来吧。"

隰朋应声站起，拱手对小白道："臣救驾来迟，请君上责罚。"

小白拍了拍隰朋的肩，以示嘉许："我们俩都还活着，怎能叫救驾来迟呢。"

隰朋这才抬起眼，冲着小白憨厚一笑："多谢君上。"他转向绿姬，正要问安，却被她的惊世姿貌一震，不由得发出一声喟叹，在原地看傻了眼。

小白见状，无奈地干咳两声，提点隰朋注意礼数。

隰朋这才回了神，躬身揖道："拜见君夫人。"

绿姬脸一红，嗔道："看你是个老实人，怎么也胡乱叫人。"

隰朋笑着挠了挠头："来之前，鲍大夫专门交代过，见了姑娘要称君夫人，不然君上会生气的……"

小白的声音幽幽从旁传来，似带愠恼之意："那鲍大夫可曾交代过，不得说君上气量小？"

隰朋闻言，慌张跪下，又叩道："臣失言……臣罪该万死！"

绿姬笑出了声："你也太过老实了，动辄便磕头请罪，若是让旁人看到，即刻便要暴露身份了。"

小白也笑了，亲上前来扶起隰朋："起来吧，动辄跪着，跟你说话勾着个脖子着实费劲。"

隰朋见小白亲自扶自己，诚惶诚恐，赶忙起身，拱手对小白道："鲍大夫此番令臣前来，主要是因为君上与君夫人外貌太打眼，容易被人发现。朋略懂变装之术……"

隰朋话未说完，小白便一脸深以为然，大拊掌附和道："你说得不错，尤其是我夫人，走到哪里都太引人注目。"

隰朋笑回道："前面不远处有个驿站，臣带来变装的物件都放在驿站中，请君上与君夫人移步，我们去那里变装吧。"

鲁国与卫国交界的濮水畔，管仲手持羊皮卷地图，一丝不苟地查看着条条水陆路，分析着小白可能的来向。数十名刺客警醒地留神四周，不放过任何风吹草动。

一侍卫驭马而来，左手执缰，右手抓着一支箭矢。待到距河岸边不远处，侍卫勒了马，急忙翻下，跌跌撞撞跑至管仲身前，仓皇跪地，将箭矢双手举过头顶："大……大夫，我们埋伏在前方竹林中的人，全部被歼。我看这白羽箭甚是眼熟，难道……"

管仲接过箭矢，看到箭尾的白色箭羽，目露精光，朗声笑了出来。

毕竟管仲从未指望过那群蠢货真的能手刃机敏如脱兔的公子小白，能够牵绊他、拖住他，便已是万幸。手刃公子小白，则是且只能是他管仲的事。

管仲将羊皮卷地图揣入怀中，牵过一侧侍卫手中的缰绳，一跃上马，快速驰马而去。

其他刺客这才反应过来，也慌张上马，疾速跟去。

狂乱的马蹄声卷过平岗，穿过竹林直向远方奔去。管仲嘴角泛起一丝决绝的笑意，这一次，他绝不要再留遗憾，此番定让公子小白插翅难飞。

驿站中，小白与绿姬正遵从隰朋的要求进行变装，对近在眼前的危机毫不知情。

小白身量修长，壮实紧致，隰朋给他穿上蓑衣斗笠，让他扮作打鱼为生的渔民；绿姬修长窈窕，姿容倾世，虽已换上了粗布男装，却仍掩饰不了她的美貌，隰朋想来想去，寻了个破盐袋子挂在绿姬肩头，借以掩盖她的身材。可这张明艳动人的面庞着实让隰朋十分为难：给绿姬脸上抹点泥似乎太过刻意，反而更加显眼；可若不抹，任谁看到这张绝美的面庞都会忍不住多看几眼，又如何能躲过管仲及其手下的追击。

绿姬望着眼前蹙着眉的隰朋，微微掐动指尖，便对他这十八年的人生丝丝缕缕知道了个十之八九。

绿姬万万没想到，眼前这谦恭有礼的少年，竟经历过如此多的变故：家道中落，母亲早逝，父亲卧病在床，隰朋从八岁起就担起了照顾父亲的重担。一面为父尽孝，一面又为国尽忠。公孙无知篡位时，隰朋毅然辞官，归田回乡，亲自躬耕于封地，拒绝了高官厚禄的诱惑，避开了险象环生的暗杀，直到小白回国即位，隰朋才复出为官。绿姬觉得这少年称得上是至仁至孝，忠君爱国，心中感慨万千。

绿姬与隰朋各怀心事，互相望着彼此，这一幕落在小白眼中，简直如鲠在喉。毕竟他不是大卜一脉，又哪里知道他们究竟在想什么。小白几步上前，摘下自己的斗笠，直扣在绿姬头上，拽着仍在发呆的绿姬就向外走：“戴上斗笠得了，这些变装的招数能瞒得过那些刺客，如何能瞒得住管夷吾那老贼。”

隰朋眼见阻拦不及，赶忙跟了出去，想要劝谏小白万不可掉以轻心。

小白还未拐出回廊，就听到一众鲁国兵士正在对堂中食客严加盘查。小白和绿姬忙住了步，快步朝房间的方向赶回，隰朋不明所以，还未来得及开口，就被小白堵了嘴，连拉带拽扯回了房间，紧紧地关上了房门。

小白面色沉重：“看来管仲率部就盘踞在附近，躲是躲不过了，我们出去，和他们拼了。”

隰朋赶忙拦住小白：“君上，万万不可啊。管仲人多势众，我们只有区区三人，君夫人又是女子，且齐鲁之战迫在眉睫，如若能够智取，何必要与之硬碰。”

小白一挑俊眉，问道：“哦？看来你有妙计？”

隰朋阔步上前，将木窗打开，窗外是一片小树林。隰朋抱拳对小白道：“事从权宜，请君上移步，我们先出去再说吧。”

小白翻窗而出，又将绿姬接了出来，隰朋紧随其后，谨慎地带上了木窗。

三人在林间疾步而行，隰朋压低了嗓音：“君上，朋出来这几日，查看了从此地返回临淄的数条道路，朋以为，从泰山之下翻山而过，虽不是近道，却背靠天险，利于隐藏。君上以为如何？”

小白点点头：“如今看来，管仲必定已在官道和小路布下了天罗地网。若想兵不血刃平安而还，泰山只怕是唯一之选。”

隰朋指着不远处大树后的商队，对小白道：“君上，这是我雇的一些武者，我命他们扮作盐贩，在此等候。他们不知道我们的身份，只以为是要送我们去临淄经商。未来几日，朋只能斗胆叫君上一声堂叔，还请君上恕罪。”

小白微微一笑：“好小子，我师父派你来果然没错，心思如此缜密，我嘉奖你还来不及，又如何会怪罪。”

说话间，小白、绿姬与隰朋走到了众人眼前，这些武者以保护商队为生，早已知晓不该问的不问，见人来齐了，挑起扁担整装待发。

小白安排绿姬站在众人中间。在人墙中，往来的行人不容易看到绿姬的容貌，退一万步说，若是真的暴露行踪动起手来，绿姬亦能相对安全些。

隰朋又取了一方斗笠，递给了小白。小白收拾停当后，给隰朋递了个眼色，隰朋抬抬手，示意众人出发。

盐商队顺着郑鲁边境一路疾行，时下正值深秋，绵亘千里的万仞高山中，寒潭清，烟光凝，秋景宜人，沁人心脾。

时有鲁国兵卫经过，对过往商旅严加盘查，小白扮作齐东渔民，呜呜呀呀说些让人听不懂的齐东野语，侍卫们满心不耐烦，迅速挥手让他们通过。

从晌午到日薄西山，从郑鲁边境到泰山脚下，一路平顺无虞，小白与隰朋都大大松了一口气，可处在商队正中的绿姬却突然涌起了一丝不祥的预感。商队中人多眼杂，绿姬不便明言，只得等待时机，旁敲侧击告诉小白，好让他警醒着些。

此时商队已到达泰山脚下，隰朋上前几步，示意大家停下休息。几名扮作商贾的武者忙放下挑担，掏出牛皮水袋豪饮几大口。绿姬趁众人未留意，溜到小白身侧，方欲开口，一阵马蹄声呼啸而至，绿姬压低了斗笠，略回过身，看到冷着面庞的管仲驭马率众向他们疾驰而来，绿姬的心顷刻间提到了嗓子眼儿。

第二十六章　行道迟迟

看到管仲，绿姬忙冲小白递了个眼色，而后闪身退到一侧，藏入了商队之中。

小白早已从马蹄奔落的声响中察觉到管仲的气息，嘴角不由得泛起一抹轻笑，毫无惧意。

管仲看到商队，略抬抬手，示意手下慢行。这商队诸人身挑扁担，肩负盐袋，蓑衣斗笠，木屐竹履，看样子是齐东的盐客。管仲一面徐徐策马，一面问马旁边的盐贩："几位小哥，可是齐东做海盐生计的？"

隰朋年少，从未与管仲同朝为官，也一向与他没什么往来，只在幼年与公子纠戏耍时见过他几面。如今十余年过去，隰朋从幼儿长至成年，容貌身量都发生了巨大变化，管仲不可能认出来。

隰朋上前几步，故意模仿着齐东口音，拱手问道："这位官人，我们这里都是上好的海盐，你可要来些？"

管仲没有马上答话，他上下打量过隰朋后，躬身探了探隰朋肩上的盐袋："既然挑着齐地的海盐来鲁国售卖，盐仍是满的，怎么就要翻山回去？”

隰朋愁眉苦脸道：“官人有所不知，鲁人不爱海盐，我们一行人出来这几日，一点也没卖出去，银钱却没少花，不得已，只得回齐国去了。”

管仲闻言一笑，觑眼望着重峦叠嶂之上直插云霄的泰山巅：“眼下还不是时候……再过些时日，你们再来鲁国贩盐，定能卖出个好价钱。”

隰朋明白管仲所言“再过些时日”便是指齐鲁之战后，看来管仲已经与鲁公达成一致，准备将齐国的海盐引入鲁国来。隰朋面上不动声色，暗地里却在哂笑鲁公的无知：齐国海盐量产极大，价格低廉，一经引入，定然会对鲁国的井盐市场造成冲击，甚至击垮鲁国的井盐业。届时鲁国的食盐就需仰赖齐国，甚至连经济都会遭受控制，管仲此招实在是高明。

见管仲未起疑心，隰朋继续装傻充愣，拱手笑道：“那便借官人吉言了。”

管仲不再多言，挥挥手，示意手下继续前行，一行人马沿着官道飞驰，不一会儿便消失在隰朋等人的视线里。

望着管仲率部疾驰而去的身影，隰朋松了口气，不禁思绪万千：管仲足智多谋，颇有治国理政之才，连父亲公孙戴仲都欣赏他的才干。若管仲能一心为齐，辅佐新君，定能定国安邦，重振河山，助齐国崛起于东方。

不过眼下能躲过管仲已是万幸，哪里还能奢求其他。隰朋转向小白，想与他商量下一步的对策：管仲既已追到了泰山脚下，他们又怎能按原路前进？

小白看出了隰朋的顾忌，指了指与管仲所行方向相反的一条山路，示意众人攀山而上。商队迅速掉头，沿着小白所指的山路向山上爬去。

与此同时，正在赶路的管仲在马背上蹙着眉，不住思索着。

方才与他谈话的少年，他一直觉得有几分面熟，但却不记得在哪里见过。

电光石火间，公孙戴仲年轻时的模样从脑中蹦出，管仲急急勒了马，瞪着一双深目愣在了原地。其他刺客猝不及防，也赶忙勒马，却还是有几匹骏马慌乱间撞在了一起，两名刺客应声从马上跌落下来。

方才那少年的模样与管仲记忆中公孙戴仲的样子重合在一起，管仲心头一惊，快速掉转马头，向回追去。

泰山半坡，密林丛中，小白披荆斩棘，率着众人徐徐向山顶攀爬。秋日里山林间阴晴不定，方才还是万里无云，此刻却黑云压顶。

小白率众穿过一小片山林，来到一处较为宽敞的平地。众人才要缓口气，忽听闻四周马蹄声大作，在山野间不住回荡，众人的神经再度紧绷了起来，小白与隰朋对视一眼，握紧了蓑衣下的铜剑。

管仲与黑衣刺客们骑着马迎面而来。盐商队紧急缩紧了队形，身处正中的绿姬压低了斗笠，清潭一般的眼眸望着正在逼近的管仲一行，左手不住地掐算着。

管仲挥挥手，示意手下包围小白一行，众刺客即刻下马，手握短剑，身负大弓，从四面八方紧紧围住了盐队。

隰朋临危不乱，几步上前，拱手笑对正前方的管仲道："这位官人，可是改了主意，要回来买我的盐？"

管仲骑在高头大马上，居高临下看着隰朋，朗声笑道："隰大夫，你父亲可还好？"

隰朋见管仲已辨明自己身份，不确定他是否知道小白也混在盐贩商队中，插科打诨道："既认识朋，可是家父的旧友？晚辈在这里有礼了。朋不才，家道中落，做点海盐的买卖，还请这位官人行个方便，借道让我们过去。"语罢，隰朋举手示意商队继续前进。

小白心领神会，即刻与其他伙计一道向前迈开几步，并不指望能逃出管仲的包围圈，只为能离管仲更近一点。毕竟敌强我弱，若要强行突围，唯有趁其不备挟持管仲，才有可能避免一场恶战。可管仲是何等精明，立即看出了眼前这帮人的意图，只一抬手，刺客们便纷纷抽出腰间的兵刃，挡在自己身前，怒视着眼前戴着斗笠的小白。

管仲目露精光盯着隰朋："隰氏一脉向来明哲保身，你又为何要蹚这浑水，包庇窃国之人。"话音未落，管仲腰间的铜剑已出鞘。

隰朋忙给管仲身后的小白比了个手势。小白猛然出击，用隐藏在蓑衣之下的铜剑一剑刺倒了身侧的黑衣人。其他武者也纷纷拔出佩刀，杀向管仲和黑衣刺客，局面一时混乱不堪。绿姬为防小白分心，闪身躲进了一旁的树林间，双眼却一瞬不瞬地望着小白厮杀的背影，唯恐他有丝毫闪失。

管仲自是骁勇，他手下的黑衣刺客也都是一等一的高手，虽被隰朋和小白的人打了个措手不及，却丝毫不落下风。不过半个时辰间，管仲及其手下的黑衣刺客们迅速稳住了阵脚，而隰朋与小白麾下的武者却死伤过半。

震天的刀剑拼杀声令山林间的鸟兽都惶恐不安，忽有嗒嗒的马蹄声传来与之相和，由远及近，既轻盈又有力。绿姬循声望去，只见一匹骏马驮着月白色的俊逸身影翩然而至，绿姬慌忙垂下头，心跳陡然漏了一拍。

公子纠看着眼前杀红了眼的两伙人，急急对一侧的大兴道："快去保护小白。"

大兴抱拳领命，策马冲入乱阵中，一刀便结果了正在与小白刀剑相交的黑衣侍卫。

躲在林间的绿姬透过斑驳的树影，望着公子纠纤尘不染的身影，只觉恍如隔世。距上次莒国一别不过短短月余，公子纠竟清瘦了许多，一张俊脸棱角更加分明，肤光如玉，身姿飘逸清俊如仙。

压抑住心中的酸涩与痛楚，绿姬垂下头，反复告诫自己，此番公子纠前来相救，只是冲着小白，与自己毫不相干。

大兴的加入令小白如虎添翼，黑衣人见状，互使眼色达成一致，火速赶来围剿大兴。大兴腹背受敌，不慎被黑衣人砍伤了手臂。公子纠见大兴吃亏，在马背上弯弓搭箭，一箭便射死了砍伤大兴的黑衣人，大兴趁机杀出重围，退回到公子纠身侧。

黑衣人不敢动公子纠，纷纷看向管仲；小白与隰朋也号令武者集结在一处，背靠背围成一圈。一时间三伙人横刀立马，陷入僵局。

管仲面上冷静淡然，心中却不停地权衡利弊：公子纠既是齐国正统，他便要倾尽全力为公子纠立威才是。更何况，公子小白太过骁勇，一时三刻根本除不掉，与其硬碰，不如智取。管仲微微一笑，不急不躁，眼下需要做的，只有拖延时间罢了。主意已定，管仲大拜于地，朗声道："拜见公子。"

公子纠双目如寒潭水，盯着跪在地上的管仲："起来吧，师父何故会在此地？"

管仲站起身，抬眼望着公子纠，不卑不亢答道："齐鲁交战在即，需得多加巡视，以防细作刺探军情。我见这支商队形迹可疑，未曾想却是公子小白的人假扮的商队。"

闻管仲此言，公子纠转向持刀的众刺客："既然已经知道是小白的商队，你们还不收手？"

众刺客见公子纠发话，有些举棋不定，皆看向管仲。管仲冷道："公子，公子小白是犯了窃国之罪的人，理应绳之以法，万万不可放虎归山。"

"即便确如师父所说，我也不愿意看到师父伤害小白和绿姬分毫。"公子纠面色未改，眸色却又冷了三分。不再与管仲多言，他转向小白问："绿姬人在何处？"

小白望着眼前的公子纠，只见他眉目如画，衣袂翩翩，风姿俊逸，气韵不凡；再低头看看自己，粗布烂衫，蓑衣斗笠，满面泥灰，狼狈不堪，与公子纠的绰约仙姿不可同日而语，顿时心中颇不痛快，没好气道："大卜已将小绿许配给我，我自会护她周全，你不必费心。"

管仲闻言，满面激愤："公子小白，大卜能看上你做孙婿？举头三尺有神灵，还是不要妄言了！"

管仲特意强调"公子"两个字，表明自己对小白窃国篡位之举的蔑视与否定，又流露出对大卜欣赏小白之举的不满与愤然。

见管仲竟然直呼"公子小白"，隰朋心中颇为愤慨，方欲上前理论，却被小白抬手拦下。

小白朗声笑道："管大夫还是老样子，动辄吹胡子瞪眼。在鲁国寄人篱下的日子，可还好受？"

管仲冷哼一声："长嫡承统，万世正法。纵使这种日子再难熬上万倍，管某也决不妥协，举毕生之力，必定恢复齐国君位正统！"

听了管仲的话，隰朋气不打一处来，小白却毫无愠恼之意，扬扬俊眉，笑问道："管大夫，当初我父亲让你辅佐纠时，可曾叫你勾结鲁国啊？"

齐僖公之灵在天，管仲不得不敬，他拱手道："僖公知遇之恩，管某没齿难忘。正因如此，管某绝不允许君位旁落。公子小白，若你眼中还有父兄，便乖乖将君位交还给公子纠，否则我必定兵谏于你，届时齐国生灵涂炭，你也会背上千古骂名。"

管仲这话刚柔并济，绵里藏针，小白身侧的隰朋再也忍不住，反唇相讥道："君位之争乃是齐国自己的事。管大夫若要兵谏，为何不借齐国之兵？你身为齐国大夫，食的是齐国俸禄，竟然勾结鲁国进攻齐国，这难道不是叛国吗？"

管仲对答如流："看来隰大夫之忠只在食其俸而善其事。此等小忠小信，管某不屑为之。"

隰朋依然不甘示弱："忠孝事小尚且不为，何谈大义！"

管仲朗声而笑："管某受教了，难怪隰大夫对公孙无知弑君篡位的暴行不闻不问。若是朝中能少一些隰大夫之流，多一些大夫雍廪一般的忠烈之士，公孙无知又如何能够在齐国胡作非为。"

正当两人相争不下之时，一清如银铃之声从众人身后传来："管大夫，小女子斗胆，有几个问题相问……"

第二十七章　执子之手

幽静的林间，清脆婉转的女声打破了众人的唇枪舌剑，武者纷纷让道，众人瞩目下，绿姬摘掉斗笠，除去盐袋，从林间缓步走出，蹁跹至小白身侧。她解开高悬于顶的束发，一头乌亮垂顺的长发迎风散落，人群顷刻间发出阵阵喟叹声。即便身着粗布麻裳，绿姬的一肌一容仍足以令众生倾倒，眼前诸人皆不自觉地放下了兵戈，屏息凝神，不敢造次。

公子纠见到绿姬，握缰的双手一紧，费尽心思隐藏的万千离愁别绪、相思之苦瞬间盈满清眸、流转而出。绿姬能感受到公子纠直射来的目光，可她还未想好该怎样面对公子纠，此时虽挺身而出，却不得转过眼睛，硬生生避开纠的方向。

小白看着二人的神色，心中陡然升起一丝不安。慌乱间，他又担心管仲手下暗箭伤人，马上半挡在绿姬身前，小声道："不是叫你不要出来吗？"

绿姬粲然一笑，轻握住小白的手。她看小白眼中满是忧虑，柔声宽慰道："我没事，你放心。"

公子纠看到绿姬与小白眼底的波光流转，心中酸闷难耐，尴尬地将目光转向了别处。

绿姬上前一步，将随身携带的风干秋兰佩在衣襟上。她抬起左手，通天脉闪烁着酡红色的光芒，如月光泽被万物，内敛而华美。与此同时，乌云从四面八方赶来，在众人头顶上堆积，只听得雷暴之声隐隐传来，等闲平地波澜起，一时间山雨欲来，狂风大作。管仲手下的黑衣刺客们纷纷后退一步，唯有管仲挺身立于风眼处，泰然自若，岿然不动。

绿姬望着管仲，轻启朱唇："管大夫，我有三个问题问你。若你据实相告，便无性命之虞。若有任何不实之言，上天自会处置。"

大卜一脉神力通天，管仲索性淡然一笑，毫无畏惧道："好，今日便让老夫见识见识大卜一脉的能耐吧。"

绿姬开始发问："临淄城下，管大夫设下伏兵狙击小白，不惜亲自出马，给小白当胸一箭。若非上苍眷顾，小白必已命丧黄泉。敢问管大夫，此举究竟是公子授意，还是你自作主张？"

听了绿姬这话，几名武者面面相觑，管仲身后的黑衣刺客们也议论纷纷。

管仲不畏人言，朗声笑道："姑娘果然聪慧非凡。此举确是管某自作主张。我们公子太过仁善，顾念兄弟之义。然而通往君位之路绝非坦途，奸佞之人意欲夺位，管某自然要为公子铲除障碍，以正法纪。如此顺理成章之事，何须公子亲自定夺。"

隰朋反唇相讥："以公子纠之名，恣行杀人之道，乃是陷公子纠于不仁。"

管仲丝毫不以为意，哂笑道："小仁小义，枉称君子。"

听到这里，小白两条俊眉微微一挑。临淄城外那一箭，成了他们兄弟间无法逾越的鸿沟，小白一度心寒至极。今日得知此举果然是管仲的主意，公子纠毫不知情，小白瞬间竟有些无法自持，望向公子纠的眼神无比复杂。

绿姬继续发问："数月前，我到鲁国来寻卦书，不慎中了管大夫的毒，回到莒国后无药可解，管大夫便以此要挟小白，命他用传国玉玺相交换。敢问管大夫，此事是否也是你擅作主张？"

管仲继续回答绿姬的发问："不错，是我自己的主意。你这妖卜，为何不遵照天命，守在君王身侧，偏偏要介入我齐国君位之争？如若公子因你而耽误继承大统，管某与你势不两立。"

听管仲亲口承认下毒之事与公子纠毫不相干，绿姬才知道当初自己的错怪带给公子纠的是何等的痛楚，一时间如鲠在喉，几欲凝噎。

短短一瞬间，绿姬敛了伤怀之色，抬眼望着苍天，幽幽道："大卜一脉行事自有道理，管大夫也不要着急。这第三个问题，事关你百年名声。若你就此带着你的人离开此地，我便不再追问。如若不然，经此一问，管大夫名节扫地，为天下人所唾弃，只怕你口中的千古伟业便成无稽之谈了。"

管仲自诩坦坦荡荡，一心为齐，哪里会吃绿姬这一套。他昂起骄傲的头对绿姬道："姑娘只管问，管某愿闻其详。"

绿姬莞尔一笑，眸中却闪着寒光："管大夫，鲁公姬同人品如何，世人皆知。即便管大夫满口大仁大义，鲁公也定不会押上身家性命，乖乖送上十万大军任你差遣。不知管大夫究竟许给鲁公多少座齐国城池，才引得鲁公倾其所有，助你一战？"

此言一出，两方皆一片哗然。小白怒发冲冠，反手一挥，将青铜刃直指管仲；公子纠满面失望，眸色冷若寒冰，偏头过去，不愿正眼相视。

眼见自己已成众矢之的，管仲非但没有丝毫忌惮，反而朗声笑了起来。

小白跨步上前，将绿姬挡在身后，冷眼看着眼前大笑的管仲，欲伺机而动。

管仲笑够了，拱手对绿姬道："大卜一脉，神机妙算，管某敬服。只是舍而为得，不舍不得，你们如何会懂；千古功过，孰是孰非，又岂能在眼下臆断。此事不必多言，既然公子小白不愿让位，那便莫怪管某不客气了！”

管仲将身后的大弓扯到身前，大力挽弓，向天射出一支黑羽箭，利箭携着竹哨，呼啸着扶摇而上，直破天幕。小白心中大叫糟糕，对策未及宣之于口，但见平地尽头，鲁军百辆战车整齐列阵，卷土而来。

小白蹙着眉，颇有几分自嘲：千算万算，带着商队抄小路攀山，不想竟撞上了鲁公修葺的栈道。管仲从栈道上策马疾行，轻而易举便追上了他们，更糟的是，百乘之军听到管仲放出的信号，包抄而来，气势如虹，震得整个泰山隆隆作响，这次小白等人只怕插翅也难逃了。

管仲趁众人错愕之际，快速跨上战马，向鲁军所在的方位奔去。小白赶忙取过隰朋手中的大弓，一箭射出，却还是迟了一步，白羽箭射穿了管仲的头盔，却未能伤其要害。

管仲到达鲁军中，便亲自挥舞起令旗，百乘之军随令而动，蹬车弯弓，动作整齐划一，气魄骇人。顷刻间，千百支利箭破风而来，小白等人忙挥动着手中的兵器挡箭。

隰朋雇的武者敌不过万箭齐发，一个接一个倒下。公子纠迅速翻身下马，带领大兴一道加入挡箭的队伍中。

公子纠牵着“疾如风”退到小白身侧，一边挡箭一边道：“我掩护你们，你带着绿姬速向岱关撤离。过了岱关，便是齐国境地了！”

忽有一箭飞射向绿姬，小白忙挥刀挡箭，公子纠也不顾一切跨步上前，用铜剑为绿姬挥箭，兄弟二人短兵相接，金鸣铿锵，差点撞出火星来。

管仲一见公子纠不惜以身犯险，冒死救小白和绿姬，忙挥动旗子，命令鲁军战车停止射箭，趁小白这边慌乱之际，迅速向他们逼近。

小白思虑片刻，对身侧的公子纠道：“鲁军人多势众，管仲又志在必得，你如何抵挡得住？若是真心助我，便帮我将绿姬安全送回齐国。我答允过大卜，豁出性命也要护她周全。”

绿姬转回身子，抱着小白的臂膀摇头道：“不，我不走，无论碧落黄泉，我们死生都要在一起。”

情形万分危险，小白已做好了战死的准备，他心中清楚，这世上除了自己，最爱绿姬之人必是公子纠，将绿姬托付给公子纠，实在是万般无奈下的权宜之计。若是自己能熬过这场浩劫，平安而还自然最好，如若不能，有公子纠照顾绿姬，想来管仲也不敢将她怎样。

管仲的大军近在眼前，情势越来越急迫，这样拖下去，他们必死无疑，可方才将绿姬推至纠身侧，似乎已耗尽了小白全部的气力，看着势不可挡的鲁军战车滚滚而来，小白心中陡然升起一股无力感。

公子纠也出言否定了小白的想法：“你这痴子，有兄长在侧，我师父心中尚有忌惮，若我走了，他们毫无畏惧，你又如何能够脱险？”

隰朋几眼便看穿了他们三人的情感纠葛，权衡利弊后开口道：“朋以为，管大夫知道君上与公子有兄弟之义，对君夫人有伉俪之情，多有掣肘，才会如此变本加厉。公子带绿姬姑娘翻山向上走，管大夫摸不清我们的用意，便会注意力分散，朋趁此机会带君上钻进道旁的密林丛中，鲁军的战车进不去林子，战斗力必然成倍削减，这样，我们反倒多了几分胜算！”

眼见鲁军的战车渐渐逼近，公子纠只得点头答允。“眼下别无他法，隰大夫，务必保护好君上。”他又对身侧的大兴道，“你留下，一定要护得小白周全！”

公子纠翻身上马，欲接绿姬。可绿姬连连后退，不住摇头道：“不！我不能跟他分开！”

小白心中大恸，却不得不挥泪决断，一把将绿姬拉进怀中，抬手击打她颈后的风池穴，绿姬身子一僵，软在了小白怀中。

那日在鲁宫中，为了保命，公子纠亲手将绿姬交给小白，求小白将绿姬带走。今日小白终能体会那日公子纠心头的痛楚与不舍，小白不忍再看昏迷中的绿姬，垂着头将她瘦弱的身子递给马上的公子纠，颤声道："快走。"

公子纠还有话嘱咐小白，可百乘之军已至眼前，战车上兵士们盔甲的纹路已清晰可见。他不再多言，带着绿姬向岱关方向疾驰而去。

公子纠驾着"疾如风"，环抱着绿姬疾驰在半山腰的山路上，一侧是万仞高山，另一侧是荆棘密布。

绿姬虽被小白敲昏，身为大卜一脉的灵识却是清醒的，心中挂念小白的绿姬拼尽全力强逼自己醒过来，眼下却只有一方崎岖不平的山路，不见方才的刀光箭雨，更不见小白的身影。

绿姬心急如焚，回望山下，只见小白正骑着大兴的犬戎驹，在乱阵中左冲右突。无情箭雨簌簌而下，小白苦苦挣扎，却无破阵之力。远远望去，他的身影在乱军之中显得渺小又无助，让绿姬无比担忧。

绿姬欲跳下"疾如风"赶回小白身侧，她一把拉住缰绳，"疾如风"一惊，腿一软，偏向了一侧的荆棘丛中。

公子纠显然没想到绿姬竟这样快醒了过来，赶忙拉缰绳。"疾如风"踩进了荆棘丛，被刺得生疼，扬蹄嘶鸣间越偏越远，足下的方丈之地陡然下陷，公子纠这才看清，茂密的荆棘下掩盖着壁立千仞、无所依傍的百丈悬崖。公子纠全力拉缰，"疾如风"奋蹄一蹬，前蹄已踏上安稳的土地，后蹄却踏得足下之地一举崩塌。公子纠和绿姬皆大惊失色，连人带马坠下了百丈深渊。

不知过了多久，昏迷中的绿姬幽幽转醒，周身传来阵阵剧痛，绿姬发现自己正双脚腾空，悬于半空，而固定自己未摔下悬崖的，只有公子纠紧紧抱住自己的一双手。公子纠挂在悬崖峭壁探出的一棵怪松上，摇摇欲坠，双眼紧盯着绿姬，看她醒了，方舒出一口气，眼中充斥的居然是欣慰之意，根本不承想自己正处在危机之中。

绿姬不敢抬眼看近在咫尺的公子纠，更不敢看他的眼神。不知何时起，他的一颦一笑、一喜一嗔不再令她心动，却隐隐地让她心痛不已。

眼下这情况如同一方死局，两人只能挂在这悬崖峭壁之上，别无他解。

可神明却似乎不愿给他们丝毫喘息的机会，怪松的根部突然发出咔嚓咔嚓的声响，绿姬抬起眼，惊恐地看着树根正一点一点从峭壁石缝中脱落出来。

公子纠四处寻望，急欲找到另一棵足以供他与绿姬栖身的大树，谁知还未寻到目标，只听得一声碎金裂玉般的巨响，怪松的树根陡然折断，绿姬与公子纠猛然坠了下去。

下坠过程中，公子纠不得不松开了环着绿姬的手，一只手慌乱间紧紧攀住了一棵大树，另一只手则牢牢地抓着绿姬的手腕，两人扯成一条直线，挂在山崖间，无比惊险。

山林间的大风从谷底盘旋而上，足下是万丈深渊，绿姬切实感受到无依无傍摇摇欲坠的恐怖，冷汗顷刻间将薄衫穿了个透。公子纠使出全力，一手紧紧攥着绿姬，另一手攀着遒劲的枝干，一向淡漠如水的俊脸上青筋暴起。

眼见这棵树也支撑不住两人的重量，绿姬急唤道：“公子，快松开我！”

公子纠却将绿姬拽得更紧，咬牙坚持着：“不……”

虬根发出令人毛骨悚然的吱呀声响，绿姬眼看那树根带着泥土和青苔缓缓从石缝中脱出，随时有断裂的可能。绿姬心一横，不再犹豫，单手从怀中掏出束发的簪子，重重地扎在了公子纠紧紧抓着自己的大手上。

公子纠手一颤，却没有如绿姬所愿将她松开，鲜血顺着他泛白的指节，缓缓流淌到绿姬的手臂。公子纠脸上的虚汗更加密集，双手颤抖得不能自持，却仍死死地拉住绿姬，手指如同嵌进了绿姬的手腕。

绿姬的眼泪夺眶而出：“公子这又是何必……”

公子纠喘着粗气，咬着牙一字一顿道：“我早已下定……决心，此生若有机会，再……不会放开你的手……”

话音才落，树根忽然断裂，绿姬和公子纠还未反应过来，便猛地失重，坠向谷底。公子纠将绿姬紧紧揽入怀中，两人四目相接，愁肠百转，各怀心事，准备迎接即将到来的生死之变。

第二十八章　曾经沧海

泰山半坡上，金鸣铿锵，战鼓擂擂，百乘之军从四面八方拥来，如狂风卷地。战车上，兵士们挽弓执矛，箭锋弩矢对准了风眼处的小白。

眼见破阵无法，小白命在旦夕，隰朋与大兴身处乱阵中，却挤不到小白身侧，两人万分心焦，却一筹莫展。

忽然间，身后盘旋曲折的山路传来一阵巨响，振聋发聩，惊得拉车的战马止了步，弯弓的射手失了准。众人循声望去，远远望见山体横断，巨石陨落，公子纠驾着“疾如风”带着绿姬，骏马奋力扬蹄，拼命挣扎，却仍坠落了山崖。

隰朋趁机溜到小白身侧，机敏地拉过小白的马缰，对一旁的大兴道：“我拉着君上跑，你负责挡住刀剑！”大兴点头答允，随隰朋护着小白，与管仲的百乘之军周旋。

眼见公子纠跌落山崖，鲁军大乱。隰朋迅速找到圆阵中最薄弱的一环，破阵而出，拉着小白的犬戎驹，带着大兴，一溜烟钻进了道旁的深林中。

管仲在战车上看到公子纠遇险那一幕，吓得三魂不见七魄。可公子小白要逃，他又怎能坐视不理。管仲犹豫了一瞬，大声下令道：“你们这一队，继续追杀公子小白，务必将其手刃。其余人跟我下谷，速速去救公子！”

隰朋对山路地势颇为熟悉，带着小白与大兴东奔西逃，不消片刻，便成功逃脱了鲁国军队的围追堵截。隰朋奔逃良久，早已没了气力，满身虚汗跌坐在地上，面颊潮红，大口喘着粗气。

眼见纠和绿姬在自己眼前坠落悬崖，小白惊得浑身颤抖，头脑发木。此刻回过神，小白哪里还顾得上隰朋与大兴，径自向山下跑去。

隰朋怎会看不出小白的意图，眼疾手快，牢牢抱住他的双腿道：“君……君上冷静……”

可小白根本不吃他这一套，奋力挣扎着：“如若跌下悬崖的是你的女人，你的兄长，你还能冷静吗？”

隰朋挨了几下踹，内心战战，几欲吐血，可他仍强忍着痛，抱着小白的双腿不撒手：“君上听臣一言！此地虽地势险峻，可那断崖向阳，雨水丰沛，树木丛生，又有宽河从崖下经过。朋曾做好打算，若不敌管仲，便带君上跳崖逃生。朋有十足把握，君夫人与公子纠一定性命无虞。”

久未开口的大兴出言附和：“这位大夫所说不假，方才我们公子坠落悬崖的瞬间，我听到树木折断的声响和扑通的落水声，却并没有听到直坠谷底的闷响声。”

大兴是犬戎人，嗅觉听觉异常灵敏，而且他是公子纠的内侍，与公子纠主仆情深。见他毫不慌乱，看来隰朋所言不虚，小白冷静了几分，说道：“就算绿姬与纠性命无虞，受伤却在所难免，我们得赶快去救。隰朋，崖下宽河流向何处？水深如何？”

隰朋见小白恢复了理智，松了口气，回道：“此河流向与众不同，乃是依靠山势，自东向西。管大夫乘着战车从东边下山，必会绕远。我们从西边小路下去，应当很快便能寻到君夫人和公子纠。”

小白点点头：“如此甚好，我们便即刻下山救人吧！”

悬崖下，公子纠紧紧环抱着绿姬，直直坠入了深秋冰冷刺骨的河水中。公子纠赶忙闭气，放松身子，双手拉着绿姬，借着浮力欲向河面浮起。

伴着一声水响，公子纠将头探出河面，又使巧劲将绿姬的脑袋托出，公子纠一手环着绿姬，一手快速划水，奋力向岸边游去。

不远处传来一声咴叫，只见方才坠落悬崖的“疾如风”正站在岸边，抖搂着湿乎乎的毛发，踏着四蹄，焦急地望着他们，油亮的皮毛间虽有擦伤，却性命无虞。

公子纠拖着绿姬游至岸边，却因气力消耗太多，未能如愿上岸。“疾如风”赶忙上前，探出前蹄踩在礁石上，用马嘴紧紧叼住公子纠的衣袂，连拉带拽将他和绿姬拖上了岸。

右手的伤口仍在不住地流血，公子纠却顾不上自己，挣扎着起身查看绿姬的情况。绿姬已陷入昏迷，好在没有呛水，呼吸平顺，只是周身滚烫，面色苍白，想来是受了冰河中的寒气侵体。

公子纠看天色渐黑，想着绿姬与“疾如风”都受了伤，受不了长途颠簸。权衡利弊之后，公子纠决定在这山林间寻一落脚之处过夜，等明日天亮后，再作打算。

公子纠踉跄起身，使出全力抱起绿姬，将她瘦弱的身子放在“疾如风”的脊背上，牵起缰绳，跌撞前行。

夹谷中，冷风徐徐，重峦叠嶂遮天蔽日。公子纠望着远近高低错落有致的山头，不知今夜究竟能在何处落脚，更不知小白与管仲这一役胜负如何，他不由得一声长叹，俊眉深拧，一筹莫展。

隰朋带着小白与大兴抄近道走小路，以极快的速度下到谷底，只见霜花烂漫碧水潺潺，却不见绿姬与纠的身影。

小白顷刻间变了脸色，眯着眼质问隰朋：“你不是说他们肯定没事？怎么河里岸边树上都不见踪影？会不会被管仲的人捷足先登抓走了？”

隰朋一时也没了头绪，正支支吾吾，忽见一旁的大兴突然匍匐在地，如猎犬般嗅个不住。小白与隰朋皆闭了口，停了争执，对视一眼，猜测大兴应当有所发现。

片刻后，大兴站起身，拱手回道：“此地有‘疾如风’的气味，这一串串水印子，应当就是它留下的，我们顺着去找，应当很快就能找到公子。”

泰山北麓的岩洞内，公子纠把月白色的外衣在地上铺好，而后将绿姬瘦弱的身子从马上抱下，小心翼翼地放在铺好的衣物上。

绿姬仍在昏迷中，小手却紧紧地握着拳。公子纠以为她是因为坠落悬崖紧张害怕才会如此，想要帮她舒展开小手，却意外发现她手心中牢牢握着的，是当初自己送她的那块佩玉。

公子纠愣了许久，不知该喜还是该忧，他重重叹了口气，伸手探向绿姬光洁的额头，却被她额上传来的炙热烫得瞬间缩了手。

绿姬高烧不退，衣物全湿，如此拖延下去，肺胸受损，落下病根可如何了得？想到这里，公子纠忙站起身，快步向岩洞口走去。

不多时，公子纠便抱着一堆柴草返回了洞中。见绿姬在昏迷中瑟瑟发抖，面色苍白缩成一团，公子纠赶忙将柴火堆好，拿起火石狠命打了几下，火石间擦出星点火光，却转瞬即逝，根本不足以点燃柴草。

公子纠挽起宽袖，狠命摩擦着火石，不消片刻便磨了一手水泡。

眼见火石依旧无法引燃，公子纠拔出腰间的短剑，插在一块木柴上，狠命揉搓，希望能够钻木取火。可搓了大半晌，却仍无丝毫火气出现。公子纠不肯气馁，加倍用力，双手的水泡悉数磨破，脓血直流，木头终于冒出了黑烟。

公子纠如获至宝，不顾地面灰土呛口，伏下身来，用双手护住这来之不易的火苗，拼命吹气助燃，终于轰的一声，火苗蹿高，整个柴堆慢慢燃了起来，映得公子纠俊朗的面庞上一片堂皇。

公子纠忍着手心传来的阵阵生疼，扳过绿姬的小身子，紧紧地搂在怀中，拿出牛皮水袋，将净布濡湿，一点点地擦拭着她的薄唇。

岩洞外已是一片漆黑，隐隐能听见虎啸猿啼，公子纠将绿姬抱得更紧了，心中颇有几分庆幸：如若下坠时他两人磕碰到悬崖上的巨石，当场就会毙命；如果方才他没有点燃火堆，他二人今晚便极有可能葬身虎口。

好在现下一切皆是安稳的，唯一的变数只有绿姬的病情和小白的安危。公子纠望向岩洞外，眸色漆黑如夜，但愿熬过了今夜，一切能安稳如初；但愿小白能在隰朋与大兴的保护下，顺利脱险。

小白、隰朋与大兴顺着马蹄印走了大半晌，水印越来越浅，渐渐干涸，却仍没有寻到公子纠与绿姬的身影。

小白看向隰朋和大兴，见他们眼底的顾虑与自己如出一辙，蹙眉道：“罢了，天色已晚，我们先找个山洞栖身，明日一早再作打算吧。”

二人点头应允。小白不再多言，带着两人踩着乱石拾级而上，而他心中的忧虑与不安也恰如这漫山遍野的乱石，纷繁又恼人。

岩洞里，绿姬虽仍未退烧，周身的湿气却已被熊熊燃烧的篝火逼退，瘦弱的身子也不再瑟瑟发抖。

公子纠将她轻轻放在铺在泥地的外衣上，站起身，舒活舒活麻木的腿脚，而后慢步走到了洞口边“疾如风”的身侧。

阵阵夜风袭来，公子纠迎着风，幽幽吐了一口气，身子瞬间冷了下来，头脑也清醒了几分。

浑身上下阵阵剧痛，公子纠却咬牙强忍着，不欲为自己疗伤。即便绿姬高烧昏迷，公子纠也无法在她面前宽衣解带处理伤口，总觉得那样会唐突了她。

他无比珍视她，在意她，尊重她，才会将感情压抑着，克制着，收敛着。可他却唯独忘记了去理解绿姬的感受，理解她独在异乡的不安和惶惑，最终还是失去了她。

想到这里，公子纠心如刀绞，满面颓然。无论他如何要求自己，如何压抑自己，心底那隐隐的欲求仍在蠢蠢欲动，那份真挚的情感仍在挣扎叫嚣，没有一刻停止过。

正当公子纠心事重重之时，忽听远处隐隐传来熟悉的声音："快看！那边的洞里有火光！"

紧接着，小白、隰朋和大兴便从洞前的荆棘丛中钻了出来。大兴见是公子纠，立即冲上前，喜道："公子！竟然是你！"

见公子纠安然无恙，小白眼前一亮，速速迎了上去。公子纠看到小白，方欲开口，谁知小白却与他擦身而过，快步蹿入洞内。

熊熊篝火旁，绿姬昏厥在地，不省人事。小白吓坏了，赶忙上前去，抱起她瘦削的身子，不住轻晃着："小绿，小绿……"

公子纠与大兴、隰朋一同进了岩洞，对小白解释道："我与绿姬姑娘跌落悬崖，落入水中，她受了风寒，高热不退，恐怕需速去就医。"

听了这话，隰朋接口道："朋略通医理，愿为君上分忧。君夫人这症状，乃是受了风寒，用针石医治便可。朋随身带有针石，洞内又有火，可为君夫人炙疗。只是针灸要扎穴道，虽只在双臂上，仍恐有不便，还请君上定夺。"

在小白心中哪有什么事比绿姬的身体更要紧？没有丝毫犹豫，小白一口答允下来，抱起绿姬欲帮她挽袖，却无意间看到她手心里紧紧攥着的佩玉穗子。小白手上的动作瞬间凝滞，心像是被谁大力一揪，面色灰黄如土。

第二十九章　子兴视夜

月落乌啼，霜华满地，绵亘千里的崇山峻岭蜷缩在一片黑寂里，唯有半山上这小小的岩洞内篝火熊熊。

大夫隰朋跪在篝火旁，将随身的麻布包袱缓缓展开，小心翼翼地平铺在地。包袱中满是芒针艾草疮膏和各类丹药。

一切准备妥当后，隰朋躬身垂首，只等小白卷起绿姬的袖笼，露出穴位，他便可以下针点穴，为绿姬疗伤。

可隰朋左等右等，却只见小白僵直着身子，抱着绿姬发愣。眼见芒针要冷，隰朋不得不小声出言提点道：“君上，这……”

小白闻声回过神，面色异常难看，双眸星光暗淡，只沉默地将绿姬的袖笼挽起，露出纤细白嫩的手臂，对隰朋道：“即刻为我夫人治病吧。”

无论平日里头脑多冷静，一旦遇到绿姬的事，小白便失了分寸，此时刻意将“夫人”两字咬得极重，反倒露怯。

果然，公子纠闻言，轻轻一笑，眉眼间既有几分无奈，又有几分宠溺。

思绪飘回到十余年前，那时候他们兄弟二人虽年幼，却都不爱金玉美饰，不爱珍馐美食，唯独爱极了刀枪剑戟。每当有切石如泥、吹毛断刃的兵器赏赐下来，小白都会跟公子纠抢，又哭又闹不住耍赖，非要把兵器据为己有不可。

公子纠身为兄长，自然要让着小白，时常忍痛割爱。可他毕竟也是个孩子，内心怎会不煎熬？不愿与小白争执，公子纠常常独自躲在寝殿内，假借读书避世。

待小白察觉出公子纠的情绪，只觉万分懊悔，小小的人儿蹒跚到公子纠的寝殿，一口一个“兄长”叫着，将抢来的兵器还给他，耍宝逗趣，费尽心思哄他开心。

公子纠又哪会真生小白的气，兄弟二人即刻讲和，言笑晏晏，一同把玩着兵器，亲近如初，毫无嫌隙。

公子纠从回忆转回现实，望着紧紧搂着绿姬的小白，眉眼间的笑意戛然而止：此次不比从前，他们兄弟之间的分歧与矛盾，早已不是儿时的亲昵所能够化解的。

想到这里，公子纠站起身，独自走向洞口，捋着“疾如风”的鬃毛，佯装为它检查伤势，借以掩饰内心的波澜起伏。

洞内，隰朋看小白青着个脸，不禁如履薄冰。手中的芒针从太渊穴起，顺着绿姬纤细的胳臂向肩井穴扎去，却没有一针扎得准。

隰朋颤着手，将芒针插了拔，拔了插，不消片刻便惹恼了小白。小白一把将满头大汗的隰朋推开，不悦道：“你到底会不会扎，拿我夫人练手吗？”

隰朋赶忙匍匐在地：“臣的确略通医理，也专门练过针石之术，只是，只是君上在旁看着臣下针，臣……”

洞口处的公子纠回过身，淡淡开口道：“小白，医者行医应当心无旁骛，你待在那里，令他徒增压力，如何使得？我们都出洞去吧，让隰大夫安心下针。”

小白想了想，深觉公子纠所言不错。无论如何，现下最紧要的是给绿姬治病。既有大兴在这里帮忙，自己又守在洞口，便没有什么不放心的。小白粗糙的大手无比温柔地拂过绿姬的小脸，起身走出了岩洞。

岩洞外，公子纠立在荆棘丛旁，迎着清冷的月光吹着竹篪。竹篪发出呜呜咽咽的声响，声声吹彻云山翠，异常动人。

面前荆棘丛生，身后万丈深渊，公子纠立在此间，却镇定自若，淡然如水。

他在鲁国的处境也一如此时，似乎无论战或和，输或赢，都不是他想要的。他就这样夹在师徒之情与兄弟之义间，左右为难，进退失据。

小白看着形单影只的公子纠，心里颇不是滋味，阔步上前去，嘴里却挤出了一句："别瞎吹了，若把管仲引来如何了得？"

公子纠闻言，放下了手中的竹篪，悠扬的乐声戛然而止。他淡淡一笑，一丝不苟地用绢帕拭净竹篪的吹口，而后将它收在了贴身的内兜中，侧身对小白道："你不必担心，我师父若是过来，肯定会有响动，大兴听觉奇佳，会提醒我们的。"

小白这话听起来像是怀疑公子纠在向管仲发信号一般，所幸公子纠并未介意。

经历过争位、夺爱、误会等事后，兄弟二人再度相见，自然不像从前那般亲近自然，小白讪讪道："你怎么知道我们在这里，特来相救？"

这话仿若在质问公子纠是否与管仲串通一气，假意相救。

公子纠仍不以为意，回道："听闻我师父派出刺客，我与大兴连夜赶去了朝歌。只见刺客曝尸荒野，却未寻到你与绿姬姑娘的身影。我猜测你们会去洛阳，便追了过去，谁知我们才到，你们却已返程。好在遇见了大卜，为我指点迷津，让我来泰山找你们。"

小白点点头："原来大卜早已掐算出，管仲会在泰山之下设伏，特意指点你来救我们。”

公子纠一声轻叹，望着黑暗中的群山，没接小白的话。

小白眉头一蹙，语调沉了几分：“我再叫你一声兄长，希望你能看在齐国百姓的分上，劝劝你师父，莫要勾结他国，做出这招人唾骂的龌龊事来。”

公子纠眸色一亮，嘴角轻扬，偏头望向小白：“能听你再叫一声兄长，为兄当真十分欣慰。只是眼下这一战，避无可避，绝非我一己之力能够左右。”

小白听纠如是说，困惑不已：“我真是看不懂你们师徒两个，你师父要杀我，你却要救我；你师父要为你夺位，你却不看重君位；你师父要战，你明明不想战，却又说不得不战。你们到底要做什么？”

公子纠正过身子，直视着小白，如月色般清亮的双眸中满是恳切：“小白，无论战或不战，孰胜孰败，为兄都不在意这国君之位。为兄只有一个请求：我师父管夷吾，虽手段凌厉，却实在有治国之才，可助你……”

公子纠话未说完，小白就冷笑着打断：“治国之才？这样的人，哪怕他有天大的才能，也不堪重用。若是他现在罢手，不再与鲁公勾结，我尚能饶他死罪；若他仍固执己见，不愿回头，待他日兵戎相见时，我定要将他碎尸万段！”

公子纠摇摇头，苦口婆心劝道：“小白，你眼下需要做的，就是全力备战，除此之外，寄希望于他人妥协，无异于白日做梦。你已是一国之君了，应该知道，有些事，不得不做；有些仗，不得不打。”

“不得不打？”小白抬高了语调，怒不可遏，“说得轻巧！你可知道，这一战会有多少齐国子民战死沙场？若是我输了，身死犹不足惜，可你师父允了鲁公，如若战胜，便以城池相赠。齐国的一城一池，一草一木，皆是祖宗基业，岂能拱手让人？管仲身为齐国大夫，其心可诛！而我数万齐人又怎能背负国恩，改姓为鲁！”

公子纠冷着脸，对小白道：“既然身为君主，便要有身为君主的决策。无论是战是和，都要你自己一力承担。你如今跟我说这些究竟何意？在兄长这里撒娇混闹，想借此退兵？”

小白气不打一处来，口不择言：“罢了，我竟然忘了，曲阜城外，你能下狠手射杀流民，又哪里会顾惜齐国子民的性命？”

公子纠面色一凛：“这件事你似乎特别在意，总以此相讽。既然你觉得自己占尽天理，今日我便以兄长的身份问你：你如此看重齐国子民，为何在大战前，不悉心备战，反倒置自己的性命与齐国百万民众于不顾，跑出临淄去？再者，你总是摆出一副对绿姬姑娘一往情深的样子，却为何总带她身涉险境，让她数度三番有性命之忧？小白，你已经不是个孩子了，做事不要太任性……”

小白说的话未惹恼公子纠，却被公子纠反口一呛，他气得一把拉住公子纠的衣襟，怒道：“我问心无愧，我所做的一切都是为着齐国百姓，都是为着小绿，你……”

公子纠被小白狠命一拉，一个踉跄未站稳，几欲摔倒。小白觉察出公子纠很不对劲，忙撒开手，只见公子纠摇摇晃晃，单手抚着胸，大口喘着粗气，豆大的汗珠从额角渗出，在月色下清晰可见。

小白上前扶住公子纠，担心不已：“你这是怎么了？可是受伤了？”

公子纠摆摆手，示意自己没事，可钻心的痛楚从前胸后背传来，他咬着牙，薄唇间一个字也挤不出。

半晌后，痛感消散，公子纠逐渐恢复了平静。望着小白忧心忡忡的样子，公子纠轻轻一笑：“不必担心，下午从悬崖上跌落时，身上擦伤了几处，都是小伤，不碍事的。”

小白急道：“怎么能硬扛着呢？一会儿隰朋给小绿扎完，让他也给你看看吧……”

两人正说起隰朋，隰朋便兴高采烈地从山洞里蹿了出来。虽无比亢奋，却不失礼数地对小白躬身一礼，喜道：“君上，君夫人退烧了，虽还未彻底清醒，嘴里却嘟嘟囔囔叫人呢……”

小白与公子纠闻言，对视一眼，快步跑向了山洞。

昏黄的火光旁，绿姬仍睡着，蹙着眉，饱满的额上尽是虚汗。

小白快步上前，看到睡梦中的绿姬蹙着眉，睡得极不安稳，小嘴一张一翕轻轻呢喃着，似乎在说着什么。

小白俯身凑上前，屏息静听，只听得绿姬的小嘴断断续续在唤着：“公……公子……”

如蒙当头棒喝，小白一愣，血液凝滞，身子冷了一大半。

一侧的公子纠不解小白为何面色如此难看，问道：“绿姬姑娘在说什么？”

小白直起身，僵笑道：“她，在叫你呢。”

公子纠却无半点惊喜之色，面色淡漠：“她恐怕只记得我们挂在悬崖上的事，还一直悬着心。”

公子纠所言有理，可小白仍无法直面这轻如蚊蚋却声声敲击耳鼓的呼喊声，他挣扎着站起身，冷声对隰朋道：“公子受伤了，给他治一下。”而后三步并作两步，走出了岩洞。

夜未央，万仞高山遮天蔽月，星光暗淡。

宽广绵亘的群山被黑暗吞噬，失了形状，徒剩下一眼望不到尽头的黑影。小白的心也如同这黑影一般，黯然无生气。

岩洞内，隰朋拿出包袱中的疮膏，欲为公子纠疗伤。可公子纠不愿宽衣擦药，只肯让隰朋帮他处理下手背上的伤口。

隰朋查看了伤口后，满心好奇：“公子这伤是如何来的？不像是跌打剐蹭的，倒像是利器扎伤的。”

公子纠沉默了片刻，回道：“簪子扎伤的。”

隰朋一愣，旋即一副了然的神色，不再追问，耐心细致地为公子纠涂药。片刻后，隰朋拿出布条要为公子纠包扎：“幸亏我带了这疮膏来，不但能为公子止血，还能避免留疤呢。”

谁知公子纠闻言，却一把抓住了隰朋准备为他包扎伤口的布条。

隰朋满面茫然，诧异道：“公子，这……”

公子纠凄然一笑，低声道：“无妨，留个疤，也好。”

隰朋薄唇颤了几颤，轻轻点了点头，躬身接过了公子纠手中的布条。

小白靠在洞口，将这一席话听得一清二楚，心中滋味异常复杂，绝非言辞可以描述。

头顶的一方天空不知何时变作了黛色，小白眯眼望着天，猜测朝阳已在群山的尽头缓缓升起了。

管仲率部在泰山中转了一夜，却未寻见公子纠的一丝踪迹。百乘之军早已口干舌燥、精疲力竭。

管仲思量片刻后，挺身登高，站在车衡上，举起铜剑，声如洪钟：“撤！”

一旁驾车的士兵颇感意外：“大夫，还未找到公子，我们……”

管仲轻笑一声，回道：“既然没死，就等他自己回来吧，我们回曲阜。”

兵士们面面相觑，不理解管仲为何不担心公子纠会被齐国新君所俘，却也不敢多问，纷纷掉转马头，向泰山山阴的曲阜城驶去。

天大亮后，绿姬终于醒了过来。

记忆还停留在昨日命悬一线的山林间，今日醒来，看到小白与公子纠等人皆安然无恙，绿姬终于放下了心，苍白的脸上露出了一丝笑意。

小白生恐夜长梦多，即刻要启程回临淄，公子纠也要带大兴回曲阜。兄弟二人没再交谈，却都在担心着即将到来的齐鲁之战。

他们依旧是兄弟，却不得不拔刀相向。就像那几个王室宗亲诸侯国，分明是互相征伐，交兵前两国国君却要先下战车，按辈分认亲，寒暄一番后，再拼个你死我活。既有“礼”在，又有“利”争，实在奇怪。

众人一道下了山，跋涉良久走到大路上，就要分道扬镳。谁知绿姬忽然上前，对公子纠道：“能否借一步说话，我有事……要单独跟公子说。”

公子纠颇感意外，却不失君子风范，含笑道：“好，那我们便去林子里谈吧。”

比公子纠更加震惊的是小白，小白拉住欲随公子纠进林子的绿姬，俊脸黑得像林里的乌鸦。

绿姬反握住小白的手，笑道：“等我一下，很快就回来。”

小白只得放开手，望着绿姬与纠远去的身影，联想到她昏迷时手中紧握的佩玉和口中呢喃的名字，心乱如麻。

大卜已将绿姬许配给他，他们两人间又怎能有秘密存在，小白欲跟进林中，听听绿姬究竟有什么话要对公子纠说。

隰朋看出小白的焦躁，赶忙压着嗓子劝阻道：“君上，此事颇为微妙，万不可留人话柄哪。”

小白明白隰朋的意思，硬是将已迈出的步子收回，老老实实戳在原地等着，可心里的不甘和好奇如同化作了百万蝼蚁，一点点啃噬着他，令他焦虑不安、无比煎熬。

第三十章 鸿雁于飞

羊肠小道顺着寒潭，依着青山，绵亘曲折，一头接着齐国，一端伸向鲁国。

小道旁的树林间，寒蝉凄切，衰草迷离。绿姬垂着眼，快速从内兜中掏出佩玉，递给面前的公子纠："这块佩玉是公子母亲留下的，异常珍贵，小绿一直揣在怀中，无比爱惜，生恐有丝毫闪失。今日既有缘在此地相见，便趁此机会，原物奉还公子。"

公子纠看着绿姬的手和日光下盈盈透亮的佩玉，轻蹙了一下眉头，却未伸手去接。

绿姬举着佩玉，半晌后，见公子纠仍没有伸手接过佩玉的意思，绿姬抬起眼，轻叹道："公子……"

虽已做好了心理准备，可在对上公子纠双眸的这一刻，绿姬仍是美目一颤，无比仓皇，不自然地移开了视线。

与她想象中不一样，公子纠眼底没有一丝怨怒，没有一丝气恼，只有几分若有若无的哀伤，凝结在漆黑如夜的瞳仁上，灿如琥珀。

绿姬的心猛地一痛，时光仿若随着西风倒流，回到了数月前，在鲁宫中初见公子纠那一刻。

绿姬在这样的目光下无处遁形，只觉心如刀绞，自省眼前此举，是如此残忍，又如此不近人情。

公子纠觉察出绿姬的不安，收敛了伤怀之色，伸出骨节分明的手，包住了绿姬的小手："送出去的东西，哪有收回的道理。还是让这佩玉跟着姑娘吧，也算是个念想。"

手心里是佩玉传来的微凉，手背却被公子纠温热的掌心包裹着，绿姬极不自在，想要将手抽出，却又怕动作太大令公子纠难堪，所幸公子纠自己撤了手。

绿姬松了口气，攥着佩玉的手心里满是细汗，她嗫嚅道："公子所言不错，可这东西对绿姬而言，已没有意义了，而对公子却十分重要。公子若要留念，还是自己留着的好……"

绿姬表面说的是这块玉，实际指的却是那段情。公子纠怎会听不出绿姬的弦外之音，嘴角仍挂着温润的笑，眸中却添了两分清苦。

绿姬所说不错，现在仍沦陷在那段情中的，只有他一人。对于绿姬而言，那些曾经早已成了过眼云烟。可公子纠却始终不愿抽身而出，依然沉沦在那些不复存在的温暖里，甘之如饴。

此一去，再见面不知会是何时，公子纠犹豫再三，开口说道："有些话，明知道说出来也没什么意义，却又怕此生再没有见到姑娘的机会了。"

绿姬一蹙眉，僵笑着劝慰道："公子不要这么说，我想无论齐鲁之战孰胜孰败，公子和小白都不会兄弟相残。"

朝思暮想的姑娘近在眼前，公子纠清晰地听到心底尘封的情感正喧嚣着，怒吼着，气吞山河。可他压抑着，克制着，面色如常，波澜不惊："不会兄弟相残，不会有性命之忧，可若是被圈禁拘役，便会生不如死。何况于我而言，没了兄弟之义，绝了对姑娘的情愫，我早已将生死置之度外了。"

公子纠这一席话看似简简单单，却又暗含着无尽的无助与惶惑。绿姬不敢往深处想，却忍不住喉头发紧：“公子不要这样想，小白不善言辞，可他心里没有一刻不惦记着公子。当初他以为，是公子下令让管仲杀他，小白嘴上虽然不说，心里却十分难过。”

公子纠淡淡一笑：“兄弟之情，血浓于水，我一直相信，小白终有一日会知道真相，也会理解兄长的良苦用心。即便不知道，我亦自诩问心无愧，坦坦荡荡。我平生只有一件悔事，那便是鲁宫夜宴当晚，得知姑娘对我的心意后，没有带你远走高飞，而是送你去了莒国。若是能重来一次，即便鲁公拔刀相向，我也绝不会让你离我而去。”

听了纠这话，绿姬脑中浮现出他二人远走高飞，醉心山水，不问世事的画卷。可即便公子纠顶住压力，带她远走高飞，绿姬就真的能放下寻找盖世英雄的愿望，与公子纠一走了之吗？

鼻尖酸涩，视线模糊，有泪盈于睫，绿姬心头百转千回：既是有缘无分，造化弄人，他们两人间的阴差阳错，又怎能让公子纠一人承担？绿姬心一横，刻意将声音压得低沉又平稳：“若是真能重来一次，我宁愿从未遇见过公子。”

林间蝉鸣鸟叫，安乐如初，可公子纠的世界却随着绿姬这短短的一句话，地崩山摧。

从绿姬选了小白那一刻起，公子纠就没再指望过她会回到自己身边。可他没想到，这一次，绿姬不仅回绝了他们的今后，还否定了他们的曾经。

那些在他看来直至海枯石烂都难以忘怀的记忆，竟只是绿姬不堪回首的过往。公子纠再也忍不住，眼眶一红，满面颓唐。

绿姬明知此举异常残忍，却又不得不做，此刻若不挥泪断情，以公子纠的性子，谁知他究竟何年何月才能真正释怀。

一不做二不休，绿姬不看公子纠，压着心底的痛楚，垂头迅速拉过公子纠的手，将手中的佩玉塞进了他的手心里。

不给公子纠开口的机会，绿姬抢先说道：“公子为小绿做的一切，小绿铭感于心。只是这佩玉于公子意义特殊，非比寻常，小绿实不敢承受。愿公子他日能觅得配得上拥有它的人……”

杜鹃啼血，声声椎心，打破了林间的寂静，令闻声之人无不断肠。

公了纠望着手中青白相间的美下，凄然一笑，轻轻捏起佩玉上的细绳，他上前半步，抬手又将佩玉挂在了绿姬纤细的脖颈上。

清眸痴痴地锁着眼前袅娜的身影，公子纠将眼底的苦涩全部敛藏，漆黑如夜的双眸散发出温暖和缓的光：“我为姑娘做的一切，都是我心甘情愿的，从未指望过姑娘回报。姑娘记得也好，忘掉也罢，权当此物是远方旧友的一份惦念吧。姑娘若是心怀有愧，就答应我，务必与小白好好在一起，彼此珍惜。”

树林外，小白与隰朋站在寒潭边上等绿姬。水声浩大，距离又远，两人听不见绿姬与纠谈话的内容，却能清楚地看到他们的动作和神情。

当看到公子纠亲昵地为绿姬戴上佩玉时，隰朋偷眼看向小白，却意外见小白没有丝毫妒意，只有满面伤怀。

小白转过身，不去看林中的公子纠和绿姬，径自顺着羊肠小道，向北坡方向走去。

隰朋惶恐又不解，赶忙追上：“君上……”

走出几步开外，小白背对着树林驻步，眸中的伤怀之色比泰山中的秋意更浓。

公子纠望着树林外小白远走的身影，笑对一脸踌躇的绿姬道：“快走吧，天色不早了，再不出发，你们就没法在天黑前赶回临淄城了。”

公子纠话已至此，绿姬拗不过他，只好收下这佩玉。可她心头仍有疑惑未解，没有挪步，犹豫问道：“公子……若是齐鲁之战，你胜了，是否会杀小白？”

公子纠偏过头，望着小白的背影，回道：“若是同样的话问小白，你猜他会怎么答？”

绿姬虽然一直很想问小白，却从来没敢问过。公子纠看穿了绿姬的为难，却仍不肯正面回答她，轻轻一笑道：“小白的答案，便是我的答案。”

语罢，公子纠甩甩衣摆，向树林外走去。林子外的大兴见公子纠出来了，忙牵着“疾如风”上前相迎。

绿姬也不再耽搁，回头望见小白和隰朋站在远处的岔道口等她，忙快步赶了过去。

路口的小白听到脚步声，便侧过身，拉住绿姬的手，却没看她，而是回身望着远处马上的公子纠，嚅动了几下薄唇，仿若有千言万语卡在喉头，却也只喊出了一句：“保重。”

公子纠扬了扬马鞭，算作回应，而后掉转马头，带着大兴，策马向泰山南麓的鲁国驶去。

不消片刻，公子纠与大兴的身影就消失在了崇山峻岭间，小白回过身子，对绿姬和隰朋道：“我们也走吧，眼见要打仗了，还有许多事需要准备。”

隰朋听闻小白有这样的觉悟，异常感动，差点哭出声。此地距临淄城只剩大半日的路程，翻过泰山，便是齐国境地了，隰朋打起十二万分的精神，以太阳的方向进行定位，带着小白与绿姬向北边齐国的方向前进。

南坡半山栈道上，公子纠驾着“疾如风”，默默望着斗折如蛇般山路上那三个小小的黑点，视线又长又累。

在万仞高山面前，他们三人显得极其渺小，却承载着公子纠太多的担忧与不舍。

蜿蜒的山路十分耐走，一个多时辰后，小白、绿姬与隰朋才翻过眼前这山头，彻底消失在公子纠的视线中。

可公子纠仍杵着没动，任凭山风吹过，刮得周身冷飕飕的。

大兴轻唤道:“公子……”

公子纠回过神，压下心头的离愁别绪，挥动马鞭，驾着“疾如风”向曲阜城赶去。

青山隔送行，疏林不作美。“疾如风”四蹄遒劲，日行千里，可这一次，公子纠却希望它走得慢一点，再慢一点。转过南麓最后一道岭，山下的曲阜城隐隐可见，公子纠的心情也越发低落。

这是最后一次，他们以兄弟的身份见面。下次再见时，胜或败，生或死，又有谁能预知？自由身或是阶下囚，又有谁能改变？

隰朋带着小白和绿姬顺利翻过泰山，抵达齐国境内的般邑。此地距临淄已不足百里，可隰朋却不敢怠慢，先差了可靠的人，快马加鞭回宫报信，让鲍叔牙放心，又买了车马，亲自驾车，带着小白与绿姬，向临淄城驶去。

马车里，小白紧紧环着绿姬，回想着一路上的见闻。看到泰山半坡的那些鲁军战车，便知道管仲已能随意调遣部分鲁军为己所用。再联想到他们一路遇见的黑衣刺客和奇人异士，小白苦笑一下，暗自感叹管仲的手段高超，只怕这齐鲁之战的难度要远远超过自己的预想了。

绿姬望着眉头紧锁的小白，抬起小手揉了揉他的眉心:“干吗总皱着眉头，像管仲似的。”

小白刻意板着脸，佯装气恼，将她白皙脖颈上的佩玉往外一拉，唬道:“皱眉头？我现在还老实坐在这里就不错了，说，你和纠在林子里说什么了？这佩玉怎么又回到你这里了？”

绿姬斜了小白一眼，轻打了下他的手:“我以为你心眼儿有多大，竟然一直憋着没问，我和公子说……”

谁知小白一笑，又将绿姬的佩玉掖了回去:“不必说什么，纠是我兄长，我信得过他。这佩玉成色不错，估摸着价值连城。既然给你了，便好生留着吧。”

绿姬瞪大了清潭般的眼眸，一脸难以置信："公子纠又不是今日才是你兄长，你怎么忽然信得过他了？"

小白笑了笑，未回答绿姬的问题："这一出门，竟出了一个多月，也不知道我师父他们备战得如何了。"

绿姬莞尔而笑："鲍大夫准备得如何我实在不知，只是我看你那日遇见管仲，明明危险至极九死一生，可你却目露精光，一副兴奋不已的样子。你跟我说说，到底想出了什么鬼主意，还是发现了什么破绽？"

小白面露得意之色："知我者，夫人也。我若没点筹谋，如何能做一国之君。不过两国交兵需格外谨慎，我虽暂未想出克敌制胜之法，但却有些小的启发，不过要等回临淄后再议。"

绿姬推了小白一把，嘟着嘴道："此一去，兵没借到，也未能得到王上的允婚，你竟然还敢叫我夫人？"

小白一把将绿姬抱在怀中，箍得她动弹不得："借不到兵，不代表我就打不赢这一仗；王上允婚与否，我也根本不在乎，只要大卜答允了这门婚事就行了。只是有一件事我们务必要注意：王上未允婚之事，切不可在我师父那里走漏风声。"

绿姬瘪着小嘴回道："哪里是那么容易瞒得住的？你要娶我，怎会没有任何风吹草动，等那时候……"

"等那时候，娶都娶了，搞不好孩子都有了，还怕他们不成。"小白丝毫无羞耻之意，一脸理不直而气壮之色。

绿姬恼羞成怒，满脸通红："谁要跟你生孩子？"

小白赖笑着："现在说什么都晚了，逃也逃不掉了，等我打完这一仗，即刻就娶你。"

绿姬推拉不过小白，只得笑着认输："不闹了，还是安心筹谋齐鲁之战吧。经过前两日看，管仲已经与鲁公密切勾结，且拿到了兵权，这一仗着实难打。"

小白拍了拍绿姬的肩膀："你不必如此焦心，天塌下来还有我扛着，你大病初愈，又一路颠簸，好好靠在我身上睡一觉，过不了多久，就到临淄城了。”

绿姬确实感觉身子困乏，已有些撑不住，她乖乖靠在小白身上，随着马车晃动，不多时便进入了梦乡。

当绿姬再次醒来时，秋阳早已不知所终，一轮弦月高悬于天际。隰朋一丝不苟地驾着车，马蹄踏着青石板路，缓缓驶入了轩峻壮丽的齐王宫中。

深秋的夜晚，风格外冷，隰朋将马车停在正殿门口，掀开车帘，躬身请小白与绿姬下车。

绿姬原本还迷迷糊糊，随着小白下了马车后，被冷风一吹，瞬间就精神了起来。

夜已经深了，高台上的正殿内却仍是灯火通明。小白命隰朋先回家歇着，明日一早再来复命，而后便环抱着瑟瑟发抖的绿姬，拾级而上，向正殿走去。

才开正殿大门，便有一草履兜头掷了过来，小白忙将绿姬推开，自己却躲闪未及，被草履直直扇到了下巴。

这扑面而来的馊气似曾相识，小白怎会不知是谁如此大胆。只是他还未来得及拿出国君的威严，就看到正殿内，鲍叔牙赤着一只脚，单腿跳着，骂着：“好你个小崽子！老子不要命了，即便今日被你拉出去砍了，老子也要先打你个不辞而别！”

第三十一章　与子同袍

寒夜意阑珊，弦月如钩，星汉灿烂。百尺高台上的齐王宫正殿笼罩在皎洁流光下，如云霄宝殿，碧海仙宫。

可殿外之人却毫无观景的兴致。鲍叔牙的声声叫骂在宁谧的夜色下，直冲霄汉。

小白棱角分明的下巴被草履扇得生疼，却自知理亏，不敢抱怨。好在与腿脚不便又金鸡独立的鲍叔牙相比，小白行动利索身手敏捷。只见他溜着墙边，顺手捡起地上的草履，边躲边告饶："师父怎么动辄就打人，有话好商量……"

鲍叔牙吹胡子瞪眼，单腿跳着，不依不饶地指着小白大骂："好商量？我今日若不打你，枉为人师，枉为人臣！齐鲁之战近在眼前，你居然跑出去玩！"话音未落，鲍叔牙一个恶狗扑食，向小白扑了上去。

小白绕着殿外的桓木，麻利地躲开了鲍叔牙的攻击，将头从桓木另一侧探出，试图同鲍叔牙讲理："怎么是出去玩呢，师父先不要动粗，听我解释……"

方才那纵身一跃，实在令鲍叔牙元气大伤。鲍叔牙跳不动了，扶着立柱，颤手指着小白，喘着粗气："你捡走为师的草履干什么，快把它还回来。"

小白看鲍叔牙愠色不减，一口回绝："不行，如果还给师父，师父肯定还要砸我。"

鲍叔牙气喘吁吁，骂道："小崽子，你师父这样大的年纪，腿脚又不好，你想摔死我是不是！"

绿姬知道他们师徒浑闹惯了，本不想掺和这事，却见鲍叔牙脸色涨红，喘息急促，心中颇为不忍，出言规劝道："赶快把草履给鲍大夫吧，万一真摔着他可如何是好。"

小白想了想，晃着手里的草履，对鲍叔牙道："行，师父，我可以给你，只是你不许再砸我了。"

才晃了几下，草履散出的馊气就熏得小白眼睛酸涩，直想干呕。小白赶忙将草履递上，鲍叔牙一把夺过，仍不解恨，甩手又向小白丢了过去："不许打你？小崽子，我砸不死你！"

鲍叔牙全力将草履扔出，小白已有防备，朝桓木后一躲，没打中。鲍叔牙却一个踉跄，几欲扑地。

小白和绿姬都吓坏了，可他二人鞭长莫及，眼见鲍叔牙就要扑倒，小白和绿姬的心皆提到了嗓子眼儿。

方才与小白绿姬道了别的隰朋，不知何时蹿上了高台，恰好看到鲍叔牙跌倒这一幕，便不顾己身，冲了过来，牢牢接住了鲍叔牙微胖的身子。

隰朋满头大汗，手肘生疼，用尽全力才将鲍叔牙推起扶稳，又将不远处的草履捡来为他穿上，躬身劝慰道："大夫切莫动气，若伤了身子，君上心底何安？"

见隰朋如此，鲍叔牙颇为感动，心里的气恼消了几分，嘴上却仍不依不饶："心底何安？我看他没什么不安的，不然也不会自己跑出去，丢下我这个老头子给他收拾烂摊子！"

小白满心愧疚，无言以对。不用想也知道，这一个多月时间，鲍叔牙定然是殚精竭虑，鞠躬尽瘁。可小白心底的筹谋又如何能在此时宣之于口。

隰朋接过话茬儿：“鲍大夫，朋向来敬重你，可今日大夫的做法，朋实难苟同。若是鲍大夫对君上做事的方式有质疑，可当面指出，怎能动辄打骂。即便大夫是君上的师父，依然是君臣，不可不遵礼。”

鲍叔牙有气没处撒，只得掐了隰朋几把，骂道：“你个臭小子知道什么？我说君上，他会听吗？身为臣子，怎能顾惜一己之身，要杀要砍便罢了，我今日若不教训，他日君上为非作歹，祸国殃民，可如何了得！”

隰朋丝毫未被鲍叔牙的说辞打动，继续劝谏道：“朋自然知道，鲍大夫是好意。可是君臣就是君臣，鲍大夫理应遵守为臣之道，不可僭越……”

隰朋这话虽然愚忠，却不无道理，鲍叔牙无法反驳。打也打累了，鲍叔牙瞪了小白两眼，转头对隰朋道：“隰大夫，你也要出宫吧，送老夫回家。”

隰朋赶忙应允，躬身对桓木后的小白行了揖礼，而后搀起一瘸一拐的鲍叔牙，便要向外走。

一直心怀愧疚，默不作声的小白开口道：“师父、隰大夫慢走，明日巳时，请师父、隰大夫及国、高两大夫来正殿，共商国是。”

鲍叔牙冷哼一声，面上却流露出些许满意的神色，随着隰朋缓缓走下了高台。

小白这才松了一口气，拉起绿姬，快步从正殿穿过，向姝子苑走去。

姝子苑一切如旧。只是时至深秋，桂树落叶，枯木干枝在月色下随风晃动，投下交横错落的黑影，令人见之心悸。

小白笑对绿姬道：“这一出门便是一个多月，风餐露宿的，现下回到姝子苑，倒觉得不适应了。”

绿姬叹道："你若不适应，就出宫去睡街上吧。我可要好好洗个澡，好好睡一觉。"

小白听了绿姬揶揄他的话，面露心疼之色："一路辛苦，既然回来了，就好好歇歇吧。"

绿姬点点头，起身欲走。小白忽然拉住绿姬的手，问道："对了，我想起一件事：纠手上的伤，究竟是怎么来的？伤口好像很深。"

绿姬一愣，旋即一笑："是谁口口声声说相信纠，不会过问，怎么还问呢？"

小白满面难为情，却强辩着："我哪里是不信，我是担心而已。"

绿姬一蹙眉头，回忆起当日的情形，仍觉心有余悸："那日我们坠落山崖，无依无着，公子一手攀着枯树，一手抓着我。眼见树干要折，我就让公子放手，可公子不愿放手，我只得掏出玉簪扎了他的手背……"

小白听了绿姬的话，心中既震撼，又有几分不是滋味。保护绿姬本应是他的事，可他却没做到；公子纠不仅做到了，还做得这样荡气回肠。小白望着绿姬，感慨颇多，最终却只说出一句："以后，你只能和我牵手。"

绿姬原以为小白有什么要紧话说，见他半天只挤出了这么一句酸话，无奈笑道："好好好，都听你的，君上能准我回房了吗？"

出门这一个月，小白与绿姬朝夕相对，现下回到齐王宫中，却要各忙各的。小白十分不舍，嘴上却答允道："且去歇歇吧。"

绿姬轻轻捏了下小白的手，转身走向卧房，准备好好洗个澡，舒舒服服地睡上一觉。

小白却纹丝不动，站在桂树下，迎着清冷的秋风，什么都不愿去想。

大战一触即发，空气中都弥漫着紧张的气息，今夜只怕是他难得的一个安稳之夜了。

这一仗，他输不起，但也不敢赢。只有保全齐国的万里河山，又保证公子纠与他兄弟二人皆平安，才能算是真正的胜利。

与姝子苑中的静谧平和截然相反，女公子媛姜的寝宫里，却是另一番光景。

媛姜先前得知小白带绿姬出宫的时候，气得上蹿下跳，只差上房揭瓦。亏得内侍貂连哄带吓，才稳住了媛姜的情绪，未捅出什么娄子来。

谁知今晚媛姜听说小白和绿姬回了宫，再也按捺不住，哭着闹着要去姝子苑找小白。

内侍貂左阻右拦挡不住，索性放松了身子，不再堵门口，语调平淡地说道："若是公子想要被君上厌弃，就只管去找，貂不敢阻拦！"

媛姜的一只脚本已踏出了门槛，听闻此言，又硬生生收了回来，她怒不可遏地指着内侍貂，骂道："你说什么？小叔父会厌弃我？我与小叔父乃是至亲，怎容你这厮从中挑拨！"

媛姜发起火来，直吓得一众宫人婢女浑身哆嗦。内侍貂虽心生畏惧，权衡利弊后却硬扛着："今日公子即便杀了我，有些话我仍是不得不说。"

媛姜本着急要见小白，十分不耐烦，但她的诸多宫人里，只有内侍貂机敏能干、洞悉时务。媛姜只得强压着满心不耐烦，哼道："有话快说。"

内侍貂摆摆手，示意宫人侍婢先行退下。众宫人慌忙离去，偌大的殿宇只剩媛姜与内侍貂两人。

内侍貂这才压低声，劝道："公子，君上此番出行，乔装打扮，避人耳目。鲍大夫与国高两大夫也在朝野内外，极尽所能，压制众人的非议和揣测。这就是说，君上根本不想别人知晓自己出宫之事，即便人人知道，也都装作不知道，公子何故要去蹚这浑水。"

媛姜冷笑道："你当我傻，我只是去拜见小叔父，又何必要提他出宫之事。"

内侍貂谄媚一笑，回道："公子自然有筹谋，只是请你试想，公子不偏不倚，就在君上才回宫时去拜访，君上心中会如何想来？只怕君上不仅会认定，公子知晓他出宫之事，还会以为公子时常派人盯着姝子苑，监视君上行踪。"

媛姜心头一惊，吓出一身冷汗。此言甚是有理，可她心有不甘，怨道："连面都不许见，难道就看着那村姑在小叔父跟前占尽风头！"

内侍貂一脸奸猾："公子不必心急。据我手下的线人探知，鲍大夫对国高两大夫说，君上去了朝歌找卫侯借兵。只是去朝歌借兵哪里需要这样久，以貂之见，只怕君上还去了洛阳。公子细想便知，君上去洛阳，所为何事？"

媛姜闻言，吓得变了声调："你的意思是，小叔父去洛阳提亲了？"

内侍貂点点头，鼠目泛光："公子实不必惊惶。此事只是貂的猜测，只是，如若君上真的去提亲了，洛阳王城却一直没有谕旨传来，公子不觉得十分奇怪吗？"

媛姜美目一转，轻笑道："你的意思是……"

内侍貂点点头："不错，公子，大战在即，君上心烦意乱，我们何必去自讨没趣？不若打听清楚君上究竟有没有去洛阳，又是否得到了天子的允婚才是正事。若是天子不曾允婚……"

媛姜想了想，摇了摇头："你不知道我小叔父的性子，即便王命不允，他若是真看上了那村姑，也会娶定了她的。"

内侍貂却不以为意："君上如今是君上，而不是一位公子。强娶大卜一脉，可是要遭天谴的，即便君上毫不畏惧，鲍大夫和其他几位大夫那边……"

媛姜闻言，笑出了声："好，好！如此，你便快快着人去洛阳打听，看看此事究竟如何，务必得到切实的消息！"

回到姝子苑这一夜，是小白自出门来睡得最安稳的一夜。不必担心追杀，也不必忧虑绿姬会有危险，小白就这样一觉睡到了大天亮。

可起床后，小白寻遍了姝子苑，都未见到绿姬的身影，着实令他一下慌了神。

此时玄漆木门大开，小白闻声赶上前去，却见来人不是绿姬，而是掌事宫人晏氏。

晏氏捧来干净的绸缎深衣和靴履，见小白黑着脸，神色十分黯然，忙跪下请罪。

小白哪里顾得上这些虚礼，抓着晏氏，急问道："可看到了君夫人？"

晏氏一愣，回想了片刻："君夫人一早起，收拾停当后就去了殿前宫人居住的小院。"

小白蹙着俊眉，问道："宫人？婢女还是侍卫？"

晏氏见小白面色不善，磕巴回道："应……应该是君夫人之前的侍婢，懒丫头那里。"

小白自觉反应有些过激，也许他尚未从这一路的重重危机中回过神来，微微有些赧然。小白不再理会晏氏，撂下一句："我去找君夫人。"便拔腿跑出了姝子苑。

晏氏捧着手中的深衣，追了几步，无奈唤道："君上，深秋天气冷，切不可只穿着中衣就往外跑啊。"

懒丫头正处在长身体的年纪，短短一个多月，就像是柳树抽条，长高了近一头，小脸儿也尖了起来，不复胖嘟嘟傻乎乎的模样。

只是她仍十分慵懒，日上三竿，其他宫人早已开始了一天的劳作，她却仍歪在榻上，伤春悲秋。

绿姬推开懒丫头卧房的大门，看到在榻上唉声叹气的懒丫头，笑道："小小年纪，怎么总有叹不完的气？"

懒丫头听到绿姬的声音，噌地一下从榻上坐起，愣了一瞬后，小嘴一瘪，下了榻，噔噔跑向绿姬，哭嚷道："姑娘，你可算回来了……"

绿姬无法承受猛然扑来的懒丫头的重量，连连后退数步。她才站稳身子，就忙捂住了懒丫头的嘴："你这丫头，快小点声！"

懒丫头忙闭了口，瞪大眼睛惊惶地望着绿姬。绿姬松开懒丫头，悄声道："莫要声张，隰大夫说，鲍大夫与国高两大夫封锁了朝野内外的消息，宫中诸人皆以为小白是生病闭关了……"

懒丫头闻言，扑哧笑出了声："姑娘可真傻，鲍大夫的确封锁了消息，只是宫里这么多人，谁也不是吃素的。君上生龙活虎的，壮得像头牛，怎可能卧病月余？大家不过是迫于鲍大夫的威势，不敢当面说罢了。但私下里都议论纷纷，猜测君上带姑娘去哪儿玩了。"

绿姬苦笑一下，转问懒丫头："我不在这段时间，你可还好？"

懒丫头小嘴一瘪，气鼓鼓说道："姑娘还说呢，宫里人都知道我是公子的丫头，如今公子失势，他们少不得要欺负我。可我又是姑娘的丫头，他们都知道姑娘是未来的君夫人，又想拉拢我。于是一部分人想巴结我，另一部分又想作践我，天天闹来闹去的，简直不得安生。"

绿姬满面愧色："实在是对不住，本来我是想将你安顿好了再走，可君上此番出行异常突然，又十分秘密……"

懒丫头笑握着绿姬的手，劝慰道："姑娘放心，我没什么事，著山交代了其他几个侍卫，时常来探望我，也打点了闹事的宫人。著山自小就跟着君上，宫人们还是很忌惮他的。"

说起著山，绿姬修眉一挑，脸上泛起一抹贼笑："我才想问你，你就自己招了。最近和著山怎么样？他对你可好？"

懒丫头面颊绯红，小嘴一抿，跺着脚道："姑娘在说什么呀，我可是遵照姑娘的建议，著山来找我，我一次都没理过他。"

这下轮到绿姬傻了眼，瞪着清目，诧异问道："什……什么？你这一个多月都没和著山说话吗？"

懒丫头坚定地点了点头："是啊，因为姑娘跟我说，无论他说什么，都不让我理他，所以我就没理他……"

绿姬无奈扶额，定定神后再问："著山来找过你几次？"

懒丫头想了想，回道："开始来找得勤，后来慢慢就少了，最近十来日都没有再来，加起来总得有七八次吧。"

绿姬彻底惊呆："我叫你一次两次莫理他，可不是让你这么多次不理他啊。著山这孩子性子硬，好胜尚武做事没长性，你拒了他这么多次，他自尊心肯定受不了。"

这下换懒丫头着急了，拽着绿姬的胳膊不撒手："这可如何是好？"

绿姬一时没了主意，只能坐在榻上，端起斛斟了一盏水，边呷边思索。

懒丫头焦急不已，不停地在旁边低喃着："姑娘，姑娘，我该怎么办啊……"

可绿姬没有理会她，仍举着杯盏沉思着。懒丫头见状，自知催不得绿姬，也只能抿了嘴，安静地留意着她表情的细微变化。

片刻后，绿姬放下手里的杯盏，美目流盼，吓唬懒丫头道："著山性子异常倔强，你伤了他的自尊心，就不要指望他再来寻你了。"

懒丫头听了这话，急得鼻头一酸，眼泪簌簌落下，楚楚可怜："求姑娘给我出个主意，我该怎么办才好。"

绿姬嘴角闪过一丝狡黠的笑："傻丫头，他不来找你，你可以去找他啊。"

懒丫头一怔，侧身气鼓鼓回绝道："我才不去找他！"

绿姬两手一摊："那便罢了，我也省得操你们的心，等过几年，他也大了，你也大了，就让君上各自给你们指了人家，从此老死不相往来才好。"

懒丫头听了这话，心痛难当，小嘴一张一翕，话到嘴边却难说出口。

见绿姬丝毫没有安抚她的意思，懒丫头只得开口道："好姑娘，到底还有没有别的法子，让著山来找我的……"

绿姬轻轻一笑，说道："这事说来也怨我，是我没跟你交代清楚，只是著山的性子着实倔强，除了你去找他，冰释前嫌外，我也着实没有别的法子。"

绿姬知道懒丫头性子硬，强劝无用，便转话题道："这次回来的路上，途经鲁国，我们遇见了公子和你兄长。公子一切安好，你兄长也一切如旧，你大可放心。"

懒丫头点了点头，诸般情绪卡在喉头："多谢姑娘。"

绿姬又道："现下是一切安好，再过几日可未必了。"

懒丫头抬起大眼，惊惶地望着绿姬："姑娘这是何意？姑娘不是说过，君上顾惜手足之情，一定不会杀公子的。"

绿姬笑得娇媚又迷离："那是自然。公子是君上唯一的至亲，君上自然会网开一面，只是你兄长与君上非亲非故，战场上九死一生，若是……"

懒丫头原本盘腿散漫坐着，听了绿姬这话，立马笔直跪起，拉着绿姬的衣袖央求道："好姑娘，求你递话给君上，千万不要杀我兄长！"

绿姬拍了拍懒丫头的小手："傻丫头，你求我，求君上都没什么用处。战场上数万人对垒，君上要调兵遣将，哪里顾及得了你兄长。"

懒丫头慌了神，眼泪吧嗒吧嗒地往下落："那可怎么办才好……"

绿姬看懒丫头掉眼泪，心里实在难受，但此举也是为她好，少不得硬着头皮继续诱导："为今之计，谁能上战场，谁就是能救你兄长的人。"

懒丫头愣了半晌，小脑袋摇得像拨浪鼓："姑娘定是唬我的，就为了让我去找著山，我不去！”

绿姬莞尔一笑：“去不去随你自己。正如我方才所言，战场上刀剑无眼，此一去不仅你兄长身陷危险，著山也一样。每一战，会有多少人战死沙场，你不是不知。”

听了这话，懒丫头心惊肉跳，她还想说什么，却见小白不知何时走到了房门口。懒丫头忙跪好，行礼道：“拜见君上。”

小白阔步走进房间，略抬抬手，示意懒丫头起身，拉住绿姬的手，笑道：“你在这儿呢，让我好找。”不等绿姬回话，小白就拖着她快步向外走去。

绿姬被小白迤逦拖行了数十步，才喘匀了气，问道：“你这么急来寻我做什么？”

小白紧紧环着绿姬，笑道：“晨起去隔壁找你，不见你人，以为你跑了。”

绿姬无奈笑道：“宫禁森严，我能跑到哪儿去，你也未免想得太多。”

小白星眸含笑，将绿姬的手拉到心口，语调软了几分：“宫禁森严有何用，我早已把你关在心里了。”

绿姬面颊一热，瞋了小白一眼。方才光顾着说话，不知不觉二人已走到了正殿高台下。眼见小白要拉她上台阶，绿姬忙住步，扯着小白的袖笼问：“你不是约了鲍大夫、隰大夫和国高两大夫商议朝政，带着我干什么？”

小白抬手刮了下绿姬尖翘的小鼻子，笑道：“看中了你的才智，让你帮我出谋划策。”

绿姬连连摆手：“瞎闹什么，你们谈国事，我在一旁，国氏与高氏大夫会如何看你。”

小白揽过绿姬的肩，推着她向前走：“夫人可别谦虚，你的智谋远超过我那几个军师，此时不帮你夫君，更待何时呢？再说这次你我跑出宫，若不当面给那两个老东西一个解释，往后还不定怎么闹呢。”

绿姬想了想，小白此言不无道理，眼下大战在即，须得打消国高两人的顾虑，才能全力备战，于是不再推阻，随着小白，一起走向了高阶之上的齐王宫正殿。

第三十二章　握筹布画

黄沙漫天，野云蔽日，沙场秋点兵。曲阜城外，擂鼓震天，旌旗猎猎，十万大军悉数集结。

危楼上，鲁公指着一眼望不到尽头的鲁军，得意扬扬地对身侧的管仲道：“管大夫且看，寡人的军队，是否称得上虎狼之师？”

管仲冷眼审度着眼前的军队，虽身居高楼，他仍清楚地看到，行伍间少年人居多，他们面颊白嫩，未经风霜，最要紧的是，他们双手的虎口处并无厚茧。管仲不禁悠悠一叹，不过是一群生瓜蛋而已。如今他已错失了在返程途中除掉公子小白的机会，眼下想要扶公子纠即位，只能全盘仰仗齐鲁之战。管仲眯着眼，望着门楼下鳞次栉比的兵士，心中暗暗盘算着。

眼下最要紧的，便是要拿到这支军队的绝对指挥权。若非如此，即便这军中诸人个个骁勇如后羿再世，也难以射落小白这高悬于齐国大地上的毒太阳。主意既定，管仲转头对鲁公道：“士气的确高昂，却没有克敌制胜的把握。”

鲁公满面惊诧，不悦道：“哦？寡人拥兵十万，胜过齐国数倍，为何不能取胜？”

管仲轻笑一声：“齐国南拥泰山之险，东以莒国为屏，西以卫国为障，易守难攻。国高两军虎狼之师，军纪严明。若不能破解齐军的阵法，不能恫吓周边的诸侯，只怕不仅不能克敌制胜，还会引火烧身。”

鲁公睨视着管仲，贼笑道：“人人皆说管大夫颇具才干，世所罕见。有管大夫在此，寡人何惧引火烧身？”

管仲不接鲁公递来的高帽，思绪分毫不乱：“《六韬》有云，用兵之道，莫过乎‘一’。只有统一的指挥，统一的号令，统一的军心，才能让我军立于不败之地。管某不才，自当为此战尽心竭力，只是鲁公若不愿将指挥三军之权全权托付于我，恐怕你的文臣会对我心存怨怼，武将也不会听我的指挥。到时候损兵折将，一败涂地，甚至身死国灭，都未可知。”

听出管仲的言下之意，鲁公眼珠一转，忙将昨晚大臣们商讨出的应对之计照葫芦画瓢说与他听：“管大夫放心，兵权之事，寡人早有安排。只是寡人听闻二舅父身体欠佳，恐经受不了行军颠簸，不如让他安心在宫中休养。待管大夫攻下临淄，杀掉篡位的小舅父，寡人便立即差人送二舅父回国即位，大夫以为如何？”

管仲何其聪明，早已料到以鲁公的狡诈，绝不可能轻易让自己掌控十万大军，一定会提出以公子纠为人质。

提起公子纠，管仲不禁蹙起了眉头。自打从泰山回来，公子纠便终日在小院的桃树下弹琴，不问世事，仿佛这一战胜败输赢与他毫不相干。与其逼公子纠上阵，眼看他做出阵前倒戈，不顾性命救公子小白的事，还不如将他圈在此地，起码可保性命无虞。于是管仲正色对鲁公道：“管某愿立下军令状，只要鲁公能将指挥权交付于我，我定可率军攻入临淄，手刃公子小白。待我们公子回国即位后，先前我对鲁公之诺定会兑现。”

鲁公松了口气，斗胆继续背诵着卿大夫们教给他的话：“以大夫的谋略，寡人自然不担心，只是这凡事都有个万一。万一大夫战败，这……”

管仲哂笑一声，不以为意。鲁公哪里知道，对于伐齐之事，管仲心中早已算过数十遍，若无十足的把握，又怎肯轻易许诺将公子纠留在此地做人质？至于那些允诺割让给鲁国的城池，管仲也有十足把握一一夺回。管仲侧过身，正视着鲁公，一字一顿道：“若是战败，管某这条性命便交予鲁公，要杀要剐，悉听尊便！”

鲁公闻言，奸猾一笑：“管大夫身为公子师，鞠躬尽瘁，早已将生死置之度外，寡人不是不知。既要盟誓，管大夫好歹要拿出些诚意来嘛。”

管仲面色不善，觑眼盯着鲁公：“你想怎样？”

鲁公拍拍手，一侍从应声从拐角处闪出，弓着身子，碎步走上前来，恭敬跪下。竹案上摆着两盏青铜樽，一只青铜提梁壶，一旁的青铜皿中是一只鲜血淋漓的牛耳，乃是歃血为盟之物。管仲见此，也不谦让，抬手探向青铜皿，揩了些牛血，毫不迟疑地抹在了嘴边。鲁公见状，不甘示弱，即刻也将牛血抹在了嘴边，端起酒盏，向管仲示意。管仲也端起酒盏，将杯中酒一饮而尽。

鲁公赞叹道：“好！管大夫果然爽快！此番既然已将公子与大夫的性命都托付与寡人，想来大夫定会尽全力，打胜这一仗！”

鲁公装模作样，歃血为盟，目的就是让管仲立下誓词，以公子纠的性命做抵押，逼他全力一战。管仲怎会看不穿鲁公的图谋，他回过身，不愿看鲁公的丑陋嘴脸。

旌旗遮天蔽日，绵亘而去，一望无际，这画卷映入眼帘，不禁让管仲既兴奋又心悸：这场二子争位的宿命之战，终于要打响了。

管仲敢孤注一掷，拿公子纠的性命做筹码，绝非一时头脑发热，而是有切实把握的。这几日管仲派去齐国刺探军情的细作均回报称，直至此时，齐军依然没有备战的迹象，就连在齐鲁边境守卫齐长城的士兵们也颇为懒怠，对往来商贾疏于盘问，管仲手下的细作轻而易举便混入了流民商贾中，大摇大摆走进齐国，如入无人之境。

细作们带回的信息颇为繁多，管仲抽丝剥茧，将信息一一梳理。可在这浩如烟海的情报中，最令他注意的不是军情，而是今秋齐国的旱情。管仲猜测小白和鲍叔牙之所以不敢调兵遣将，恐怕是受旱灾影响，还未备齐粮草。

只是管仲再如何神机妙算，也不会算出，齐军并非未备齐粮草，而是压根儿没有粮草。

齐王宫正殿内，鲍叔牙与隰朋正跪等小白。

终于，殿门大开，小白迈着大步走上前来，身侧还跟着绿姬，两人手牵手，肩并肩，颇为缠绵。

鲍叔牙十分震惊，正殿之上，所议的皆是军国大事，小白居然就这样堂而皇之地把绿姬带来了。鲍叔牙气不打一处来，一口老血差点咳出。

也难怪鲍叔牙生气，此举的确不合礼数。隰朋看到这一幕，也不禁吓傻了眼，目光闪烁，实在不知该往哪儿看。

好容易倒过气来，鲍叔牙挣扎起身，拱手对小白道："君上，齐鲁之战在即，君上也该将心思多放在国事之上。今日要议战事，绿姬姑娘是个姑娘家，在此恐多有不妥。"

小白不以为意："昔日商王武丁有妇好为其筹谋，我夫人的智谋也不在妇好之下。而且今日带小绿来，本是想给国卿和高卿一个解释。怎不见他二人来？"

鲍叔牙哼道："君上扔下烂摊子给我们几个老头儿，自己出去逍遥快活。国氏与高氏两位大夫心中颇为不满，虽不敢宣之于口，却心绪难平，昨日我差人去府中通知两位大夫，他们双双称病，不愿前来。君上且长个教训，等议事毕，老臣亲去他们府中跑一趟吧。"

小白听了这话，轻笑了几声："这两个老头儿倒也有趣。不必麻烦师父了，这两位大夫，我自有安排。”

说起来，国氏与高氏不过是闹脾气，若是小白能亲自去哄一哄，定会事半功倍。虽然绿姬在此多有不便，可国事紧要不得不谈，鲍叔牙瞪了小白几眼，不再坚持，转而谈正事：“君上不在的这段时间，我已命人下去各地各处清查粮产情况，对于少交或多交的，我都已经命人收缴或退还。这便是所上缴的全部粮草清单。”

隰朋忙将一摞竹简依次在小白面前展开，上面分别列明了各地上缴的粮食数量，以及预估的可供全军食用的天数。小白看得直皱眉头：“怎么才这么点？这仗怎么打？”

鲍叔牙叹气道：“君上，这已经是能缴纳的最大数额了。若再追缴，恐怕农人便无粮越冬了。”

绿姬接过竹简看了看，也不由得担心起来：“十五天确实太过紧张。算上两军路上的时间，须在十日内分出胜负。若是十日之内没分出胜负，又该如何是好？”

隰朋摇了摇头，道：“难以想象，如果让管夷吾知道了，必定会使用拖延之术，围而不打，如此，我们可就……”

鲍叔牙满面愁容，拱手道：“军粮乃军事之本，臣等无能，还请君上裁夺。”

正当此时，小白的侍卫在门外拜道：“君上，鲁国使臣送来了信筒。”

小白面露狐疑之色，朗声道：“送进来。”

侍卫拉开门扉，将竹筒跪呈给隰朋，随后躬身退出，闭门离开。小白挥挥手，隰朋打开竹筒，摊开竹简，只见竹简开头用瘦体金文赫然写着“讨伐檄文”四字。

小白扫了几眼，朗声笑了起来：“说我逾规越矩、背信弃义、窃取国位，勉强可信。只是这‘亲其兄嫂’，究竟何意？”

鲍叔牙跨步上前，定睛一看，见上面真的写着“亲其兄嫂”几个大字，不由得气道：“管夷吾这老贼！此乃激将之法，君上切莫动怒。”

小白含笑望向绿姬，绿姬莞尔而笑，说道：“管大夫也是有趣之人。先前在鲁国宫中时，公子哪怕多与我说句话，管大夫都如临大敌，今日竟写出这‘兄嫂’之说。实在是既罔顾天子媒妁之命，又让公子纠颜面无存，可笑至极。”

小白点点头：“夫人所言不错，管夷吾怕是只惦记着此战的胜败，其他的皆已不放在心上了。既然管夷吾挥毫泼墨写了这篇奇文，我们怎能不礼尚往来呢？隰朋，我看你能说会道，巧舌如簧，写文讨伐管夷吾的事，便交给你吧。”

隰朋拱手道：“诺。只是这檄文中提到卫莒两国是鲁国的盟友，我们又该如何应对？”

鲍叔牙回道：“虽有盟约，也不过是上一辈的旧约。是否有效，还要看现任的卫莒两国国君。君上此番去卫国借兵，觉得卫侯此人如何？”

提起卫侯，小白忙摆了摆手：“师父还是别提了罢。那个卫侯是个死脑筋，一定要齐卫联姻才肯出兵襄助我。想来管夷吾去谈，卫侯便要将他那个夜叉一样的妹妹许配给纠了。纠是什么样的性子，师父还不知道吗？”

听了这话，众人心中皆有数了。以公子纠的性格，即便管仲以死相挟，他也断不会答应。更何况，管仲借鲁国之兵，公子纠尚且不愿娶鲁公的妹妹柔姬，又怎会娶卫侯的妹妹云姬。

管仲天地不惧，唯独会在公子纠这里吃瘪，想到这里，鲍叔牙忍不住掩口而笑：“卫侯的母亲是君上嫡亲的姐姐，应当会有所顾忌。倒是这莒子虽然忠厚，却国小易屈，倘若管仲咄咄逼人，以灭国相胁，只怕莒子不敢不从啊。”

隰朋点了点头：“臣也以为君上应好好会一会莒子。莒国地处齐鲁之间，鲁国若要经泰山之东包抄临淄，必要经过莒国。倘若莒子能够站在我们一边，则齐国东面这一路，可保无虞。”

鲍叔牙沉吟片刻，说道：“若是像上次绿姬姑娘建议那般，将齐国的兵车甲胄赠予莒国，假装在莒国驻兵，如何？”

隰朋直摇头：“时移事易，情景不同，郯国国小，莒国借着我们的威势，自然敢与之抗衡。而这次，齐鲁交兵，如两虎相争，莒子只怕两边都不想得罪。”

小白笑道：“莒子倘若不答应我们，便会面对管仲的威逼。齐鲁两国交兵，莒国绝不可能独善其身。想骑墙观望，只会见罪于两国，无论孰胜孰败，下一步皆会将矛头对准莒国，所以莒子必须做出抉择。只是管仲坐拥鲁国十万精兵，我们这里却缺粮断草，单凭旧情，只怕难以打动莒子。”

久未开口的绿姬轻轻一笑：“君上，谁说旧情无用？常言道，晓之以理不若动之以情。君上可以报昔日恩德为由，与莒子相约。莒国国小，君上若赠莒子黄金三十锊，兵车百部，诸位大夫以为，莒子会作何反应？”

鲍叔牙回道：“莒子只怕从未见过如此多的黄金，更不必说兵车百辆，这下莒子做梦都要笑醒了。只是，姑娘可曾想过，我们送得起这些东西，管夷吾也送得起，若是管夷吾许给莒子更高的条件，可如何是好……”

绿姬低垂眼眸，轻道：“我与管大夫不过数面之交，定然没有鲍大夫了解管大夫。可依我看来，管大夫确有财力和魄力与我们竞价，借以拉拢莒子。只是他心思细密，颇为多疑。君上与莒子相识于微，交往甚密，只怕管大夫会在心中掂量，生恐莒子是假意亲近他，更怕他捐赠的黄金与兵车会最终落入我们手中。所以小绿以为，管大夫对莒子，多是武力恫吓，而非诚意相交。”

小白点点头：“夫人所言不错，莒国虽然国弱，莒子此人却颇有风骨，只怕不愿被管仲胁迫。只是莒子自尊心强，我们直接赠以黄金兵车，只怕他不肯接受。”

绿姬对小白眨眨眼，白嫩的面颊上牵起两个小小的酒窝：“今年齐国大旱，莒国却未受丝毫影响，莒子既然不受嗟来之食，我们便以物易物，投之以黄金兵车，让他以菽、粟回赠即可。如此，不仅盟约可定，还可稍解粮草之急。”

听闻绿姬此言，鲍叔牙不由得点头称赞：“甚妙。莒子好义守信，君上若依此计，即便管夷吾威逼利诱，也必不能得逞。”

小白颇为欣赏地看向绿姬，满面得意：“夫人神机妙算，佩服、佩服！”

绿姬无奈一笑，美目一睋，伸手打掉了小白放在自己肩头的手。

绿姬的计策果然奏效。莒子听闻小白不忘旧恩，以黄金兵车相赠，十分感动，不仅亲自出城十里相迎，还十分善解人意地赠予齐国菽、粟各二十车。小白与莒子也相谈甚欢，两人在推杯换盏中定下盟约：齐莒两国，互信交好。若鲁军胆敢犯莒，齐军定会快马加鞭赶来救援；而莒国则需加强戍边，对往来鲁人严加盘查，严防管仲的细作经莒国进入齐国。

管仲听了细作汇报，没有任何情绪波动，只是让细作继续注意跟进情报。众人见管仲神色自若，松了口气，皆认定齐莒结盟根本不足为惧。

可当管仲返回书房，对着沙盘时，他却长叹一声，揉了揉眉心：莒国事小，东路被堵事大。若想从东路直取临淄，就必须要提防着莒国，避免受两面夹击。

门扉轻开，管仲身子一滞，见进来的是公子纠，便没有说话，继续摆弄着眼前的沙盘。

公子纠席地而坐，望着沙盘上标注的齐国城池，淡淡开口道：“前日我打齐鲁边地经过，在路上听到一首童谣，唱着：‘太白星，东方出；小白继，齐必兴。’看来小白在齐国已颇得人心。”

管仲一怔，旋即哑然而笑：“公子不必放在心上，这不过是鲍叔牙惯用的攻心之计罢了。昔日我与鲍叔牙在慎邑贩盐，他就曾教街上小儿传唱盐贵之歌，惹得众人争相抢购食盐，我们便趁机大赚一笔。”

公子纠道：“若在盐贱之时唱盐贵之歌，怎能服众，又怎能传唱至街头巷尾。同理，若非小白在齐国颇得民心，这歌又怎会传唱至齐鲁边地。师父，早些收手吧，莫要真闹到不可收拾的地步。”

管仲冷哼一声：“公子不必再说了。公子小白爱逞匹夫之勇，而无万世之谋。为了一女子，竟得罪强邻卫国。这样的人，如何能令齐国强盛？怎能继太公宏业？”

公子纠听出了管仲的言外之意，面色一凛：“师父所指卫国，难道……”

管仲将手上把玩的琥珀石子，重重扣在沙盘所标的卫都朝歌之上，目露精光：“说来还要多谢公子小白成全，谢他不分轻重，得罪了卫侯。既然他与莒国结盟，那便让老夫与卫国为友吧！”

第三十三章　六韬三略

管仲声讨小白的檄文自曲阜散发至全境，贴遍了鲁国的宽街窄巷。齐鲁两国交兵乃天下大事，檄文的内容不胫而走，不过小半日，便风传到了相邻的齐、莒、卫三国。古往今来，为君位承继大打出手的兄弟绝非只有小白与公子纠。檄文中所列的诸般罪状，也不过是老生常谈，唯有这“亲其兄嫂”，实乃“新罪一桩”，格外引人注目。庭前屋后，街头巷尾，百姓们议论纷纷，十分好奇其中原委。

齐都临淄街市繁华、人烟阜盛，似乎并未受齐鲁之战的丝毫影响。小白与绿姬皆身着粗布男装，相携从齐王宫徒步走出。看着八街九陌的车水马龙，听着盐铺布庄的叫卖吆喝，绿姬的心暂时从备战的紧张情绪中释放出来。道旁叫卖的小商贩和买菜的婆妇们望着眼前这一对玉人，皆忍不住上下打量，啧啧称赞。

感受到四周投来的目光，小白满面无奈：“齐国百姓对战事如此淡然，大概是见多不怪了。自打太公受封建立齐国，到我即位，已有近四百年。列位先君南征北战，开疆拓土，几乎攻无不克。只怕齐国的百姓皆认为，能够战胜姜氏子孙的，只有内乱，而非外敌。”

绿姬不忍小白总为战事忧心，蹁跹向前几步，轻盈地转了个圈，笑道：“既然出了宫，不如先把那些烦心事放一放。等到了高氏大夫家，还要专心与那老头儿斗法。”

小白跨步上前，将绿姬拉回怀里，紧紧搂着：“高傒大夫十分精明。这次咱们徒步前往，一来是要显示诚意，二来也好令他放下心防，探探他的虚实。”

路人看到绿姬被小白环抱着，皆惊诧于这两个“男人”的奇怪举动。绿姬只想着安抚国高两大夫的事，并未注意路人的异样：“现在虽建了三军，却有一大半兵权在国高两位大夫手中。除了他们俩，齐国还有几位拥兵的上大夫，你打算如何处置？现在若置之不理，只怕齐鲁之战时，他们会迁延观望，从中作乱。”

小白望向绿姬，眼神含情脉脉如秋水：“夫人与我心有戚戚，夫人所担心的，正是我所忧虑的。只是诸事繁多，总要一件件处理。等拿下了高氏大夫，再做筹谋不迟。”

拐过一条岔路，高氏一脉世代居住的老宅赫然出现在街中。门楣虽高，围墙却已老旧不堪，只有大门外把守的两名戎装侍从，能彰显出这家主人不是普通的富户，而是公卿大夫。

小白见到了地方，大步上前，如入无人之境。门口那两侍卫赶忙阻拦：“来者何人？”

小白拿出齐王宫门禁腰牌，对侍卫道：“打宫中来，寻高大夫有些事。”

居右的侍卫接过腰牌看了看，又还给小白：“即便是宫中来人，没有大夫的邀约，依然需要告知身份，由我等通传，得到大夫允准，才可入府。”

绿姬道：“这位大哥忠于职守，十分令人钦服。只是眼前这位，身份非比寻常。你只管去请高大夫，定不会受责罚。倘若我们浑说，你大可唯我们是问。”

听了绿姬的话，侍卫有些犹豫，仔细审度着眼前的少年，只见他歪着头，嘴角挂着一抹戏谑的笑，又身着粗布麻褐，实在让人看不出身份。可他身旁这姑娘，谈吐优雅，举止高贵，绝非凡人。侍卫权衡了片刻，一抱拳，转身向内庭走去。

不过片刻，高氏大夫就随那侍卫走了出来。看到小白后，高氏大夫一下愣住了，待回过神，他躬身拜于地上，语带激动和惶恐：“君上亲自驾临寒舍，未曾远迎，老臣实在失礼。”

那两侍卫这才知道，眼前这衣着粗简的俊朗少年竟然是齐国新君，赶忙跪下，匍匐于地，心中颇感侥幸。小白扶起高氏大夫，笑道：“听闻高卿卧病，我与夫人颇为忧心，特来探望。高卿现下如何？可是都好了？”

高氏大夫面露愧色，喃喃道：“这个……并无大碍，难为君上费心了。”

小白顾惜高氏大夫的颜面，不再追问，环视着府邸的前庭，叹道：“高卿身居高位，住所却这般素简。”

高氏大夫拱手回：“老臣的一切，皆是齐国先祖所赐。如今国家不安，朝纲不稳，老臣岂敢坐享清福。”

听出高氏大夫此言暗含深意，小白指着庭前的一方竹林：“高卿实在雅致，竟种了这样好一片竹子。”

高氏大夫心领神会：“老臣斗胆，请君上去寒舍小坐，可近距离观赏一二。”

小白点了点头，拉着绿姬，大摇大摆地向正堂走去。高氏大夫忙吩咐下人：“快去煮醪酒，再切些果子来。”

堂屋内，小白坐上了正中的席位。绿姬却走向木窗前，望着珠帘外的竹海碧波，赞叹道：“竹修而多节，爱竹者，多为有节之士，正合高大夫的性子。”

高氏大夫稽首，拱手谦道："姑娘谬赞，老臣实不敢承受。"

小白丝毫没有做客的样子，反张罗起高氏大夫这主人："高卿也别站着了，快坐吧。"

高氏大夫回"诺"，而后恭恭敬敬地跪坐在小白的对侧。绿姬依着小白坐下，还未坐稳，就听小白问高氏："大夫与我同祖同宗，又是天子亲封的齐国上卿，对家国的一片赤诚自不必说。只是我一直有个疑问，盘桓于心中多时，还请大夫为我解答。"

高氏大夫显得有些茫然："诺，君上只管问。"

小白正色问："昔日公孙无知篡位，我与纠皆出国避难。我在莒国生计艰难，而纠与管仲师徒却是鲁公的座上客。敢问高氏大夫，为何选择迎我这个幼子为君，而不是按长幼秩序，扶纠为君？"

绿姬侧头望向珠帘外，假意赏竹，余光却留意着高氏的一举一动。

高氏大夫一怔，俯首拜道："老臣对齐国之心，天地可鉴！当初拥立君上为君，乃是为着祖宗基业，绝无半点私心。"

恰有侍婢端着竹案至堂屋门口，绿姬起身上前，接过侍婢手中的案子，笑道："没事，你下去吧。"

侍婢快步躬身退了下去。小白探身扶起高大夫："高卿不必表忠心，无论谁即位国君，你这齐国上卿之首的地位皆无可动摇。我只是好奇，因为传国玉玺之事，世人皆说我贪色误国。为何高卿仍看重我，难道不怕我会成个亡国之君？"

绿姬端着案子上前，轻轻跪下，将竹案置于席上，纤纤玉手提起青铜提梁壶，将醪酒斟满青铜樽，笑道："君上和高大夫也别光顾着说话，喝点醪酒润润嗓子吧。"

高氏大夫忙伸手接过绿姬递来的铜樽，绿姬趁机向小白使了个眼色。小白冲绿姬眨眨眼，示意自己有分寸，让她放心。

高氏大夫将铜樽内的醪酒一饮而尽，叹息道："君上，恕老臣直言，君上确实有许多毛病。又时常任性妄为，不顾礼法。只是老臣看重的，是君上的担当。作为国君，只要心有担当，知错能改，国与民便能在这乱世中得以保全。”

小白听了高氏大夫对自己的评价，无奈地笑了起来：“看来大夫也是迫于无奈，才在我们这不成器的兄弟二人中选了我。只是我兄长纠，难道就没有担当吗？”

高氏大夫回道：“按说大战在即，老臣实不该说这些话。可身正不畏邪，不瞒君上，我与管夷吾私交甚好，过去他时常来我府中喝酒。管夷吾自负惊天之才，却太过强势，公子纠性情柔仁，不堪大任。”

小白点点头，将铜樽放回竹案中：“在高卿心中，我不过是个守成之主；纠却因为管仲，连守成之主都做不了。”

高氏大夫仰起头，梗着脖子回道：“不论是君上你，还是你的长兄襄公，次兄公子纠，在臣心中，都远不及先王僖公。”

高氏大夫这话，令小白无法反驳。他的长兄诸儿虽善征伐，却有穷兵黩武之嫌，加之淫乱不才，实在令人厌弃。而小白与公子纠尚年少，既无战功，又无韬略，除却坊间流传的唱诵他们姿貌的民歌，基本算得上一无是处，也难怪高氏大夫瞧不上。

绿姬见谈话陷入僵局，敛起宽袖，一面为他们添酒，一面玩笑道：“如此说来，高大夫是看眼下这一战小白必输，所以便称病躲清闲了？”

高氏大夫满面不悦，挺直身子，凶道：“姑娘此话何意？老夫难道是那苟且偷生之辈？只是管夷吾勾结鲁公，率军十万，来势汹汹。若打君上即位起，便好好备战，尚有几分胜算，可谁知君上却跑出宫去月余，白白贻误了战机！”

看来高氏大夫仍对小白忠心，只是对他跑出宫去的行为颇为不满。小白和绿姬对视一眼，暗暗松了口气。小白沉吟道：“高卿是我姜氏同宗，按辈分，当为小白的叔父。大夫的教诲，小白铭记在心；大夫的指责，小白不敢辩解。只是这一趟出去，小白本是想向卫国借兵，谁知卫侯此人罔顾亲戚情分，胡搅蛮缠，不肯出兵相助。可此行绝非一无所获，我和小绿、隰大夫一道，在泰山半坡遇见了管仲一行，并与之交了手。”

高氏大夫听说小白在返程途中遇见了管仲，并与之交手，惊得差点跌了下巴：“君……君上可有受伤？”

小白摆摆手：“无碍，只是小绿掐算出，管仲为了借鲁公之兵，竟许诺，将齐国的十余座城池割让给鲁国。我们已与管仲当面对质，此事他无从抵赖。”

咣当一声，高氏大夫手中的铜樽跌落在地，只见他猛地站起身，指天大骂：“管夷吾虽非我齐人，却备受僖公恩德。今日为了争位，竟然如此无耻，老夫即便战死沙场，也绝不能让他得逞！”

小白也站起身，拱手道：“大夫年逾不惑，尚且有这份心思，小白绝不辜负大夫拥立之意，不甘做守成之主，定然殚精竭虑，为齐国死而后已。还请大夫与我勠力同心，共诛管贼！”

有共同的目标与共同的敌人，高氏大夫不再犹豫，选择继续相信和支持小白。小白将自己的军事韬略与高大夫进行了沟通，君臣二人交谈甚欢。晌午同案用餐后，又聊了许久，高氏大夫才派人驾了马车，送微醺的小白和绿姬回宫去。

车厢内，小白酒气上头。绿姬用绢帕轻轻为他拭汗，小白捉住绿姬的手，将她拉至怀中：“今日高兴，才多喝了点酒。高卿是齐国五位上卿之首，有他在，半壁江山可保。”

绿姬乖巧地窝在小白怀中，点了点头：“是，高氏大夫一心为齐，自然会与你勠力同心。只是其他大夫若有私心，仅靠你和高氏大夫，也难定乾坤。既然去拜访了高氏大夫，国氏大夫那边，是否也要抽空去一趟？”

小白未答话，像是没听到似的，只贪婪地闻着绿姬的发香。绿姬见状，抬起小手轻轻戳了小白几下，只觉他身上硬邦邦的，磕得她的指尖都发痛了。绿姬挣扎着坐起身，满面狐疑，翻了下小白的衣襟，嘟囔着：“没穿盔甲，身上怎么硬成这样。”

小白一笑，刻意逗弄绿姬，做出宽衣解带的动作：“想知道？

我脱了给你看啊。”

绿姬吓得尖叫连连，躲闪不及，对小白连捶带打：“淫贼，快别脱！”

小白挨了好几下，酒醒了一半。见绿姬当真生气了，小白一脸无奈地将衣衫系好：“是你扒我衣服，你怎么还骂我是淫贼呢？再说了，又不是没看过……”

说话间，小白与绿姬所乘的马车被人半道劫停，小白十分警觉，掀开车帘，见来人竟是许久未见的著山。

著山打马至窗口，满脸急切地对小白道：“君上，鲍大夫让我来寻你，说大事不妙，请君上速速回宫！”

令鲍叔牙慌了手脚的消息，正来自卫国。谁都不会想到，因联姻无果而拒绝了小白出兵请求的卫侯，竟会被管仲的三寸不烂之舌说动。卫侯虽未应允出兵，却同意管仲可以在必要时借道卫国，从西面绕过泰山，攻打齐国。

管仲已有十万大军，所担心的，不过是道路不畅。得到了卫侯的允准后，管仲志得意满，驭马急速赶回了曲阜。

恰逢齐国使臣送来讨伐檄文。这檄文是由齐国上卿公孙戴仲之子，大夫隰朋亲自撰写，历数管仲的诸多罪行，包括不忠不孝、罔顾君恩、不奉老母、挟持公子等，骂管仲是十恶不赦、奸猾佞巧之人。众人皆以为管仲会生气，谁知他却哈哈大笑，毫不介怀，反赞叹隰朋文采斐然、笔力十足。

对于管仲而言，最重要的唯有齐鲁之战的胜负，其他是非又与他有什么相关？管仲深谙兵贵神速之理，既已打通了西线，他便以迅雷不及掩耳之势，在边境秣马厉兵，欲大举进攻。

小白闻讯后，立即召集齐国的卿大夫们来正殿商议对策。

正殿内，小白身着玄端，头戴冕旒，端坐于台上。众卿依次排列，恭敬跪坐于台下，鲍叔牙与隰朋列左席，高氏大夫与国氏大夫列右席。小白看着手中竹简，悠悠开口："鲁卫结盟之事，想来众位卿家都已知晓。众卿以为，若鲁卫联合出兵，我们该如何应对？"

自打那日小白带着绿姬亲去高氏大夫的府邸探望，国氏大夫就一直等着小白也来看自己。谁知左等右等，好几日过去了，也没盼到君上亲临。国氏大夫不禁有些慌了，赶忙进宫求见，却遭到了拒绝。

今日终于等到了小白召见，国氏大夫急忙跳出，上前揖道："君上，臣已派人刺探鲁国军情，此次鲁国出兵五万，来势凶猛。管仲熟谙我军战术，我军与之正面决战毫无胜算，须避其锋芒，在沿途各城砌高墙以守之，拖延战事，待到入冬，鲁军粮草不济，自会退兵。"

小白眉头一蹙，不知国氏大夫是真傻还是故意捣乱。齐国正处缺粮断草之际，虽得到莒子的支援，却仍是杯水车薪，国氏大夫居然还提议要打拖延战。见小白许久不发一言，国氏大夫心里发毛，在小白的注视下低下了头，额角上不住淌下大大小小的汗珠。

小白没有理会国氏大夫，而是将目光转向了高氏大夫："高卿，你意下如何？"

高氏走出一步，稽首道："君上，臣以为国子所言有理。我军以弱攻强，不可求战，须据险而守，保存实力。待时机成熟，可出奇兵，阻断其粮道，鲁军自会退兵。"

听闻高氏大夫附议国氏大夫，小白心下了然，国氏并非存心捣乱，而是真心实意认为敌强我弱，此招是唯一的打法。

小白缓缓从座上起身，鲍叔牙了解小白性情，猜到他早有筹谋，鲍叔牙嘴角泛起一抹难以察觉的笑，与其他大夫一道，躬身匍匐，静待小白发言。

小白俊眉紧拧，宽袖一甩，厉声道："齐国五位上卿大夫，高氏、国氏在殿上，隰氏上大夫公孙戴仲常年卧病，已命其子隰朋接任，可崔氏和栾氏大夫却屡召不来，你们说，这到底是为何？”

隰朋才拱手要回，却看到鲍叔牙正回过头冲他使眼色，隰朋只得乖乖收了手，垂头沉默。堂中其他人也知晓其中原委，却无人敢说，都装傻充愣，默不作声，大殿内一时针落可闻。

啪的一声，小白将竹简重重撂在案上，惊得几位大夫一个寒战。小白冷笑道：“他们是想明哲保身，静观其变，看此战究竟谁能取胜，再来效忠。若我被围困临淄，如瓮中之鳖。只怕崔氏与栾氏大夫会直接出兵逼宫，杀了我，而后大开城门，迎管仲与纠进城。如此内忧外患，哪里还能有什么胜算！”

鲍叔牙听出了小白的言下之意，暗暗叫好：国高二卿只是从军队力量对比出发，却不像小白这样着眼大局。点出崔氏和栾氏，乃是杀鸡儆猴，意在提点朝堂内外所有拥兵的大夫，不要指望明哲保身，唯有与小白共进退，才能有一线生机。

隰朋起身，拱手道：“君上圣明，国难当头，还请君上拿个主意，切不可给这些人持中观望的机会。战争局势瞬息万变，莫要尚未被敌人打败，就因同室操戈而功亏一篑。”

小白点点头，大手一挥：“传寡人令，崔氏与栾氏两大夫，圈禁家中，非诏不得外出。若有违逆，直接羁押！”

话音才落，鲍叔牙、隰朋与高氏便齐齐拜道：“君上圣明！”

国氏大夫吓傻了眼，浑身直冒虚汗，即刻要将中衣湿透，也赶忙拜倒在地。

小白语气缓了两分，却依然铿然有力：“此仗不能守，只能打，而且一定要打胜。太公子孙决不能将祖宗基业拱手让人，在管仲那里放了多日的传国玉玺，也该拿回来了。”

国氏大夫忙表忠心：“臣但凭君上调遣。”

隰朋起身，拱手道：“君上，臣愿意再度游说于卫都朝歌。齐国与卫国乃是世交，如今的卫国君亦是借襄公之力得以复位。我们虽然没能与卫国结盟，但也不应就此放弃。管仲既然能说得动卫侯，朋也恳求一试，愿为齐国肝脑涂地！”

小白上前扶起隰朋："隰大夫一心为国，其情可嘉。只是卫侯既然可以背齐亲鲁，说明他不过是个反复无常的小人，只想迁延观望，坐收渔利，实在不必理会。"

鲍叔牙点头复议："君上所言有理。反复无常的盟友，不如没有。何况，卫侯为人悭吝刻薄，其盟约并非牢不可破，不过是说出来吓唬无知之人罢了。"

小白坚毅的面庞上闪过一丝笑意："随他们来就是，只用这三万兵力，任他东南西北来，我定叫他有来无回。"

第三十四章　王之将战

缺月挂疏桐，更深霜露浓。姝子苑暖阁内，铜盆烧得正旺，卧榻上早已添了羊皮毛被，借以抵御寒潮。虽然舒适宜人，绿姬却在榻上辗转反侧，难以入眠。

毕竟在这场战争中，双方力量悬殊，又有卫国与莒国介入，形势复杂，瞬息万变。即便身为大卜一脉后人，绿姬也难以洞悉时局。更何况，小白与公子纠又是相生相克的命格。小白已为公子纠解了五煞，可孰能想到，独剩下这一煞，竟是如此的危险，如涉龙潭虎穴，九死一生。绿姬从榻上起身，走到窗边，望着清冷的月色出神。

苑中梨树下，小白正坐在石案旁，对着一张皱巴巴的羊皮卷地图，看得极其认真。案上的油灯随着夜风时灭时明，小白却丝毫不觉。绿姬无奈一笑，拉紧衣袍，起身出了暖阁。

小白听到拉门响动，抬起眼，看到站在树影下清丽如仙的绿姬，嘴角泛起一抹调笑："这么晚了，不好好休息，竟藏在树影里偷偷看我。"

绿姬轻哼一声，慢步上前：“白日里就见你和鲍大夫对着地图嘀嘀咕咕，这么晚了还不休息。这几日，你可有睡足两个时辰？”

小白笑而不答，大手紧紧握住绿姬的小手：“既然不想睡，就陪我坐会儿吧。”

绿姬转身回了暖阁，拿了个蒲团子走出来，放在小白身侧，俯身跪下坐好。小白看绿姬衣衫单薄，不禁颇为心疼：“穿这样少，可别冻坏了身子。”

绿姬的侧颜在月色下美得惊人，她红着小脸儿，钻进小白怀中，呢喃道：“这样就不冷了。”

小白的俊脸上满是掩不住的笑意，怀中这瘦弱的小人儿像是一簇小小的火苗，燃尽了他心头的全部烦忧。小白微扬起下巴，对绿姬道：“既然不想睡，不如我们便就着这地图，推演一盘？”

白日里听小白和鲍叔牙商讨兵法，绿姬虽听出了些眉目，却并无自信：“我只是略略听懂怎么推演，谋略却一点都比不上你师父和管仲。”

小白笑道：“切莫自谦，夫人冰雪聪明，此时不帮你夫君，更待何时呢？”

绿姬没办法，只得应道：“就一盘，推演完便去睡，不然照你这个熬法，铜铸的身子也受不了，还未等到两军对垒，自己就要先病了。”

小白见绿姬答应了，满怀欣喜地把地图上赤色的琥珀石子和蓝色的绿松石子归位：“夫人且看，这石子上有的刻有字，有的无字。有字的，是由将军或大夫率领的主力军。比如这石子上刻着‘高’的，就是高氏大夫的军队，鲁国这边也一样。所以，夫人是要当齐军还是当鲁军？”

绿姬眨眨清眸，说道：“自然是齐军。”

小白抬手刮了下绿姬尖翘的鼻尖，赞道：“好，有志气！只是如此可别怪我倚强凌弱。”说着，小白将代表鲁军的绿松石子从曲阜移出，沿着地图上的路线向东推进，边移边解释，“齐国与鲁国以泰山相隔，与燕地以河川相隔，东有莒国，西有卫国。现下齐莒联盟，管仲必不会借道莒国，而一定会向西，沿济水东岸绕过泰山，来攻打齐国。”

绿姬将琥珀石子有字的一面扣向下，挑拣了四个，移至临淄西面的泺邑。

小白见状，不敢贸然用主力攻城，只移出一颗绿松石子试探，绿姬遂将城中的一颗琥珀石子翻过来，只见上面用金文刻了个“鲍”字。

小白微微一笑：“好啊，把国高两军和我师父的军队都调出来，以主力屯兵泺邑，正面拦截鲁国军队？这招我倒是没想过。”

绿姬歪着小脑袋，一字一顿道：“这招叫当门棒狗，专打不请自来的坏人。”

小白笑道：“行，既然这样，我不打你。”小白推着绿松石子绕过泺邑，继续向东，到时水之畔，一举越过了时水。

绿姬急了，忙按住小白的手：“你耍赖，这里有条河。”

小白一笑，揽着绿姬的肩，说道：“夫人只知其一不知其二，此地名为乾时，雨水丰沛之时大军难以渡河，可今年是旱年，乾时多浅滩，所以我可以从此过河。”

绿姬想了想，黑玉般晶亮的眸子一转：“那是你以为，”说着，绿姬拿出一颗琥珀石子摆在时水上游，玩笑道，“如此，这河里便又有水了。”

小白看着绿姬，满面宠溺：“好，就算你发了大水便是，”说着，小白收起七颗绿松石子中的四颗，还剩三颗，渡过河岸，“如此，临淄空虚，夫人的主力军队恐怕来不及撤回了。”

绿姬不慌不忙地拿出仅剩的两颗石子，摆放在河岸两侧。

小白不以为然：“你的主力都放在泺邑了，其余皆没什么战斗力，埋伏在此又有何用？”说着，小白伸手去翻那两颗琥珀石子，却意外发现，石子上竟刻着“国”“高”两个金文。

小白愕然，立即翻开绿姬摆在泺邑城中的另外两颗石子，只见石子上是空白的，并无铭文，表明这一支队伍不过是名不见经传的小兵力。

方才小白见绿姬从临淄城中派出大军，其中一支为鲍叔牙的队伍，便想当然地以为她派出的是齐军主力。谁知她竟是虚张声势，以鲍叔牙的军队为饵，迷惑敌人。

绿姬笑道："这招叫关门打狗，我国高两军虎狼之师，在此地以逸待劳，专打你这被河水冲击后，丢盔卸甲的残兵败将。这一盘，我赢了，你可别耍赖，还不快去睡觉。"

绿姬话音才落，突有顿悟，忙抬眼看着小白。小白也瞪大了星眸，一脸难以置信地看着绿姬。

猛然间，小白一把将绿姬拉进怀中，无比兴奋地嚷道："夫人真是上天派来助我的福星！"

翌日清晨，鲍叔牙和隰朋早早进了宫。守宫门的侍卫看见鲍叔牙和隰朋，恭敬行礼道："鲍大夫，隰大夫，两位直接去正殿即可，君上已在那里等候多时了。"

鲍叔牙和隰朋不敢怠慢，三步并作两步走进正殿，方要跪地行礼，歪躺在席上的小白立刻直起了身子，摆手制止："师父，隰大夫，不必拘礼，随便坐吧，我这里有几件要紧事，要请你们去做。"

鲍叔牙喘了口气，在隰朋的搀扶下缓缓坐下："君上可是有了鲁军的动向？"

小白满面自得："非也，只是与齐鲁之战有关，"说着，小白将羊皮卷地图摊开铺好，问道，"师父可懂治水之术？"

没想到小白会问这么一个八竿子打不着的问题，鲍叔牙着实摸不着头脑。可看小白神色，不像是在玩笑，鲍叔牙回道："古之治水之道，《禹贡》中曾有记载，老臣略通一二。"

小白如释重负："如此甚好。这第一件事，就是勘察临淄以西各路河川的水情，再带掌管工事的冬官前去，依据实际情况，分段拦筑堤坝，要能控制好上、中、下游每一段的水流，做到不旱不涝，不涸不淹。”

鲍叔牙想了想，回道：“今年齐国大旱，诸川水流平缓，君上这要求应该不难做到。只是大战在即，君上为何此时关心起治水了？”

小白神秘一笑：“师父不必多问，到时你自然就知道了。我唯一担心的，便是师父的身体。师父到底上了年纪，这劳心费力的事情让你去做，万一操心过度，脱发秃揭了，或是劳力伤神，崴脚摔瘸了，可如何了得？”

小白对鲍叔牙的孝顺之意，发自真心。可鲍叔牙听了这话，却气得直咳嗽。隰朋忙抚着鲍叔牙的背为他顺气：“鲍大夫腿脚不便，不宜出远门。不如由朋代大夫前去，朋略懂工事，又有鲍大夫指点，筑堤工事必能完成。”

小白想了想，点点头：“没错，师父上了年纪，总去那河滩里走，容易崴脚。隰大夫是师父看重的贤才，由你去督办，师父和我都可以安心。”

鲍叔牙苦笑道：“果真是不中用了，竟像废人一样，需要大家照顾着。这是其一，其二呢？”

小白凑上前薅着鲍叔牙的胡子，安抚道：“师父可别多想了，让你此时节省心力，是有更重要的事等师父去做。这第二件事，便是火速为国氏和高氏各赶制一千面军旗，一千面战鼓。”

鲍叔牙满面狐疑：“君上，国氏和高氏军中并不缺军旗和战鼓，为何……”

小白一脸贼笑，依旧不肯言明：“师父不必问，只管按我说的去做便是。”

既然小白不愿多说，鲍叔牙也懒得再追问：“君上还有什么吩咐，一并说了罢。”

小白敛了笑容，正色道：“这第三件事，就是方才所说的，须得师父亲自去做，我才放心。”

秋阳升上枝头，农闲的庄稼汉们才从睡梦中醒来，三军将士们却已完成了晨起的训练。将士们三五成群，结伴回营，准备用早饭。才到营地门口，众人就看到一个清瘦弱小的身影，孤零零地站在营门外。

懒丫头看到这么多身穿战服短褐的士兵，吓得手足无措，搓着衣角直往篱笆墙后躲。著山在人群里冷眼看着懒丫头，听着周围的人议论她是谁家的妹妹或是相好的姑娘，冷哼了一声，视若无睹地转身向营帐大门走去。

懒丫头这才看到人群中的著山，顾不上害羞难堪，红着脸跑上去，拉住他的衣摆，唤道："著山……"

其他兵士看到这模样可爱的小姑娘是来找著山的，都铆足了劲儿嗷嗷起哄。著山却不领情，一把将衣摆从懒丫头手中拽出来，黑着脸，语气傲慢："你不是又聋又哑不理人吗？还来找我做什么？"

其他人见气氛不大对，不敢再看热闹，三三两两互相推搡着，快步走回大营。著山见懒丫头垂着头不答话，抬腿欲走。懒丫头赶忙跑上前，直直拦住了他的去路。

著山一脸不耐烦："找你你不理，现在又来我军营里闹，你到底想干什么？"

懒丫头涨红了小脸，磕磕巴巴："有……有事找你帮忙。"

著山上前半步，站在懒丫头身前，俯视着眼前这小人儿："无事便对人不理不睬，有求就过来摇尾乞怜。"

著山去了军营后，长高了半头，身子黝黑紧实，已成了个顶天立地的男子汉。懒丫头紧张得说不出话，断断续续道："不，才不是……只是我听说，你要随君上去打仗了，若是遇上我们公子……"

著山昂着头，一脸顾全大局的样子："这你不必操心，我们君上从未想要杀你们公子，若非你家大夫挑事，眼下这一战或可避免。"

懒丫头咬着薄唇："我知道君上不会杀公子，可战场上太危险了，我想拜托你，若是你们交兵了，也不要杀公子的侍卫大兴，可以吗……”

著山没想到，懒丫头竟然是担心公子纠那侍卫，特来求自己。著山莫名地十分生气，怒道：“不杀？他身为齐国人，却来杀齐人，此为叛国，罪无可恕！别让我遇见他，一旦遇见，我定要将他碎尸万段！”

听了著山这话，懒丫头急得直掉眼泪：“不行不行，不能杀他！”

懒丫头越哭，著山就越气，一把将面前的小人儿推开，著山撂下一句：“哭吧，你多哭一声，我就多捅他一刀。”

嘴上虽讨了便宜，苍白的面色却暴露了著山心底的愤怒。原来她不理他，不愿与他说话，皆是因为她心中惦记着旁人，著山心乱如麻，加快了离去的脚步，却忽听得懒丫头在身后哭着喊道：“他是我兄长……”

著山一愣，回过身来，满面难以置信，他快步走回懒丫头面前，问道：“你说大兴是你兄长，可他不是犬戎人吗？听说管大夫从市上把他买来，他可是无父无母的。”

懒丫头抽泣着回道：“大兴是我亲兄，因为全族被灭门，公子不想让他知道实情，就隐瞒了我们的兄妹关系……我求，求求你……齐国的军队太厉害了，求求你，千万不要杀我兄长……”

著山心疼懒丫头身世，安抚道：“即便他不知道你是他妹妹，这世上你好赖还有个亲人。我却一个亲人都没有，甚至不知道自己是谁，是什么族人，只有君上和鲍大夫，像我的亲人一样……你放心吧，若我能遇见你兄长，一定保护他，让他好好活着。”

懒丫头抬起小脸道：“真的吗……”晶莹的泪滴从大眼睛中滚落，楚楚动人。

著山抬起手，笨拙地为懒丫头拭去泪珠：“大丈夫一言九鼎，决不食言。”

懒丫头这才破涕为笑，抓着著山的衣袖连蹦带跳：“著山你真好！”

著山一脸嫌弃，嘴角却不住上扬："又哭又笑一脸鼻涕，真是恶心。"

懒丫头小嘴一嘟，拿起手中的袖笼，直接擦了鼻涕。著山忙将衣袖拽回，惊怒交加："我一会儿还要训练的，你……"

懒丫头咯咯地笑了起来，从内兜中摸出一个荷包，递给了著山："这是我专门给你绣的，你拿着吧……"

著山接过荷包，看了看，眉头拧成了疙瘩："绣的什么啊？这么丑。"

懒丫头回道："绿姬姑娘教我绣的，起初说是要绣鸳鸯，但我绣不好两只鸟，就只好绣一只，你看，像只水鸭吧？"

著山满面嫌弃："你竟然绣了只鸭子给我。"

懒丫头红着小脸跺着脚："反正你拿着吧，能保平安的。你一定要平安回来啊，我等你。"话音未落，懒丫头便逃也似的跑了。

著山望着懒丫头的背影，无奈地摇了摇头，捏荷包的手却一丝也不放松，将它牢牢收在了贴身的内兜里。

莒城内的齐军营地，车马往来异常频繁。只见齐军的马车满载着装运粮草盔甲的布袋，一辆接着一辆驶入营中。莒国士兵们在齐国将军的率领下，不停操戈互击，练习劈刺之术。

北门城楼上，鲍叔牙与莒子看着源源不断驶来的车马，喜形于色。莒子冲鲍叔牙一揖："请大夫替寡人向齐侯致谢，谢他信守诺言，派兵支援，实乃我莒国百姓之福。"

鲍叔牙笑着向莒子回礼："莒子与我们君上相识于微，为我们师徒一行遮风避雨，若非莒子义举，又如何会有今日的君上。此等情谊，即便海枯石烂也不能忘怀。眼下鲁国大举犯齐，又得莒子倾力相助，我们怎还能受得起莒子这个'谢'字。"

莒子摆摆手，略侧过身，不受鲍叔牙这一礼："寡人国弱，背靠数位强邻，屡屡受人胁迫。只有齐侯诚意相交，寡人焉能不以诚相待？"

不远处，一商人模样的男子佯装方便，藏在草丛中，竖耳偷听，四下张望。半晌后，此人跨上马，朝鲁国的方向飞奔而去。

鲍叔牙捋着胡子，斜眼望着那一骑绝尘，笑意盈盈。

原来，这一切皆是鲍叔牙和莒子故意做给那奸细看的。所谓的源源不断的齐军，不过是协防莒国的千名士兵，他们打北门入，从东门出，来回变换着不同的服装、旗帜和队形，从晨起开始已经走了三五趟。在不明真相的人眼中，就像有万人大军一般。

一旦莒国驻有齐国重兵，便相当于在鲁国背后藏了一把锋利的匕首，待鲁国大举伐齐，国内空虚，这部分兵力便可以打西侧绕过泰山，直捣曲阜，威胁鲁国的生死存亡。

泰山之巅，云破日出，东方破晓。数百里外的鲁宫内，公子纠从宿醉中苏醒，只觉四肢沉重，头痛欲裂。电光石火间，公子纠一惊，赶忙下了榻，向卧房外跑去。

小院内空空如也，一个人也没有，公子纠心中大叫不好，跨步走向门口，打开院门，只见两侍卫正把守着大门，披坚执锐，神色肃穆。

见公子纠开了门，两侍卫异常紧张，直直用身子挡住大门，稽首抱拳，示意公子纠不能出来。公子纠目光凌厉如剑，却只能甩袖转身退了回来。

昨晚管仲忽然找他对饮，说是他们师徒许久都未好好说话了，现下看来，不过是管仲欲灌醉他的套路。他早就该想到，管仲怎会让他上前线，鲁公又怎会毫无牵制措施，就将十万大军拱手交出，任由管仲指挥。

公子纠原本以为，他能在沙场上略尽绵力，拼命护得小白周全，现下看来，却只能被关在这一方小小的院子里，焦灼煎熬地等待消息。

管仲是个守信之人，公子纠依稀记得昨晚酒席上，他曾让管仲保证，无论胜败，都不能杀小白，可管仲究竟答允了没有，公子纠竟然一点儿印象都没有了。

公子纠坐立不安，在小院中来回踱步。打翻侍卫逃出宫去简直是痴人说梦，还未到前线，就会被人追回来。更何况，现下情况究竟如何，鲁军是已经拔营杀向了齐国，还是刚刚集结，公子纠一无所知。

正一筹莫展之际，院门豁然大开，公子纠抬起头，看到来人是柔姬，又垂下头，像没看见似的，继续想自己的事情。

看到公子纠的态度，柔姬毫不意外，她淡然一笑，碎步上前，轻声对公子纠道：“公子，现下，只有我能帮你……”

东方已露鱼肚白，姝子苑小白房内依旧灯火通明。

一副缀着铜片的兕甲立在窗边，寒光映在甲鳞上，令人望之色变。

小白身着戎衣短褐，手握羊皮卷地图，不停揣摩着管仲究竟会从何方发难，不知不觉间竟琢磨了一整夜。

派兵协防莒国，是他与鲍叔牙想出的牵制鲁军的一步棋，迫使鲁公不得不留下一部分兵力在曲阜，以防齐莒联盟，从东侧偷袭，端了他的老巢。

为着能帮上小白，这几日绿姬也开始苦读太公《六韬》，小白不眠不休，她就待在他身侧，为他添香煮水。

小白时不时催促着绿姬去睡觉，可绿姬笃定了要陪着他，小白既心疼又无奈，只想赶快忙完，好让绿姬回去休息，谁知一下又忙了一整夜。

绿姬起身为小白添水，看着地图上画着的复杂地势，颇为担忧：“假如管仲真的借道卫国，从西边进犯，我们该如何是好？”

小白将绿姬拉至身前，在地图上边指边说道：“哪有那么容易，卫侯虽然口头答应了管仲，可卫昭伯率群臣竭力反对，称此举会危害卫国安全；驻守济水西岸的卫军将领也拒不领命，甚至加强了巡逻与防范，拒绝鲁军入境。所谓的鲁卫联盟，现在不过成了个笑话，徒给管仲增添几分吹牛的谈资罢了。”

绿姬点了点头，揶揄道：“也是，卫国女公子心有所属，在齐不在鲁，卫侯又怎会真心实意借道给管仲。”

小白眉头微蹙，星眸一转，揽着绿姬的瘦肩，坏笑道：“太阳打西边出来了？我夫人竟说出这酸话来。”

绿姬推着小白，无奈笑道：“哪里听出酸来，愿意娶谁便去吧，你看我拦你不拦？”

小白坏笑两声，一个横抱将绿姬抱起：“好啊，那我现下就先娶了你吧，你可别拦着。”

还不等绿姬反驳，院门外便传来侍卫大力的敲门声：“君上，鲍大夫来的急信。”

小白高声应道：“就来。”百般不情愿地放下了绿姬，低声嘟囔道，“我师父真是会挑时候……”

绿姬不由得笑出了声。小白迅速打开院门，接过竹简，又关上院门，快步跑了回来。

绿姬赶忙为小白递上一樽温水：“天冷了，尤其是早晚，你别总是不加衣服就出门去。”

小白却无回音，盯着竹简，神色森然。绿姬看到小白的神情，便猜到了鲍叔牙传信的内容，不由得紧张了起来。

小白将竹简递给绿姬，绿姬定睛一看，果然见竹简上写着一行金文：鲁军已出曲阜。

心跳陡然加了速，绿姬明白，小白与纠之间的这场宿命之战，终于要开始了。

小白望着绿姬，心中百转千回，仿佛有千言万语卡在喉头，却不知该从何说起。

绿姬粲然一笑，小手吃力地拿起窗边的兕甲，柔声对小白道：“让我为你穿战袍吧。”

小白一怔，一股暖意铺天盖地席卷而来，他毫不推诿，张开双臂，看着绿姬一点点笨拙地为自己穿铠甲。

兕皮铠甲很重，绿姬小心翼翼地将每一个衔接处的皮绳系好，生恐有任何疏漏。

系好后，绿姬又逐个将胸口处的铜缀片抚平，小白的心跳声透过厚实的甲胄传来，绿姬鼻头一酸，眼泪在明眸中不住打转。

强压住离愁别绪，绿姬忍了泪，抬起眼，笑对小白道："万不要逞匹夫之勇，即便没了这万里河山，你还有我……"

小白的大手轻轻拂过绿姬绝美的面颊，星眸坚定如炬："既要定了这万里河山，也要定了你。"

语罢，小白捧起绿姬的小脸儿，吻上了她的薄唇。这离别一吻意味深长，两人都无比投入，极尽缠绵，直到天昏地暗，呼吸沉重仍抵死相守，不愿分离。

除了温热绵柔的呼吸，忽有如琼酪般微咸的滋味入口，小白一怔，放开了绿姬。她的脸颊上挂着两行清泪，如梨花带雨，任谁看了都要生起怜爱之意。

小白心如刀割，将绿姬紧紧拥在怀中："对不起。"

绿姬抬手拭去脸上的泪，强笑道："你一定要好好的，毫发无损地回来。"

小白拉起绿姬的小手，放在嘴边一吻："放心吧，等我打完这一仗回来，我们就成亲。"

小白不再耽搁，十分不舍地望着绿姬，好像是要将她的样子刻在脑中，而后转过身子，头也不回，大步向姝子苑外走去。

绿姬没有跟出去，只是竖着耳朵听着，听到院门开了又关，听到小白马咴叫的声音，绿姬的眼泪再也忍不住，纷纷坠下。

即便有通天之力，却无法预测心爱之人的生死。手心上残存的小白的热度渐渐散去，绿姬含泪望着通天脉，肝肠寸断。

第三十五章　秣马厉兵

烽火连城，角声震天。曲阜城百里开外的军营里，众将士枕戈坐甲，整装待发。

与之相反，城中鲁宫内，依然是钟鸣鼎食、歌舞升平，丝毫感受不到两国交兵的紧张气息。

小院内，公子纠听闻柔姬要帮自己，十分不以为意："女公子有意相助，纠不胜感激。只是两国交兵，形势复杂，不是你个姑娘家该参与的。"

柔姬没想到，公子纠被软禁，却仍不肯接受帮助，开口道："公子，此一战，鲁军有十万人，齐国却因多年内乱，只有区区三万人，力量对比悬殊……"

听了柔姬这话，公子纠抬起眼，面露不悦之色："十万人如何？三万人又如何？如果你来找我，是为了炫耀实力，那大可不必。"

柔姬一怔，忙解释道："公子误会了，诚如公子所言，我只是个女子，哪里会懂兵家之事。我只是听闻公子被圈在此处，猜到公子会担心公子小白，才……"

公子纠摆摆手，打断了柔姬的话：“不必，你只需告诉我，我的近身内侍大兴，人在何处？”

柔姬想了想，照实回道：“为了防止他做出什么冲动事，我兄长已命人将他关进狱里了。”

公子纠再难冷静克制，怒道：“关进狱里了？他是我的人，你们凭什么说关就关？”

看公子纠怒不可遏的样子，柔姬心疼又无奈：“公子先不要动气，眼下两国交兵，许多事自然难顾周全。我知道公子惦记着公子小白，惦记着战事，我可以想办法，带你出宫去。”

公子纠毫不领情：“你若真为我好，现在就给我出去。”

柔姬望着公子纠，轻声劝道：“公子，此时已不是耍脾气的时候。我每日会来给公子送饭，什么时候公子想清楚了，随时找我便好。”语罢，柔姬缓步退出了庭院。

小院的大门开了又合，公子纠望着头顶这一方蓝天，头脑飞速地旋转着。

方才柔姬所言，句句在理。可公子纠无法确定，她此时前来，究竟是真心帮助还是假意试探，又怎能轻易将心中所想和盘托出。

更何况鲁军既已开拔，他纵然逃出宫去，想以一人之力阻挡千军万马，也不过是螳臂当车，痴人说梦。

公子纠叹了口气：事已至此，为今之计，便是动心忍性，等待一个合适的时机了。

秋风萧瑟，草木摇落，群雁南翔。

鲁军驻地，中军帐里，管仲率部与鲁国的文臣武将对坐。两伙人皆一言不发，暗中却都在彼此观察。

鲁国的士大夫们对管仲心存鄙夷，觉得他身为齐国大夫，竟为争权夺利，伙同别国，攻打主国，甚至允诺割城让地，实非君子之举；而鲁国的将军们又觊觎管仲的将才，十分好奇他会如何运筹帷幄，才能让这十万人马踏过，只颠覆齐国政权，而不伤及齐国根本。

聪敏如管仲，怎会觉察不出四面八方射来的异样目光？管仲心知肚明：这第一次的较量，并不在齐鲁之间，而是在自己与鲁公的这些臣子之间。想到这里，管仲微微一笑，闭目养神。

终于，鲁公身着一套青铜甲，在一众侍卫的簇拥下风风火火走进帐来。

鲁国众臣皆匍匐于地，高呼君上。管仲却仍在闭目养神，对鲁公的到来置若罔闻。

鲁公知道管仲的脾性，也不多言，直道众卿免礼，便进入正题："今日召各位前来，是要商讨伐齐方略。众卿可畅所欲言，无论对错，寡人绝不怪罪。"

话音才落，公子庆父、公子牙、公子友三人便异口同声呼道："君上！"

管仲闻言，犹未睁眼，嘴角却漫起了一抹轻笑：这三人既是鲁公的胞弟又是鲁国上卿，思虑自然比普通的士大夫和将军更深远。

互使眼色之后，公子庆父当仁不让："君上，齐军兵乏粮少，我军人多势众，伐齐根本不在话下。臣唯一担心的，便是将我军统一交由这齐人来指挥，万一他临阵倒戈，可如何是好？"

鲁公和帐中众臣都盯紧管仲，期望他陈情表态。可管仲却默不作声，闭目养神，岿然不动，好像众人所讨论的事与他毫无干系一般。

鲁公不得不捡起话头，笑道："众卿不必为此担忧。正因为管大夫是齐国人，熟谙齐国地形及齐军部署，才更能带领十万大军，克敌制胜。何况此次伐齐，管大夫并不直接领导一兵一卒，如何能够倒戈？待公子纠回国即位，管大夫身为公子师，定会被拜为国相，如此，我齐鲁两国百年修好，永世再无兵戈可言。管大夫，你说是吧？"

管仲怎会听不出他们君臣一唱一和，好让他在道义与情谊上皆受牵制。管仲冷哼一声，仍闭目冥思，未接鲁公的话茬儿。

气氛颇为微妙，鲁公见状，干笑几声："好了，管大夫，你就向众卿阐释一下你的伐齐之略吧。"

士兵们推上来一面绢布屏风，布上画着齐鲁两国的地图。管仲猛然睁眼，利索起身，走到地图前，看向众人："齐国南拥泰山之险，东以莒国为屏，西以卫国为障，前有嬴邑，中有夹谷，地势险要。齐军派兵驻扎夹谷，企图借助地利以小股兵力阻击大军进攻，而夹谷东西两侧的潍邑和泺邑也必有驻军。此两邑挡在临淄之前，既可防备我们左右包抄，又可与夹谷的驻兵遥相呼应。若只是凭借人多势众而贸然攻之，必然损兵折将，久攻不克。"

管仲边说边扫视帐中众臣，只见他们一个个都眼巴巴地望着自己，鸦雀无声，屏息凝神。

鲁公向公子庆父使了个眼色，庆父即刻心领神会，阴阳怪气道："那依管大夫高见，又该如何是好？我等好领教管大夫的妙计。"

管仲乜斜了庆父一眼，冷声道："鲁军需将大营移往鲁国最北端泰山脚下的岱邑，而后兵分三路，中路攻取嬴邑，东路沿齐莒边境穿过，佯攻潍邑，迫使驻扎莒国的齐军回援。剩下的一路主力，则偃旗息鼓，取道向西，自济水东岸绕过泰山，攻打泺邑。若泺邑告急，驻守夹谷的齐军必会回援泺邑，那么攻下嬴邑的我军便可取道夹谷，直插齐国腹地。"

管仲说完，看向鲁公麾下众臣。众臣不敢有所表现，皆望向鲁公，待鲁公点头授意后，群臣忙拊掌称许，大赞管仲足智多谋。

鲁公大笑附和："管大夫真是奇才，寡人佩服！待我军依大夫之计，直捣临淄，助二舅父夺位后，大夫可要信守承诺，将琅邪城到阿城之地，让给寡人哪。"

管仲明白鲁公此举，是刻意在众人面前提点自己，切勿出尔反尔，忘记应允鲁公的条件。管仲瞥了鲁公一眼，虽心怀不满，却无立场反驳。

鲁公知晓管仲性情，明白他只要不开口驳斥，就是默认，便不再勉强。出兵方案已定，鲁公十分兴奋，扯着嗓子，大声对群臣道：“好了！依管大夫之计，布置下去，即刻出兵，直取临淄！”

帐中之臣齐齐大拜：“君上圣明！”

姝子苑暖阁内，绿姬抱膝席地而坐，心中反复思量着，颇为纠结。

身为女子，又非齐人，绿姬似乎无论如何都不该卷入这场战争中。可她心中挂念小白，这种惴惴不安犹如洪水猛兽，令她寝食难安，无法思考。

昔有商王武丁之妻妇好，能征善战，为商朝立下了赫赫战功。绿姬虽不比妇好能上阵杀敌，却也愿意为小白殚精竭虑，助他一臂之力。

主意既定，绿姬不再迟疑，起身走出房间，打开院门，对守在门外的宫人晏氏道：“劳烦姐姐，为我通传，请鲍大夫即刻入宫，有要事相商。”

西风烈，临淄城外的齐军大营里，战鼓声声震碧天。

小白一身戎装，英姿飒爽，驾着小白马，率部驰骋而来。

国氏高氏与隰朋早已等在中军帐前，看到小白，三人忙跪地迎接：“拜见君上。”

小白翻身下马，笑着抬抬手：“三位大夫快起来吧。”

三位大夫起身，隰朋上前，躬身撩开帐帘，请小白与国氏高氏进帐。

众人入帐后，还未坐稳，小白便急问道：“鲁军动向如何？”

高氏大夫拜道：“回君上，鲁军已于今晨北上岱邑，直逼嬴邑。”

小白一笑：“好啊，看来是打算从夹谷直插我齐国腹地。这一招风险虽高，胜算却大，且不必担心被断后路。”

隰朋回道：“正是，管仲率部迅速推进，预计在明早，便会攻下嬴邑，直逼夹谷。”

小白闻言，兴奋地站起身，走到绢布屏风前，望着地图，背手道：“国卿高卿听命。”

国氏和高氏上前大拜：“臣在。”

小白一转身，眉目之间霸气尽显，似乎他此时面对的不是国氏和高氏，而是千里之外的管仲：“寡人命你们率部驻扎于夹谷，阻击来犯的鲁军。”

国氏高氏两大夫异常激动，顿首大拜道：“臣领命，必拼死阻击！”

小白摆了摆手：“不必，一旦与鲁军交手，便立刻丢掉军旗，退避三舍，至乾时两岸待命。”

国氏和高氏听了皆大惑不解，齐声问：“君上，这是为何？”

小白只是微微一笑：“二位大夫只要照我说的去做便可。”

国氏意气难平，据理力争：“君上，鲁军大兵压境，我军同仇敌忾，士气正旺，若不战而退，恐重挫士气；夹谷地处泰山余脉，地形险要，极利防守，若轻易放弃，鲁军便可长驱直入，兵临城下。请君上三思！”

“请君上三思！”高氏也大拜于地，附和国氏。

小白不欲将计谋挑明，也不愿用国君之威胁迫二人，转而说道：“高卿，还记得那日在你府中把酒畅谈，说到管仲，你是如何评价的？”

高氏大夫回想了一下，说道：“老臣对君上说，管仲颇具将才，绝非等闲之辈。若两军对垒，不可用常法击破，需反其道而行之，方有取胜的可能。”

小白点点头：“正是，国高两卿是我齐国的股肱之臣，你们的忠心日月可鉴。我也知道两位大夫训练军队十分辛苦，如今士气昂扬，实乃我齐国之大幸。可打仗靠的不单是意气，还有谋略。让两位大夫依此法来做，确实是委屈了你们，但这确是我这筹谋中关键的一环，不知两位卿家，是否愿意为我受这个委屈？”

高氏大夫听了这话，以首顿地，陈情道：“臣心中一切皆以齐国为先，臣个人的荣辱得失又算得了什么。君上只管吩咐，老臣领命，万死不悔！”

国氏大夫也是一样的心思，只是话都被高氏大夫说尽了，国氏大夫只能躬身拜道：“臣领命，绝不辜负君上信任！”

小白大步上前，亲自扶起国氏与高氏：“两位大夫辛苦，事不宜迟，请两位大夫率我军精锐，即刻出发吧。”

小白亲自送国氏与高氏出帐，两位大夫意气风发，冲小白一礼，立刻回军中做准备。

军营外又传来一阵马蹄声，小白侧过身，看到鲍叔牙率着一众人马入了营。

小白对一旁的隰朋道：“我师父腿脚不好，你去看看有没有需要打下手的地方，帮着他料理料理。”

隰朋拱手领命，走向了鲍叔牙的营帐。小白才要回帐中，忽察觉随鲍叔牙来的一名小侍卫，似乎总是不住地偷眼看自己。可小白一与他对视，他便迅速垂下头。

此人身形颇为熟悉，小白心中起疑，走上前，拦住了那侍卫的去路：“慢！”

侍卫无路可走，只得压低了盔帽。小白上下打量此人，只见他身量纤纤，脖颈白皙嫩滑，不似男子。

小白心中一暖，咧嘴一笑，抓住侍卫的手，将他拉至身前。这侍卫十分仓皇，慌张抬头，原来此人不是别人，正是绿姬。

绿姬如触电一般甩掉小白的手，朝他身后使了个眼色。小白回过头，见鲍叔牙与隰朋一道走出了营帐，交谈了几句后，鲍叔牙大步流星向中军帐走来。

小白只得转过身，招呼鲍叔牙：“师父一路辛苦。”

两人一同走进中军帐，鲍叔牙笑对小白道：“方才来的路上，见国氏与高氏斗志昂扬，已准备开拔发兵。看来君上的确已熟读《六韬》，不仅对奇正捭阖之法颇得要领，对《六韬》中所记载的君人南面之术，也颇得精髓啊。”

小白笑道：“书中所学是一回事，实际用起来则是另一回事。

除了熟读《六韬》中所记载的权谋之术，还要拿出哄绿姬的工夫，来安抚国卿与高卿，效果十分明显。”

鲍叔牙捋着胡子眯着眼：“是呢，照此看来，绿姬姑娘对君上而言，着实是意义非凡哪。”

听出鲍叔牙话里有话，小白一怔，即刻想明白了：绿姬一个手无缚鸡之力的姑娘，怎可能独自从齐王宫跑到军营中来，必定是鲍叔牙将她带来的。

小白揽住鲍叔牙的肩头，贼笑道：“师父什么时候，竟变得如此知情识趣了？”

鲍叔牙一把推开小白的手，点着他的鼻子，谆谆教导：“我虽然将绿姬姑娘带来，但你不许乱来，就算你们已有婚约，到底还未成亲。而且大战在即，你……”

眼见鲍叔牙又啰唆起来，小白忙出声打断：“师父既然如此不信我，何必还把绿姬带来？”

鲍叔牙白了小白一眼，回道：“绿姬姑娘颇有筹谋，又是大卜一脉后人，可占卦测凶吉，再说，”鲍叔牙顿了下，幽幽叹了口气，“绿姬姑娘来找老臣，哭得梨花带雨，老臣也只是个凡人哪，焉能坐视不理？”

鲍叔牙这话似乎颇为在理，可在小白听来，虽觉哪里不对劲，却一时半会儿理不清头绪。

正当此时，隰朋走进帐中，拱手行礼道：“君上，大夫，一切都收拾妥当了。”

小白点点头，问隰朋：“交代给你的治水之事办得如何了？”

隰朋拱手回：“君上放心，已命六七队人马同时着手，不日便可竣工。”

小白点头道：“好，按计划行事。”

鲍叔牙仍不放心，张了张嘴，打算再叮嘱几句。小白忽然想起绿姬还在帐外，忙抢先说道：“师父，现今管仲来势汹汹，师父不如早些去泺邑，熟悉熟悉地形，做好战前准备。”

鲍叔牙怎会不知小白着急见绿姬，当着隰朋的面，却也不好拆穿他。鲍叔牙贼笑着摇了摇头，与隰朋一道拱手领命，退了下去。

待鲍叔牙和隰朋的交谈声渐远消失，小白立即吩咐帐外的侍卫道："把方才随鲍大夫来的那个牵马的侍卫单独传进来，我有要事吩咐。"

侍卫领命而出，不一会儿，束发戎装的绿姬便被带进了帐中。

小白挥挥手，示意其他人退下，而后便一瞬不瞬地盯着绿姬，半晌没说话。

绿姬方欲开口解释，却见小白一笑，上前拉住她的手，假装素不相识，刻意捉弄道："这位小哥生得好俊俏，给鲍大夫那老头儿牵马可惜了，不如留在我身边，替我执笔写信吧。"

绿姬刚要将手挣开，突然有一人未经通传，就从帐外闯了进来，吓得绿姬立马将小白推开。小白定睛一看，来人原来是著山。

著山明显比小白和绿姬更惊恐，瞪大眼睛张着嘴傻在了原地，脑中一片空白。

作为小白的贴身内侍，著山与小白一起长大，情同手足，对彼此的脾气秉性了如指掌。著山如何能接受，小白竟然在中军帐里紧紧拉着个男人的手？

可小白面色坦荡，不以为意，问道："臭小子，你来干吗？"

著山没有理会小白，而是瞪圆了眼睛望着绿姬，待看清绿姬的脸后，著山松了一口气，差点哭出来："可吓死我了……那个，君上，臣……臣已探明鲁军虚实，特来汇报。"

小白眼泛精光，问道："哦？鲁军大略有多少人？"

著山抱拳道："禀君上，号称十万，兵车千辆，实际有五六万人，兵车八百余辆。"

"好，"小白点了点头，颇为嘉许，走上前去，从头到脚打量着著山，"还是穿上戎装更精神些，你现在是何位阶？"

著山听到小白夸奖，腰杆挺得更直了："回君上，现为下士。"

“哦？”小白难以置信地看着著山，“才入军中便是下士？”

著山一脸得意，抱拳回道：“回君上，初入军中为普通士兵，因抓捕管仲的细作晋为伍长，又因昼夜潜伏于岱邑郊外，探得鲁军动向，晋为下士。”

“好，”小白拍了拍著山的肩膀，“高氏大夫果然调教有方。记住，要凭自己的本事，回到我身边来。”

著山咧嘴一笑，抱拳一礼：“是！”语罢，著山风风火火地退出了营帐。

绿姬望着著山远走的背影，颇为感慨：“著山比从前进步很大。”

小白点了点头，附和道：“高氏大夫治军严明，伍中不乏忠勇之士，著山天天跟他们在一起，自然能够迅速成长为顶天立地的男子汉。不像跟着我师父，一天到晚只能学些婆婆妈妈。”

绿姬一笑，反唇相讥：“是吗，我看鲍大夫也是半句不离六亲五法，煞费苦心。可是某些人非但不知感激，还整天嫌他婆婆妈妈，带着著山也学坏了。”

小白大窘，干咳了几声：“研墨！”

此时突有兵士在帐外高声喊道：“报！前方传来的急报！”

小白面色一凛：“呈进来！”

士兵走入中军帐，将竹筒呈上，而后快步退了下去。

小白打开竹筒，抽出竹简一看，对身侧的绿姬道：“鲁军已攻克赢邑。”

绿姬不禁一惊：“动作这么快！”

第三十六章　管鲍对弈

鲁军以破竹之势，快速向北推移，傍晚时分，便在齐鲁交界的岱邑扎下大营。

管仲端坐在大帐正中，手执羊皮卷地图，蹙眉思考着下一步的计划。

公子庆父手握重兵，拿下齐国的嬴邑几乎没费吹灰之力。嬴邑紧挨鲁国的岱邑，齐军只派了寥寥数百人驻守，见鲁国大军压境，守军毫不抵抗，落荒而逃。

对此，管仲并不意外，嬴邑背靠泰山这道天堑，孤城难守，齐军放弃亦在情理之中。

管仲虽然看不起公子小白，但对鲍叔牙和国高两大夫，却不敢轻视分毫。

深谙“知己知彼，百战不殆”的道理，管仲立即命人去抓一名齐国战俘来，问问齐国军中情势究竟如何。

不过片刻光景，一士兵在帐外唤道：“管大夫，人带来了。”

管仲卷起羊皮卷地图，冷声道：“带上来。”

鲁军士兵掀开帘帐，押着一名齐军俘虏走进帐内。那战俘见到管仲，立刻伏在地上，磕头如捣蒜，干哑的嗓子声嘶力竭喊道：“大夫饶命！大夫饶命！”

管仲虽然身在鲁营，却是一心为齐。见这战俘如此卑躬屈膝，有辱国格，他气不打一处来，怒道：“你身为齐军战士，守卫国土乃是天职，为何不战而逃？”

齐国战俘吓得直哆嗦：“大夫有所不知，齐军如今正闹内讧，根本顾不上和鲁国打仗。”

“内讧？”管仲用怀疑的目光盯紧那战俘，不放过他眼底的任何变化。

战俘虽怕极了管仲，眸色怯怯却无闪躲，看来没有说谎。管仲见战俘嘴唇浮肿干裂，血肉模糊，心中滋味难辨，他叹了口气，抬手揉了揉眉心，对一旁的士兵道：“赐坐，赐水。”

士兵拿来一个蒲团，让战俘坐下。可那战俘两股战战，起不了身。士兵只得将战俘搀起，扶他坐在蒲团上，又递给他一只盛满水的木瓢。

战俘起初还有些胆怯，见到水却不管不顾了，立刻抢过来，一饮而尽。

管仲压抑住情绪的波动，继续问：“你倒是说说，怎么个内讧法？”

战俘擦了擦嘴边的水迹，回道：“不瞒大夫，国氏大夫和高氏大夫正屯兵于夹谷。可听说他们满心埋怨，怪君上削减了他们的军权，还不懂兵法，派他们到夹谷，让他们当挡箭牌。现在两支军队更是为了争夹谷中有利的地形，吵个不休，甚至打了起来。”

管仲听了这话，不由得哂笑几声。早先便有传闻，称小白为巩固君位，重编国高两军，令国氏和高氏极为不满。这也罢了，此次两国交兵，小白竟命国氏与高氏率部，将主力军全部屯驻在狭小的夹谷内，实在犯了兵家大忌。这种防线虽然看似牢不可破，却缺乏灵活性，一旦鲁军从西边绕过泰山，包抄其后路，国高两军便会进退维谷，困死山中。

可管仲到底是谨慎之人，怎会如此轻信一个俘虏。他想了想，又问："国氏和高氏两军各有多少人？"

战俘一愣，匍匐在地，颤声回道："大夫，小的只是听送粮的士兵浑说的，并没去过夹谷。"

管仲冷笑道："亏你还知道是浑说。送粮的士兵上次来是什么时候？"

战俘老老实实回道："回大夫，送粮士兵是昨日来的，却未带粮草，据说是粮草不济，发不下来了。"

听了这话，管仲一怔，陷入了沉思：齐国今年大旱，粮草匮乏是真的。可缺粮断草到如此地步，着实值得玩味。若非公子小白太混账，就是他们提前破解了自己的出兵计划，不甘让粮草落入自己手中，这才没有发粮。

管仲嘴角泛起一丝笑意，眼眸划过一道精光：这种棋逢对手的痛快感觉，很久没有过了。

猜想这战俘不可能知道得更多，管仲挥了挥手，示意士兵把他带下去。

管仲在原地思忖了片刻，旋即起身疾步走到帐外，吩咐道："传令，大军开拔，向泺邑进军！"

白月光下，北风萧萧，济水冷冽。鲁军的战车蜿蜒行进在济水东岸，迤逦数十里，前不见首，后不见尾。

军中偃旗息鼓，士兵们衔枚疾走，悄无声息，连枝头浅睡的雀鸟都没有惊动。

管仲一身戎装，骑在高头大马上，身负弓箭，威严地眺望着前方，似乎在等待什么消息。

忽然，负责刺探敌情的黑衣斥候出现在清冷的月色下，他快马加鞭，逆着大军前进的方向由远及近，赶到管仲面前，下马拜道："管大夫，属下已探明，泺邑城中驻扎着大批齐军，其统帅正是鲍叔牙！”

管仲对泺邑城中驻有大军这一消息颇感惊讶，但一听到“鲍叔牙”这三个字，管仲便明了了。这世上能够如此精准揣摩出他进军路线的，除了他的老友鲍叔牙，不会再有第二个人。

管仲笑了笑，问道：“你说泺邑城中驻有大军，是凭什么判断的？”

黑衣斥候回道：“回管大夫，泺邑城中鼓铎齐鸣，旌旗密布，城头飞鸟皆惊飞不落，故而属下如此认为。”

管仲轻轻一笑，即刻明白了鲍叔牙葫芦里卖的什么药。相交数十载，鲍叔牙很了解管仲，管仲对鲍叔牙也了如指掌。这一局越来越有趣了，管仲迫不及待对传令官道：“即刻急行军，速速前往泺邑！”

此时的泺邑城中，鲍叔牙正指挥着千名士兵加紧备战。可他备战的方式有些特别，不是让士兵们磨刀备镞，而是让他们每人手执军旗战鼓，大力挥舞敲击。霎时间泺邑城中车马喧嚣，人声鼎沸，十分热闹。

鲍叔牙对小白交给他的这个差事暗自叫苦：这种小把戏对付鲁公尚有奏效的可能，可若对付管仲，只怕一眼就会被看穿。

忽有一名侦察兵从城楼的瞭望垛上跑下，连滚带爬到鲍叔牙身边，拱手急道：“鲍大夫，鲁军到城外了，已经开始列阵！”

鲍叔牙闻讯，立刻爬到城墙上，只见泺邑城外，鲁军战车一字排开，气势恢宏。

鲍叔牙举起手，喊道：“众人听令，擂鼓摇旗！”

话音方落，泺邑城中鼓声震天，旌旗飘扬，仿若城中有千军万马。

鲁公与管仲同乘一辆戎车，见齐军声势浩大，不免十分担忧：“齐军守备森严，这泺邑恐怕难以轻取。”

管仲觑眼望着城墙上的鲍叔牙，轻轻一笑，对鲁公道：“不必担忧，管某这就去，将其劝降。”

鲁公一脸不信：“齐军士气正高，管大夫如何劝降？”

管仲抬起手，对身边的传令官道：“上攻城械！”

随着隆隆的声响，一辆冲车[①]被兵士推向阵前。冲车上装载巨大的木槌，是冲破城门的利器。与此同时，数辆高耸入云的临车[②]也被推了上来，云梯[③]和辕辒[④]紧随其后。这一套装备十分齐整，待攻城时，士兵们便会在临车弩机的掩护下，登上辕辒，被运送至城下，再经云梯攀入城中。

管仲望着城楼上的鲍叔牙，笑得颇为灿烂，这些都是他特意为攻取临淄准备的，泺邑城小墙低，杀鸡何必用牛刀，他要做的，只是借这些器械所展示出的威慑力，挫败守城士兵的士气。

果然，鲍叔牙远远望着这些攻城器械，叹了口气，暗想管仲这次真的是下定决心，只怕不攻下临淄，不会善罢甘休。

管仲命士兵取来白幡，右手高高擎起，独自走到城下。白幡是军中使者的信号，两军交战不斩来使，看到这面白幡，齐军便不会轻举妄动。尽管如此，管仲还是谨慎地与城楼上的齐军保持了一射以上的距离。

鲍叔牙压下手势，命众士兵收起弓箭。两位老友在战场上刀剑相逢，望着对方，不约而同地笑了起来，仿佛两人正要青梅煮酒博弈谈笑。

可正事还是要谈，绝不能偏废。鲍叔牙清咳两声，正色道：“管夷吾，你这个老东西。君上已即位数月，齐国子民及各位大

---

① 也叫“对楼”，即以冲撞的力量破坏城墙或城门的攻城主要兵器，属于中国古代攻城器械。

② 利用自身的高度，从车中直接向城内射击，也可用来接近城墙，破坏女墙，直接攻打城墙上的守敌。车中除了装备有各种长兵器，还常常装载强弩、石炮等重武器。

③ 云梯在古代属于战争器械，是通过攀越城墙攻城的用具。配备有防盾、绞车、抓钩等器具，有的带有滑轮升降设备。

④ 古代攻城武器名。为四轮无底木车，上蒙牛皮抵御城上箭矢，人在车中推车前行，可掩护士卒抵近城墙进行攻击。一车可藏十人左右。

夫皆鼎力支持。作为老友我奉劝你一句，别再执着于君位，只要放弃伐齐，你与公子纠师徒二人，必得礼遇！”

鲍叔牙这话看似无任何强硬之处，实际上却是釜底抽薪之语。齐国子民及各位大夫皆支持小白，勠力同心，一致对外，更坐实了管仲是出于一己私欲，为争君位而向主国发难，不得人心。

管仲闻言，仰天大笑：“鲍叔啊鲍叔，数月不见，你还是那个老样子，专会巧言令色，颠倒是非。公子小白身为幼子，不顾长幼之序，擅登君位，纵然百姓无知，士大夫贪利，不加以制止，却难以改变其篡位的事实。更何况，公子小白贪恋美色，不谙国事，刚愎自用，勉强即位，于国又有何益？现我借鲁国之兵，代表我们公子，兴兵讨伐，我方兵精粮足，准备周密，就算你豁上老命，也无法与我抗衡。作为老友我奉劝你，马上开城投降，莫让生灵涂炭，待我们公子回国即位后，我定会顾念旧情，饶你不死！”

鲍叔牙气得指着管仲，怒道：“你……你……好你个管老二，没想到，你竟如此强词夺理。既然如此，便别怪我不顾往昔的情意！”鲍叔牙正要示意手下的士兵举弓，忽听城内有人大声嚷了一句：“快逃命！”

城门的门闩忽然被管仲潜入城中的一波内应抬起，城门訇然大开。

管仲不由得哈哈大笑，指着城门对身后的鲁军命令道：“冲入城中，活捉鲍叔牙！”

临淄城外，齐军大营，流萤飘散如星。

中军帐里，小白专心致志地看着地图，研究着当下齐鲁两军的调遣。绿姬则坐在小白身侧，为他研墨。地图上所标注的两军对垒处，正是鲍叔牙所镇守的泺邑。

绿姬不由得十分担心，她放下手中的石墨，对小白道：“万一管仲识破了鲍大夫的虚张声势之计，可如何是好……”

小白放下地图，捉起绿姬的小手，见她手心发凉，忙拉至怀中暖着："夫人只知其一，不知其二。我并没指望此计能瞒得过管仲，相反，我就是要让他占领泺邑。管仲眼中的宿敌只有我师父一人，我师父落入他手，才能令他放下警惕，一步步走入我们的圈套。"

绿姬担忧道："这样一来，鲍大夫岂不是会有危险？"

小白安抚道："放心吧，这世上最舍不得杀我师父的，便是管仲了。天不早了，早点歇着吧，明日还有的熬呢。"

绿姬点点头，却僵着没动："可是……我住哪儿呢？"

小白揽着绿姬的瘦肩，板着脸，厚着脸皮道："这还用问，你这么喜欢我，大老远来寻我，当然要和我睡在一起了。"

绿姬虽明知小白是在吓她，仍不争气地红了脸："瞎说，我倒看你有多大胆，敢在军中胡……"

绿姬话未说完，小白便一个横抱将她抱起，大步走向中军帐后堂，将她放在了卧榻上，欺身压了上去，唬道："我不敢？你看天下有没有我不敢的事。"

绿姬吓得一声惊呼，又忙住了口，生恐被帐外的守卫听到。可小白却毫不收敛，揞着绿姬的小脸，坏笑着问："怕了吗？"

绿姬双手被小白箍着，丝毫使不上力，不由得满心委屈，鼻头一酸，双眸泪光盈盈："我担心你才来看你，可你就知道欺负我。"

见绿姬这反应，小白不由得笑了起来，他抚着她的小脸儿，轻轻喃道："小绿，这一仗，我未必会赢，如若身死国灭，我又怎会做出什么冲动事来，连累你一辈子……"

听了这话，绿姬心头猛地一痛，方要开口宽慰小白，却听小白说道："夜已深了，你今日也累坏了，早点休息吧。"

见小白起身欲走，绿姬忙将纤细的手臂从被中抽出，轻轻拉住他的手，低声问道："你怎么睡啊？"

小白指了指铺着竹席的地面："我睡地上。"

绿姬坐起身子，否决道："那怎么行，天凉了，万一你冻病了，谁来坐镇指挥？"

小白见绿姬关心自己，心头颇为温暖："那你说怎么办？总不能让我这统帅睡到别的帐里吧？"

绿姬起身下榻，回前厅拿了羊羔毛软垫来，铺好在地，对小白道："我就睡在这垫子上了，你睡榻吧。"

小白如老鹰捉小鸡一般，捉住绿姬的手臂，将她拉至怀中："你要睡在地上？怎么可能，你是我的女人，哪里有我睡榻你睡地的道理。"

绿姬摇摇头："是我自作主张，求了鲍大夫带我来的。现在战事吃紧，我不想再给你添麻烦了，就让我睡地上吧，无碍的。"

小白不由分说，直截了当地将绿姬塞回被子里："哪有那么多事，你是我的人，照顾你是我的责任，"见绿姬瘪着小嘴，仍是一脸不愿，小白故技重施，唬她道，"若你实在心疼我，我便不再顾忌了，我们一起睡榻上？"

此招果然奏效，绿姬不再坚持，翻过身，大眼睛忽闪忽闪的："我要睡了，你也别废话了，快去睡吧。"

小白见计谋得逞，含笑为绿姬掖好了被子，起身压灭了油灯，借着帐中渗漏进来的月色，铺好羊羔毛垫，躺了下来。

夜已经深了，小白却定定地望着头顶的悬梁，睡意全无。虽说鲍叔牙与管仲交情深厚，小白却仍有些担心那老头儿。毕竟他年事已高，身体不好，却还要受这样的苦楚，小白隐隐地叹了一声，辗转反侧。

同样难以入眠的还有绿姬，想起方才小白那一句"如若身死国灭，我又怎会做出什么冲动事来，连累你一辈子"，绿姬视线模糊，无比揪心。

这的确是一场力量悬殊的较量，他们能做的，也只是尽人事，听天命了。

泺邑城头，鲁军的旌旗随风飘扬。鲁军士兵将鲍叔牙缚押出城，连推带搡将他带至管仲身前，压跪在地。鲍叔牙不由得满面不甘，破口大骂道："管老二，你个不要脸的！"

管仲大笑道："鲍叔，你大概没想到，我早就推算出，齐鲁两国一旦交兵，泺邑便会成必争之地。故而数月前，我便在泺邑守军中安插了内应。彼时，你和公子小白恐怕还在莒城猎豕呢。"

鲍叔牙哼了一声："算你棋高一着。罢了，你不怕累死，愿意争齐国君位，便去争吧，老夫可不陪你玩了。"

管仲并不反驳，笑对左右道："来人，给鲍大夫松绑，他腿脚不好，脑子也笨，找一个人看着就可以了。"

左右士兵上前，三下五除二地给鲍叔牙松了绑。鲍叔牙摆脱了束缚，毫不客气，又扭脖子又动腿，自言自语道："可拘煞我了。"

管仲笑了两声，阔步走回鲁公的戎车旁："鲁军兵不血刃，攻克泺邑，请鲁公进城。"

看着悉数被俘的守城齐军，鲁公似有顾虑，生怕这是管仲的圈套："管大夫辛苦，只是这些战俘不杀，管大夫打算如何安置？"

管仲看破了鲁公的心思，面上流露出几分不齿："鲁公不必担心，这些齐军已被收缴武器，毫无还手之力，稍后我便命人将他们各自遣返回家。"

鲁公定睛看看，见情况属实，笑对管仲道："有劳管大夫。"他抬起手，对传令官下令道，"传寡人令，进城！"

第三十七章 破釜沉舟

夜幕低垂，林间栖息的雀鸟被嗒嗒的马蹄声惊飞，排云直上，投下一串串黑影。

著山快马加鞭出了齐军大营，十万火急地赶往夹谷，生怕错过与鲁军的交战。

与此同时，泰山脚下的夹谷里战鼓如雷。公子庆父率领鲁军先锋，与国高两军对垒。公子庆父满面鄙夷地望着面前的齐军，命令身侧的旗官，只待鼓声一停，便立即举旗，发起进攻。

而战阵的另一边，国氏大夫与高氏大夫皆心事重重。眼下夹谷中对峙的，分别是齐鲁两军的主力，此役必将决定本场战争的走向。如若夹谷沦陷，公子庆父率大军出了泰山杀向临淄城，一路便再无天堑阻拦，徒剩一马平川。

两位大夫不约而同地望了对方一眼，眸中是一样的坚毅：即便不知道君上葫芦里究竟卖的什么药，也要恪尽职守，按君上的要求行事。

鲁军鼓声骤停，庆父一声令下，鲁军便如潮水般拥出。见此，国氏和高氏同时下令："伏旗，撤退！"

旗官明显愣了一瞬，他如何能想到，这支号称"虎狼之师"的齐军精锐，竟然要临阵脱逃？

"伏旗，撤退！"国氏大夫见旗官不动，又喊了一遍。旗官这才回过神，忙打出撤退的旗语。

国高两军训练有素，众将士见到撤退的命令，虽满心愕然，却没有多吭一声，纷纷掉头，丢下旗帜，向北快速驶去。

这下傻眼的成了鲁军的将士们：怎么才要打，齐军便跑了？鲁军将士们忙纷纷看向战车上的公子庆父，百思不得其解。

公子庆父见齐军撤退，旌旗满地，拊掌大笑："早就听闻国高两军已无战意，看来传言不虚。传令，乘胜追击，赶在那管夷吾之前，率先抵达临淄城！"

月白风清，树影婆娑。鲁宫小院内，公子纠正对着月色抚琴。

拨弦的素手一丝不乱，雅致的琴音缓缓淌出，如昆山玉碎，芙蓉泣露，清扬婉转，与公子纠烦躁的心境截然相反。

柔姬来送晚饭时，公子纠百般探问，却未得到齐鲁之战的任何信息。

公子纠知道，柔姬并非心思深沉之人，应该不会刻意隐瞒。看样子，白日里两军尚未交战，也没有什么值得通传的情报。可兵者诡道，白日里相安无事，不代表夜里会平静如水。公子纠一颗心高悬着，只能靠弹琴来打发时光，无比煎熬地等待着消息。

院门吱呀一声打开，公子纠抬起眼，看到柔姬轻手轻脚地走进院来，拨弦的手陡然一滞。已过了二更天，柔姬身为女公子，身份贵重，若无要紧事，绝不会擅闯小院。公子纠目不转睛地盯着柔姬，急切地想知道，她漏夜前来，究竟会带来什么消息。

柔姬自然知晓公子纠的迫切心情，直奔主题道："前方传来的战报，公子小白的师父鲍叔牙已被管大夫俘获，我的次兄已率兵突破夹谷，并未受到齐军的丝毫抵抗。"

公子纠闻言，慌张起身，险些将案上的海宝琴碰掉。逃出去太早会看不清时局，太晚则又于事无补，眼下正是合适的时机。公子纠对柔姬拱手行礼："姑娘先前说，可以带纠出宫，不知现下，是否还作数？"

公子纠望着柔姬，如寒潭一般清澈深邃的眼眸中满是恳切，柔姬虽知他是有求于自己，仍不争气地红了脸，她侧过身避开了公子纠这一礼，轻叹道："我答允公子的事，哪里会有不作数的道理。只是我心中一直有个疑惑，还望公子为我解答。待公子为我答疑解惑后，我便即刻送公子出宫。"

公子纠微微蹙眉，甩出一字："讲。"

柔姬鼓足勇气，轻声问："我一直想知道，公子既然不愿见此战发生，为何却从来没有尽力阻止过管大夫？管大夫为公子即位百般筹谋，甚至允我兄长以城池相赠。可公子态度暧昧，既像默许又像反对，究竟是为何？"

公子纠俊眉一挑，冷声一笑："想知道？你带我出去，出宫后，我即刻告诉你。"

柔姬抬起眼，平静地与公子纠对视，两人四目相接，像是一场无声的博弈。不过片刻，柔姬败下阵来，含羞收起视线，松了口："既如此，公子便去准备一下吧，我们即刻出宫。"

公子纠不置可否，起身走回了房中。柔姬望着他绝尘俊逸的身影，幽幽一叹，心头涌起了几丝说不清道不明的滋味。

泺邑城内，鲁军重新扎营。前线的探报一刻不停，管仲和鲁公在第一时间就得到了公子庆父不战而胜，率大军出了泰山的消息。

鲁公不禁仰天大笑，得意忘形，连说了三个"好"字。

管仲却没有鲁公这般激动，冷着面孔没搭腔，蹙眉思索着：若说公子小白只会夸夸其谈，不堪一击，还连累了鲍叔牙，管仲是信的。可若说国高两师不战而退，旌旗满地，丢盔弃甲，管仲心中不由得起了几分疑虑。

高氏大夫为人刚正不阿，为齐国鞠躬尽瘁，只怕战死沙场也不会轻易投降；国氏大夫虽然没什么主见，却是有节之士，在家国大事上，绝不会儿戏。管仲越想越觉得事情有些蹊跷，沉默着没有吱声。

鲁公笑够了，得意扬扬地对管仲道："管大夫，形势已然明朗，我们也速速出兵，与庆父合兵一处，去打临淄城吧！"

管仲一抬手："慢！公子庆父之勇堪用，可命其先入，我们紧追随其后。若合兵一处，于行军不利。"

鲁公万分不解，急不可耐道："管大夫这是何意？齐军已败如山倒，我军却毫发未损，还有何不利？公子小白一向看不起寡人，寡人必定要第一个兵临城下，看他被俘的狼狈模样！"

管仲冷笑一声："好啊，既如此，就请鲁公自己去吧。倘若中了圈套，损兵折将，甚至身死国灭，为天下笑，可莫怪我没有提醒你。"

管仲说完，便不再理会他，兀自看着地图。

鲁公仍需倚仗管仲的智谋，虽对他的言行极其不满，却不得不忍了下来，对手下的裨将吩咐道："如此，那便依管大夫所言，先缓缓跟着庆父的队伍行军。"

鲁公的命令不消片刻便传遍了整个军营。正在羁押中的鲍叔牙闻讯，不禁叹了口气：管夷吾果然不是等闲之辈，小白这些招数究竟能不能瞒得过他，犹未可知。这一切的胜败定数，只能交给老天了。

著山从临淄城外军营赶回泰山夹谷时，夹谷中已空无一人，除了满地的旌旗，竟然连一滴血都没有，哪里像方经过大战的沙场。

著山如丈二和尚，摸不着头脑，只能驭马出了夹谷，乘着月色，沿着小道追去。

正心急如焚之际，著山忽见道旁蹿出了一支队伍，可奇怪的是，这支军队竟然没有军旗。

著山急急勒马，躲进路旁的黍米丛中，定睛观察着这支敌我莫辨的军队：士兵们虽面露疲惫之色，行军却有条不紊，既不像是打胜仗的军队，也不像是打败仗的军队，著山心头的疑虑不由得加重了几分。

前锋过后，高氏大夫的戎车迎面而来，著山方知是自己人，忙牵马从黍米丛中走出。行进中的齐军士兵们被著山吓了一跳，纷纷举起了手中的弓弩。著山赶忙举起双手，亮明身份，士兵们这才松了口气，放下了手里的武器。

著山牵马来到高氏的戎车旁，与之齐头并进，揖道："回大夫，已将战况传报给君上。"

高氏大夫显得十分心不在焉，挥挥手，示意著山退下。著山心中万般不解，虽明知不该问，却仍拱手问道："大夫为何带兵从小路逃出来了，难道……"

高氏大夫听到这个"逃"字，脸上青筋暴跳，怒道："这是你该问的吗？还不速速归队！"

著山心有不甘，却只得应声退下，随着队伍匆匆北上。

东曦既驾，天光初现，公子纠与柔姬乘着马车，顺利逃出了鲁宫。

齐鲁两国交兵，鲁公与众位公子上卿皆不在宫中，女公子柔姬只用了一计偷梁换柱，就顺利将公子纠带出了宫。

马车行驶至曲阜城外，公子纠命车夫勒马，对柔姬道："就送到这里吧。"

柔姬示意车夫回避，而后垂眸问公子纠："公子可是要去战场？"

公子纠毫不掩饰，直言道："是，若不去战场，我何苦费尽周折逃出来。"

柔姬满面担忧，却不敢劝阻，苦笑道："公子先前答应过，说等出了宫，便会告诉我，为何公子明明日夜为此忧思，却既不拼死阻战，又不费心筹谋？"

公子纠轻轻一笑："既然你问了，我就说与你听，只是你未必会懂：我确实曾经想过要做国君，那是因为公孙无知篡位，大哥既死，我没有选择的余地。现在既然小白即位，恢复了嫡传正统，我便再无异议。我师父有相国之才，经世致用，可助齐国雄踞东方，只是他文人气节，既做了我师父，又怎肯去辅佐别人。"

柔姬似乎听明白了，又像是更糊涂："所以你想让管大夫去做公子小白的相国？他两人已兵戎相见，要拼个你死我活，此生怎可能还有君臣和合的机会。"

公子纠不置可否："我早说过，告诉你，你也未必懂。我师父为人磊落，小白亦是光明正大之人，只有在战场上让他们见识到彼此的实力，互相敬服，才会有共图大事的可能。"

柔姬确实无法理解公子纠的用心，无奈笑道："人人皆道管大夫有经世之才，人人又道公子小白贪色误国，不堪大任，天下间可能只有公子你认为公子小白可与管大夫相匹敌。"

公子纠抬眼望向北方，思绪已飞越泰山之巅："他是我弟弟，没有人比我更了解他。"

柔姬不再拘泥于这个问题，抬起大眼睛坚定地望着公子纠："公子若去战场，我要和公子一起去。"

公子纠正眼不看柔姬，冷言否决道："瞎闹什么，战场是你个姑娘家该去的地方吗？"

柔姬听了却不气馁，认真地与他剖析利害："公子现下虽出了宫，却孑然一身，如何能徒步走到战场去？再说，如若真到关键时刻，需救公子小白的性命，公子手上并无筹码，如何与我兄长谈条件？"

公子纠惊讶地望着柔姬："你这是何意？"

柔姬目光盈盈，轻道："我愿做公子的筹码，助公子在关键时刻救下公子小白和绿姬姑娘。”

公子纠断然否决：“不行！”

柔姬上前一步，扯住公子纠的衣袖，央求道：“公子别误会，我没别的意思，只是想助公子一臂之力。”

公子纠见旭日东升，一把拉回袖笼，不欲再与柔姬纠缠：“战场太危险，不是你能去的地方。”

柔姬瘦弱的身躯上前拦住公子纠的去路：“我身上带有鲁宫腰牌，公子又是齐国公子，我们两人在一起，齐鲁两军都不敢伤，谈何危险？更何况，大战一触即发，公子若不想见公子小白身首异处，除了假意挟持我，以我的性命做交换，别无他法……”

公子纠脑中浮现出小白被管仲追杀，命悬一线的危险场景，只觉头皮发麻，不寒而栗。他不得不承认，柔姬所言句句在理，即便他只身上前线，又如何能够凭借一己之力劝退鲁公与管仲。

公子纠犹豫再三，下定决心，对柔姬一拱手：“谢姑娘成全之意。只是你若跟我同去，必须答应我，无论何时何地，必须听我的安排，不可让自己身陷险境。”

柔姬见公子纠关心自己，小脸儿陡然红透，眸中是藏不住的雀跃：“公子放心，我一定听从公子安排，不给你添麻烦。”

公子纠不再多言，蹙眉坐上车辕。柔姬无比开心地遣了车夫，上了马车，随着公子纠一道，快速向北面齐国的方向驶去。

齐军营地，中军帐里，小白身披青铜甲，端坐于正中，绿姬身着戎装，立在小白身侧。天刚擦亮，报探们便如走马灯一般，将各地的战报送入帐中。

“报，管仲已率鲁军抵达崔邑！”

“报，庆父已率鲁军抵达般邑！”

绿姬按其所述将石子分别摆在地图上。小白看着图上的情势，眉头愈拧愈深。

地图上的方寸之地，代表齐鲁两军的红绿石子正从四面八方汇往一处。此时的绿姬已经完全明白了小白的作战计划，也明白，这样的计划无异于一场豪赌。

六吉与六煞终将直面，犹如天幕上交错辉映的繁星。盖世英雄是被扼杀于襁褓，还是光耀于东方，全在此一役。

忽然，报探又传来消息：“报，国氏和高氏已到乾时！”

小白霍地站起身，绿姬的心一下提到了嗓子眼儿，她明白，小白就要出兵了。

果然，小白对一侧的裨将朗声道：“传寡人令，中军将士悉数集结，即刻出发！”

裨将拱手大声回：“是！”即刻出帐传令。

小白看了看身侧的绿姬，绿姬轻轻一笑，为小白系好主帅的玄色披风，呢喃道：“去吧，我等你。”

小白紧紧捉住绿姬的手，语带迟疑：“小绿……若是我有什么好歹，你千万不要胡思乱想，安心等在这里，纠……”小白顿了顿口，无比艰难地说道，“纠一定会来接你的。”

绿姬一愣，陡然将素手从小白手中抽出，昂起头拒绝道：“我只要你知道，你若战死，我绝不独活。”

小白心头又震撼又感动，他一把将绿姬拉入怀中，紧紧地抱着：“好，既如此，我定拼死一战，无论成败，有你死生相随，我此生无憾。”

绿姬抬起眼，明丽的眸中噙满泪水：“我只要你说，你会平安回来！”

小白轻轻揩去绿姬脸上的眼泪，一字一顿道：“我一定会回来，娶你做真正的君夫人，让你为我生儿育女。”

出征的鼓声响起，小白知道，中军将士已悉数集结，整装待发。战机不可贻误，小白松开了环着绿姬的手……

绿姬垂着头，将小白推开丈远，转过身去，哽咽又坚定道：“去吧。”

时不我待，小白不再犹豫，转过身去，戴上铜盔，目光坚定如炬，大步走出了中军帐。

绿姬听到帐帘翻飞的声音，仍没忍住，跑上前倚着帐门，贪看着小白远去的身影。

大营外，众将士整齐列阵，小白登上战车，剑锋一挥，旗官立即摇旗传令，大军即刻开拔。

绿姬望着遮天蔽日的旌旗，心中既澎湃又恐惧：这一战，于齐国子民，是保家卫国；于小白，是生死荣辱；于绿姬的祖父，则是事关华夏族安危的英雄之战；可对绿姬而言，此战只事关她的爱人，究竟能否平安回到她身旁。

战车行进的速度极快，车轮轰轰，马蹄阵阵。小白头戴缀铜金冠，身着铜铠甲，背负落霞弓，左手执炬，右手执戈，立于战车之上，威风凛凛。他身后的两面接天大旗上，印着两个硕大的金文，分别是“齐”与“姜”，在北风的吹动和日光的映衬下，显得无比庄严。

在战车的引领下，齐军迈着整齐的步伐向前推进，金戈林立，龙骧虎步。士兵们见国君亲登战车，都气势高昂、脚下生风，连战马都不由得仰头嘶鸣、斗志昂扬。

小白明白，他与公子纠之间的这场宿命之战，必须有个了断。此战若能依照自己的计划，一举击溃鲁军，小白便会挥师南下，直捣曲阜，在第一时间救出公子纠，以保证他的安全。

不过决战还未开始，一切皆无定数，眼下必须将全部精力放在这一战上。小白侧过身，对身旁的传令官道：“传寡人令，向西急行军，在乾时迎击来犯之敌！”

第三十八章　乾时之战

洛阳城郊的小院内，一切安乐平和如初。

大卜独立在如霜的月色里，望着东方天尽头紫气萦绕、星辰耀然的天象奇观，左手通天脉乍现一道绚烂的酡红。

种种预兆皆表明，今夜非比寻常，年逾古稀的大卜心中，从未起过如此巨大的波澜。

大卜调息吐纳，努力让自己镇静，却仍觉心气躁动、不能自已。因为他清晰地感觉到，今夕便是玄鸟冲天之夜，英雄出世之时。

可盖世英雄那颗明星四周黑云密布，大有邪魅侵正之势。

那个名字究竟能否在今后的数十年传遍整个华夏大地，虽身负通天之力，大卜却无法确切得知，不禁心弦战战、颇感不安。

成败皆在转瞬间，大卜知道，强求无用，眼下能做的，唯有观天道以立人道，静待那一刻的到来。

朔气传金柝，寒光照铁衣。经过整整一个白日的疾行，齐鲁两军分别从南北两方向，以迅雷不及掩耳之势逼近乾时，大战一触即发。

鲁军阵前，黑衣斥候策马奔来，到车前拱手：“报！前方二十里乾时之地发现齐军，主帅正是公子小白！”

鲁公转过头望着管仲，哈哈大笑道：“好啊，管大夫，咱们正要找他，没想到他竟自己送上门来了，”鲁公急不可待，手指前方，“传寡人之令，全军速至乾时，与公子小白一决胜负！”

暗夜起波澜，乌云密布，狂风卷积，山雨欲来。

黑云压城，绿姬身着戎装，立在临淄城头，眺望着西北乾时的方向，忧心忡忡。左手的通天脉光泽绚丽，似有神谕将至，可绿姬时刻掐算，却得不到任何答案。

正思索间，平地一声惊雷起。绿姬抬眼，只见浓云翻滚，电光闪闪，天空中坠下零星雨点，敲打在城楼的飞檐斗拱上，发出珠翠叮当般的声响。绿姬心头一紧，即刻了然：决战的时刻，终于到了。

漫天雨帘中，火光照耀下，齐军战车在乾时浅滩东岸一字排开。士兵们或手持长戈，或弯弓搭箭，静待着鲁军的到来。小白巍然立于战车上，望着河滩对岸的林间，不动如山。

不一会儿，河对岸渐渐传来隆隆的声响，千辆战车从林间钻出，如潮水般拥来，紧随其后的便是无数面绣着硕大金文“鲁”字的旌旗。数万名鲁军士兵手执铜戈，排着齐整的队形大步前行，伴着鼓声喊着口号，排山倒海，声势震天。

鲁公与管仲各乘一辆战车来到阵中。见对岸齐军火光寥寥，战车不过百辆，甲兵不过数千，鲁公满面鄙夷，看向副帅公子庆父，兄弟二人不约而同发出了轻蔑的笑声。

管仲心中却是另一番滋味：这一路所见，齐国大旱，河道枯竭，民生凋敝，管仲内心吃痛，只想速速攻下临淄城，杀掉公子小白，结束这场劳民伤财的战役。

两军对峙于河道两岸，此地视野开阔，河中几无水迹，战车可直接经过，对鲁军而言乃是绝佳的战场。鲁公与管仲所率的军队已与庆父所率的鲁军兵合一处，兵力是小白所率齐军的数倍，哪里还有不胜的道理？管仲向鲁公递了个眼色，示意速战速决。

管仲即刻冷声对一旁的传令官道："排出长蛇阵迎敌！"

小白看着鲁军缓缓变阵，数以千计的战车一字排开，气势恢宏，可齐军仍旧按兵不动，泰然若素。

鲁公命车夫驾着战车上阵前，隔着河滩，阴阳怪气讥讽小白："小舅父，别来无恙啊！"

小白也命战车上前，笑对鲁公道："不知大外甥远道而来，对舅父有何见教？"

鲁公冷笑几声，对小白嗤之以鼻："齐国君位，无论如何也该是我二舅父的，而不是小舅父你的。如今二舅父被小舅父所逼，不得不逃亡鲁国。寡人焉能坐视不理？特举全国之兵，来替二舅父讨个公道。寡人奉劝小舅父，快些交出君位，寡人会为小舅父求情，让管大夫留下你这条性命。"

小白听了这话，毫不畏惧，仍是一副吊儿郎当的样子："既然是替我兄长讨公道，怎么不见我兄长？"

见小白问到公子纠，一直冷眼旁观的管仲挥挥手，对一侧的裨将吩咐了两句，亲自驾战车上前，鲍叔牙所乘的囚车也被推上阵前。鲍叔牙披着头发，胡子拉碴盘腿坐在囚车里，闭目养神，仿佛外界的纷扰均与他毫不相干。

管仲对小白极端鄙夷，甚至不肯正眼相看："公子小白，我身为齐国大夫，不愿见齐国血流成河。你师父鲍叔牙已被我生擒，你们师徒二人若想保命，即刻投降，我可以看在我们公子的面上，饶你们师徒不死！"

小白隔着河滩，遥望着囚车里的鲍叔牙，十分担心他的身体。

鲍叔牙趁无人注意自己，冲小白挠挠头摆摆手，示意自己没事。

小白放下心来，微微一笑，大声对管仲道："早就听说管大夫和我师父十分要好，在慎邑做生意时，同穿一条裤子，同喝一碗粥，睡在一张榻上，现下看来确实不错。我师父虽然被囚禁，却长胖了些，可见管大夫照顾得好啊。"

管仲一番慷慨激昂的说辞，竟被小白轻描淡写化解。

管仲依然满面肃然，继续口诛道："公子小白，你无才无德，擅登君位，我身为齐国大夫，若不加以讨伐，往后齐国兄弟相争，贻害万年，愧对僖公对管某的信赖！今日我就替僖公，替我们公子，打你个不孝不悌！"

小白收敛了调笑的神情，正色对面前的鲁公与管仲道："鲁公之意，寡人明了，只是我齐国君位如何，怎么也轮不上你来插手。对长辈无礼，更是该罚。管仲老贼，你身为齐国大夫，借鲁国之兵对齐国兴兵构难，实为叛国。寡人今日就打你个不忠不义，告慰先王僖公在天之灵！"

鲁公大笑几声，面色狰狞："好，既然话不投机，就只有干戈相见了！"

小白不慌不忙回敬道："正有此意。"

话毕，三人的战车皆退回了阵中。

大雨滂沱，两军将士皆被淋得湿透。鲁军急不可待地开始擂战鼓，齐军也不甘示弱，霎时间，地面上的鼓声与天上的雷声混杂共鸣，声势浩大。

随着击鼓的节奏，两军排成整齐的阵形，隔着河道对垒，齐军的弓箭手排成一排迅速上前，弯弓搭箭，准备朝河对岸放箭。小白亲执大弓，挽弓如满月，瞄准了鲁公的战车。鲁公赶忙弯腰躲闪，生怕小白一箭射中自己。

一声令下，齐军放出一排密集的箭矢射向鲁军，前排的鲁军士兵躲闪不及，纷纷中箭倒地。可小白却临时改变了射箭的方向，利箭不仅没有冲着鲁公的战车去，反而射到了河中的浅滩里。

方才还心有余悸的鲁公此刻拍着大腿，哈哈大笑，出言讥讽：“小舅父好箭法！这回该寡人了！”

鲁军的数百名弓箭手蜂拥上前，弯弓搭箭，人数远超过齐军的弓箭手。小白没有看对岸的鲁军，反而盯着他射入河中浅滩的那根箭矢。大雨倾盆，河道中不知何时已有了积水，方没过箭杆的一半。

现下还不是时机，小白蹙眉望着河对岸如狼似虎的鲁军，下令道：“战车后撤，步兵上前，以盾防御！”

传令官传下旗语，车阵齐齐后撤了数十步，步兵比肩接踵，排着紧凑的队形上前，将手中的盾举过头顶，形成一个上下左右皆无缝隙的坚固堡垒。

鲁军传令官一挥旗，密集的箭雨便如狂风暴雨般落向了河对岸的齐军。

小白紧紧盯着河滩上的箭杆，河水已没过箭杆的三分之二，齐军阵中已有数十名士兵中箭倒下。小白咬咬牙，弯弓一箭射死了鲁军阵前弓箭队的头领，鲁军中一阵惊呼，飞来的箭矢也疲软了几分。

小白满手都是汗，心中是从未有过的紧张不安。他已筹谋百遍，可此役的胜败，仍只有老天说了算。

见齐军步阵上前，管仲极为不屑：“不必再给公子小白拖延时间的机会，攻！”管仲举起手势，传令官见状，即刻举起另一面旗帜，鲁军阵中变了鼓点。数以千计的战车冲锋陷阵，如同一把利刃，直插齐军的防线。

庆父命战车上前，亲执长戈，势要冲破齐军的阵仗。

小白心知肚明，一旦鲁军战车冲上来，齐军步兵便会面临灭顶之灾。齐军中又有数名士兵中箭倒地，阵形已现豁口，小白心中无比焦急，死死盯着河滩中的白羽箭。

大雨如注，河水终于完全没过了弓箭，与上天的豪赌就在此时，小白望着接二连三倒地的齐国士兵，咬牙对传令官道：“后队变作前队，撤！”

齐军阵中响起鸣金收兵之音。将士们不敢怠慢，纷纷掉转车头，朝身后的林中退去。鲁公哈哈大笑，对众人道：“全军追击！”

管仲对小白此举颇感狐疑，可雨声太大，杀喊声震天，管仲根本来不及阻止，只得眼睁睁看着数万名鲁军如同潮水般拥上河滩。

忽然，夜幕中闪过一道巨大的闪电，照亮了河滩两岸的齐鲁两军，震耳欲聋的雷声和瓢泼大雨随之而来。鲁军阵中拉车的战马被雷声惊吓，扬蹄嘶鸣，阵形大乱。与此同时，近千辆鲁军战车驶入河滩，竟如同泥牛入海，无法前行。

鲁公瞬间慌了，忙问道：“战车为何裹足不前？”

率领车队的上士回道：“禀君上，滩中突现泽地，我军战车是为行山地所制，不利于行泽，车轮皆陷在泥淖中，虽猛力而不可拔！”

鲁公气极，拍轼而起：“给我拔！人不够再多加人手！”

管仲急忙阻止：“不可！”可此时兵荒马乱，雷声雨声鼓声与士兵的呻吟声不绝于耳，鲁公哪里还有心思听管仲的话，他下了战车，走到岸边，伸长了脖子看着泥淖中的鲁军士兵，心急如焚。

步兵们慌张上前，踏着齐膝深的河水进入滩中，可他们非但没能将车轮拔出，反而也深深陷入了泥淖中。另一波士兵见状，慌忙再去拔人，千辆战车数万鲁军齐聚于河滩里外，犹如蝼蚁倾巢，方才整齐的队形早已荡然无存。

然而更糟的还在后面。正当鲁军裹足不前之际，隆隆的异响自南面传来，由远而近，如虎啸龙吟，百兽震惶。

河道南面的树林中，隰朋正带着数百名士兵和工匠，喊着整齐的口号，用绳索吊起了塞住河道的巨石。早已蓄势待发的洪水如同出笼的猛兽，咆哮着向下游倾泻而去。

隰朋满身泥泞，立于雨中，望着滚滚倾泻的河水，开心地笑了：洪流遇上这滂沱大雨，鲁军定然再无回旋的余地，连老天爷都不帮他们，又能怨得了谁呢？

随着渐近的隆隆巨响，大地为之震颤，聚集在河滩上的数万鲁军忽见决堤而来的汹涌洪水，吓得魂飞魄散。可他们还未来得及撤向高处，便被奔腾的河水吞没，陷在河滩中的几百辆战车连车带马被冲向下游，一眨眼便不知所终。

数万鲁军瞬间便被洪水卷走了一大半，剩下的众将士受到惊吓，乱作一团，不顾一切夺路而逃，霎时间惊叫声、马鸣声、雷霆声汇聚，战场霎时成了泽国地狱。

闻睹此情此景，鲁公早已吓傻，他还来不及做任何思考，便听得身后传来震天的喊杀声，只见“国”“高”两面大旗自两侧林间闪出，齐军势如破竹，飞速杀向被困的鲁军。

鲁军阵脚大乱，见齐军从四面八方拥出，吓得纷纷后退，又有百余士兵被挤入汹涌的河水中，鲁军已然溃不成军。

鲁公见势不妙，立即命车夫掉转车头。车夫猛抽了一鞭子，战车便像离弦的利箭一样向南驶去。至于公子庆父，早已在混乱的军阵中没了踪影。

主帅跑了，副帅也不知去向，鲁军兵败如山倒，抱头鼠窜，能跑的都跟在鲁公身后，疯狂逃命，跑不掉的纷纷放下武器，缴械投降。

眼前的胜利绝非偶然，小白掏出怀中的平安玉璧，含笑望着，想起那个倔强又伶俐的小女人，心中一派柔软。

数日前，也就是开始勘测水源的第三天，隰朋手捧一张临淄以西的水情图来见小白，请示下一步的行动。

小白指着水情图上标注着“乾时”的地点，对隰朋道：“此处便是乾时，平年入秋则水涨，大军无法渡过，可每逢旱年，时水水量骤减，乾时必然干涸成泽地，泽地难行，可困住鲁军战车。我师父已派人四处夸大齐地旱情，管仲虽对齐国军情了如指掌，却不会知晓乾时滩地多泽洼，必认定此处能过大军。乾时地处两河交汇处，河滩开阔，两岸多密林，可藏数万人，乃是绝佳的伏击之地。我们唯一要筹谋的，就是使鲁军无论从哪个方向来，都会被引至此处，而不能绕过此地直奔临淄。”

隰朋思索片刻。回道：“用堤坝控制好各段河流的水位，令其有深有浅。鲁军惧怕渡河时遭受伏击，逢水深便会绕道，逢水浅便会渡过。这样如何？”

小白笑道：“正是此意。”

绿姬站在小白身侧，歪头望着地图，低声喃道：“这倒不难，只需效法八卦布阵即可。”

小白和隰朋齐齐看向绿姬，一脸的难以置信。绿姬胸有成竹，指着水情图道：“你们看，这一道道水流有无，是不是很像一个个卦爻？”

隰朋托着下巴，附和道：“确实。有水可看作阳，无水可看作阴。”

绿姬粲然一笑：“这便是了。卦阵正是借‘乾坤离坎巽震艮兑’等八卦之形，为排兵布阵之法。”

说着，绿姬围着水情图上的乾时画了个圈：“先虚其中，乾时居之。临淄在乾时西南，西南为坤，以之为此阵唯一出口。夹谷为南，泺邑为西，分别对应离、兑二卦，这是这个阵唯有的两个入口。”

小白即刻看懂了绿姬的用意，在水情图上从容地点出五个点：“明白了，隰大夫，你只需在这五个地方修筑堤坝，便可筑成此阵。鲁军来时，令这些堤坝拦住水流，则无论西来还是南来，都必须经过乾时之地，而绝无绕过的可能；同时，国氏和高氏两位大夫可率军伏于乾时两侧，不被发现。等鲁军到达乾时，你就命人将堤坝抬起，鲁军退路便会被阻断，国高两军则从两侧杀出，便可一举歼灭鲁军。”

难题迎刃而解，小白心情大好，拉起旁边绿姬的手在唇边一吻，满面得意扬扬：“我夫人不愧是大卜一脉之后，今后，还要请夫人多多指教。”

隰朋本正对着地图筹谋，见小白如此奔放，吓得赶忙转过头，躲闪不及间撞上了堂中的立柱，即刻眼冒金星，如在云雾中。绿姬看到隰朋的蠢样，却忘了害羞，笑出了声。

思绪从回忆中抽离，小白松了口气，将玉璧揣好，在众将士的欢呼声中走向阵前，对传令官道："传寡人令：左右两军各留一千人原地收缴鲁军器械，其余的兵分三路，乘胜追击，活捉鲁公！"

第三十九章　坚壁清野

寒雨连江，滔天的洪水卷着白浪，阻断了鲁军的去路。河对岸，齐军虎视眈眈，工兵将飞桥架过宽河，数名兵士迎着拍岸惊涛，快速向对岸攀去。国高两军从后侧包抄，尽显虎狼之师本色，无论鲁军散兵如何冲击突围，两军依旧保持阵形，不停向前逼近。

泥泞的道路旁，管仲自知大势已去，既不愿相信，又不敢犹豫。趁着道路尚未封死，管仲驰马至鲍叔牙的囚车前，三两下砍断囚车上的铜锁，一言不发，快速驭马离去。

鲍叔牙扒着囚车的围栏，大声唤道："管夷吾！管夷吾！"

管仲像没听到似的，急速向南驶去。此时此刻他心中只有一个念头，那就是一定要赶在鲁公之前回到曲阜，将公子纠从鲁宫中接出来，再图其他。否则，一旦鲁公先到曲阜，天晓得气急败坏的他会对公子纠做出什么样的事来。

管仲紧蹙着眉头，加快了打马的频次，骏马如同离弦的利箭一般，向南飞驰而去。

鲍叔牙踮起脚，伸长脖子，可乱军中再也看不到管仲的身影。

鲍叔牙急得团团转，万分担忧管仲的安危。

泰山夹谷的丛林间，著山一马当先，率着几名先锋，一路向南追去。这几名少年骁勇善战，箭无虚发，左右开弓，一路射杀了不下百名逃兵。

驶过一个岔路口，鲁公的车驾毫无征兆地出现在正前方。著山兴奋不已，呼朋引伴："孰能捉住鲁公，君上定有重赏！"

众人闻言，皆铆足了劲头，专心驭马，盯紧了那辆华丽的战车。著山全力驭马，与马车间的距离不停缩小，不消片刻，驾车的鲁公就落入了著山的射程中。

著山不再耽搁，看准时机，弯弓搭箭，一箭射中了驾车人的后颈。

那人应声倒下，从车上滚了下来。著山立刻下马查看，谁知那人并非鲁公，而是穿着鲁公盔甲的车夫。著山懊恼不已，大呼上当，立即翻身上马，朝原路追去。

与此同时，道路的正前方，鲁公亲自驾着一辆轻车在山路上狂奔，身后只跟着为数不多的侍从。

为躲避齐军的追杀，鲁公丢盔卸甲，只穿着中衣，披头散发，哪里还有一点国君的样子。

可他仍额手称庆。方才幸好他急中生智，将盔甲和外衣脱下来交给车夫，命车夫假扮自己，不然毙命于著山箭下的，便是他了。

不过危机并未解除，追兵仍在迫近，鲁公犹如惊弓之鸟，玩儿命向曲阜奔去。

越怕什么，越来什么。身后突然传来嗒嗒的马蹄声，鲁公回过身，见著山率众骑马追了上来，瞬间吓得魂飞魄散。

著山看到只穿中衣的鲁公，差点笑出声，他微微侧过身，振臂高喊道："快追！前面那个只穿中衣的就是鲁公！"

鲁公大惊失色，竟一边赶车一边将中衣褪下来，赤着上身，在瑟瑟秋风里奋力赶车。

著山见鲁公彻底吓傻了，居然掩耳盗铃，因为自己的一句话就把中衣褪下，只觉又好气又好笑。他突然起了捉弄鲁公的心思，又喊道:“前面那个不男不女，披头散发的便是鲁公！”

鲁公差点哭出来，他正忙于赶车，哪里能腾出手将头发盘起？正在他犹豫不决之时，几支利箭嗖嗖从身后射来，射断了他风中凌乱的数缕发丝。鲁公腿一软，差点跪下，心悬到了嗓子眼儿，面色惨白如灰。

著山决定即刻结束这场追逐。他将身子伏在马上，以减小阻力，快速打马，朝鲁公渐渐逼近。

此时他们已出了泰山夹谷，即将进入鲁国地界，迎面赶来一支鲁军，为首的正是鲁公的幼弟公子友。公子友见到鲁公，赶忙高喊道:“君上快快打马！臣等来抵挡齐军！”

赶来的鲁军不下二百人，著山急了，立刻弯弓瞄准鲁公射出去。公子友见情势危急，大声出言提点:“君上伏身！”

鲁公下意识地一弯腰，著山射出的箭擦着鲁公的头顶飞过。鲁公惊出一身冷汗，摸了摸自己的脑袋，说道:“头还在，头还在。”

鲁军立刻为鲁公让出一条道，让他安然通过。随后，鲁军的战车在公子友的指挥下与赶来的齐军厮杀起来。

著山一面招架着鲁军士兵，一面望着远去的鲁公，满面不甘。

阴霾尽散，碧落云开，拂晓的第一缕霞光乍现，照耀着临淄城头那一抹孑然伫立的倩影。

虽身着戎装，却难掩遗世独立的气韵，绿姬在城楼上站了整整一夜，望穿秋水，只为能在第一时间得知大战的消息。

一个瘦小的身影攀上城头，朝绿姬走过来。绿姬听到脚步声，回过头，看见是懒丫头，不由得语带怜惜:“才下过雨，冷得很，你怎么来了？”

懒丫头皱着小脸，满面忧心，提着食盒到绿姬身边，躬身一揖：“姑娘好歹吃点东西吧，若是饿坏了身子，君上可要骂我了。”

绿姬虽没胃口，却不想让懒丫头担心，含笑打开了食盒。食盒内全部的吃食都备了两份，绿姬垂着长睫毛，诧异问道：“怎么备了这么多？”

懒丫头面颊微微泛红，回道：“有一份是做给著山的，著山那么懒，去打仗一定很累，回来定然要饿了。”

绿姬清眸一转，点着懒丫头，打趣道：“我还以为你是担心我，看来你是担心著山吧，才来这里巴巴等着他？”

懒丫头被绿姬戳穿了心思，小脸涨红：“姑……姑娘就知道打趣我。”

绿姬方欲出言逗弄懒丫头，忽见西北方原野与森林交界处，闪现出一辆战车。

懒丫头也看到了战车，万分激动地对绿姬嚷道：“姑娘快看！那边有车来！”

绿姬的心提到了嗓子眼儿，专注地盯着西北方。距离还有些远，她看不清来人究竟是敌是友。

这短短的一天一夜，对于焦灼等待的绿姬而言，无疑是一种巨大的折磨。她曾千百次地祈望，有人能即刻告诉她此战的胜败和小白的安危。可当这战车渐渐逼近，绿姬只觉异常紧张，纤纤素手扶着城墙，水葱般的指甲抠着墙面，竟未察觉出椎心之痛来。

战车不是孤身前来，其后紧跟着一队士兵和一众工匠，待战车靠近，绿姬方看清，驾车的正是隰朋。

绿姬按捺不住内心的波澜，高声问道：“隰大夫！可是胜了？”

隰朋抬眼看到绿姬，掩不住满面笑容，边驾车边拱手回道：“君夫人放心，鲁军已被我军大败，我军正乘胜追击，欲直捣曲阜！君上惦记着君夫人，特命臣来报信，再送君夫人回姝子苑。”

周围站岗的齐军士兵听见隰朋管戎装的绿姬叫“君夫人”，都吓了一跳，纷纷用异样的目光打量着她。

绿姬与懒丫头皆沉浸在胜利的欢悦中，哪里顾得上这些，两人连蹦带跳地跑下城楼，钻上了车。隰朋一扬鞭，骏马奋蹄，向齐王宫的方向驶去。

驾着马车，隰朋大大松了口气。想起那日上战场前，小白曾召见过他，吩咐他，如若齐军获胜，就送绿姬回姝子苑，如若齐军兵败，便送绿姬去找公子纠。

听了这命令，隰朋吓得一身冷汗，应也不是，不应也不是，只得讪讪岔开话题，与小白讨论治水之事。幸而齐军取胜了，隰朋心中既有济国安邦的自豪，又有如释重负的痛快。拉车的骏马像是感受到了众人的欢欣，奔腾如飞，不一会儿，就回到了齐王宫中。

得胜的齐军势如破竹，收复了被占领的全部城池，将鲁军一股脑儿赶出了齐国境内，还缴获了鲁军的大量辎重。

小白不敢怠慢，抓紧时机，继续带领齐军挥师南下。

行至齐鲁边境，一名探报快马赶来。小白见此，命大军原地停驻。探报下马跪揖道："禀君上，鲁国的公子友带兵赶来，挡住了我军的先头部队，救走了鲁公！"

小白一拳打在车轼上，咬牙道："便宜了这狗贼！眼下我们身在何处？"

探报答道："回君上，前面便是汶水，再往南七十里渡过泗水，便是曲阜！"

小白明白，活捉鲁公已是痴人说梦，为今之计，想要回公子纠，唯有率大军南下，包围曲阜，以武力相胁迫了。

小白挥了挥手，命探报退下，对身边的传令官道："传寡人之令，三军在汶水北岸扎营集结，另派人去把我师父找来！"

话音才落，就见几名士兵快马加鞭，拉着鲍叔牙的囚车赶上前来。鲍叔牙坐在囚车里，直被颠得直不起腰。

士兵们到小白面前，下马揖道："禀告君上，这老头儿在鲁国军中，却说自己是君上的师父鲍大夫。我们不敢轻信，却也不敢怠慢，特意带来给君上看看。"

鲍叔牙坐在囚车里，蓬头垢面，翻着白眼，万分不悦地望着小白。小白微微一笑，上前对鲍叔牙一拱手："师父受累了。"

士兵们面面相觑，赶忙上前去，打开了囚车大门，躬身请鲍叔牙出来。谁知鲍叔牙不买账，坐在囚车里不肯动，骂道："小崽子，你方才说什么？我若是鲍叔牙，你就是齐侯？"

那士兵吓得腿一软，直直跪下："大夫莫怪，方才打赢了仗，心里兴奋，瞎说来着。"

小白听了他们的对话，丝毫没有生气，反笑出了声："师父也别小家子气了，兵荒马乱，谁知道你身份的真假？我们还着急赶路，你快出来吧，若不出来，只能让师父受累，继续坐着囚车赶路了。"

鲍叔牙翻了小白两眼，勉强直起腰身，从囚车中走了出来。一旁的士兵忙上来扶，可鲍叔牙毫不领情，一脚踹在士兵的屁股上："我踹你个齐侯……"

小白明白鲍叔牙面上是在针对那士兵，实则是对自己不满，忙大步上来搀扶："师父以身作饵，实在辛苦。此次大胜，师父要记第一等功。快来人，准备辆马车，铺上软席，请鲍大夫入座。"

士兵从军队尾端拉出辆马车，铺好羊羔毛毡，请鲍叔牙上车。鲍叔牙却不顾周身不愉，踉跄着拉住小白衣袖，将他拽到一旁，问道："君上欲如何处置公子纠与管仲。"

小白背着手，轻描淡写道："杀管仲，留纠。"

鲍叔牙拍着大腿阻止道："万万不可！管夷吾治世之才，决不能擅杀。可公子纠在一日，便会对君上的君位存有威胁，绝不能留！"

小白听了这话十分不满，横了鲍叔牙一眼："师父这话是什么意思？你舍不得杀你的老友管仲，却要杀我兄长？"

看出小白不悦，鲍叔牙只得后退一步：“公子纠可以保全，只是不能再入临淄城。管夷吾，万万不能杀，若是杀了他，我也死给你看！”

小白一愣，颇有些哭笑不得。连哄带骗让鲍叔牙落座后，小白再登战车，示意大军开拔。鲍叔牙见小白不置可否，心里着急，可又不能硬逼他，只得先沉下性子，瞅准时间再劝。

管仲骑着高头大马，快速穿越过夹谷，直奔曲阜。他千算万算，却未想到，小白竟会以山川河流为倚仗，设下奇兵，一举击溃了自己。

说一千道一万，到底是他太过轻敌，才会输得如此彻底。更何况小白这一次的确用兵如神，以退为进，让管仲觉得棋逢敌手，输得心服口服、无比痛快。

可眼下哪里有时间给他人歌功颂德，管仲狠命抽着马鞭，只想赶在鲁公之前，趁败讯未达，抢先将公子纠从鲁宫中救出。

过了汶水，穿过一片竹林，管仲听到了一阵兵戈相交之声，此地已有两军交战，说明鲁公一定早已路过了此处，时不我待，管仲必须迅速赶路，才有可能赶在鲁公之前，见到公子纠。

骏马一阵疾驰，风驰电掣，却忽然咴叫一声，重重扑地，管仲跌下骏马，连打了几个滚儿，滑行数丈，才停了下来。他心中大叫糟糕，定是自己急于赶路，未留神秘密埋伏好的绊马索，这下战马摔得不省人事，他也摔得鼻青脸肿，动弹不得，只得俯首认诛。

几名鲁军士兵从矮丛中钻出，上前查看，见是管仲，为首的颇为激动：“抓到了管贼，我们快绑了他，速速交予君上，定有重赏！”

第四十章　山雨欲来

鲁国倾尽举国之兵伐齐，导致国内空乏，秩序紊乱，鸡鸣狗盗之徒伺机而起。公子纠与柔姬乘车一路北去，为确保无虞，特意找来两身鲁军士兵的制服，分别换上，才匆匆向齐国驶去。

柔姬从未出过如此远门，长途奔袭颠得她头晕恶心。可柔姬顾念着公子纠急于赶路的心情，硬忍着没有吭声。

为了转移注意力，柔姬试着与公子纠谈天："公子怎会如此熟稔曲阜到齐国的路……"

公子纠头也不回："前阵子出过宫，一路行至洛阳，又经泰山回曲阜，故而很熟悉。"

柔姬点了点头，心头泛起几丝清苦："公子上次出来，便是为了救公子小白和绿姬姑娘吧。"

公子纠紧紧盯着前方又长又曲折的小路，不置可否。

柔姬望着公子纠俊逸绝伦的侧颜，怅然道："有日子没见绿姬姑娘了，不知她是否还像从前那般？"

公子纠想起绿姬，满心说不清道不明的滋味，既有陈醋的酸涩又有醴酪的甘甜：“伊人如斯，是我变了。”

柔姬心弦一颤，尽量放缓声调，却仍是嗓音干涩：“公子是人变了，还是心变了……”

公子纠沉默了半晌，幽幽道：“若是能变心，又怎会如此痛苦。”

眼前的秋色霎时没了生气，柔姬红了眼眶，望着公子纠深邃的眼眸，却又无可奈何。他所说的，正是此时自己的心境，造化弄人，他求之不得，她亦求之不得，都是一样的心碎，却无法同病相怜。

突然间，数百名鲁军士兵从北向南一路逃来，丢盔卸甲，如丧家之犬，又横冲直撞，似没头苍蝇。

公子纠忙将马车停在道旁，为他们让开去路。柔姬吓得蜷缩在公子纠身后，大气也不敢喘。公子纠面色平静，眸中却起了波澜，显然，眼下的情形颇为出乎他的意料。

待那一众鲁军撤退后，柔姬悄声问公子纠：“怎么会有如此多的逃兵？”

公子纠牵过缰绳，将马车驻在道旁的树丛里，对柔姬道：“我去问问……”

柔姬一把拉住公子纠的衣袖，公子纠一怔，略回过头，蹙着眉，似乎颇为不悦。柔姬赶忙缩了手，怯怯道：“公子别去，太危险了。”

公子纠不以为意：“既有如此多的逃兵，想来是小白胜了，我去探一探，你在这里别动……”

远处忽传来阵阵马蹄声，有节律的渐渐逼近，公子纠忙收了声，拉着柔姬团身躲入了树丛中。

公子纠细细观察，只见踏马而来的，是一支相对齐整的军队，只是衣衫褴褛，看不出究竟是齐军还是鲁军。

道旁突然蹿出了几名残兵，生生截停了这支队伍，为首的像是受了极大的惊吓，险些从马上跌落。公子纠这才看清，为首那赤着上身发丝凌乱的，居然是鲁公。

鲁公简直要被这几名鲁军士兵吓出了病，脸色苍白差点昏厥过去，见来人是鲁军士兵，鲁公气得挥着马鞭，大骂道："一群浑蛋，好端端的突然蹿出来，想吓死寡人不成！"

带头的士兵看到鲁公的狼狈样，顿时傻了眼，待回过神后，他忙招招手，命同伴将被俘的管仲带上前来，谄媚道："君上勿怪，君上且看，我们抓到了管大夫……"

鲁公看到管仲，气得鼻孔冒烟："哼！什么管大夫，把这骗子即刻给寡人抓起来，寡人定要将他五马分尸！"

公子纠看到被缚的管仲，面色一沉，即刻要赶过去。柔姬死命拉住公子纠，低声劝道："公子且再看看情势再说……"

公子纠想挣脱柔姬，力道轻了脱不开，力道重了又怕伤到她，只得耐着性子劝："还有什么好看的，兵败如山倒，以你兄长的性情，定然要拿我师父撒气。"

柔姬仍不肯撒手："公子既知如此，你去又有何裨益？鲁国兵败，管大夫难辞其咎，就算我兄长责罚他，亦在情理之中啊。"

公子纠再难动心忍性，也顾不上伤不伤柔姬，一把将她推开，大步上前。

柔姬被推倒在地，却顾不上周身吃痛，跑上前去，一面拦住公子纠的去路，一面拔出腰间的短刀，满面倔强。

公子纠冷眼望着柔姬："姑娘这是何意？"

柔姬将短刀往脖颈间一横，语气虽柔顺却异常坚定："公子快挟持我。"

公子纠一怔，站着没动。

柔姬用眼角余光扫见鲁公已将刀架到了管仲的脖子上，跺着脚急道："公子，切莫再犹豫了！"

公子纠见状，一把拉过柔姬，接过刀柄，挟持着她大步向鲁公处走去。

鲁公正气急败坏，看到翩翩而来的公子纠和被挟持的柔姬，一下傻了眼。

公子纠神色淡漠，冷道："不想她有事，就放了我师父。"

比鲁公更加震惊的是管仲，管仲未曾想，公子纠竟然自己从鲁宫中跑了出来。可他既然已脱险，为何还要凑上来？管仲被粗麻绳勒着口，嘴角尽是鲜血，仍铆足了劲断断续续含含糊糊道："公……公子，快……走……"

公子纠见管仲被如此对待，面色异常难看，语调里尽是愠恼："放了我师父！"

鲁公冷笑几声，阴阳怪气道："二舅父真是重情重义。管大夫将你的性命押给了寡人，你非但不怨恨，还要救他！寡人举全国之兵，助你夺位，却损兵折将，你们师徒二人难辞其咎！今日我倒要看看，一向磊落坦荡的二舅父，是否会为你师父而残杀无辜的女子？来人！把公子纠也给我抓起来！"

话音方落，数名戎装士兵冲上前来，将公子纠团团围住。公子纠见状，将柔姬挡在身后，挥刀只身与之对抗。

士兵举长刀劈头盖脸砍下，公子纠以一柄短刀抵挡，不使蛮力只以巧劲相抗，加之身姿轻盈步法灵活，几个回合下来，竟未落下风。

柔姬却吓得惊叫连连，苦求道："兄长，公子一直不主战，也未曾参与排兵布阵，兄长就算有气，看着柔儿的面，就别怪罪公子了……"

忽有探报快速驭马上前，满头大汗，气喘吁吁对鲁公道："君上，齐侯率兵追过来了，离此地已不足十里！"

鲁公吓得魂飞魄散，结结巴巴下令道："快，快快！快撤！"

可公子纠仍在乱阵中以寡敌众，场面僵持不下，难解难分。鲁公见状，翻身下马，拉过自己的大弓来到阵前，弯弓瞄准了公子纠。

裨将在一旁劝阻道："君上！不可，若是误伤了女公子……"

鲁公狞笑一声，将箭锋一偏，直冲着柔姬射了过去。

这是一场阴谋与人性的赌博，输赢只在一瞬间。果然，公子纠见箭矢冲着柔姬飞去，赶忙一团身，拉着她躲开了箭矢。

趁此机会，公子纠后身放空，众士兵一拥而上，合力擒住了公子纠。

鲁公大笑几声，怒道："把公子纠和管仲师徒捆起来押下去！等回宫后，即刻将他们五马分尸！"

柔姬见公子纠被俘，急得直掉眼泪，她捡起公子纠丢掉的刀柄，横在脖颈间，挡在高头大马前，哭道："兄长不允诺放过公子，柔儿就先公子一步去了！"

鲁公本就暴怒不已，此刻见柔姬以死相逼，不由得气急败坏，七窍生烟。

方才为鲁公断后抵挡齐军先锋的公子友率部赶来，虽不知前因后果，但看到公子纠与管仲被俘，柔姬又以死相逼，便猜出了个大概。公子友权衡了片刻，打马上前，拱手劝道："君上，齐国三军会合，齐侯亲率数万兵马，已逼近此地。留公子纠与管仲师徒在此，对齐侯也是个威慑，何必此时赶尽杀绝，筹码尽失……"

齐军的前锋已渐渐逼近，金戈铁马，气吞万里。鲁公回头望见地平线尽头黑压压赶来的数万齐军，吓得浑身哆嗦，急急打马，招呼着身后众人："不杀了，不杀了，快撤！快跟上！"

可柔姬仍戳着没动，公子友忙下马，上前规劝了柔姬几句，柔姬明白事情紧急，虽万般不情愿，仍乖乖上了一辆马车，公子纠与管仲师徒被押上另一辆马车。

眼见就要落入齐军的射程，鲁军众将如丧家之犬，豁出命奋力打马，快速向曲阜逃去。

马车上，管仲与公子纠被绑得结结实实，由两名鲁军士兵看管着。

管仲面如死灰，一副悔不当初的样子；公子纠却面色淡泊，一如往常。

小白亲驾战车，率领齐军越追越近，看管公子纠的士兵不得不从马车窗中探出身，以弩狙击齐国的追兵。

小白定睛看到前方披发赤身的鲁公，实在忍不住笑，连执鞭的手都疲软了几分。

但他不想错失良机，忙抽出身后的铜剑，双脚登上车衡，纵身一跃跳上了马，挥刀斩断皮绳，将笨重的战车舍弃，快速驭马向鲁公追去。

鲁军这支残兵败将，看到小白追了上来，吓得魂飞魄散，纷纷回身弯弓搭箭，射向小白。

小白匍匐在马背上，将铜剑舞得密不透风，利索地挡掉了飞来的箭矢。趁众人再抽箭的工夫，小白以极快的速度拉弓，只听得嗖嗖几声，队尾战车上的两名鲁军士兵被射中，未及挣扎，就一命呜呼。

鲍叔牙坐在马车里，远远落在队尾，看到如此拼命的小白，他吓得面色苍白，顺风疾呼着："保护君上！"

著山与那几名少年驭马迎头赶上，抵挡在小白左右，保护他的安全。

曲阜城近在眼前，小白不能再等，找准时机从后侧方绕过鲁军的队伍，大力弯弓射向了鲁公。

公子友不顾一己之身，用弓为鲁公挡开了小白的箭，自己却险些坠马。

曲阜城城门大开，鲁公快马加鞭赶进了城。小白见鲁公进城了，以自己与著山数人之力，决不能盲目追进去，忙举剑示意驻停。

待公子友、柔姬、管仲和纠所乘的车马皆进了城，鲁公不顾队尾的鲁国士兵，吩咐守门侍卫，立即关闭城门。

守门的侍卫见国君赤身披发，慌不择路，不敢怠慢，顾不得城外的同伴，重重阖上了城门。

鲁公进了曲阜城，仍吓得浑身哆嗦："四面城门紧闭，命弓箭手登城，有靠近城墙者，格杀勿论！"

公子友赶忙劝阻："君上，不可！我军已损兵折将，若是再自相残杀，天理难容！"

鲁公回道："若有齐军的奸细混进城，里应外合，你能奈何？速速回宫，召集群臣商议对策！"

小白与著山返回城外十里，与国高两大夫所率的其他军队会合。著山下马后，跪地揖道："臣无能，未能活捉鲁公，请君上降罪！"

小白也下了马，扶着著山，说道："鲁公奸猾无常，你已经做得很好了，不必请罪。"

著山却仍不肯起身，满面懊悔："战前君上说，让我凭本事回到你身边，这次是没机会了。"

鲍叔牙走下马车，捋着胡子，笑着上前："小崽子，谁说没有机会了？"

小白会心一笑，朗声对著山道："传寡人令，高氏右军下士著山，身先士卒，驱逐鲁军，于国有功，特命调回我中军帐下，为虎贲氏！"

著山不敢相信自己的耳朵，待反应过来时，忙叩首道："谢君上！"

鲍叔牙上前拍了拍著山的肩，嘱咐道："小崽子，诸事多上心！"

著山无比欢悦地应了一声，退到一旁。

高氏大夫上前，拱手对小白道："君上，方才斥候来报，管夷吾已被鲁军抓获，现与公子纠一道在曲阜城中。君上如何打算，是否要继续攻打曲阜？"

小白沉吟片刻，问道："诸位大夫以为，鲁公会如何对待我兄长？"

国氏与高氏仍在思忖，鲍叔牙便抢先道："鲁军大败而归，国中必有怨者。我担心，如若将鲁公逼得太急，会对公子纠不利。"

小白觑眼望着鲍叔牙，揶揄道："此役乃是由管夷吾指挥，兵败之责，全在于他，与我兄长何干？师父怕是担心鲁公会对管夷吾不利吧？”

见小白一下子看穿了自己的想法，鲍叔牙竟然脸色涨红，辩解道：“胡说！老臣乃是为君上和齐国筹谋。眼下鲁军据城池之固，我军又深入敌境，贸然攻之，并非上策。”

高氏大夫拱手道：“且不说鲁公究竟会怪罪于谁，鲍大夫所言在理。”

国氏大夫附议道：“臣亦深以为然。”

小白点了点头，不置可否，只是满面肃然地望着不远处的曲阜城，眸中寒光四溢。

鲍叔牙摸不清小白心中究竟如何打算，甚是忧虑。

鲁宫正殿里，鲁公终于穿好了衣衫，梳拢了七零八乱的发丝，坐在大殿正中，一副君临天下的模样。

可他额角上渗出的细汗仍暴露了他内心的慌张凌乱，鲁公板着脸问堂下诸臣：“现在齐军离曲阜只有不到二十里，众卿可有退敌良策？”

堂中诸人鸦雀无声，低垂着头，大气也不敢出。数日前，出兵之时，谁能想到，鲁国十万大军竟会被齐军三万余人打得落花流水、惨败而还？现下这群文臣武将都还未回过神来，哪里还有心力去想，如何冲破齐军的阵？

鲁公见众臣都不说话，气得七窍生烟：“好啊，你们一个个都缩着头，不敢应承，寡人养你们何用？不如即刻就把你们扔出曲阜城去！”

众臣见鲁公大怒，忙俯身叩首请罪：“臣等知罪！”

鲁公更气了：“知罪有什么用？你们倒是想办法啊！”

一文臣上前，拜道：“君上，以老臣之见，齐侯此次率军前来，主要是想要个说法。君上只需将这一战的罪责全部推在管仲与公子纠师徒身上，将他二人杀掉，给齐侯一个交代便是了。”

鲁公想了想，蹙眉问道："是吗？可寡人听闻二舅父与小舅父兄弟情深，上次在咱们宫里，二舅父也曾为保护小舅父，以命相搏，会不会……"

另一武将出言道："君上，臣附议，公子纠与齐侯不仅有君位纷争，传言还牵扯一段情感纠纷，由此看，只怕两人关系不会有多好。更何况，公子纠存在一日，便会威胁齐国君位一日，可齐侯自己不便动手。如若君上能替他除掉公子纠，只怕齐侯会从心底感激。"

鲁公想了想，转问站在前排的公子庆父："咱们也是兄弟，你觉得呢？他们说的有道理吗？"

鲁公这话问的奇怪，公子庆父不知该如何回答，只能说："打仗磕到了头，现下想不清楚，君上拿主意就是了。"

鲁公呆坐在原地，蹙眉思索着，无比犹豫，不知该如何处置管仲与公子纠两人。

姝子苑内，绿姬坐在秋千架上，心神不宁地荡着秋千。

隆冬将至，狐裘不暖，哪怕太阳当头，霜雾也弥久不散。猜测小白应当率军到了曲阜，绿姬的心不由得提到了嗓子眼儿，无比紧张，满手都是汗。

人人皆以为齐军打败鲁军，便代表此战的胜利，可在绿姬心中，只有知道小白与公子纠皆平安无事，六煞得解，才可以彻底放下心来。

懒丫头端了盏温水，从内室而来，看到绿姬惴惴不安的样子，懒丫头万分不解："姑娘怎么了？一副魂不守舍的样子。"

绿姬强笑几下，说道："没事，前几日操心太过，或许是太累了。"

懒丫头将水递给了绿姬，问道："姑娘，我一直不明白，姑娘身为大卜一脉，掐算天命，怎会算不出此战的胜败？"

绿姬笑回道："天道可循，万物有序，唯有人心难预测，战争乃是人祸，如何能掐算得出？”

懒丫头似懂非懂地点了点头：“反正只要我们公子和我哥哥无事便好了，别的我也管不了那么多。”

绿姬没再接话，思绪回到那日在泰山中，与公子纠话别时，她问公子纠，如若管仲战胜，是否会杀小白？公子纠未正面回答，却笑得如沐春风：“小白的答案，便是我的答案。”

绿姬摇摇头，不愿再去想。六煞命格再难解，也总比人心好预测，绿姬幽幽叹了口气，站起身，杵在梨树下发呆。

只是她不知道，就在她担忧公子纠生死的时候，一骑绝尘从洛阳赶来，带着密报，驶入了齐王宫中。

周天子未允婚，小白却下定了决心要娶绿姬为妻。这情报落在有心人的眼中，势必又会掀起一场风雨。

一波未平一波又起，只是曲阜城外的小白和姝子苑中的绿姬，都在担忧着公子纠的生死，却丝毫不知山雨欲来，而他们已站在了暴风眼中。

番外　管鲍之交

（一）

十七年前，楚地慎邑。

金秋时节，十里稻花飘香，颍河清冽、鳜鱼肥美。河水穿城而过，两岸尽是白墙乌瓦，小桥流水人家。

一方商铺大门紧闭，却仍传来了与这恬然宁静极不相称的争吵声，只听一女子叫骂道："为何管夷吾出的银钱少，却分利多？一两次也就罢了，怎么次次如此？"

一男子淡淡回道："管夷吾家人丁旺，有老母需奉养，又有幼童要照拂，多分点又有什么？"

女子气道："谁家孩儿不是嗷嗷待哺，谁家老人不需奉养？怎么独他管夷吾如此贪图小利，这样下去，就莫再一起做生意了！"

男子语气软了几分，笑回道："夫人系出名门，乃轩辕黄帝之后，平日里处事大气，怎么今日竟如此计较起来了？"

此言一出，女子非但没有消气，反而更加恼怒："鲍叔牙，若你只一心向着管夷吾，你就跟管夷吾过去吧！”

语罢，女子抱起账簿，快步走出堂屋，重重带上了大门。

鲍叔牙叹了口气，嘴角漫起了一丝轻笑，歪倚在软席上，眸色坚定如炬。

鲍叔牙虽才过而立之年，与管仲却已有近十年的交情。在旁人眼中，管仲不过是个冷酷贪利之人，可鲍叔牙知道，他禀赋惊天之才，不拘小义，以天下苍生为己任，实在是难得的人才。

如若能在此地韬光养晦，守得一方安宁，静观天下事，受些许委屈抱怨，又有什么呢？

距离此处不远的一方小院里，管仲一家五口济济一堂。

管仲不过二十出头的年纪，已是儿女双全。一双儿女绕膝戏耍，管仲却只顾出神地看着手中的书卷，一丝不苟。

管仲之妻躬身跪于管母身侧，耐心地为管母侍奉汤饮。管母体恤儿媳操持家务劳苦，自己端了汤碗，笑道：“你且去忙，我自己吃就是了。”管妻点点头，为管母备好餐盘调羹，起身退出了堂屋。

天边晚霞似火，管仲不抬眼，就知道妻子定是备饭去了。不一会儿，管妻又折了回来，手中握着一个钱袋子，面色惶惑又茫然，她低声问管仲道：“这个月分的钱怎么更多了？”

管仲仍握着书卷，头也未抬：“家里开销大，分钱时，我多抓了一把。”

管妻一愣，急红了脸：“鲍叔对我们不错，以往每个月，也是我们多得了，这个月竟多拿了这些……”

管仲这才放下手中的书卷，轻拍妻子的手，安抚道：“鲍叔不会与我计较这些，家中米粮见底，又有多项开销，没有钱，你怎么操持这家呢？只管拿去用吧，若不够，我再找鲍叔借些。”

语罢，管仲拿起竹简，继续看起来，显然未将此事放在心上。管妻却仍十分犹豫：“鲍叔待咱们不薄，咱们总这样受他接济，会不会……”

管仲丝毫不以为然："普天之下最了解我为人的，莫过鲍叔。若非鲍叔接济，我只怕早已落为草寇。现下既然实在缺钱，开销又大，不必如此计较，只管拿了钱去用。他日无论我们谁能为官做宰，互相帮衬就是了。"

管妻听了这话，不再多言，沉默地起身，去庖厨中忙活去了。

管仲也放下了手中的竹简，揉了揉眉心，对一侧玩耍的小儿说道："你去前街找一趟鲍老伯，就说爹爹约他今晚来草庐喝酒。"

小儿仿若接到了十分重要的任务，努着嘴，使劲点了点头，快步向门外跑去。

管仲望着大开的房门，微微有些愣神。此一生，能遇上鲍叔牙这知己，可谓三生有幸，鲍叔牙甚至比他自己都更了解他的抱负，更相信他的才能。管仲心里清楚，他此生的梦想，绝不可能在足下这片土地上完成。毕竟楚地虽富庶，却远离政治集群。更重要的是，这几日他有个新的发现，急于同鲍叔牙分享。

冷月照在松林间，秋季的白日宜人，夜晚却有几分森冷。管仲与鲍叔牙团坐在草庐中，庐外是萧飒的秋风，庐内则是青梅煮酒的咕嘟声，两人都略显几分惫懒。

管仲伸手从陶鬲中夹出一只青梅，顾不上指尖微烫，快速将梅子送入了口中。

入口青梅汁酸甜四溢，盈满舌尖喉头，管仲不由得被酸得挤眉弄眼。鲍叔牙见状，含笑用木舀子舀起一杯温酒，递给了管仲。

管仲也不客气，抓起酒盏一饮而尽，喉间的酸涩稍解，一股暖流涌遍全身。

鲍叔牙无奈笑道："你说有要紧事找我，就是来找我喝酒的？"

管仲默不作声，用滚水烫了两只木碗，舀满了酒，递给鲍叔牙："在此地做生意也有两三年了，从食盐米粮到毒药兵器，有赚有赔，鲍叔可还满意？"

鲍叔牙觑着管仲，回道："你我在此地做生意，只是为了静观天下事，哪里有什么满意不满意之说？”

管仲轻声笑着点了点头，指着草庐顶，神色一变：“鲍叔且看。”

鲍叔牙抬起眼，顺着管仲手指的方向看去，透过枝叶横斜的茅草庐顶，可见七八颗星点缀在漆黑的夜幕上，天象平和，别无异常。

可管仲神色肃然，不像是在玩笑。鲍叔牙偏过头，定睛再看，只见碧落云开，星河乍现，有一颗明星耀然于东方，衬得整个银河皆黯然无光了。

鲍叔牙瞪大双眼，望着管仲，语无伦次：“这……这是？”

管仲一脸难掩的激动之色，回道：“我在春末某一日偶观天象，发现了这颗星子，吉星高照，英雄将出！鲍叔，东方，将有盖世英雄出于东方！”

鲍叔牙蹙着眉，思忖了片刻，说道：“天下之中在洛阳，这东方……”

管仲丝毫不以为意：“礼崩乐坏，王道衰微，无论谁人雄霸天下，只要能助力我华夏族万年不衰，又有何不可？”

鲍叔牙朗声而笑：“未尝不可，你既然叫我来，想必是已有打算了吧？”

“我要去东方，寻那英雄，今夜就出发。”

鲍叔牙似是不敢相信，却见管仲目光如炬，不像是在开玩笑。鲍叔牙沉吟着，暗暗权衡利害。

管仲见鲍叔牙犹豫不决，说道：“鲍叔若是有所顾忌，那……”

谁知鲍叔牙忽然抬起头，眸中满是宽和的笑意：“今夜出发太匆忙，容我回去盘点家私，明日一早出发吧。”

（二）

五年后，临淄齐王宫正殿内，管仲与鲍叔牙恭谨伏在软席上，满怀激动之情，等着现任齐侯齐僖公的任命。

齐僖公约四十有余，身高九尺，形貌昳丽，隆准峨然，是普天下诸多诸侯中绝无仅有的美男子。他望着堂下的管仲与鲍叔牙，温和又不失威严地开口道："寡人有幸，得蒙二位贤才青睐。希望二位大夫与寡人一道，勠力同心，为齐国昌隆而奋斗。"

管仲与鲍叔牙齐齐大拜："愿为君上肝脑涂地！"

齐僖公上前扶起管仲与鲍叔牙，话锋一转："二位大夫请起，寡人有件要紧事要交予二位大夫。寡人有三子，长子诸儿，已是储君，暂且不提；次子纠，年不过八岁，温良聪颖，沉静好学；幼子小白，年方五岁，颇受娇宠，十分顽皮。诸儿虽长，为国嗣之选，可这两名幼子也得各寻个好师父，教习礼义孝悌等为人之道。不知二位卿家可愿意？"

管鲍二人听闻齐僖公将教养公子的重任交给了他二人，皆踌躇满志，抱拳朗声答道："我等必定竭尽毕生所学，好生教授公子！"

齐僖公满意地点点头，随即命宫人上前，带两位大夫分别去后院中见过两位公子。

虽然有大臣劝阻齐僖公，说管仲与鲍叔牙是楚国人，又出身乡野，弃商从戎多年，毫无建树，怎配被破格擢升为齐国大夫？可齐僖公赏识管仲独到的治国理念，钦佩鲍叔牙为朋友两肋插刀的义气，不顾群臣阻拦，执意任用了他们。

齐僖公望着管鲍二人的背影，微微一笑：希望两名幼子，不仅能学到书中圣贤箴言，亦能收获人生的良师益友吧。

八岁的公子纠独立在寝殿前，身着素袍中衣，清俊的小脸上挂着几分若有若无的愁苦。

管仲随宫人来到寝宫大门外，却不着急进去，而是暗地里观察着公子纠的一举一动，他轻声问宫人："公子为何挂孝，可是丁母忧？"

宫人垂首小声回道："公子之母，去世已有一年，公子为母服丧，挂孝祝祷，无一日不哀。"

管仲点点头，眯眼望着不远处那瘦弱清秀的身影，赞道："八岁幼子，已是至仁至孝。"

语罢，管仲抬脚走进宫门内，拱手揖道："姬姓，管氏，字夷吾，楚地慎邑人也。仰赖君上不弃，拜我为大夫，特命教授公子。"

公子纠闻言，温和一笑，清瘦柔弱的小身子缓缓走下台阶，至管仲身前，行拜师大礼："今日听闻父王指派先生为我师父，纠不胜荣光。还望师父不嫌纠蠢笨，不碍纠身份，教我以当世之道。"

齐僖公虽说公子纠与公子小白尚未开蒙，可公子纠的言谈举止已是非常得体。管仲欣然扶起公子纠，对上那双虽冰冷却无比清澈的眼眸："好，日后教授公子，若有严苛不到之处，还请公子海涵。"

公子纠身量才到管仲腰间，他仰头望着眼前不苟言笑却又隐隐透着几分慈爱的面庞，捉起管仲的袖裾，向堂屋走去："师父渴了吧，我一早起就命宫人煮了春季存下的雨水，备了果子，师父随我来……"

相比管仲与公子纠这边的师徒和乐，鲍叔牙与公子小白那厢，却是鸡飞狗跳，无一时安宁。

寝殿前，五岁的公子小白手持弹弓，用小石子击打着不远处槐树垂下的枝条。围在一侧的宫人们眼睁睁看着公子小白一下一下，就要把这棵百年老槐树给打秃了瓢。

鲍叔牙随宫人前来，几丈开外躬身揖道："姒姓，鲍氏，名叔牙，特奉君上之命，前来教……"

公子小白听见这一长串，侧头看着这微胖的男子，手一滑，也不知是有心还是无意，手中弹弓上的石子飞射而出，正正击中了鲍叔牙的左眼。

只听得一声惨叫，鲍叔牙一屁股坐倒在地，宫人们赶忙去扶，却见鲍叔牙捂着左眼呻吟不止。待片刻剧痛过后，鲍叔牙试着抬起手，睁开眼，只觉左眼前一片黑黄，什么也看不真切了。

宫人见鲍叔牙左眼青紫，被打出了一个大大的黑眼圈，都想笑却不敢，只得生生忍着，召唤他人宣疾医火速进宫。

公子小白毫无悔意，笑得满地打滚儿，更气得鲍叔牙直发抖。眼下这顽童若不是齐僖公之子，鲍叔牙真恨不能冲上前去打烂他的屁股！

师徒二人初次相见，就以如此不愉快的结局收场。鲍叔牙称病回家养伤，四五日都不入宫议政，自然也不再与公子小白见面。

齐僖公听闻鲍叔牙与小白初见之事后，好笑又无奈，只得拜托管仲从中调和。

师徒关系如同父子，需得心悦诚服才好，管仲明知这是苦差，却碍于齐僖公的面子，不得不去。毕竟自打他们离开慎邑，这五年颠沛流离，若非鲍叔牙不弃，只怕一家老小早已饿死街头。难得齐僖公不论出身，肯重用他，拜他为齐国大夫，如此知遇之恩，焉能不报？议事毕，管仲回府上取了两瓶醪酒，溜达着向鲍叔牙家走去。

鲍叔牙正窝在书房里生闷气，听到柴门的响动和管仲的叫门声，鲍叔牙拉开房门，悄声对准备开门的妻子道：“找个由头，把管夷吾赶走，我现在谁也不见！”

鲍妻睨了鲍叔牙一眼，不理会他，径直上前打开院门。鲍叔牙赶忙缩回书房中，竖着耳朵听动静。

管仲见鲍叔牙之妻来开门，忙笑着一拱手：“嫂夫人亲自来开门，着实折煞管某了。”

鲍妻佯装生气，白了管仲一眼：“管夷吾，你可有日子没来家里蹭饭了，怎么今日倒是得空，贵步临贱地，来我们这里了？”

管仲扬了扬两手提掂的物品，故意大声对书房的方向道："嫂夫人说笑了，我前阵子不得闲，今日得闲了，立马就赶来看鲍叔。这是我母亲闲时在家自己酿的醪酒，楚地原有的风味，再没有比这更正宗的。这鱼是我家小儿早起在淄河里捞的，小儿挂念着他鲍老伯爱吃鱼，特意让我送来……"

鲍叔牙原本铁了心不肯见管仲，可他听到醪酒和鲜鱼，不由得急得在书房中抓耳挠腮。他隔着门板，听到鲍妻对管仲道："罢了罢了，醪酒你且留着喝吧，鲜鱼也拿回去给孩子们吃吧……"

这一席拒绝的话听起来颇有力度，可院门口的两人却都没动，只是留神听着书房中的动静。

果然，鲍叔牙再也按捺不住，清清嗓子，出言道："既然……管夷吾来了，又是老伯母亲自做的醪酒，哪有拒绝的道理，请他进来吧。"

鲍妻抿嘴而笑，示意管仲进屋。管仲将鲜鱼递上，轻轻对鲍妻一拱手，大步走向了书房。

门扉轻开，鲍叔牙歪在软席上，见管仲进来，也不说话，只伸手接过了他手中的两坛醪酒，倒入木杯中，自斟自饮起来。

管仲坐在鲍叔牙身前，饶有兴致地看着他脸上的伤："眼见这伤，是日渐好了。"

鲍叔牙冷哼一声："恶童伤人，顽劣不堪，本性难改，谁愿意教他就去教吧，老夫还想留着这老命。"

管仲笑回道："幼子何辜？不过正是因为没有师父教养，才会如此顽劣，君上定然希望你能把他教成个尊师重道的好孩子。将如此重任交给你，可见君上对你的重视。"

鲍叔牙冲着管仲骂道："管老二，你就不要再说风凉话了。正所谓知子莫若父，知臣莫若君，君上定是觉得我没本事，才把这个顽劣的老三交给我！前面有两位兄长，这小儿子就当个废物惯养着，再交给我这没用的师父，待他日他出去杀人放火，我还有何颜面苟活于世！不如现在就推了这活计，早点收拾包袱，回慎邑老家去吧！”

管仲看着鲍叔牙这副咬牙切齿的模样，非但不出言宽慰，反倒朗声笑道：“既然你铁了心不当公子小白的师父，干脆再别出这家门，我就跟君上说你急怒攻心导致疮口不愈，恐怕时日无多，保证君上能够遂了你的心愿。”

鲍叔牙更气了，点着难掩笑意的管仲啐道：“我呸！当初是你，说什么夜观天象，将有盖世英雄出于东方，才骗得我连夜卷了铺盖，拖家带口跟着你一路往东跑。这五年，我们又当兵又求官，被赶得四处逃散，吃了上顿没下顿，我鲍某可有一句怨言？现下你是得意了！君上将公子纠交由你来教导，你就来说风凉话，嘲笑我这个失意的！”

管仲笑够了，正色道：“鲍叔，现下公子诸儿已被立为储君，可咱们这位储君的脾性，你我心知肚明，绝非表现出来的那般恭谨，他日即位以后，难说不会让齐国陷入危难中。若彼时君位有变，又该如何？”

鲍叔牙冷哼道：“自然是你那好徒儿公子纠即位！”

管仲摇摇头：“非也。鲍叔，公子纠虽为次子，可其母因一己私情，曾挑得齐鲁两国十年征战，齐鲁两国之人多有怨言，于公子纠十分不利。公子小白虽为幼子，可他颇受君上宠爱，他嫡亲的姐姐又是卫侯君夫人，身份可比公子纠要得利多了。”

鲍叔牙直摆手：“我可不管这些，就算他将来有出息做了齐侯，也定是个暴虐无道的昏君，与其到那时，再让人唾骂我这个做师父的教导无方，不如趁现在就躲得远远的，免得留下千古骂名！”

“鲍叔你一向宽仁大度，怎么独独对这孩子有如此大的成见？你可知道，公子小白出生后不到一年，其母就病逝了，这孩子自小独居宫中，无人照拂，这才有几分顽劣淘气。说到底，虽为公子，却是个可怜孩子，鲍叔何必跟他较真置气呢？”

鲍叔牙听了这一席话，连叹了几声气，转言道：“管夷吾，你既然接了齐国大夫一职，又教授公子纠，是否不打算继续去寻那盖世英雄了？”

管仲沉默了片刻，回道：“这世上是否真有英雄，光凭天象，如何能知？齐国在几大诸侯国中算是强者，更难得君上赏识你我，何不留在此地，静观天下之变？”

鲍叔牙垂着头，说道：“当兵打仗你不愿意，仅仅数月就退出了行伍；经商买卖你看不上，几年间分文不赚；可为人师长不比其他，你身上挑着的，往小了说，是一国公子之品行，往大了说，更是国祚社稷！君上对你我有知遇之恩，万不可……”

管仲明白鲍叔牙言下之意，指天誓日道：“一日为公子师，一世为公子师！管某的生死荣辱，皆与公子共存，绝不会半途而废！”

鲍叔牙点点头，叹道：“好，我明白了……”

管仲明白，话到此处已是尽头，多说无益，其他的事，只能看公子小白与鲍叔牙，究竟有没有师徒缘分，不可强求。他微微一笑，端起木杯，轻轻碰了碰鲍叔牙手中的酒盏：“鲍叔，难得好酒，今日你我，不醉不归！”

齐王宫后花园内，公子小白和公子纠正并肩坐在大树下晒太阳。夕阳斜照在兄弟二人小小的身子上，暖融融的，让人直犯懒。

公子小白又贪玩了一天，此时无比疲累，歪在树上昏然欲睡，他的小脸上满是脏泥，两只小手指缝中也夹着泥灰。公子纠见状，抽出随身的素帕，轻轻捏过小白的小手，一点一点为他清理着泥灰。

小白微微睁开眼，迷蒙的双眸中仿佛碎着满银河的星子，看到公子纠在耐心地为自己打理，公子小白无比惫懒地歪过头，换了个更舒服的姿势卧好，轻道：“兄长，我饿了。”

公子纠笑道：“去我宫里吧。”

小白似乎就在等这句话，无比开怀拊掌道：“兄长宫里的肉食最好吃了！”

公子纠望着小白，满面宠溺之色，继而目光一转，叹息道：“打明日起，你就不能来兄长这里蹭饭了。”

小白歪着圆圆的脑袋，十分不解：“为什么？兄长不想和我玩了吗？”

公子纠虽还不到八岁，望向小白的眼神中却已满是慈爱：“怎会，只是明日起，我师父就要带着我上晚课了，一天到晚都要读书，无暇再出来玩了。”

小白一脸失落，小脏手紧紧勾着公子纠的小手：“兄长好辛苦！”

公子纠摇了摇头，望着夕阳落日，无比稚嫩的面庞上竟有几分苍凉：“我喜欢读书……”

公子纠犹记得一年前，母亲挥刀自刎前含泪对他说，她今时今日的作为也许无人能理解，可若公子纠多读书，便一定能明白母亲的苦衷。

想到这里，心间那丝丝缕缕的哀痛又陡然凝结在一起，在他心头上大力一揪，痛得他打了一个冷战，薄雾水汽又漫散在了清澈的双眸中。

公子小白虽然不能体会兄长的愁苦，却不忍看兄长伤心的样子，他伸出小手，轻抚过公子纠的眉心：“兄长若是喜欢读，我就把我的书也都送给你吧。”

公子纠被小白这一席话逗笑了：“你也别只顾打趣，你只说说，父王给你请的师父，为何被你打走了？”

小白歪着头，回道：“我已有骑射的师父了，还要什么旁的师父？”

“骑射师父只能教你骑射，鲍大夫却能教你为人处世之道，眼见父王日渐年老，你就不想学些治国理政的本事，好帮他分担些许吗？”

公子纠这一席话说得公子小白一头雾水，年仅五岁的小白显然不懂公子纠所说的这些大道理，可听到“父王日渐年老”，小白却本能地鼻头一酸，他扬起小小的脸，拍着胸脯对公子纠道：“我一定好好练习骑射，将来为齐国上阵杀敌！”

“可若不知兵法，只会一路蛮杀，也没有什么用途。前两日，我师父教了我《六韬》中的兵法，我们的先祖当真用兵如神。”语罢，公子纠留神看着小白的一举一动，果然见他星眸一亮，小手紧紧捉住了自己的宽袖，央求道：“兄长也给我讲讲吧！”

公子纠将嘴角的笑意悉数敛藏，正色道：“兄长也才初学，只知其一不知其二，要师父教了，才能明白其中关窍，不然若是照葫芦画瓢讲给你听，也不过是一知半解，你根本学不到什么。”

小白察觉出公子纠的言下之意，小嘴一嘟，望着天边的落日，奶声奶气地叹息道：“兄长，我看那师父傻呆呆的，还没有我宫里的老太监灵光……”

公子纠和颜悦色，耐着性子谆谆教导：“父王常和我们说，要尊重师长，鲍大夫虽其貌不扬，却是个有学识的，你跟着他，定能学到许多有意思的事。”

小白蹙着眉，苦着小脸，仿佛下了极大的决心，才吐口道：“那我就跟着师父好好学学吧……”

公子纠一扬眉：“好好学学？听我师父说，现在鲍师父称病在家，连父王找他议事都不肯来，只怕不会教你了。”

小白站起身，却不过与公子纠坐着差不多高，他走上前去，一把环住公子纠的脖子，撒娇道：“兄长不必担心，改日我去找师父玩一玩，将我捏的泥偶送他一个，他定会开心了！”

公子纠到底长小白几岁，自然明白事情不会那么简单，可看着小白开心的笑脸，公子纠不忍再苛责分毫，伸手抚着小白的总角，喃道：“小白什么时候能长大呢……”

小白仰起脸，欢欣地对公子纠道：“长大了，我就和兄长一起去骑马打猎！”

公子纠不再多言，站起身，轻轻牵住小白的手，向寝宫走去。

夕阳西下，两个小小的身子拉出长长的影子，仿佛他们一下就长大了。许多年后，也许他们都已忘了幼时的对话，可兄弟间那份手足相连的亲情，却没有一分一毫泯灭。

第二天一早，鸡鸣不过三声，鲍叔牙家的大门传来了叩门声。家丁睡眼惺忪，披着外衫，拖着惫懒的步伐挪到门口，边打哈欠边开门，待抬眼看清门外的阵势后，家丁猛一震悚，腿一软，直直跪在了地上。

鲍叔牙闻声赶出，见门外来人竟是齐僖公，鲍叔牙感喟不已，跪下大拜道："君上亲自驾临寒舍，臣有失远迎。"

齐僖公手牵着公子小白，走进院中，亲自扶起鲍叔牙，叹道："鲍大夫受委屈了，寡人这幼子，自幼娇宠，目无尊长，寡人已经教训过他，今日特带来给鲍大夫赔罪。"

语罢，僖公松开了牵着小白的手，小白抬起头，望着威严如山的父王，老老实实上前跪下，叩首道："给师父请罪。"

鲍叔牙轻叹一声，从地上抱起小白，对僖公道："臣惶恐，并非小性没度量，不肯原谅稚子之过，只是臣忧虑自己没有这个能力，不能匡正公子之失，终将辜负君上所托。"

齐僖公轻轻一笑，宽慰道："寡人这幼子，贪玩任性，好胜心强，不爱遵守礼制，实在令寡人头疼不已。可他虽年幼，却胆量惊人，赤子心肠，正需要鲍大夫这样宽仁温和的师父来引导。"

鲍叔牙听了僖公这一席话，垂着头，不置可否。他怀中的公子小白忽然伸出肉乎乎的小手，摊开掌心，呈在了鲍叔牙面前。鲍叔牙定睛看，只见小白手上放着一个小小的泥人，雕的正是一个慈眉善目、美髯长须的中年士人。

鲍叔牙心头一暖，却故意板着脸，问道："公子雕的这是何人？"

小白奶声奶气回道："是师父！"

鲍叔牙继续板脸问："哪里像师父？"

小白一把拉住鲍叔牙的胡须，紧紧攥着："师父也有胡子！"

鲍叔牙被小白拽得龇牙咧嘴，却不肯丢掉为人师长的尊严，忍痛从小白手中把胡子薅出来，叮嘱道："他日若不好好读书，师父打手板，公子可不许哭！"

谁知小白又趁机拉住了鲍叔牙的胡须，朗然笑道："我不哭，师父别哭就是了！"

众人闻言都笑了起来，鲍叔牙无奈地望着怀中的奶娃娃，躬身对僖公道："君上，请屋里坐坐吧，拙荆已备好了茶点，请君上品尝。"

齐僖公微微颔首，含笑看着鲍叔牙与小白师徒："那就让寡人尝尝鲍卿夫人的手艺吧。"

（三）

齐僖公勤政爱民，奈何天命不顾，山寿不长，两个幼子皆未满十岁，便溘然长逝于齐国正殿中，去世时手中仍握着半卷奏呈。

管鲍二人皆哀伤极深。若按从前，管仲商人习性，见诸儿即位，两位公子失势，地位岌岌可危，定会劝说鲍叔牙速速离开此地。可此次，两人却下定决心，无论如何，必在飘摇风雨中，护得僖公两子周全。

即位的诸儿起初对两个幼弟颇为照拂，可随着公子纠与公子小白日渐成长，诸儿开始对两名幼弟忌惮和防范起来。

公子纠已迈及冠之年，却没有礼官操持举行及冠礼，亲事更是没有丝毫眉目。有老臣上谏襄公诸儿，让他为公子纠操持及冠礼，再选个门当户对的姑娘，赐予公子纠为妻。可诸儿只顾着与亲妹妹文姜打情骂俏，哪里还能分心顾着旁事？

如此，公子纠的婚事就被耽搁了下来。公子纠却像没事人一般，每日沐浴配香，临风祝祷，对月吟诗，将全部的心思都放在了旁处。可他越是如此，就越是引得临淄城中一众嫁龄少女心驰神往。

公子小白年方十五，酷爱游猎，时常率部出游于临淄城郊，他箭法精妙，仪表不凡，不拘礼数，似乎与十年前那撒尿和泥的稚童无异。

可鲍叔牙心中却十分明了，公子小白较从前不知精进了多少。这孩子诚如其父所言，忠肝义胆，绝非凡夫俗子，只是吊儿郎当的外表，容易迷惑他人罢了。可在这样的乱世下，这样的障眼法，又未尝不是件好事。

襄公诸儿对内横征暴敛，对外穷兵黩武，不过十年，齐僖公苦心孤诣经营一生的基业，就被这浪荡子挥霍殆尽。国内民怨载道，国外强敌环伺，管鲍两人皆嗅到了一丝不寻常的意味，看样子，即将有大事发生了。

齐襄公诸儿与自己的亲妹妹文姜姘居，导致他只有早年如夫人生的两个女儿，没有儿子。一旦君位有变，公子纠与公子小白，就是继承正统的两大人选。

管鲍两人心有灵犀，未经商量，就分别计划带公子纠与公子小白出国避难。出逃那晚，两队人马在临淄城外撞了个正着。

黯淡星光下，管仲与鲍叔牙老友相见，不必多言，相视一笑，即刻就明了对方所思所想。两人驰马至深林中，管仲含笑问鲍叔牙："鲍叔，你常说看不上我商人秉性，趋利避害，怎么今时今日竟也像我一样，带着公子小白落荒而逃了？"

鲍叔牙捋着胡子，点着管仲："管老二，你可莫说话激我，我这老命老脸，有何拉不下？只要公子平安无虞，莫说让我逃跑，即便让我老鲍上刀山下油锅又何妨？倒是你，你就这般带着公子纠逃出来了，你的老母妻儿，皆不顾了吗？"

管仲神色一黯，想起临出门前，老母亲捉住他的手，让他只管走，不用顾及他们分毫。若是齐国正统不能承继，即便苟活于世，又哪里有分毫快乐心安可言？

这一次，是他与命运最大的对赌，不为蝇头小利折腰，更不去趋利避害，而是豁出身家性命，保全僖公之子，助公子纠登上君位，以报答齐僖公的知遇之恩，实现自己辅佐明君成就霸业的梦想。

想到这里，管仲餍足一笑，对鲍叔牙道："天快亮了，事不宜迟，鲍叔，就此别过吧。"

鲍叔牙点点头，仍忍不住嘱咐道："千万小心……"

管仲一挥马鞭："放心，我若要死，也只心甘情愿死于鲍叔之手，其他人，杀不了我……"

鲍叔牙红了眼眶，啐道："老东西，他日若你对我们公子不利，我一定宰了你。"

深林另一侧，"疾如风"与小白马交颈耳语，公子纠与公子小白兄弟亦依依话别。

公子纠望着一脸稚气的弟弟，忍不住一再劝道："为何要跟鲍大夫一起去郯国，我们长姐是卫国先君夫人，现在的卫侯又是我们的亲外甥，何不去卫国避难，更方便些？"

公子小白打了个哈欠，揉着惺忪睡眼回道："卫国太远了，骑马颠得屁股疼，就近找个地方歇着得了……"

公子纠满面无奈之色，却仍不忍心出言苛责小白："总要先保全了性命才是，待他日风波平定，再怕苦怕累不迟。"

小白一拱手："兄长放心吧，你也要保护好自己，待他日风波平定，兄长可别忘了我，定要接我回来。"

公子纠眸中尽是不舍，嘴上却只说道："傻瓜，你我兄弟至亲，兄长如何能忘了你？"

鲍叔牙与管仲分别策马上前，管仲拱手对公子纠道："公子，眼见启明星要出来了，事不宜迟，我们早些出发吧。"

公子纠点点头，掉转马头，望着小白，一字一顿道："珍重。"

小白一抱拳，对身后侍卫们挥挥手，率着一众人，快速打马向东面驶去了。

公子纠见状，冲管仲一点头，师徒二人配合默契，也驰着马，向南面鲁国的方向赶去。

天色渐渐亮了起来，秋色渐显，一片澄明。时局却似雾里看花，让当局者与旁观者都看不真切。究竟哪一步对，哪一步错，又有谁能掐算得出？管鲍二人所能做的，唯有尽人事，而听天命了。